W0381284

Alles, worauf die Liebe wartet, ist die Gelegenheit.
Miguel de Cervantes

Greta Niels

Ines und die grasgrüne Liebe

TINTE & FEDER

Das Buch

In ihrem gefühlvollen Roman erzählt Greta Niels mit Humor und Herz über Frühlingsgefühle, zweite Chancen und die Hoffnung auf Glück.

Ines hat eine quirlige Schwester, eine liebevolle, erwachsene Tochter und einen wortkargen Exmann. Außerdem hat sie einen Vogel. Einen chaotisch-kopflosen Kanarienvogel namens Hugo, der sich selbst und die Wohnungseinrichtung immer wieder in Schwierigkeiten bringt. Was in ihrem Leben allerdings schon lange fehlt, ist eine neue Liebe.

Eines Nachts liegt Kanarienvogel Hugo leblos auf dem Teppich. In Panik rennt Ines morgens um drei Uhr mit ihm in die nächste Veterinär-Notaufnahme, wo Hugo auf wundersame Weise wieder erwacht. Und auch Ines' Herz wird bei der Gelegenheit neues Leben eingehaucht: Mit ihr im Wartezimmer sitzt ein Mann mit Halbglatze und Hund – auf den ersten Blick gar nicht Ines' Typ, aber auf den zweiten Blick kann sie seiner Charmeoffensive nicht lange widerstehen. Eine Achterbahnfahrt der Gefühle beginnt …

Die Autorin

Greta Niels wurde 1972 in der Nähe von Wien geboren. Sie arbeitete als Journalistin und Werbetexterin, bevor sie ihren Werdegang als Autorin begann. Zurzeit lebt sie mit ihrer Familie in Köln. »Ines und die grasgrüne Liebe« ist ihr erster Roman.

GRETA NIELS

Ines und die grasgrüne Liebe

Roman

TINTE & FEDER

Deutsche Erstveröffentlichung bei
Tinte & Feder, Amazon Media EU S.à r.l.
5 Rue Plaetis, L-2338 Luxembourg
Februar 2018
Copyright © der Originalausgabe 2018
By Greta Niels
All rights reserved.

Umschlaggestaltung: semper smile, München, www.sempersmile.de
Umschlagmotiv: © Foxys Forest Manufacture / Shutterstock;
© Noemi D / Shutterstock;
© Ruslan Grumble / Shutterstock; © DenisNata / Shutterstock;
© oksana2010 / Shutterstock
1. Lektorat: Silvia Kuttny-Walser
2. Lektorat und Korrektorat: Verlag Lutz Garnies, Haar bei München,
www.vlg.de
Printed in Germany
By Amazon Distribution GmbH
Amazonstraße 1
04347 Leipzig, Germany

ISBN 978-1-503-90087-5

www.tinte-feder.de

Prolog

Die Lovestory des Monats – eine wunderbare Liebesgeschichte.

Ines Berwalder blätterte weiter.

Abnehmtipps für Frauen über 45.

Sie blätterte wieder zurück.

Ines überlegte, ob sie sich eine andere Zeitschrift holen sollte, eines der Hochglanzmagazine über Stars und Sternchen, war aber zu faul dazu. Nach ihrer Shoppingtour durch die Stadt genoss sie die Pause. In Köln gab es so viele Lokalitäten, wo man sich draußen in die Sonne setzen und die Seele baumeln lassen konnte. Dieses Mal war sie in einem winzigen Bistro in der Fußgängerzone eingekehrt, das jemand ihr empfohlen hatte. Vier Tische und ein Tresen, hinter dem ein strohblonder junger Mann mit einer Mütze stand, obwohl die Temperaturen heute über zwanzig Grad betrugen.

Sie nahm einen Schluck von ihrem Latte macchiato.

Am Nebentisch saß ein Pärchen. Beide wirkten gelangweilt, keiner redete mit dem anderen.

Dann lieber die »wunderbare Liebesgeschichte«.

Die wahre Geschichte von einer grasgrünen Liebe

Heute möchte ich Ihnen in der »Lovestory des Monats« Sophie vorstellen. Ich denke, Ihnen wird es wie mir ergehen, und Sie werden gerührt und begeistert sein.

Ines überlegte, ob sie sich einen Kuchen zum Kaffee bestellen sollte. »Frisch und selbst gebacken« stand auf dem Schild vor einer Glasglocke mit drei Auswahlmöglichkeiten darunter. Sich den jungen Mann mit Mütze vor einem Backofen vorzustellen war unmöglich. Sie entschied sich dagegen.

Lieber etwas Süßes aus der Zeitschrift, völlig kalorienfrei.

Sophies Welt bestand aus Grau.

Von Geburt an litt sie unter einer vollständigen Farbenblindheit, was bedeutete, dass sie alles in ihrer Umgebung in Schwarz und Weiß und in unendlich vielen grauen Schattierungen wahrnahm.

Da ihre Eltern offen mit der Farbenblindheit ihrer Tochter umgingen, war Sophie von klein auf ein fröhliches und unkompliziertes Mädchen, das einen Regenbogen im Herzen trug. Ihr erstes graues Eis hatte sein süßes kaltes Wunder beim Lecken entfaltet, und in ihren ersten Lebensjahren kannte sie auch alle Lebewesen nur in Grau. Sophie lebte also mit zwei Graukatzen und einem Grauhund zusammen, spielte mit den Graukindern aus der Nachbarschaft und liebte es, Graugummibärchen zu futtern.

Bereits mit neun Jahren hatte die kleine Sophie beschlossen, und zwar in einer für ihr

Alter großen Lebensentscheidung, sich ein für alle Mal mit ihrer Sicht der Welt abzufinden und ihr Leben in wunderbar grauer Heiterkeit zu führen.

Wer hatte nur so eine Geschichte geschrieben?

Ines sah zum Ende des Artikels.

Von M.U.

Hinter dieser Abkürzung konnte jeder stecken.

Woher wusste M.U. das alles? Hatte M.U. im Nebenhaus gewohnt, oder war er ein entfernter Verwandter?

Sie las weiter.

Der behandelnde Neurologe, ein lebenskluger Arzt, hatte den Eltern schon beizeiten dazu geraten, Sophie spielerisch »Farben« zu den Grautönen beizubringen. Bei Gelb rochen sie gemeinsam an einer Banane, die leckere Tomatensauce zu den Spaghetti schmeckte genauso rot wie die runde Frucht, die Sophies Mutter viertelte und aus der sie ein lustiges Gesicht auf einer Portion Mais bastelte. Der war ebenfalls gelb und fühlte sich an wie weiche Kugeln, nicht zu verwechseln mit Zitronengelb, wie die sauren Früchte, die jedem beim Hineinbeißen das komische Zitronengesicht zauberten. Was die Kleidung betraf, erfand Sophies Vater ein schlaues System für ihren Kleiderschrank, in dem alles Blaue eine kleine Wäscheklammer angezwickt bekam, alles Rote eine Schleife und so fort, bis hin zu dem mädchenhaften Rosa, das mit einem

Herzchenaufkleber am Kragen versehen wurde.

Auf diese Weise blieb Sophie im Lauf der Jahre der positive und unbeschwerte Umgang mit ihrer Sehstörung erhalten. Blumen kaufte sie nach deren Duft, Gemüse nach Form und Festigkeit und ihre Klamotten später als junge Frau meist nach Mustern. Nach der gewünschten Farbe fragte sie die Verkäuferinnen frei heraus und erzählte offen von ihrem Handicap. Sie irrte sich selten in ihren Kombinationen und kreierte für sich einen ganz eigenen ungewöhnlichen, aber sympathischen Modestil.

Freunde vergaßen ihr Defizit meistens bald und nahmen Sophies Begeisterung für bunte Regenbögen, herrliche blaue Sommerhimmel und schreiend gelbe Regenmäntel als Bestätigung, dass Sophie doch etwas Buntes sehen konnte. Neuen Bekanntschaften erzählte sie meist gar nichts von ihrer Farbenblindheit.

Sophies Leben verlief im Großen und Ganzen also ziemlich gut in ihrem Grau.

Doch da gab es etwas, eine seltsame Erscheinung, die von Zeit zu Zeit auftrat und Sophie immer etwas aus ihrem Graugleichgewicht brachte.

Manchmal sah sie nämlich Dinge in Grasgrün.

Zumindest bezeichnete Sophie das grelle Aufblitzen in ihrem ansonsten grauen Sehen so. Dieses Phänomen hatte sich ebenfalls in ihrem neunten Lebensjahr erstmals gezeigt und sie maßlos erschreckt. Bei einem Picknick hatte sie nach einem Apfel gegriffen, und plötzlich war er in ihrer Hand erstrahlt. Sophie hatte ihn fallen lassen und geweint, denn damals hatte sie kein richtiges Wort für diese Erscheinung gefunden. In unregelmäßigen Abständen war dieses Erstrahlen wiedergekehrt, mal war es eine Leiter, mal ein Fahrrad, dann wieder nur die Haare eines Menschen oder eine Hand oder Lippen, die aufblitzten. Warum es geschah, konnte auch der Neurologe nicht erklären.

Das Blitzen beschrieb Sophie als Kitzeln und leichtes Stechen in ihren Augen, es fühlte sich an wie frisches Gras unter den Fußsohlen – also musste es grasgrün sein.

Wieder unterbrach Ines ihre Lektüre.

So eine Story musste doch ausgedacht sein. Außerdem schien der Verfasser eine Vorliebe für blumige Ausschmückungen zu haben.

Trotzdem wollte sie jetzt wissen, wie es weiterging.

Sophies anfängliche Furcht verwandelte sich in Neugier. Sie begann das Phänomen zu durchdenken und stellte fest, dass die Dinge immer dann aufleuchteten, wenn sie sich zuvor über etwas sehr gefreut oder sehr gelacht hatte. Also wurde alles, was auf diese Art vor ihr erglühte, für sie zu etwas Positivem. Allerdings trat das Ereignis immer seltener auf, je älter Sophie wurde, und nach ihrem dreißigsten Geburtstag schien das grasgrüne Leuchten ganz zu verschwinden.

In Sophies Leben als junge Frau blieb das Grasgrün leider ebenso aus wie die Liebe. Auch darauf gab es keine Antworten, keine Gründe, die sie finden konnte. Leider. Sie war hübsch, sie war klug, und sie war ein freundlicher Mensch, sie wurde meist gemocht und manchmal auch begehrt, aber kein Partner tauchte auf, um zu bleiben.

Sie hatte Freunde, ihren Job und ihr fröhliches Wesen, und sie hatte eine schöne und günstige Wohnung mitten in der City gefunden.

Schließlich und endlich machte Sophie nach ihrem fünfunddreißigsten Geburtstag einen kleinen stillen Frieden mit ihrem Singledasein, vielleicht gehörte auch das zu ihr wie das graue Sehen.

Bis zu jenem Donnerstag.

Bis unsere Sophie erneut ein grasgrüner Blitz traf.

Unsere Sophie, dachte Ines. Ja, jetzt will M.U., dass wir uns mit ihr identifizieren.

Leicht zu durchschauen, aber die Wirkung blieb auch bei Ines nicht aus. Sie nahm einen weiteren Schluck von ihrem Latte macchiato und las weiter.

Sophie war nach der Arbeit in die volle U-Bahn gestiegen, es war ein heftig verregneter Tag Anfang April, und bei solchem Wetter spielte ihre Sehstörung keine Rolle, denn die Mitmenschen versanken ohnehin im Grau der Großstadt.

Zuvor hatte Sophie eingekauft und trug ein Netz mit Äpfeln, Milch und einigem Knabberzeug für einen netten Fernsehabend. Man konnte es sich durchaus allein gemütlich machen an einem

Freitagabend, wenn das Wochenende vor der Tür stand. Sie erspähte einen freien Doppelplatz und setzte sich rasch. Ihr nasser Schirm tropfte den Nebensitz voll, und im Nu hatte sich auf der Sitzfläche eine kleine Pfütze gebildet, bevor Sophie es bemerkte. Eine ältere Dame hatte sich noch durch die Schiebetür gequetscht und steuerte nun mit wild entschlossenem Gesichtsausdruck den freien Platz neben Sophie an.

Da Sophie auch nach Feierabend in einer überfüllten Bahn ein freundlicher Mitmensch blieb, holte sie mit der rechten Hand ein Taschentuch aus ihrer Handtasche, um den Sitz trocken zu reiben. Zugleich jonglierte sie das Einkaufsnetz und den Schirm in ihrer linken und sah zu der älteren Dame hoch.

Das grasgrüne Aufleuchten erwischte sie völlig unvermittelt und war so intensiv und grell wie nie zuvor.

Hätte sie eine Hand frei gehabt, hätte Sophie sie sich automatisch auf die Augen gelegt, aber stattdessen blickte sie einfach mitten hinein in diesen grünen Blitz, der den Menschen hinter der älteren Dame aus all den anderen Menschen in der U-Bahn hervorstechen ließ. Das Grasgrün verging nicht sofort, sondern schien an ihm haften zu bleiben wie eine Markierung oder ein Leuchtstreifen bei schlechter Sicht.

»Haben Sie noch einen Wunsch?«

Ines zuckte zusammen. Der junge Mann mit der Mütze stand neben ihr.

»Vielleicht den Apfelkuchen? Wenn erst die Mittagspausenmeute aus den umliegenden Büros kommt, ist der als Erster aufgegessen.«

»Er sieht sehr lecker aus, aber heute bleibe ich konsequent. Danke.«

Bei dem Pärchen am Nebentisch hatte er jetzt sein Smartphone in der Hand, und sie gähnte gelangweilt. Eine Sekunde überlegte Ines, ob sie ihnen die Zeitschrift hinüberreichen sollte.

Doch zuerst musste sie selbst das Ende von Sophies grünem Liebesblitz erfahren.

Der Mensch war ein Mann, ungefähr in Sophies Alter. Nicht gerade umwerfend markant oder besonders muskulös, aber durch dieses Grasgrün, das ihn vom Scheitel bis zur Sohle einhüllte, doch so herausragend für Sophies Sehen, dass sie ihre Augen nicht von ihm lassen konnte und ihn unverhohlen anstarrte. Die U-Bahn fuhr los, die alte Dame setzte sich neben Sophie direkt in die Pfütze. Sophie starrte und starrte.

»Sitzt etwas auf meinem Kopf, das ich nicht sehen kann? Oder stimmt sonst etwas nicht?«

Der Mann sprach Sophie an, schien von ihrem unverwandten Blick irritiert. Zugleich tastete er seine Haare ab und sah dann an sich herunter, ob vielleicht seine Hose offen stand.

»Sie sind von Kopf bis Fuß grasgrün«, sagte Sophie und musste spontan darüber kichern.

Endlich war es wieder da, Sophies saftiges Grasgrün. Es kitzelte sie beim Hinsehen.

»Grasgrün?«, fragte der Mann und kam einen Schritt näher. Die Bahn rumpelte, und

er griff nach einer Halteschlaufe. »Etwa wie der Frosch im Märchen, den die Prinzessin küsst und dann an die Wand wirft, damit er sich fürs Happy End in einen schmucken Prinzen verwandeln kann?«

Sophies Kichern verebbte. Was war das für ein Mann, dem eine derartige Frage einfiel – und der sie auch noch stellte?

»Ja, genau so«, antwortete Sophie.

Sophie sah in sein immer noch grasgrünes Gesicht, nahm sein grasgrünes Lächeln auf, das grasgrüne Zähne zeigte und seine grasgrünen Augen erreichte. Er zwinkerte ihr grasgrün zu und streckte ihr seine grasgrüne Hand entgegen.

»Na dann, hallo! Ich bin der grasgrüne Lutz. Lutz Dors.«

In dem Moment erlosch das grasgrüne Leuchten um Lutz herum, und er erschien Sophie wieder in allen möglichen Grautönen, aber das Kichern setzte nun wieder ein, verselbstständigte sich, wurde breiter und lauter. Es ging in ein Lachen über, das die alte Dame neben ihr mit einem Kopfschütteln kommentierte.

Lutz und Sophie begannen zu plaudern und tauschten sich aus, nur zwei Stationen weiter auch ihre Handynummern. Weitere zwei Wochen später waren sie Freunde, zwei Monate danach Geliebte, und zwei Jahre nach dieser ersten Begegnung in der U-Bahn schrieb Lutz die Einladungen zu ihrer Hochzeit mit einem grünen dicken Filzstift an alle Gäste. Und da aller guten Dinge drei sind, vervollständigte ein weiteres Jahr später der kleine Noah das Glück und machte Sophie und Lutz zu Eltern.

Soviel man weiß, klappten die nächsten Jahre ganz gut zwischen ihnen mit all den Höhen und Tiefen, die eine Ehe mit Kind so mit sich bringen kann.

Das grasgrüne Leuchten allerdings ist bei Sophie seither nicht mehr aufgetaucht.

Und wenn Ihnen die »Lovestory des Monats« von Sophie gefallen hat, erzählen Sie sie bitte weiter.

(Von M.U.)

Ines schlug das Heft zu. Sie fühlte sich wie nach einem Ausflug, von dem sie sich mehr erhofft hatte.

Das Pärchen am Nebentisch war verschwunden.

Sie zahlte, gab ein gutes Trinkgeld und setzte ihren Einkaufsbummel fort.

I Wo die Liebe hinfällt

1

Sophie mit ihrer grasgrünen Liebe.

Warum spukte diese Geschichte immer noch in Ines' Kopf herum? Die wunderbare Lovestory, wie eine Frau in einem Farbblitz den Mann fürs Leben fand. Drei Wochen waren vergangen und immer noch kein Ende dieses Ohrwurms, oder besser Hirnwurms, in Sicht.

Erzählen Sie es bitte weiter, hatte der Verfasser am Ende geschrieben.

Ines konnte sich richtig gut vorstellen, wie ein solches Liebesmärchen die Runde machte.

Bei Frauenabenden in der Pizzeria oder bei ein-zwei-drei Gläsern Wein mit der Nachbarin, die es von einer Freundin gehört hatte, die sogar eine Kollegin von der realen Sophie kannte, deren Bruder in einer Skatrunde spielte, an der auch ein Freund von Lutz teilnahm.

Sie fragte sich, ob sich auch Varianten im Umlauf befinden könnten. Die Version aus der Zeitschrift. Vielleicht auch eine längere, ausführliche Schilderung, wie es mit Sophie und Lutz im Herz-Kuss-Heirat-Kind-Eiltempo weiterging und wie schön und stark sich diese Liebe entwickelt hatte.

Warum eigentlich beschäftigte sie sich damit? Was hatte die Geschichte eigentlich mit ihr zu tun? Warum fiel sie ihr immer wieder ein?

Vielleicht weil ihre erste Ehe vor so langer Zeit zerbrochen war und sich auch die nächste Beziehung nicht als ein solches Märchen herausgestellt hatte. Beim näheren Analysieren fand sie die Sophie-Lutz-Legende dann nicht nur kitschig, sondern sogar frustrierend für all diejenigen, die der grasgrüne Blitz der Liebe nicht getroffen hatte.

Sie kannte keine Sophie. Auch niemanden in ihrem Umfeld, der so eine Liebesgeschichte erlebt oder davon gehört hätte.

Insgeheim musste Ines allerdings zugeben, dass ihr die Lovestory in Grasgrün – Jrasjrön, wie die Kölner sagen würden – anscheinend doch ziemlich gut gefallen haben musste, denn auch sie hatte sie eines Abends weitererzählt. Berauscht von einem-zwei-drei Cocktails, die ebenfalls grünlich geleuchtet hatten und die ihr eine muntere Barkeeperin als garantiert alkoholfrei serviert hatte.

Es war der Abend gewesen, an dem ihr später übel geworden war. Könnte an dem grünen Chemiezeug gelegen haben, das in den Drinks gewesen sein musste, wie sonst sollten sie so geheimnisvoll glimmen?

Nie mehr Happy Hour.

Eine Randnotiz von Ines' vernünftigem Ich.

Doch eine Überraschung kam noch hinterher: Wer hätte gedacht, dass sie die Sophie-Story gestern von ihrer Tochter beim Brunch wieder vorgesetzt bekommen würde?

Das hatte Ines ziemlich verblüfft.

Wunderschön war das Treffen im Café *Reichard* mit Blick auf den Dom gewesen. Sie hatten draußen gesessen, den Touristenblick genossen, hatten sich übers Alleinreisen und über überhöhte Preise für Einzelzimmer unterhalten. Unvermutet hatte Hanna mit der Geschichte angefangen. Als Mutter hatte

Ines sie natürlich ausreden lassen, als Singlefrau hätte sie Hanna am liebsten schon bei dem Wort »farbenblind« gestoppt. Sie wollte diese unwahrscheinliche Geschichte nicht noch einmal hören. Wie ein Bumerang kam sie zu Ines zurück, schürte die kleine Unzufriedenheit, die sich in ihrem Bauch breitgemacht hatte. So lief das mit der Liebe nicht, jedenfalls glaubte Ines nicht daran.

»Siehst du, Mama, so kann es einem mit der Liebe gehen. Deshalb gib nicht auf.«

Wenn es ihre Tochter gewesen wäre, die es in ihrer eigenen Ehe auf mehr gemeinsame Jahre mit ihrem Mann gebracht hatte als Ines in ihrer gescheiterten Beziehung zu Hannas Vater, dann hätte sie laut gelacht und eine ironische Bemerkung gemacht.

Natürlich nur, wenn ihr gerade eine durch den Kopf geschossen wäre.

Die besten Kommentare fielen einem immer zu spät ein. Sie sollte einen Ratgeber mit schlagfertigen Antworten für alleinstehende Frauen um die fünfzig schreiben, den man in entsprechenden Situationen rasch zur Hand nehmen könnte.

Sie hätte zum Beispiel zu Hanna sagen können, dass die Sophie-Legende für sie eine Art »stille Post« der Gebundenen zu den Alleinstehenden darstellte, nicht um sie aufzumuntern, sondern um sie weiter mit falscher Hoffnung zu nähren. Überhaupt wusste man bereits seit Jesus' Zeiten, wie verdreht und verhunzt solche Legenden häufig weitergegeben wurden. Je öfter man sie wiederholte, desto bunter die Ausschmückungen.

Der Vergleich mit Jesus war ihr sogar eingefallen.

Doch weil Hanna die Story mit solchem Enthusiasmus erzählt hatte, hatte Ines den Mund gehalten. Nur ihr Danke-habe-völlig-verstanden-will-aber-jetzt-nicht-weiter-darüber-reden-okay?-Lächeln hatte sie aufgesetzt, und Gott sei Dank hatte die Tochter ihr Schweigen und ihr Lächeln richtig interpretiert und das Thema fallen lassen.

Also, von vorn: Sie hatte nichts mit Sophie zu tun. Ines kannte die Frau gar nicht. Sie wollte nicht einmal glauben, dass es sie gab.

Aber warum dachte sie dann auch heute wieder über sie nach?

Vielleicht hätte auch sie gern eine so wundersame Begegnung erlebt? Einen Hauch Magie in ihrem eigenen Streben nach Glück verspürt?

Nein. Sicher nicht. Punkt.

Ines war nicht farbenblind, hatte nie ein grasgrünes Aufblitzen erlebt, weder in der Liebe noch sonst wo. Sie war alleinstehend, sprich Single. Und das gern. Immer noch. Wieder. Doch noch mal. Vielleicht nicht mehr lange, aber im Moment jedenfalls.

Sie war neunundvierzig. Noch.

In vier Monaten und acht Tagen würde sie ihren fünfzigsten Geburtstag feiern. Sie hatte sich fest vorgenommen, ihn mit Begeisterung zu begehen, sich an der neuen Fünf in ihrem Leben zu erfreuen. Zumindest hatte sie diese Version von ihrem bevorstehenden runden Ehrentag allen ihren Freunden und Bekannten erzählt.

Hallo, sagte sie zu sich selbst.

Hallo, Ines.

Jetzt stand sie nackt vor dem Spiegel und sprach mit sich selbst.

Nicht laut, nur in Gedanken, wie sie sich gegenüber beteuerte.

Nackt, wie Gott sie schuf, stand sie da, oder eher: wie das Leben sie in den Jahren geformt hatte.

Sie drehte sich nach links, dann nach rechts, dann wieder frontal zum Spiegel.

Eigentlich hätte Ines sehr zufrieden sein können. Eigentlich.

Dichtes braunes Haar, das sich wellte. Wirklich schöne grüne Augen. Keine schlechte Figur. Die Brüste waren noch immer straff. Die Halspartie zeigte noch keine besondere Tendenz zur Faltenbildung.

Aber da war die schlaffere Haut am Bauch.

Ich und die Bauchfalte, wir kennen uns seit Jahren, dachte sie.

Seit Hannas Geburt schlappte es mal mehr, mal weniger. Keine großen Klagen darüber, denn dafür hatte sie ein wunderbares, gesundes Kind von mittlerweile siebenundzwanzig Jahren in die Welt gesetzt. In die Welt entlassen. Hineingeboren.

Hanna, Ines' Augenstern. Hübsch und klug und spießiger, als Ines es je gewesen war.

Ines betrachtete sich weiter im Spiegel an der Wand. Ihr heutiges Bedürfnis nach einer kleinen Selbstdemontage schien noch nicht gestillt zu sein.

Ihr Bauch störte sie doch etwas.

Sie schaffte es einfach zu selten, das Bauch-Beine-Po-Gymnastikprogramm durchzuziehen, ehrlich gesagt, höchstens zweimal die Woche, noch ehrlicher: *ein Mal.* Manchmal nur einmal in zwei Wochen. Seit einem Monat hatte sie die DVD überhaupt nicht mehr eingelegt.

Ihre Brüste schienen etwas schiefer geworden zu sein, schief nach unten hin, sie neigten sich, den schiefen Turm von Pisa imitierend, der Erde zu. Minimal, aber sie konnte es sehen. Auf ihren Hüften zeigten sich ein, also gut: zwei – nein, nicht drei, das nicht – schmale Fettröllchen, wobei die Worte schmal und Fettröllchen nicht recht zusammenpassten. So ein knuffiges Röllchen hatte sie auch am Rücken. Knuffig und Röllchen war auch kein Wortpaar, das sie zusammen verwenden wollte.

Schluss, Ines! Aus und Schluss.

Ihre Vernünftig-Stimme meldete sich sehr laut zu Wort und bremste Ines aus.

Du machst sofort, was in all den dummen und dreisten Frauenzeitschriften steht, und beginnst damit, dich anzuerkennen und zu lieben, wie du bist. Das Schöne an dir zu finden. Das Einzigartige. Ohne eigentlich.

Ja, liebe Vernünftig-Stimme. Du hast wie immer recht.

Dann los!

Ines drehte sich nicht mehr vor dem Spiegel. Alles war gut. In Ordnung. Sie hob ihren Daumen.

Das Handy klingelte. Nein, es sang. Einen von Ines' Lieblingssongs. *Chasing Cars* von Snowpatrol. Manchmal wollte sie gar nicht ans Telefon gehen, nur um dem Lied weiter zuzuhören.

Als der Refrain einsetzte, verließ sie dennoch ihren Spiegelposten. Sofort fühlte sie sich erleichtert. Keine Körperschauen mehr in nächster Zeit, nahm sie sich vor, das führte nur zu Frustration.

»Hey, mein Schatz.«

Es war Hanna.

»Bleibt es bei unserer Verabredung beim Italiener heute Abend um sieben? Ich hab nicht reserviert, wir wollen ohnehin draußen sitzen. Ist dir das recht, Mama?«

Ines' Tochter und ihr Schwiegersohn hatten sie eingeladen. Hanna war das Treffen wichtig. Sie wollte, dass die Mutter ihre kleine Familie heute Abend um sich hatte. Morgen würden Hanna und Dustin für drei Wochen nach Mallorca zu Ines' Eltern fliegen und wollten ihr vorher das Gefühl geben, nicht allein zu sein. Die Einladung war furchtbar lieb gemeint, doch auch deprimierend für Ines, was sie Hanna aber nie sagen würde. Nicht einmal in ihrem Lächeln würde sie es zu erkennen geben.

»Passt, mein Schatz.«

Das reichte als Austausch.

In den nächsten zwei Stunden würde sie noch ein paar E-Mails beantworten. Als freiberufliche Grafikerin hoffte sie immer auf neue Aufträge und beeilte sich bei Anfragen, schnell einen Vorschlag oder ein Angebot zu schicken. Selbst wenn keine Zusage zurückkam, sollten mögliche Kunden sie in guter Erinnerung behalten. War das erledigt, blieb noch Zeit, staubzusaugen und sich dann hübsch zu machen, ihre Fettröllchen mit einer Bluse zu kaschieren. Die beiden Wörter passten hervorragend zusammen: kaschieren und Fettröllchen. Ihre Tochter hatte im italienischen Restaurant *Il Nido*, im Stadtteil Rodenkirchen, einen Tisch reserviert.

Wenn sich Ines mit allem beeilte, würde sie vor der verabredeten Zeit dort ankommen und noch einen Spaziergang am Rhein machen, den Sonnenuntergang und den Blick aufs Wasser genießen.

Hinter ihr zwitscherte es lautstark.

Sie drehte sich um und sah in schwarze Knopfaugen.

Hugo saß am Rand ihres Bettes und starrte sie an, drehte seinen Kopf hin und her.

Hugo, Ines' gelber Kanarienvogel.

Ihr Kanarien-Pech-Vogel.

Noch nicht lange der ihre.

Die kleinen Söhne ihrer jüngeren Schwester Maxima Schimmer, Steuerberaterin und verheiratet mit einem Zahnarzt – Steuer und Zahnweh, was für eine Kombination! –, Gero und Golo, sechs und vier, hatten ihn zu Ines gebracht, weil er von seinen beiden Käfigmitbewohnerinnen gemobbt worden war. Eigentlich sollte er der neue Hahn bei den zwei Vogeldamen einer Kindergartenfreundin von Gero und Golo werden, aber Hugo hatte den Hennen wohl nicht gefallen. Vielleicht war er zu gelb oder zu klein, wer wusste schon, welchen Typ Kanariendamen bevorzugten. Wäre er nicht gerettet worden, hätten ihn die beiden Vogeldamenbiester zu Tode picken können. Gero und Golo hatten ihn, ohne ihre Mutter zu fragen, einfach mitgenommen. Absehbar, dass sie ihn nicht behalten durften. Maxima mochte keine Tiere im Haus, also wurde er zu einem Geschenk für Tante Ines.

So war Ines zu einem Vogel gekommen.

Seit drei Monaten lebte Hugo nun bei ihr, und noch immer hatte sie nicht die Zeit gefunden, ihm eine neue Gefährtin dazuzuholen. Dabei war er ein zutrauliches und kommunikatives Kerlchen. Doch noch war Ines seine einzige Bezugsperson.

Er war ein Pechvogel. Im wahrsten Sinne des Wortes.

Bereits sein erster Erkundungsflug außerhalb seines Käfigs hatte ihm einen Zusammenstoß mit dem Fernseher eingebracht. In schneller Folge waren ein gefährlicher Ausflug auf den Balkon und ein Aufprall auf den Kühlschrank dazugekommen. Gott sei Dank ohne Schäden an dem kleinen Körper. Schließlich, als Höhepunkt, verbrühte er sich die zarten Beinchen, als er von seiner Außenstange direkt in den vollen Suppenteller flog, den Ines auf den Esstisch gestellt hatte.

So viel zur hochgelobten Freiheit, die einem manchmal ganz schön die Füße verbrennen konnte.

Eine Vogelfrau, eine Gefährtin musste her, dringend.

Es klirrte.

Ines drehte sich um.

Hugo saß nicht mehr am Bettrand, er war ins Wohnzimmer entflogen. Ines eilte dem Lärm hinterher.

Diesmal war es, Gott sei Dank, nicht Hugo, der sich verletzt hatte, nein, Hugo hatte die teure Vase von Tante Betty zu Fall gebracht. Ines fragte sich, wie ein so zartes Vögelchen die Kraft haben konnte, eine Ming-Vase umzuwerfen. Wie sollte sie allerdings Tante Betty schonend beibringen, dass Hugo das Geschenk sozusagen umgeflogen hatte?

Schnell die Scherben aufkehren, sonst bestand die Gefahr, dass Hugo noch darin landete.

Ines hetzte in die Küche, ihr Handy begann wieder zu singen. Sie schnappte es sich im Vorbeilaufen.

»Ja, hallo?« Atemlos durch das Wohnzimmer.

»Hier ist Tante Betty.« Ines stutzte.

Elisabeth Peters, eigentlich Ines' Großtante, hatte sich seit Monaten nicht gemeldet, und ausgerechnet jetzt, wo die Ming-Vase zerbrochen war, rief sie an. Sie musste es gespürt haben, Betty mit ihrem siebten Sinn.

»Was habe ich gehört, Ines?«

Sie hatte es gehört! Sie wohnte dreihundert Kilometer entfernt im schönen Saarlouis und hatte gehört, wie die Vase zerbrach.

Hugo flatterte auf Ines' Schulter.

Vielleicht sollte sie ihn das Gespräch mit der voll im Leben stehenden einundneunzigjährigen Großtante Betty führen lassen, die stur wie eine Eselin war.

»Worum geht es, liebste Tante Betty?« Ines' Stimme klang verräterisch freundlich.

»Warum will deine Schwester nicht das ganze Wochenende bei mir bleiben?«

Eigentlich war Maxima erst im August bei Betty eingeladen, weil ihr Mann mit den Jungs zelten fuhr und Tante Betty dachte, dass Maxi ganz ohne Familie einsam wäre. Maxima hatte sich zwar über die Einladung gefreut, wollte aber lieber am selben Abend noch zurückfahren.

Alle liebten die Schwester von Ines' verstorbenem Opa Heinrich, aber es konnte anstrengend sein mit ihr.

Ines fiel auf, dass sie nicht mit eingeladen worden war, vielleicht weil sie keinen Mann hatte, der sie das Wochenende über allein zurückließ. Doch Ines wollte sich nicht beschweren, denn so entging sie Bettys sich endlos wiederholenden Geschichten.

Tante Betty lebte trotz ihres hohen Alters immer noch allein in ihrer Wohnung.

Ich bin auch nicht mehr jung und lebe allein, schoss es Ines durch den Kopf. Ein kurzer Schauer durchfuhr sie. Sie fegte ihn weg und konzentrierte sich auf die Scherben am Boden.

»Tante Betty, kann ich dich in zehn Minuten zurückrufen?«

»Da könnte ich schon tot sein«, erwiderte Betty und legte auf.

In dem Moment kackte Hugo Ines auf die Schulter. Sie musste lachen und konnte ihre Bauchfalte hüpfen sehen.

Sie war immer noch nackt.

Wen juckte es?

Immerhin ein Vorteil für Singles.

2

»Ines, Ines, Ines, du wirst es nicht glauben!«

Wenn Maxima den Namen ihrer älteren Schwester dreimal hintereinander sagte, dann ging es immer um einen Kuppelversuch. Immer.

»Der Taxifahrer, der uns hierhergebracht hat, ist eigentlich Professor in dem Land, von dem er nach Deutschland ausgewandert ist. Er wartet noch auf die Anerkennung seines Abschlusses. Er ist Anfang vierzig und unverheiratet. Hat drei Schwestern und seine Mutter. Ich weiß nicht mehr, woher genau er stammt, aber er will nicht vom Staat abhängig sein. Großartig, findest du nicht?«

Ines seufzte und verdrehte die Augen, bevor sie sich umwandte. Warum hatte Hanna auch Maxi zum Italiener eingeladen? Sie hatte sich auf ein Treffen mit ihrer Tochter und ihrem Schwiegersohn gefreut. Ohne weiteren Familienanhang.

»Sorry, Mama, aber Maxi hat Dustin am Handy erwischt, und du weißt doch, er kann nicht lügen«, flüsterte Hanna ihr im Vorbeigehen zu.

Hannas Mann hatte den etwas unglücklichen Namen Dustin von seiner Mutter bekommen, weil sie sich während der Schwangerschaft alle Filme mit Dustin Hoffman mehrmals angesehen hatte, auch den *Marathonmann*. Dazu der Nachname Meierhof, der Ines' Meinung nach erst recht nicht zu Dustin passen wollte. Ansonsten war er ein Schwiegersohn, wie man ihn sich nur wünschen konnte. Verlässlich, geduldig und unfähig, auch nur ein wenig zu schwindeln.

Ines konnte sich lebhaft vorstellen, dass Dustin keine Chance gehabt hatte, Maxi davon abzuhalten, zum Italiener mitzukommen. Sie selbst hatte seit ihrer beider Kindheit den Wünschen ihrer kleinen Schwester meistens nachgegeben. Maxima beherrschte die perfekte Mischung aus Zuckerbrot und Peitsche, wenn sie etwas wollte.

»Ich habe mir die Taxinummer geben lassen und den Namen des Fahrers.« Maxi legte, wie ein Kartenspieler seinen Trumpf, einen kleinen Notizzettel auf den Tisch. »Ich habe deinen Namen ins Spiel gebracht, von dir erzählt. Er wird sich daran erinnern. Du kannst jetzt damit machen, was du willst.«

Du kannst damit machen, was du willst, das war der Schlusssatz, auf den sich Ines mit ihrer Schwester geeinigt hatte, nachdem es bei einem anderen Kuppelversuch vor einem Jahr zu einem heftigen Streit zwischen ihnen gekommen war.

Damals hatte Maxima Ines zu einem Abendessen eingeladen – mit einem ganz besonderen Gast. Während des gesamten Essens hatte sie dem Mann, einem Dozenten an der Uni Dortmund, ihre alleinstehende Schwester wie ein übrig gebliebenes Teil eines Teeservices feilgeboten. Allen war die Situation peinlich gewesen, nur Maxima nicht. Nach dem Essen hatte Ines ihre Schwester um ein Vieraugengespräch gebeten und ihr jegliche Einmischung in ihr Liebesleben ein für alle Mal verboten. Laut war sie geworden, und das kam selten vor. Maxima hatte geweint, was noch seltener vorkam, und versprochen, es in Zukunft sein zu lassen, das Kuppeln. Immerhin drei Wochen hatte sie sich an ihr Versprechen gehalten.

Wenn Maxi jetzt versuchte, die Beziehungsvermittlerin zu spielen, fügte sie ihren Vorstößen den besagten Satz am Ende hinzu, als würde der ihre schwesterlichen Übergriffe relativieren.

»Danke, Maxi«, antwortete Ines knapp, und die vier setzten sich.

»Drei Wochen Malle wären mir zu lang.« Wenigstens hatte Maxima schnell ein anderes Thema gefunden.

Jeder am Tisch wusste, dass drei Wochen Strand und Sonne aus Maxima ein Nervenbündel machen würden. Ruhe war für sie gleichbedeutend mit Stillstand und beinhaltete höchstens ein Fünf-Minuten-Nickerchen während der Mittagspause.

Ihr Mann Werner pflegte zu betonen, er suche bei seiner Frau immer noch nach dem Ausschaltknopf. Selbst ihre aktiven, ständig plappernden kleinen Söhne steckte Maxima in die Tasche. Gero und Golo waren im Vergleich zu ihrer Mama geradezu stille Kinder. Solange Ines sich zurückerinnern konnte, war Maxi wie Speedy Gonzales unterwegs gewesen.

Obwohl die beiden Schwestern acht Jahre trennten und Ines als Ältere ein Vorbild hätte sein sollen, hatte Maxi schon in ihren Kleinkindjahren alle Ines-Rekorde gebrochen. Sie hatte viel früher zu sprechen, zu laufen, zu lesen angefangen, sie hatte mit siebzehn das Abitur bestanden und sich bereits mit vierzehn mit ihrem ersten festen Freund gezeigt. Ines hatte ihren erst mit achtzehn zu Hause vorgestellt und mit neunzehn ihre Hochschulreife erlangt. Wenn die große Schwester mit guten Ratschlägen für die Kleine ankam, die auch an Körpergröße Ines um einen Kopf überragte, war Maxima längst darüber hinausgewachsen und zog ihrerseits gute Tipps aus dem Ärmel. Ihr Name war Programm.

Nur bei Heirat und Schwangerschaft hatte Ines Maxima überflügelt. Ines hatte Jürgen mit einundzwanzig geehelicht und war mit zweiundzwanzig Mutter geworden. Dafür war sie aber mit Mitte zwanzig bereits wieder geschieden gewesen.

Maxima hatte lange und intensiv den Traummann gesucht, sich kein Date entgehen lassen, geprüft, getestet und nie aufgegeben, bis endlich Werner kam und blieb. Sie hatte Gero mit Mitte, dann Golo mit Ende dreißig bekommen. In ihre Mutterrolle stürzte sie sich mit demselben Feuer wie in ihre Ehe, in ihren Job bei einer gut gehenden Steuerberatungskanzlei und in die Kuppelversuche für ihre Schwester. Sie schien es als persönliche Aufgabe zu sehen, Ines wieder unter die Haube zu bringen. Ob Maxi sich wirklich Sorgen über Ines' Einsamkeit machte oder einfach nur keine ungerade Zahl bei Familientreffen mochte, konnte keiner so recht sagen.

Der Rotwein wurde gebracht, und sie prosteten sich in der Runde zu. Die Luft war lau, und Köln hätte heute Abend auch Rom oder Florenz sein können, so südlich wirkte die Atmosphäre. Das Restaurant *Il Nido* in Rodenkirchen mit seinem italienischen Flair verstärkte noch diesen Eindruck. Ines schloss die Augen und stellte sich vor, dass hinter dem Lokal der Strand begann, das Meer. Immerhin floss zwei Straßen weiter der Rhein.

»Warum kommst du nicht zumindest eine Woche nach?«

Ines hatte diese Frage ihrer Schwester erwartet. Den Rest konnte sie in Gedanken mitsprechen.

»Ines: Wenn Werner und ich in drei Tagen zum Kongress nach Chicago unterwegs sind, bist du von der Familie die Einzige, die im Lande bleibt. Du wirst dich langweilen, einsam sein. Du gehst zu selten aus. Was ich nicht verstehen kann.«

Maximas Werner war Zahnarzt in einer Gemeinschaftspraxis in Düsseldorf und absolvierte Weiterbildungen an den unterschiedlichsten Orten, von Helsinki bis Lissabon, und zwar in einer solchen Häufigkeit im Jahr, dass man meinen konnte, er sei auf einer dentistischen Welttournee. Solange die Söhne nicht schulpflichtig waren, versuchte Maxima mitzureisen, arbeitete dann online von den jeweiligen Städten aus. Gero und Golo hatten McDonald's-Filialen und LEGO-Stores bereits in vielen Metropolen kennengelernt. In ihrer Lust am Reisen passten Maxi und Werner großartig zusammen.

Ines schüttelte den Kopf.

»Maxi, ich lebe seit sieben Jahren allein in meiner Wohnung. Bis jetzt bin ich noch nie morgens aus meinem Bett gefallen oder in meiner Badewanne ertrunken. Wir sehen uns oft auch wochenlang nicht, wenn ihr alle im Lande seid.«

Sieben? Ines hielt inne. Sieben Jahre, konnte das sein? Sie rechnete nach und kam sogar auf acht. Wie die Zeit verflog, wie die Sekunden rannten, als gebe es ein Ziel und etwas zu gewinnen.

»Außerdem habe ich von dir die Wagennummer des taxifahrenden Professors aus Irgendwo, ich bin also versorgt.«

»Du machst dich lustig über Menschen, die dich lieben. Dein Sarkasmus ist nicht fair uns gegenüber.«

Eine Bemerkung, die Maxima gern auf den Tisch brachte und mit der sie jede Kritik im Keim erstickte. Sätze, wie sie auch ihrer beider Mutter hätte sagen können, kombiniert mit einem leichten Seufzen. Wie konnte es nur sein, dass Ines sich so sehr vom Rest der Familie unterschied?

Sie hatte als Einzige einen kreativen Beruf gewählt, Grafikdesign studiert und war dabei geblieben, immer ohne Festanstellung, immer auf freier Wildbahn. Oft schlecht bezahlt, aber mit immer neuen Herausforderungen.

Ines hatte sich damals, trotz Kind, für die Scheidung entschieden, als es in ihrer Ehe mit Jürgen nicht mehr geklappt hatte. Sie war zugleich alleinerziehend und selbstständig – der Horror für ihre auf Sicherheit bedachten Eltern. Im Gegensatz zu all ihren Verwandten, die sich Berufe gewählt hatten, mit denen man ein regelmäßiges Einkommen und eine relativ gesicherte Rente erzielen konnte. Die, noch dazu bemerkt, an ihren jeweiligen Lebenspartnern festhielten, auch wenn die Ehe sich als nicht glücklich entpuppte. Im weitläufigen Zweig der Cousinen und Cousins gab es tatsächlich nur Pärchen.

Die Ausnahme bildete Großtante Betty, aber die hatte sowieso nie geheiratet und auch nie Kinder bekommen und galt seit jeher als verschroben. Was übersetzt hieß, dass Tante Betty als schwarzes, eigenartiges Schaf in der Herde anerkannt war.

Ines trank einen weiteren Schluck Wein und fragte sich, ob Maxi vielleicht befürchtete, dass die ältere Schwester später wie Betty werden könnte: schrullig und verwirrt, eine Verwandte, um die man sich kümmern musste.

»Wenn wir nach Chile gehen, wird Ines auch alleine zurechtkommen.«

Es war wie immer Dustin, der in seiner Naivität und Ehrlichkeit als Erster seine und Hannas geheime Pläne ausplauderte.

»Was?« Maxima verschluckte sich und musste husten. »Chile?«

Hanna knuffte ihren Mann ganz offen, und Dustin zog sich hinter die Speisekarte zurück. »Es soll hier super leckere Pizzen geben. Ich habe einen Bärenhunger.«

»Lenk bitte nicht ab, Dustin. Warum und wann Chile? Warum nicht gleich Mondhausen? Klärt mich sofort auf!«

Bevor Dustin weiteres Unheil anrichten konnte, sprang Hanna ein. »Tante Maxi.« Hanna sprach Maxima selten mit ihrem Verwandtschaftsgrad an, doch wenn das Wort Tante kam, war es ein sicheres Zeichen, dass selbst Hanna Maxis Einmischungen zu viel wurden. »Was regst du dich sofort dermaßen auf? Ohne überhaupt die Einzelheiten zu kennen?«

»Das Stichwort hat ausgereicht.«

»Warum das denn? Du bist doch die Weltreisende unter uns.«

»In Santiago de Chile hatte Werner vor Jahren einen Zahnarztkongress. Ich habe mich kaum aus dem Hotel getraut. Also: Südamerika, nein danke.«

»Unsinn, Tante Maxi. Chile ist ein spannendes Land. Ich habe bereits jede Menge darüber gelesen und im Netz recherchiert. Wenn du damals nicht auf Erkundungstour gegangen bist, kannst du es sowieso nicht beurteilen.«

»Kann sein. Jetzt erzähl bitte weiter.«

»Dustin studiert Internationale Betriebswirtschaftslehre, wie du weißt.«

»Sein drittes Studium, ist uns bekannt. Was hat dieser Umstand mit euren Plänen zu tun?«

Hanna atmete tief durch. Da war dieser kleine Stachel in ihrem Herzen, denn Dustin konnte sich nicht entscheiden, welches Ziel er anstrebte, welches Gebiet ihn später als Beruf fesseln könnte. Während Hanna schon seit vier Jahren bei einer IT-Firma angestellt war und sich in rasantem Tempo zur Managerin hochgearbeitet hatte, war ihr Mann bereits in den dritten Studiengang gewechselt und ließ seine Frau die Brötchen verdienen. Hanna finanzierte die Mietwohnung der beiden in Köln-Dellbrück und auch außerplanmäßige Ausgaben, wie jetzt die Mallorca-Reise zu den Großeltern. Schließlich und endlich hatte sich Dustin für Internationale BWL entschieden, pendelte zwischen Köln und der Uni in Münster.

»Ab dem fünften Semester geht dieses Studium in einem südamerikanischen Land weiter. Wir haben die Auswahl diskutiert, und Dustin hat sich für Chile entschieden, was ich wunderbar finde.« Hanna redete schnell, damit Maxima keine Chance hatte, eine Zwischenfrage zu stellen. »Alles ist geklärt. Auch für mich. Meine Firma hat eine Zweigstelle in Santiago, und dort kann ich in der Zeit genauso arbeiten wie hier. Mein Boss hat schon Ja gesagt. Es ist perfekt für uns.«

»Hast du davon gewusst?« Maxima schwenkte den Blick zu Ines, ihr Ton klang, als hätte eine Verschwörung hinter ihrem Rücken stattgefunden. »Macht es dir nichts aus?«

Ines spürte tatsächlich ein leichtes Unbehagen darüber, dass der Abschied nach dem Sommer stattfinden würde. Über Ostern hatten sie alles besprochen, Ines hatte sich für Hanna und Dustin gefreut, und jetzt war es bereits Juni.

Chile rückte näher.

Ja, sie würde die beiden schrecklich vermissen. Doch Hanna und Dustin hatten ein Recht auf ein aufregendes Abenteuer. Keinesfalls würde Ines es ihnen schwer machen. Auf keinen Fall würde sie jammern. Sie würde frohen Mutes mit Hugo in Köln bleiben und die Pflanzen auf Hannas Balkon versorgen. Ein Besuch war ohnehin eingeplant, diese Reise würde sie sich leisten. Nach Flügen hatte sie bereits im Internet gegoogelt, die Reisezeit von über zwanzig Stunden würde sie nicht abhalten.

Statt ihrer Schwester direkt zu antworten, hob Ines ihr Glas. »Wir sind eben eine moderne, weit verstreute Familie, Maxi. Du mit deinem Mann und deinen Söhnen in Düsseldorf, unsere Eltern auf Mallorca, Tante Betty im Saarland. Außerdem brauche ich jetzt bis nach Dellbrück zu den beiden auch manchmal über eine Stunde. Was soll mich da Chile schrecken? Wir leben in Zeiten von Skype. Jetzt lasst uns endlich Pizza bestellen, sonst machen die hier noch Feierabend.«

Maximas Mund öffnete sich, sie konnte es schwer ertragen, nicht das letzte Wort zu haben, da begann ihr iPhone *Atemlos durch die Nacht* zu singen. Einen passenderen Song hätte sich Maxima nicht aussuchen können.

»Meine Nanny, Nerea. Da muss ich ran.« Sie stand auf und bewegte sich vom Tisch weg, Richtung Straße.

»Es tut mir echt leid, Leute.« Dustin sah aus, als hätte er wie Hugo vorhin eine teure Ming-Vase zerbrochen. Er flüsterte, obwohl Maxima außer Hörweite war. »Aber als Maxi anrief, ist mir partout keine Ausrede eingefallen. Ich hab gehofft, dass ihr die Strecke von Düsseldorf zu weit ist, nur um zum Pizzaessen nach Köln zu kommen. Jetzt hab ich unseren letzten Abend versaut.«

»Quatsch.« Ines tätschelte ihrem Schwiegersohn den Oberarm. »Alles ist wunderbar. Und letzter Abend klingt viel zu pathetisch. Ihr seid in drei Wochen wieder da, was soll sich bis dahin groß ereignen?«

In dem Moment kitzelte es Ines in der Nase, und sie musste zweimal heftig niesen.

»Da kommt was zweifach Großes auf dich zu, Mama.« Hanna lachte.

Großtante Betty gab sonst solche Weisheiten von sich. Juckte es in der Handfläche, konnte man Geld gewinnen, verschluckte man sich, deutete es auf einen unerwarteten Besuch hin. Nieste man mehrfach hintereinander, stand ein Abenteuer bevor.

Eine weitere Niesattacke ereilte Ines. »Nicht nur zweifach, sondern fünffach groß.« Ihre Augen tränten, während sie versuchte mitzulachen.

Der Kellner und Maxima tauchten gleichzeitig wieder auf.

»*Le mie belle Signore*, haben Sie gewählt?«

»Wir brauchen noch ein bisschen.« Dustin warf einen schnellen Blick zu Hanna und seiner Schwiegermutter. »Etwas Brot wäre klasse.«

Ines' Niesanfall war vorbei, sie tupfte sich mit der Serviette die Augen ab.

»Na, ist alles in Ordnung bei deinen Jungs?«

Maxima setzte sich und begann mit den Beinen zu wippen. »Werner ist bereits zu Hause und hatte keine Ahnung, wo das Geld für Nerea liegt. Er ist zwei Stunden zu früh dran, unfassbar. Also hat sie zwei Stunden fürs Nichtstun bezahlt bekommen.«

Der Kellner kam mit einem Brotkorb und einer Schale Oliven zurück.

»Danke, das ist aber nett.« Ines griff sofort zu.

»Bis Sie sich entschieden haben, für den kleinen Hunger. *Al vostro servizio, mia bella Signora.*« Der Kellner verbeugte sich vor Ines und verschwand wieder.

»Ines, Ines, Ines. Sind die hier immer so freundlich?« Maxima sah dem Mann hinterher. »Oder hat er ein Auge auf dich geworfen, Schwesterlein?«

Ines konnte sich ein Schmunzeln nicht verkneifen. »Siehst du, Maxi, wenn ihr alle unterwegs seid, hab ich sturmfreie Bude, werde mir erst den Taxiprofessor, dann den Olivenmann vornehmen. Natürlich nur, wenn Hugo nichts dagegen hat.«

Hanna und Dustin glucksten. Maxima hatte für Ines' Scherz nur ein Schulterzucken übrig.

»Ich meine es nur gut, du wirst nicht jünger. Nicht umsonst gibt es den Spruch, dass eher ein Lottotreffer als ein neuer Mann in das Leben einer Frau über fünfzig kommt.«

»Tante Maxi!« Hanna blieb das Lachen im Hals stecken. »Wie kannst du nur so was sagen?«

Ines winkte ab. Sie dachte nicht daran, sich die Laune verderben zu lassen. »Maxima, du bringst mich auf eine Superidee. In vier Monaten und acht Tagen werde ich Lotto spielen. Und mit den gewonnenen Millionen kauf ich mir dann einen Kerl.«

»Darauf trinken wir!« Dustin hob sein Glas, er war der Einzige, der nicht beim Weintrinken aufpassen musste, da Hanna heimfahren würde. »Und wenn du, liebe Tante Maxi, heute meine liebste Schwiegermutter noch ein einziges Mal feilbieten möchtest, dann …«

Was auch immer Dustin meinte, blieb ungesagt, aber der Alkohol machte ihn mutiger. Hanna küsste ihren Liebsten, und diesmal gab Maxima klein bei.

»Du hast recht. Außerdem habe ich tierischen Hunger. Lasst uns endlich unser Essen aussuchen.«

Während alle am Tisch die Speisekarten studierten und am Brot knabberten, zählte Ines in Gedanken noch mal die Jahre zusammen. Diesmal die Zeitspanne, wie lange sie schon keinen Mann mehr gehabt hatte. Weder in einer Beziehung noch in einer Affäre. Acht Jahre, nicht sieben.

Der Kellner kam zurück, um die Bestellung aufzunehmen, und zwinkerte Ines zu.

Sie sah sich wieder nackt vor dem Spiegel stehen und musste lachen.

3

Als sie gerade den Hausschlüssel aus ihrer Tasche gefischt hatte, traf eine SMS ein.

Ines balancierte Handy, Handtasche und Schlüssel und fragte sich dabei, ob es nicht einfacher wäre, die Nachricht erst zu lesen, wenn sie oben in der Wohnung war. Trotzdem setzte sie ihren Balanceakt fort.

Vielleicht war es Hanna, der noch eine witzige Bemerkung zu Maxi eingefallen war oder die für ihre Abreise morgen noch dringend etwas von ihr brauchte. Oder Maxi hatte auf dem Rückweg nach Hause den nächsten tollen Mann für sie gefunden.

Oder, und das wäre wirklich wichtig, es könnte eine Nachricht vom *Känguru*-Verlag sein. Sie hatte sich vor einer Woche bei dem Unternehmen in Köln vorgestellt. Eine neue Frauenzeitschrift wurde geplant, und Ines war eingeladen worden, ein paar Coverentwürfe anzufertigen. Vielleicht hatte sie gerade eine Information dazu von der Verlagsleiterin erhalten.

Allein um diese Gedankenspiele zu unterbrechen, musste sie die SMS auf der Stelle lesen.

Sie war von Jürgen. Ines' Exmann. Hannas Vater.

Hab dir eine Mail geschickt.

Jürgen. An ihn hatte Ines überhaupt nicht gedacht. Warum auch? Ihre Freude hielt sich in Grenzen.

Sie verschloss die Eingangstür und streifte zugleich die Jacke von den Schultern. Die Handtasche fiel ihr dabei zu Boden, und Lippenstift, Taschentücher und Portemonnaie landeten auf der Fußmatte. Ines stieß einen Fluch aus. Ihr Ärger galt nicht nur ihrem Missgeschick, sondern mehr noch ihrem Eifer, auf dieses Geklimper von ihrem Handy sofort zu reagieren, wie der Pawlow'sche Hund, wenn die Glocke läutete.

Jürgens kargen Satz hätte sie ebenso gut nach einer Dusche und ihren Abendritualen lesen können. Seine E-Mail würde sie ohnehin erst morgen öffnen, früh genug. Sie waren geschiedene Leute, und er konnte nicht erwarten, dass sie seiner Aufforderung auf der Stelle nachkam.

Vor fünf oder sechs Wochen hatte sie das letzte Mal mit ihm Kontakt gehabt. Sie konnte sich nicht an den Grund erinnern, aber dass Jürgen die Nachricht nicht mit einem »Hallo, wie geht es dir?« oder einem »Was machst du gerade?« eröffnete, fand sie unhöflich. Nur diese eine knappe Mitteilung, schnörkellos wie er selbst. Trocken und als Anordnung gemeint. Wenn er sich bequemte zu schreiben, dann sollte sie springen.

Nein, du mein lieber, lieber Ex. Vergiss es!

Ines zog die Schuhe aus, lief barfuß durchs Wohnzimmer und direkt hinaus auf den Balkon. Immer noch war der Abend lau, und sie setzte sich auf einen der Klappstühle. Erst einmal Luft holen und sich die gute Stimmung nicht von Jürgen verderben lassen.

Ihrem Wohnhaus in der Friedrich-Schmidt-Straße gegenüber lag der Stadtwald. Sie konnte von der Wiese dort, die hinter der ersten Baumreihe begann, Stimmen und Musik hören. Es roch leicht angekokelt, die Gruppe schien die warmen Temperaturen als Startsignal für den ersten Grillabend in dieser Saison genommen zu haben.

Auch auf dem Balkon nebenan flackerte eine Kerze, die Nachbarn hatte es ebenfalls nach draußen gezogen. Es war ein junges Paar, das erst vor einigen Wochen eingezogen war. Sie hielten sich im Arm und verschmolzen im Kerzenlicht zu einer einzigen Silhouette.

Ines hörte sie flüstern und leise lachen. Wie die Grillgerüche von drüben meinte sie auch den Duft dieser jungen Liebe beinahe riechen zu können. Ein zarter Hauch von Amor mit ein wenig Candlelight-Leichtigkeit. Ines lächelte im Dunkeln. Sie hatte die beiden auf Anhieb gemocht und sich über frisches Blut in der Nachbarschaft gefreut. Die Mietwohnungen im Stadtteil Braunsfeld waren teuer und wurden meist von älteren, gut situierten Paaren oder Familien bewohnt, in denen beide Elternteile arbeiteten, wie Maxima und Werner.

Ines selbst hatte das große Glück gehabt, dass ihr Vermieter vor Jahren ein Kunde von ihr gewesen war und sie somit an der Schlange der Interessenten vorbei und ohne Einkommensnachweis hatte einziehen können. Die Miete lag im mittleren Bereich, nicht gerade ein Schnäppchen, aber bezahlbar, und Ines hatte nur sich selbst durchzubringen. Seit einiger Zeit auch noch Hugo, aber der Kanarienvogel war ein Winzling mit kleinem Magen.

Manchmal, wenn es nur wenige Aufträge gab, stöhnte sie trotzdem über die hohen Wohnkosten, aber die Lage ihres Zuhauses und der Blick auf Bäume und Grün waren es wert.

Sie saß und genoss. Ein klein wenig wünschte sie sich auch so eine zweite Silhouette im Abendlicht auf ihrem Balkon, ein klein wenig wäre sie gern in der Gruppe auf der Wiese gesessen.

Früher, noch mit ihrer Tochter im Schlepptau, hatte sie in einer größeren und günstigeren Wohnung im nicht sehr edlen, aber erschwinglichen Stadtteil Bickendorf gelebt. Da hatte es oft Nachbarschaftsfeste und Treffen gegeben, hier kannte man sich, grüßte, nahm Päckchen an, aber jeder ging seiner

Wege. Als Hanna dann nicht mehr bei ihr lebte, hatte Ines eine Veränderung gebraucht und war in die Zwei-Zimmer-Küche-Bad-Balkon ins edlere »Veedel« Braunsfeld gezogen. Sie erinnerte sich, dass ihr der Ausblick zum Park über die ersten Wochen der Eingewöhnung hinweggeholfen hatte.

Wann war ihre Tochter eigentlich flügge geworden? Sie begann wieder zu zählen – vor mehr Jahren, als sie Finger hatte. Hanna war mit Beginn ihres Studiums ausgezogen. Zu der Zeit war Ines noch mit Marcel zusammen gewesen, dem Mann nach ihrem Ex. Keine aufregende, aber eine recht stabile Beziehung, allerdings mit einem ziemlich schlechten Ende. Wenigstens hatte Ines kein zweites Mal Ja gesagt, Marcel und sie hatten immer getrennt gewohnt. Vielleicht hatte die Verbindung deswegen länger als ihre Ehe gehalten. Bis zu Marcels Betrug. Aber daran wollte Ines nicht denken, nicht an diesem lauen Abend mit Grilldüften und Kerzenflackern.

Zurück zu Hanna: Heute verdiente ihre Tochter mehr als Ines und war eine selbstbewusste junge Frau – unfassbar, wenn Ines an das süße Baby dachte, das sie im Geburtshaus im Arm gehalten hatte.

Sie stand auf und kehrte ins Wohnzimmer zurück, setzte sich doch noch einmal an den Computer. Im Posteingang öffnete sich die E-Mail ihres Ex-Mannes automatisch.

> *Hallo Ines, Tilda will neben ihrem Engagement in Salzburg ein kleines Opernstudio eröffnen. Sie möchte dir den Auftrag für Logo, Flyer usw. geben. Ruf uns dazu an. L G Jürgen*

Hallo und LG. Wieder keine Frage nach Ines' Befinden.

Jürgen, du kleines A****loch.

Ines grollte ihrem Ex eine ganze Minute lang. Dann verschwand dieses Gefühl, und der Abstand zu ihm machte ihr Herz wieder frei von längst vergilbten Emotionen.

Geld war nie ein Thema zwischen ihnen gewesen, auch nicht irgendwelche Affären, zumindest keine, von denen Ines erfahren hätte. Es war die Nüchternheit gewesen, genau diese Knappheit auch in seinen Gefühlen, mit der Jürgen ihre gemeinsamen Jahre hatte eintönig werden lassen. Dieses Kurzangebundene, so als wäre er immer unterwegs in wichtigen Geschäften und nur am Rande verfügbar. Ines hatte die Zeit mit ihrem Ex-Mann oft als Weißbrotstulle gesehen, die immer mehr ausgedörrt und am Ende zerbröselt war.

Wie passte seine zweite Frau Tilda bloß in dieses Bild? Eine Opernsängerin. Wie hatte sich Ines' Ex nur in eine Künstlerin verlieben können? Oder umgekehrt: Wie hatte ein kreativer Geist Gefallen an Jürgen finden können? Seit Jahren war Tilda am Landestheater in Salzburg engagiert, sang dort große Opernpartien. Jürgen hatte sie kurz nach der Trennung von Ines kennengelernt und das Land schneller verlassen, als die Tinte unter den Scheidungspapieren getrocknet war. Mit Sack und Pack war der sonst so träge Mann zu der Diva gezogen.

Anno dazumal, bei Ines, hatte er mit einer gemeinsamen Wohnung plus Heirat gewartet, bis sie mit Hanna hochschwanger war. Vielleicht hatte er die Eheschließung überhaupt nur durchgezogen, weil die WG, in der er damals wohnte, sich aufgelöst hatte?

Unsinn, meldete sich ihre Vernünftig-Stimme zu Wort. Sei froh, dass es so gekommen ist, du wolltest ohnehin nicht bei ihm bleiben. Wende dich den guten Dingen zu, wie zum Beispiel dem Auftrag, den er dir zukommen lassen will. Passt perfekt, um die Kasse aufzufrischen.

Ja, dieser rationale Teil in ihr hatte recht, wie so oft.

Ein Logo für ein neues Opernstudio, klang wirklich gut. Warum nicht eine bezahlte Bestellung von der neuen Frau ihres Ex annehmen? Die so neu schon lange nicht mehr war. Wieder begann das Spielchen mit dem Rückwärtsrechnen in Ines' Kopf. Tilda und Jürgen hatten sehr lange ohne Trauschein zusammengelebt, aber 2009 schließlich geheiratet, in dem Jahr, in dem Ines nur einen einzigen Auftrag hatte an Land ziehen können. Eine schwierige Phase.

Sie schmunzelte allerdings bei der Erinnerung, wie sie auf der Hochzeitsfeier der beiden ziemlich viel getrunken und auf dem Tisch getanzt hatte. Jürgens Blick würde sie nie mehr vergessen, ebenso wenig seinen fassungslosen Gesichtsausdruck, als sich seine frisch angetraute Tilda ebenfalls die Schuhe ausgezogen hatte und zu Ines auf den Tisch gestiegen war. Dieser Moment war alle Peinlichkeit davor wert gewesen.

In dieser pechschwarzen Zeit hatte Ines, neben den beruflichen Schwierigkeiten, dann auch Marcel mit einer seiner Kolleginnen aus dem Büro erwischt, ebenfalls bei einer Art Tabledance. Haha! Irgendwann kann man über alles lachen.

Sie schüttelte vor ihrem Computerbildschirm energisch den Kopf.

Aus und Schluss mit dem Wiederkäuen längst vergangener Geschehnisse. Kein Zurückrechnen mehr. Sie konzentrierte sich auf das Hier und Jetzt.

Ihr voraussichtliches Einkommen sah in diesem beginnenden Sommer leider schlechter aus als gedacht, doch die Miete war zumindest gesichert. Gern hätte sie sich im August noch ein paar Tage Urlaub gegönnt, vielleicht doch ihre Eltern auf Mallorca besucht, aber dazu hätte sie ihre Schwester oder Tante Betty anpumpen müssen, und das kam nicht infrage. Es hatte immer schon maue Auftragszeiten gegeben, und Ines hatte die Flauten stets überstanden. Dafür segelte sie als Freiberuflerin auf dem weiten Meer der freien Zeiteinteilung und Kreativität. Etwas, das ihr sehr entgegenkam.

Ines überlegte kurz, dann tippte sie eine Antwort.

Hallo zurück. Nehme euer Angebot dankend an. Melde mich morgen. I.

Genauso knapp und kurz, so konnte sie sich ebenfalls ausdrücken. Ines stellte sich vor, wie Jürgen stutzte, sich ein winziges bisschen ärgerte. Bevor sie jedoch auf Senden klickte, fügte sie doch weitere Zeilen hinzu.

PS. Ich hoffe, dir geht es gut und natürlich Tilda ebenso. Ich bedanke mich, dass ihr an mich gedacht habt. Heute Abend war ich mit Hanna und Dustin Pizza essen. Die beiden fliegen morgen für drei Wochen nach Mallorca zu Gerd und Linde, denen es immer noch hervorragend in ihrer Altersresidenz in der Sonne gefällt. Was macht dein Knie? Kannst du wieder Tennis spielen? Hier in Köln gibt's nichts wirklich Neues. Der FC hat gewonnen – juhu! Aber die Meldung hast du sicher schon gelesen. Grüße an die Salzburger Berge und bis morgen. Ich rufe vormittags vor zehn an, weil ich weiß, dass Tilda später Proben hat. Tolle Idee übrigens – ein Opernstudio, ich bin gespannt. Schlaft gut – Ines

Sie hielt inne. Ihre Plapperpferde hatten sich nicht zügeln lassen. Was ihrem Ex an Worten fehlte, füllte sie in der Konversation locker auf. Wie früher, egal, wie viele Jahre auch vergingen. Ines schwankte zwischen Entrüstung über sich selbst und Belustigung über ihre Automatismen. Auf keinen Fall wollte sie dieses PS senden. Sie löschte es, trommelte mit den Fingern auf die Tischplatte, überlegte. Schließlich fügte sie es wieder ein, überprüfte den Text auf Fehler und setzte einen Smiley ans Ende.

So bin ich eben, basta!

Sich noch mal von ihr scheiden lassen, weil sie ihn mit ihren vielen Worten überschwemmte, konnte ihr trocken-krosser Ex ohnehin nicht.

Ines schickte die Nachricht mit einem Grinsen ab.

Sie ging ins Bad und unter die Dusche. Am Ende stellte sie den Strahl auf kalt und quiekte auf, als das Wasser über ihren Rücken rann. Sie versorgte Hugo und ließ die Tür seiner Voliere offen. Wenn er Lust hatte, konnte er vor der Nachtruhe noch etwas frei herumfliegen, hoffentlich ohne irgendwo anzustoßen. Er schnäbelte süß mit Ines' Zeigefinger und pfiff, während sie sein Wasser nachfüllte.

Als sie den Fernseher anstellte, begann die Wiederholung einer alten Folge der Krimireihe *Inspector Barnaby*, eine ihrer Lieblingsserien. Sie kannte zwar den Plot, freute sich aber trotzdem. Da die Sendung nicht ihre volle Aufmerksamkeit brauchte, holte sie sich ihren Skizzenblock und begann mit einem ersten Entwurf für Tildas Studio. So konnte sie ihr morgen bereits etwas anbieten.

Hugo hatte Ines vorhin auf eine erste Idee für das Signet gebracht: der Kopf eines gelben Kanarienvogels mit weit geöffnetem Schnabel, aus dem eine Notenfolge kommt. Das könnte ein charmantes und einladendes Logo werden.

Kreativ sein und dabei dem britischen Inspector und seinem Assistenten zusehen, wie sie einen Fall lösten – das war die Art von Lebensqualität an einem gemütlichen Abend, die Ines schätzte. Kein Jahre-rückwärts-Zählen mehr im Kopf, kein Groll auf das, was nicht mehr zu ändern war. Einfach nur Dinge unternehmen, die guttaten.

Sie riss das Blatt vom Block ab und schwenkte es in der Luft.

»Guck mal, Hugo, das bist du. Mit etwas Glück ziert dein Bild bald ein Opernstudio in Österreich. Was sagst du dazu?«

Hugo sagte nichts, er zwitscherte nicht mal, sondern saß auf seiner Stange und putzte sich zu später Stunde. Manchmal erinnerte er sie an Jürgen.

Nach *Barnaby* legte sie Block und Stift zur Seite, die Müdigkeit meldete sich. Sie sah sich noch den Anfang eines hochkarätig besetzten Geisterthrillers im Zweiten an, schlief aber bereits nach den ersten zehn Minuten auf der Couch ein. Ihr eigenes leises Schnarchen weckte sie wieder auf.

Zeit, ins Bett zu gehen.

Dort wollte der Schlaf jedoch nicht wiederkommen.

4

Drei Uhr früh, die Stunde der Geister begann. Buhu!

Bei diesem Gedanken wälzte sich Ines in ihrem Bett auf die andere Seite.

Den Gruselfilm im Spätprogramm hätte sie sich schenken können. Sie hatte die ganze Geschichte ohnehin nicht mitbekommen, einfach verschlafen. Darüber war sie sogar froh gewesen, denn die meisten dieser Filme hatten natürlich kein Happy End. Und im Nachspann kam dann noch ein gruseliges Detail, das dem Zuschauer in seine Träume folgte oder unter der nächsten Dusche für eine Gänsehaut sorgte.

Na ja, Ines, darum heißen sie doch Gruselschocker.

Ihre Vernünftig-Stimme war also auch noch wach.

Trotzdem hätte sie gern gewusst, ob Harrison Ford am Ende Michelle Pfeiffer vor dem Geist hatte retten können. Oder vor den Nachbarn. Oder waren sie die Geister? Ines beschloss, sich den ganzen Film in den nächsten Tagen noch mal anzusehen.

Drei Uhr früh, und sie war hellwach und unruhig.

Knarrte es?

Ab sofort würde es Gänsehautfilme nur noch nachmittags auf DVD geben, vor dem Einschlafen sollte sie sich besser bei

Komödien amüsieren. Oder bei Liebesfilmen schmachten. Viel Kitsch und wenig Schauder.

Es knarrte wieder. Im Flur. An der Haustür.

Quatsch, Ines! Dann mach doch das Licht an, wenn du dich fürchtest.

Ihre Vernünftig-Stimme klang wie Tante Betty.

Kratzig, knorrig, knapp.

Schade nur, dass dieser Teil sich meist erst meldete, wenn die Lage bereits verfahren war.

Sie drehte sich im Bett nach links. Legte sich ein Kissen unter das rechte Knie, so konnte sie ihr Bein überschlagen und abstützen. Eine gute Lage, die ihren Rücken schonte und das Einschlafen förderte.

»Sandmännchen, du kannst wiederkommen«, sagte sie laut in die Dunkelheit hinein.

Doch weder der Sandmann noch irgendeine Form von Müdigkeit zeigten sich. Stattdessen fingen die Gedanken zu laufen an.

Ines war gespannt, was Tilda und Jürgen von ihrer Logoidee halten würden. Sollte sie ihnen einen günstigen Sonderpreis machen? Nein, sie hatten genug Geld. Schließlich musste Jürgen seit Jahren nicht mehr für Hanna zahlen, und Tilda verdiente nicht schlecht mit ihren Gesangsengagements. Für ihren eigenen Unterhalt hatte Ines nach der Trennung nie etwas verlangt.

Schön doof.

Vielleicht hatte sie ein guter Kerl sein wollen und es mit einem dummen Kerl verwechselt? Kein Kerl, sondern ein weibliches Weichei war sie. Man konnte sie auf jeden Fall schneller weichkochen als ein Frühstücksei. Andererseits hatte sie sich mit ihrer Entscheidung lange Diskussionen, vielleicht sogar einen Rechtsstreit erspart, somit war sie letzten Endes doch clever gewesen.

Der Gedanke an ein Frühstücksei machte Ines jetzt auch noch hungrig. Aber sie blieb standhaft und wartete mit leerem Magen auf die ersehnte Nachtruhe.

Morgen könnte sie sich ein Frühstück in einem Café gönnen. Danach ein bisschen Walken im Park, dann ans Reißbrett und an den PC. Vor allem die Sache mit der Zeitschrift musste sie weiter voranbringen. Ihre Entwürfe dafür *mussten* einfach überzeugen.

Toi, toi, toi.

Eine neue Frauenzeitschrift für Köln und Nordrhein-Westfalen. Kostenlos für alle Haushalte, für jede Frau, die Interesse hatte. Nach dem Konzept des Familienmagazins *Känguru*, das sich über Anzeigen finanzierte. Klang ziemlich gut. Wenn sie nicht nur den Auftrag für die grafische Gestaltung des Titelblatts erhalten würde, sondern dazu noch das Seitendesign, zumindest für die erste Ausgabe, wären ihre Fixkosten auf Monate vorfinanziert. Tildas Opernstudio wäre ein Salzburger Extranockerl.

Wenn …

Sie bremste sich.

Im Moment war Einschlafen wichtiger als alle Wenngedanken.

Es knarrte wieder.

Sie lauschte, blinzelte.

Keine Schritte, keine schattenhaften Gestalten. Nur die Bilder aus dem Film spukten in ihrem Hirn.

Harrison Ford hatte sie an Marcel erinnert. Besonders die Kinnpartie.

Jürgen. Marcel. Wer mochte noch alles durch ihre Gedanken geistern?

Jetzt war es bereits kurz nach drei Uhr morgens.

Sie legte sich auf den Rücken und fand ihr Bett mit einem Mal zu groß. Wenn sie die Arme und Beine bewegte, konnte sie auf dem Laken einen Schneeengel machen. So viel Platz war in dem Doppelbett. Sie vermisste es, statt des Kissens den Rücken eines anderen neben sich zu spüren.

Wenn der Spruch zutraf, dass sie eher im Lotto gewinnen würde, als noch mal einem vernünftigen Mann zu begegnen, dann sollte sie sich lieber darauf einstellen, den Rest ihres Lebens allein zu verbringen. Oder? Wo waren die Prinzen in den Jahren zuvor geblieben? Nicht mal ein Burgvogt hatte sich an ihrer Zugbrücke gezeigt.

Schluss mit dem Selbstmitleid. Sie brauchte ihren Schlaf. Sie drehte sich mit Schwung nach rechts, vielleicht war er dort zu finden.

Sofort fühlte sie einen schmerzhaften Stich in der Hüfte.

Seit einigen Monaten schon stach es manchmal rechts, wenn sie das Bein anhob. Eine Alterserscheinung, eine Abnutzung, hatte ihr Hausarzt bei ihrem letzten Check-up dazu gesagt. Mit fast fünfzig kamen die ersten Beschwerden.

Ines war nun völlig wach, sie hätte aufstehen und weiterarbeiten können. Früher, als Hanna klein war, hatte sie das öfter freiwillig getan. Freie Zeiteinteilung war immer schon das Beste an ihrem Job gewesen.

Allerdings war der letzte Auftrag für diese Werbeagentur Kröten eine öde Geschichte gewesen. Dieser Manfred Kröten, der trug seinen Namen zu Recht. Eine echte Kröte. Nomen est omen, hieß es doch. Aber gut bezahlt hatte er, und das zählte am Ende des Tages genauso.

Apropos: Die Handzettel für die Bäckerei Loose um die Ecke würde sie morgen fertig machen. Den winzigen Auftrag hatte sie fast vergessen. Allerdings konnte Kleinvieh auch ganz gut Mist machen, da war viel Wahres dran.

Doch, das Frauenmagazin könnte der beste Fang in diesem Jahr sein.

Wenn es aber nicht klappte? Was dann?

Was könnte sie sonst unternehmen, um mehr Geld in die Kasse zu bekommen und sich für das Alter etwas zur Seite zu legen? Für das echte Seniorendasein, von dem sie nicht mehr so weit entfernt war.

Was würde ihr denn Freude machen?

Stilberaterin?

Dazu kleidete sie sich zu nachlässig.

Mediatorin?

Sie konnte nicht mal zwischen sich und ihrer Vernünftig-Stimme vermitteln.

Vielleicht sollte sie sich etwas völlig anderes suchen, etwas grundlegend Neues, etwas mit Menschen, etwas, das Geld brachte und Freude machte.

Ines fiel nichts ein. Absolut nichts.

Lärm von nebenan unterbrach ihre Gedankenwendeltreppe nach nirgendwo.

Jetzt hatte es aber geknarrt. Nein, geklopft. Nein, es hatte gekracht. Etwas musste im Wohnzimmer umgefallen sein.

Ein Geist? Oder ein Einbrecher?

Ines setzte sich im Bett auf. Ihr Herz begann schneller zu schlagen. Sie wohnte im zweiten Stock, die Balkontür war mit einem Minialarm gesichert. Vielleicht kam der Lärm aus der Nachbarwohnung. Nein, dafür war er zu nah, zu laut.

Die Überlegungen brachten nichts, Ines musste aufstehen und nachsehen. Sie trippelte auf Zehenspitzen hinüber ins Wohnzimmer und machte das Licht an.

Da waren weder Geister noch ein Einbrecher. Niemand außer den Pflanzen und Möbeln.

Sie hatte ihre Finger bereits wieder am Lichtschalter, da sah Ines ihn.

Hugo.

Der Kanarienvogel lag reglos auf dem Boden.

Was war geschehen? Warum war er im dunklen Zimmer herumgeflogen? Wie war er überhaupt aus seiner Voliere gekommen?

Ines biss sich auf die Lippe. Sie hatte vergessen, die Käfigtür für die Nacht zu schließen.

»Hugo, Kleiner, Piepmatz?«

Wogegen war er dieses Mal geknallt? Den Fernseher? Das Bücherregal? Gegen die Wand?

Er war tot. Diesmal war sein Pech endgültig.

Ihr kamen die Tränen.

»Hugo, Hugolein, was ist mit dir, Spätzle? Vögelchen?«

Es würde ihm nicht helfen, wenn sie ihn mit Kosenamen überhäufte. Sie musste handeln. Ines kniete sich zu Hugo. Vorsichtig schob sie ihre Handfläche unter seinen Körper. Sein Bein zuckte.

Er lebte. Gott sei Dank.

Er war warm, er atmete. Doch wie schwer verletzt war er?

Was nun? Um drei Uhr morgens? Wo waren jetzt die Geister, die Einbrecher, die Ines unterstützen konnten? Sie brauchte Hilfe für Hugo.

Hanna.

Stopp!

Hanna und Dustin flogen in ein paar Stunden nach Mallorca, da würde sie den Teufel tun und bei ihnen anrufen.

Ihre beste Freundin Angelika Fitz, meist Angie genannt. Die konnte sie auch um drei Uhr früh anrufen.

Der Cousin von Angies Mann Hannes war ihr Tierarzt, zu ihm war sie bisher immer gefahren, wenn Hugo seine Unfälle gehabt hatte. Doch seine Praxis war in Monschau.

Sie konnte jetzt nicht bis Monschau fahren. Sie hatte kein eigenes Auto, aber selbst mit einem Taxi wäre die Fahrt zu lang. Längst schon hatte sie sich einen neuen Arzt in Köln suchen wollen. Warum hatte sie sich um all diese Dinge nicht gekümmert?

Sie verscheuchte ihre Panik, nur keine Hysterie aufkommen lassen, das half ihrem Vogel nicht.

Selbst ist die Frau.

Sie legte Hugo auf den Tischläufer. Vorsichtig. Sein Kopf bewegte sich zur Seite und wieder zurück. Ein gutes Zeichen.

War das eine Delle in seinem Schnabel?

Weiter, Ines, weiter.

Computer hochfahren. Nach Notdiensten googeln.

In die Klinik? Doch ein Taxi rufen? Oder den Tierärztenotdienst hierher in die Wohnung holen?

Da! 24-Stunden-Notdienst. Tierarzt auf der Aachener Straße.

Dr. Benno Naux.

Welche Hausnummer hatte er? Auf welcher Höhe war seine Praxis?

372.

Drei Straßen von hier.

Wenn sie sofort losrannte, konnte sie in fünf Minuten dort sein.

Sie tippte die Nummer in ihr Handy.

Siehst du, Ines, so schnell ändert sich die Lebenslage, und weder Geister noch das Singledasein, noch dein nächster Auftrag sind jetzt wichtig.

Ach, halt die Schnauze, Vernünftig-Stimme!

Eine Frau meldete sich

»Ja, hallo? Hier bei Doktor Naux.«

»O Gott, o Gott, ich brauche Hilfe. Nicht ich, nein, mein Kanarienvogel. Hugo ist irgendwo dagegengeflogen. Mitten in der Nacht. Ich weiß nicht, warum der dumme Vogel das gemacht hat. Er schläft sonst immer. Jetzt liegt er nur da, die

Beinchen in die Höhe gestreckt. Aber er ist nicht tot, er hat gezuckt.«

»Wie wäre es, wenn Sie mit Ihrem Vogel sofort kommen würden?«

Ein Seufzer der Erleichterung kam aus Ines' Brust. »Ja, das mache ich.«

»Haben Sie die Adresse?«

»Die Praxis ist nur drei Straßen von meinem Zuhause entfernt.«

»Doktor Naux behandelt gerade ein Tier. Wir sind also hier.«

Ines legte auf und stürzte ins Schlafzimmer, schlüpfte in die Jeans, zog sich ein T-Shirt und eine Jacke über.

Zurück zu Hugo. Eine Sekunde lang wusste sie nicht, wie sie ihn am besten transportieren sollte. Die Voliere war zu groß, sie brauchte etwas Handliches, um schnell laufen zu können.

Sie sah sich hektisch um und schnappte sich aus der Vitrine eines ihrer Dekokörbchen. Damit konnte es gehen.

Ines legte den zarten Vogel samt Tischläufer ins Körbchen. Sein Bein zuckte wieder.

»Hugo, wir schaffen es.«

5

Während Ines durch die nächtlichen Straßen hetzte, fiel ihr ein, dass es viel besser gewesen wäre, Hugo in seine kleine Transportbox zu legen, in der er von ihren Neffen zu ihr gebracht worden war. Doch im selben Moment verwarf sie den Gedanken wieder, da sie sich nicht genau erinnern konnte, wo sie dieses Teil im Keller verstaut hatte, und eine lange Suche hätte sie wertvolle Zeit gekostet.

Zwischendurch hob sie mehrmals den Tischläufer an, den sie zur Hälfte über Hugos kleinen Vogelkörper gebreitet hatte, und versuchte zu erkennen, ob er genügend Luft bekam, ob er überhaupt noch lebte.

Ihr war das Bild durch den Kopf geschossen, wie Hugo mitten auf dem Weg zum Tierarzt erwachte, sich einmal schüttelte und dann in die Kölner Nacht flog, um auf irgendeinem Dach an der Aachener Straße zu landen. Deshalb hatte sie ihn zudecken müssen. Aber warum nur hatte sie in ihrer Panik den rot-blauen Tischläufer genommen und kein leichtes Tuch? Der nächste Katastrophengedanke hatte sich eingeschlichen, dass der Kanarienvogel unter dem Stoff ersticken könnte. All ihre kopflosen Entscheidungen waren jedoch nicht mehr zu ändern.

Als sie mit klopfendem Herzen und außer Atem in der Aachener Straße Nummer 372 ankam, waren alle Fenster des Hauses dunkel. Ein neues Schreckensszenario schoss ihr durch den Kopf: Was, wenn der Tierarzt in der Zwischenzeit seinen Dienst bereits beendet hatte und die Praxis nun geschlossen war? Ines würde wieder zurückrennen und dann mit einem Taxi in die Tierklinik fahren müssen. Am Ende würde für Hugo jede Hilfe zu spät kommen.

Ines hob ihr Handy hoch und beleuchtete mit dem Display die Namensschilder, um die Beschriftungen lesen zu können. Da, *Dr. Naux*. Sie drückte zur Sicherheit zweimal auf den Klingelknopf der Tierarztpraxis. Nach wenigen Sekunden ertönte ein leiser Summton.

In diesem Moment hörten Ines' schlimme Fantasien endlich auf. Sie schöpfte Hoffnung und atmete einmal tief durch.

»Hugo, jetzt läuft es«, flüsterte sie ihm zu.

Die Aufzugtür stand offen, und ein großes Schild in der Kabine wies auf Doktor Naux hin, Veterinärmediziner für Kleintiere und Tierchirurgie im dritten Stock. Kaum war Ines oben, öffnete jemand die Tür rechts von ihr.

Eine junge Frau in Jeans und Bluse streckte ihr die Hand entgegen. »Hallo.«

Ines merkte, dass ihre Finger zitterten. »Ich hatte angerufen.«

»Sie sind die Dame mit dem Vogel, stimmt's?«

Wären die Umstände nicht so dramatisch gewesen, hätte Ines über die Formulierung lachen müssen. Sie würde dieses Bonmot für spätere Erzählungen im Gedächtnis behalten, wenn alles gut ausgegangen war. Wenn er nicht überleben sollte, konnte sie die Bezeichnung als Salut für Hugos Beerdigung verwenden.

Bei dem Gedanken schossen ihr Tränen in die Augen.

»Entschuldigen Sie. Aber mitten in der Nacht meinen Kanarienvogel leblos am Boden zu finden hat mich fertiggemacht.«

»Keine Ursache. Nehmen Sie bitte kurz im Wartezimmer Platz. Doktor Naux behandelt gerade noch. Dazu ist ein weiterer Notfall vor Ihnen im Wartezimmer.«

Bei Ines stellten sich die Nackenhaare auf. Sie war nicht durch die Nacht hierhergehetzt, nur um jetzt lange warten zu müssen.

»Ich bitte Sie. Können Sie mich nicht vorziehen? Hugo kann jeden Moment sterben.« Ines hielt das Körbchen wie eine Opfergabe vor einem Altar empor.

Die Tierarzthelferin schlug den Stoff zur Seite und schmunzelte. »Ihr Hugo sieht eigentlich recht munter aus.«

Tatsächlich hatte sich Hugo, vom Tischläufer befreit, sofort aufrecht hingesetzt, und sein Kopf bewegte sich lebhaft von links nach rechts. Seine Knopfaugen sahen sich erstaunt um.

»Ich gebe Ihnen eine Kleintiertransportbox. Wir sollten verhindern, dass er hier frei herumfliegt. Noch dazu sitzt im Wartezimmer ein Hund.«

»Ich fasse es nicht!« Ines konnte den Blick nicht von Hugo wenden. »Zu Hause war er völlig weggetreten, er lag da wie tot.«

Die junge Frau verschwand hinter der Anmeldung und tauchte mit einer kleinen roten Box wieder auf.

»Hier hinein, der Herr!« Sie streckte die Hand zu dem wiederauferstandenen Vogel aus. Als hätte Hugo die Tierarzthelferin verstanden, machte er ein paar seiner Trippelschritte und kletterte auf ihren Zeigefinger. Mit einem weiteren Handgriff setzte sie ihn in die Box und schloss das Gitter.

Ines blieb der Mund offen stehen. Wenn sie zu Hause Besuch bekam, hatte sich Hugo bisher immer geweigert, näher zu kommen.

»Hugo in the box«, kommentierte die junge Frau lachend. Der Kanarienvogel wippte in seinem Häuschen mit dem Kopf, als wollte er diese Ansage unterstreichen. »Jetzt geben Sie mir

bitte Ihre Daten, dann nehmen Sie im Wartezimmer Platz. Wollen Sie einen Tee, bis Sie aufgerufen werden?«

Der Zeigefinger, auf den Hugo soeben geklettert war, zeigte auf eine Thermoskanne neben dem Telefon, daneben standen aufgetürmte Pappbecher mit einem Hundekopf samt der Praxisadresse darauf.

Ines zitterte immer noch, ihr war eiskalt. Trotz der Jacke. Sie nickte dankbar.

»Gern.«

Im Wartezimmer saß ein Mann mit Baseballkappe zusammen mit einem schwarzen Hund mittlerer Größe. Als Ines eintrat, gähnten Herrchen und Hund synchron, wie einstudiert. Der Hund begann mit dem Schwanz zu wedeln, sein Herrchen tippte sich an die Kappe. Ines grüßte kurz und setzte sich so weit wie möglich von den beiden entfernt in die gegenüberliegende Ecke.

Sie nahm einen Schluck Tee und spürte die Erschöpfung in den Knochen. Alle ihre Pläne für den morgigen, nein, nunmehr heutigen Tag waren dahin. So viel zu ihren Selbstgesprächen.

Aber Hugo lebte, dafür würde sie jederzeit wieder eine Nacht opfern. Er schien sich in der neuen Box wohlzufühlen. Am liebsten wäre sie wieder gegangen, zurück ins Bett, und hätte den halben Tag verschlafen.

»Katze?«, fragte der andere Tierbesitzer.

Der Mann mit dem Hund nahm die Baseballkappe ab und legte sie auf sein Knie. Der Ansatz einer Glatze zeigte sich an der Stirn. Als er Ines' Blick darauf wahrnahm, setzte er die Kappe schnell wieder auf.

»Kanarienvogel«, antwortete Ines knapp. Sie brauchte keine Konversation.

»Was, bitte schön, kann einem Vogel mitten in der Nacht zustoßen?« Der Mann lachte auf, was Ines nicht lustig fand. Sie war nicht zum Spaß hier.

»Was ist denn Ihrem Hund passiert?« Sie stellte die Gegenfrage. »So früh am Morgen?«

Der Mann schien Ines' Verärgerung nicht bemerken zu wollen. Er begann erneut zu lachen, sein Bauch wackelte unter dem grünen T-Shirt. Der Hund fing im selben Moment an zu bellen.

»Perry kotzt seit gestern Abend. Selbst das Wasser, das ich ihm gegeben habe, kam wieder aus ihm raus. Um zwei ging dann dieses trockene Würgen los. Schließlich bin ich hierhergefahren, ich hätte ohnehin nicht schlafen können. Gott sei Dank hat Doktor Naux Notdienst, ich wohne zwar weiter entfernt in Frechen, aber der Doktor kennt Perry schon, seit er auf der Welt ist.«

Er klopfte sich einmal auf den Bauch, und der Hund setzte sich brav. Die beiden wirkten wie ein eingespieltes Team.

Dann redete er weiter. »Sie haben übrigens völlig recht. Die Nacht ist bereits vorbei, gleich wird es hell. Und wir schlagen uns mit lauwarmem Tee herum. Aber Hauptsache, den Tieren geht es bald wieder gut, nicht?«

Er hob einen Pappbecher, wie Ines ihn bekommen hatte.

Hugo zwitscherte und trippelte ein wenig in der Box umher. Ines tat es leid, dass sie so unwirsch zu dem Mann gewesen war.

»Mein Hugo ist vorhin irgendwo dagegengeflogen. Ihm passiert öfter mal ein Missgeschick, leider, aber bisher noch nie mitten in der Nacht. Keine Ahnung, was er sich dabei gedacht hat. Ich wohne drei Straßen von hier. Bin einfach panisch losgerannt.«

»Ihr Vogel heißt Hugo? So heiße ich auch!«

»Was?« Jetzt endlich musste auch Ines lächeln. »Das ist jetzt ein Scherz.«

»Nein, ehrlich!« Der Mann legte die rechte Hand aufs Herz und nahm mit der linken seine Kappe wieder ab, als würde gerade die Nationalhymne gespielt. Der Hund legte die Schnauze auf Herrchens Knie. Eine Szene wie aus einem Film.

»Allerdings mit einer Einschränkung: Hugo ist mein Zweitname. Paul Hugo Iffland.«

Er bedeckte mit der Kappe wieder seine Halbglatze und stand auf. Sein Hund natürlich mit ihm.

Ines hob rasch die Hand zum Gruß, sie wollte vermeiden, dass die beiden in ihre Ecke kamen. »Ines Berwalder. Sehr erfreut. Es ist besser, Sie bleiben, wo sie sind. Hugo kennt Hunde nicht.«

»Mein Perry ist friedlich.«

Hugo in Perrys Maul, ein neues Schreckensbild.

»Lieber nicht, Herr Paul Hugo Iffland.« Zur weiteren Abwehr hob sie den Becher mit dem Tee hoch. »Mitten in der Nacht sollte man nichts riskieren.«

Der Mann lachte wieder, sein Bauch unter dem grünen Shirt hob und senkte sich dabei. Er bewegte sich nicht weiter auf Ines zu und fasste die Hundeleine kürzer.

In dem Moment ging die Tür auf und die Tierarzthelferin kam herein. Sie hatte einen Ordner in der Hand und sah beneidenswert frisch aus, wie Ines jetzt erst bemerkte, vor allem, wenn man bedachte, dass der Bereitschaftsdienst bereits die ganze Nacht andauerte. Ines selbst fühlte sich wie vor ihrem hundertsten Geburtstag.

»Herr Iffland und Perry, bitte.«

»Möchten Sie zuerst?« Er wandte sich an Ines. »Ich lasse meinem Namensvetter gerne den Vortritt.«

Ines wollte dankend ablehnen, entschied sich aber dagegen. Eine bleierne Erschöpfung hatte sich in ihrem Körper breitgemacht, sie würde einschlafen, wenn sie länger warten müsste.

»Wissen Sie was, ich nehme Ihr Angebot an. Danke.«

»Dann Frau Berwalder und Hugo, bitte.« Die junge Frau blätterte in ihrem Ordner.

Ines stellte den Teebecher auf ihrem Sitz ab und sah zu dem Mann mit Hund. »Möchten Sie meinen Tee? Er ist noch warm. Ich lasse ihn hier stehen.«

Er lächelte breit. »Wenn Sie mir wirklich etwas Gutes tun wollen, dann lassen Sie uns später einen Kaffee zusammen trinken.«

»Bitte?« Ines stutzte.

»Oh! Verstehen Sie mich nicht falsch, aber ich dachte eben, was für ein Stück Glück es ist, dass wir uns mitten in der Nacht mit unseren kranken Tieren getroffen haben. Wenn ich wieder zu Hause bin, lege ich mich ein paar Stunden aufs Ohr und fahre anschließend ins *Café Bauturm*, um zu frühstücken. Das kennen Sie doch sicher? Ich liebe dieses Lokal und seine Frühstückskarte. Also, ich bin, sagen wir, ab elf dort. Wenn Sie möchten, kommen Sie ganz zwanglos dazu. Nach der Aufregung mit Hugo eins dann einen Kaffee mit Hugo zwei.«

Ines öffnete den Mund, aber ihr fiel keine Antwort ein. Sie kannte und mochte das Café.

»Frau Berwalder, Doktor Naux wartet.« Die Tierarzthelferin ging schon Richtung Behandlungsraum. Wie als Antwort zwitscherte Hugo laut. »Und Ihr *Hugo in the box* ist hörbar ungeduldig.«

Ines machte den Mund wieder zu und lief hinter der jungen Frau her, ohne sich noch einmal umzudrehen.

»Wussten Sie, dass unsere Vögel von den Dinosauriern abstammen?«

Doktor Benno Naux ließ Hugo zuerst über die Untersuchungsliege trippeln. Der Vogel wirkte, sobald er die Box verlassen hatte, leicht desorientiert. Der Tierarzt setzte ihn auf seine Hand. Hugo piepte. Ines spürte ihr Herz wieder schneller schlagen.

»Oder sagen wir besser, die Spezies sind eng verwandt. Diese Entdeckung hat die Sicht auf Dinos verändert. Nicht alle waren furchteinflößende Reptilien wie in den Steven-Spielberg-Filmen.«

»Was ist mit meinem Vogel los?«

Ines hatte keine Lust, über Dinosaurier zu reden.

Doktor Naux nickte. Er sah mehr wie ein Freizeitsportler als wie ein Arzt aus. Er trug, wie auch seine Helferin, keinen Kittel. Nur Jeans und eine Trainingsjacke, dazu Turnschuhe, und wirkte überhaupt sehr vital.

»Soweit ich es auf den ersten Blick beurteilen kann, geht es Ihrem Kanarienvogel gut. Ich konnte keine Brüche feststellen. Auch von einer Delle am Schnabel, die Sie angesprochen haben, ist nichts zu sehen. In ein paar Stunden müsste auch die leichte Desorientierung verschwunden sein.«

»Er ist im wahrsten Sinn des Wortes ein Pechvogel. Er knallt öfter mal gegen etwas.«

Doktor Naux setzte Hugo zurück in die Box.

»Ich würde Ihnen raten, eine Vogelecke einzurichten. Ein Baumstamm von draußen, ein paar Äste von der Decke hängen lassen. Ein dickes Seil. Eine Art Vogelspielplatz. Manchmal wissen Vögel nicht, wo sie landen sollen, und verfallen in Panik, dann passieren solche Unfälle.«

Sofort begann es in Ines' Kopf zu arbeiten. Sie entwarf eine Skizze für so eine Hugo-Ecke. Darauf hätte sie auch selber kommen können. Immerhin war der Vogel seit drei Monaten bei ihr. Es wurde Zeit, ihn als ihren ständigen Mitbewohner zu integrieren.

»Nachts lassen Sie ihn bitte in der Voliere.«

Ines dachte an ihre Nachlässigkeit mit der offenen Gittertür und senkte den Kopf. »Mach ich, auf jeden Fall. Danke.«

»So, dann entlasse ich Sie und Hugo in den Morgen. Hat mich gefreut, Sie kennenzulernen, Frau Berwalder. Wenn Sie möchten, kommen Sie in ein paar Tagen wieder vorbei.«

»Mit Hugo?« Die Frage kam über Ines' Lippen, noch bevor ihr ermüdetes Gehirn sie verhindern konnte.

Der Tierarzt lächelte. »Sie können gerne auch allein kommen, aber dann besser nach Praxisschluss. Ich habe nie etwas gegen ein Kölsch am Feierabend.«

Wenn Ines nicht so erschöpft gewesen wäre, hätte sie sich etwas gewundert und gefreut. Zwei Einladungen von zwei Männern in einer Nacht! Schade, dass Maxima nicht hier war, um die Telefonnummern der beiden einzusammeln.

Die Tierarzthelferin betrat nach einem Klopfen das Behandlungszimmer.

»Kann ich Herrn Iffland schon in Raum zwei bitten, Benno? Er ist der Letzte.«

»Ja, wir sind hier fertig.« Doktor Naux reichte Ines die Hand. »Es war richtig, dass Sie gleich gekommen sind.«

»Ich danke Ihnen. Soll ich die Rechnung draußen begleichen?« Ines unterdrückte ein Gähnen, fragte sich kurz, ob der Tierarzt sie auch so sympathisch fand wie sie ihn.

»Nein. Frau Naux wird Ihre Daten aufnehmen und Ihnen eine Rechnung schicken.«

Frau Naux.

Der nette Doktor hatte sich wohl eine wesentlich jüngere Frau genommen, so viel zu Ines' spontanen Sympathiegefühlen.

Auf dem Weg nach Hause ging bereits die Sonne auf.

Die ersten Strahlen tauchten den Stadtwald in ein zauberhaftes Licht. Die Häuser mit ihren bepflanzten Vorgärten wirkten wie gemalt. Ines hatte das Gefühl zu schweben.

Der erste Joint als Achtzehnjährige fiel ihr ein. Da hatte sie sich auch so leicht gefühlt, von allem enthoben. Sie hatte danach noch ein paarmal Gras geraucht, aber nie mehr dabei diese Schwerelosigkeit empfunden. Anscheinend gelang so ein High auch mit einer durchwachten Sorgennacht und einem Besuch beim Notfalldienst einer Tierarztpraxis.

Sie lächelte beim Gehen.

Hugo hatte alles gut überstanden, das war die beste Meldung an diesem frühen Morgen.

Ines überquerte die Straße und blieb eine Weile am Rand des Stadtwalds stehen. Vögel zwitscherten in den Bäumen. Sie hob die Box hoch, Hugo schien jetzt zu schlafen.

Sobald sie zu Hause war, würde auch sie sich wieder ins Bett legen, sich unter die Decke kuscheln. Vielleicht ließ sich der Schlaf jetzt bitten. Zumindest zwei oder drei Stunden noch. Danach ein Frühstück außer Haus.

Im *Café Bauturm*? Um elf?

Erwischt.

Der Mann mit Hund.

Hugo mit zweitem Vornamen. Hugo zwei.

Vielleicht.

Ines überlegte. Er war in ihrem Alter, tierlieb, hatte Humor. Kein Ehering.

Mein Gott, ich bin schon genau wie meine Schwester, dachte Ines, ich versuche mich selbst zu verkuppeln.

6

»Erzähl mir alles!«

Angelika hatte nicht mal Hallo gesagt. Die aufgeregte Reaktion ihrer besten Freundin auf ihre SMS hatte Ines nicht vorausgesehen.

»Es gibt nicht wirklich viel zu erzählen. Du hättest nicht extra anrufen müssen.«

Ines musste schon grinsen, als sie diese Sätze formulierte. Angies Neugierde quoll förmlich durch das Telefon.

»Verarsch mich nicht, Fräulein Ines.«

»Stopp! Erstens finde ich Verarschen ein zu rüdes Wort zwischen uns, und zweitens: Fräulein kannst du zu deiner Enkelin sagen, nicht zu deiner fast fünfzigjährigen Busenfreundin.«

»Wenn die Busenfreundin mich tatsächlich verarschen will, dann darf ich das. Außerdem kokettierst du mal wieder mit deinem Alter, du bist erst in ein paar Monaten im Fiftyklub. Was soll ich da mit meinen Fünfundfünfzig sagen? Das Fräulein ziehe ich zurück, der Titel ist ausschließlich für meine strengen Momente bei Käthe reserviert.«

Käthe war sieben und bereits gefühlt in ihrer dritten Pubertät. Sie hielt ihre Eltern, Angelikas Sohn Mike und dessen Freundin Cordula, extrem auf Trab. Obwohl Angelika es genoss, Oma zu sein, war auch sie manchmal mit den Nerven am Ende, wenn die Kleine wie ein Wirbelwind durch ihr Leben und ihr Haus fegte. Einzig Angelikas zweiter Mann Hannes kam wunderbar mit der Kleinen klar.

Ines hörte Angelika zuerst pusten, dann trinken.

»Du hast einen Becher Kaffee in der Hand, stimmt's?«

»Du wolltest dich nicht spontan mit mir treffen, also was bleibt mir übrig, als mir einen zu gönnen, während du erzählst.«

»Ich bin zu müde, um loszuziehen, Angie. Wenn wir geredet haben, lege ich mich aufs Ohr zu einem ausgedehnten Nachmittagsschläfchen. Fürs Nächtedurchmachen bin ich eindeutig zu alt geworden, ganz ohne Koketterie.«

»Wie viele Nächte hattet ihr beide denn schon?«

»Ich kenne den Mann erst seit heute Morgen. Halb vier Uhr früh.«

»Sag bloß, er ist ein Einbrecher, und du hast dich spontan mit ihm angefreundet. Wenn das deine Schwester wüsste.«

Angelika machte sich gern über Maxi und ihre Kuppelversuche lustig. Sie hatte selbst eine Zeit lang nach ihrer ersten Liebe, dem Vater ihres Sohnes, und der Heirat mit ihrem jetzigen Mann Hannes allein gelebt und es, wie sie immer gern betonte, genossen, niemandem Rechenschaft ablegen zu müssen.

Dass Angie allerdings in Wahrheit doch auf Maximas Linie zu sein schien, zeigte sich daran, wie rasant sie sich auf Ines' SMS gemeldet hatte.

Nach »Es gibt was zu erzählen – hat mit einem Mann zu tun – ruf an, wenn du magst« waren keine fünf Minuten bis zu ihrem Anruf vergangen.

Es bewies, dass auch Angie das langjährige Singledasein ihrer besten Freundin insgeheim nicht so wunderbar fand, wie sie immer vorgab. Grund genug, sie etwas zappeln zu lassen.

»Zuerst erzähl ich dir von Hugo und dann von Piff. Wobei Piff wiederum Paul Hugo ist. Klingt geheimnisvoll, nicht?«

»Piff? Du hast dich in einen Zirkusclown verguckt?«

»Nein, du Spaßvogel. Ich habe mich auch nicht verguckt. Der Mann hat eine beginnende Glatze und ein Wohlstandsbäuchlein.«

»Kein Hindernis.«

»Sein Hund heißt übrigens Perry.«

»Ich fasse es nicht. Piff und Perry. Wo tritt das Duo auf? Ich könnte einen Gig in meiner Laube organisieren.«

»Warte. Sei still. Hör zu. Ist eine längere Geschichte.«

»Gut, dass ich einen großen Kaffee mit viel Milchschaum in der Hand halte. Leg los.«

Ines fiel es schwer, zuerst über Hugos Missgeschick und über den nächtlichen Besuch beim Tierarzt zu berichten. Sie hätte am liebsten vorgespult zu dem Brunch um elf, zu dem sie nach längerem Abwägen von Für und Wider dann tatsächlich gegangen war.

Als Ines das *Café Bauturm* betrat, war die Müdigkeit wie weggeblasen.

In der Straßenbahn hatte sie andauernd gähnen müssen, und ihre Laune hatte sich auf dem Tiefpunkt befunden.

Nach ihrer Heimkehr vom Tierarzt hatte sie sich noch mal zwei Stunden im Bett gewälzt, ohne Schlaf zu finden, war schließlich aufgestanden und hatte sich an den Computer gesetzt. Der Layoutentwurf für die neue Frauenzeitschrift hatte wieder in ihrem Kopf zu arbeiten begonnen, und sie hatte weitere Stunden Entwürfe gezeichnet, dann hatte sich Hanna aus Mallorca gemeldet.

Ihre Tochter hatte so viel erzählt und so fröhlich geklungen, dass Ines beschlossen hatte, ihr von dem Schrecken mit Hugo nichts zu sagen. Dem Vogel ging es gut, und zum Zeitpunkt des

Telefonats war sich Ines noch absolut sicher gewesen, dass sie keinesfalls zu dem Treffen um elf gehen würde.

Somit hatte auch ihre Begegnung mit dem Mann mit Hund keine Erwähnung gefunden. Nach Hanna waren auch Dustin und Ines' Eltern an den Apparat gegangen, das Gespräch hatten sie erst um halb elf beendet.

Ines' Magen hatte geknurrt, höchste Zeit für ein Frühstück, und so hatte sie sich spontan umentschieden. Ohne noch weiter nachzudenken, hatte sie einen Jeansrock und ein buntes T-Shirt angezogen. Sie hatte sich ein wenig geschminkt, ihre Haare zu einem Pferdeschwanz gebunden und war losgelaufen. Locker wollte sie wirken, nicht aufgedonnert oder künstlich gestylt.

Was hatte sie zu verlieren? Hatte sie sich nicht ohnehin ein Frühstück im Café gönnen wollen? Einen Milchkaffee, ein Croissant und bei dem schönen Wetter draußen sitzen. Heute mal eben mit einem neuen Bekannten. In Köln hatte es erst wenige richtig warme Tage in diesem beginnenden Sommer gegeben, und den Sonnenschein musste man ausnutzen.

In der Straßenbahn kam jedoch die Müdigkeit über sie, das Gähnen und dazu schlechte Laune, weil sich Ines' Entscheidung von Station zu Station Richtung Rudolfplatz immer verkehrter anfühlte.

Was, wenn der Mann gar nicht kam? Wenn er längst vergessen hatte, dass er mitten in der Nacht eine wildfremde Frau eingeladen hatte? Im schlimmsten Fall würde sie allein dort sitzen, in einer Zeitschrift blättern und sich mit ihrer Vernünftig-Stimme eine extrem spätpubertierende alte Schachtel schimpfen. Andererseits, wenn er doch dort auf sie wartete, ihr Auftauchen missverstand und sich mehr erhoffte als eine Plauderei? Dann konnte sie ihm immer noch ohne schlechtes Gewissen den Wind aus den Segeln nehmen.

Als Ines das Café betrat, war sie aufgeregter, als ihr lieb war, und ihre erste trübe Vorahnung bestätigte sich.

Natürlich war er nicht da.

Paul Hugo Iffland war nirgendwo zu sehen. Keine Baseballkappe, kein Bauch unter grünem Shirt, kein Hund, der sich synchron mit seinem Herrchen bewegte. Ines hätte es wissen müssen.

Sie atmete durch und setzte sich draußen an den letzten freien Tisch. Das sonnige Juniwetter hatte viele andere zum Frühstück im Freien angelockt. Sie versuchte, sich entspannt und locker zu geben. Keiner der anderen Gäste im Café wusste schließlich von ihrer gescheiterten Verabredung.

Ines vertiefte sich in die Frühstückskarte, die Bedienung tauchte neben ihr auf. Sie überflog die vielen Variationen, ohne sich recht entscheiden zu können. Der Kellner beugte sich zu ihr herunter. »Herrlichen und sonnigen guten Morgen, verehrte Dame.«

Verehrte Dame, was für eine Anrede. Sonnig stimmte, herrlich weniger. Ines beschloss, neutral zu bleiben. »Guten Morgen. Einen Latte macchiato und ein Croissant bitte.«

Dafür hätte sie die Karte nicht gebraucht.

»Wenn es mein Café wäre, würde ich sofort lossprinten, aber da ich ebenfalls Gast hier bin, sollten wir beide gemeinsam bestellen. Noch mal einen wunderschönen guten Morgen, meine Liebe.«

Der Mann mit Hund war da. Allerdings ohne das Tier.

Paul Hugo hatte sich rasiert und umgezogen. Er trug ein hellgelbes Hemd zur Jeans und sah erholt aus, schien seinen Schlaf nachgeholt zu haben. Er setzte sich Ines gegenüber. Auf seinem Kopf trug er wieder eine Kappe, doch diesmal ebenfalls in Gelb.

»Frau Berwalder, Ines, ich freue mich so sehr. Es ist einfach toll, dass Sie gekommen sind. Großartig!«

Ines winkte ab, ihre weiteren Überlegungen fielen ihr ein. Sie musste ihr Kommen herunterspielen. »Ich hätte ohnehin irgendwo gefrühstückt, Herr Iffland. Und ich will später noch zu einem Laden in der Fußgängerzone, also hat es gut gepasst.«

»Bitte sagen Sie Paul zu mir. Oder Hugo, wenn Sie das lieber möchten.«

Er lächelte das breite Lächeln von heute Nacht und brachte Ines damit zum Schmunzeln. Ihre Aufregung legte sich.

»Hugo besser nicht. Da müsste ich immer an meinen Kanarienvogel denken. Paul geht in Ordnung. Ich bin, wie Sie schon sagten, Ines. Wie geht's Ihrem Hund? Ist er zu krank, um mitzukommen?«

»Nein, Gott sei Dank nicht. Es geht ihm besser. Perry erholt sich. Doktor Naux ist ein klasse Arzt. Wie steht es um meinen gefiederten Namensvetter?«

»Der ist ebenfalls zu Hause geblieben und zwitschert wieder fröhlich.«

Eine Kellnerin erschien und sie bestellten. Ines ihr Croissant mit einem Latte und Paul Hugo Iffland das Colonia-Frühstück mit Rührei, ohne in die Karte zu schauen, man merkte, dass er hier Stammgast war. Die nächste Stunde plauderten sie über das Wetter, ihre Haustiere, die Stadt und bald intensiv über seinen künstlerischen Beruf.

Der Mann mit Hund war Maler.

Mit eigenem Atelier und laufenden Ausstellungen. Zurzeit war er mitten in den Planungen zu einer neuen, die bald in Frankfurt eröffnet wurde. Ines hatte noch nie von ihm gehört, was sie peinlich berührte, aber Paul Hugo Iffland zuckte nur mit den Schultern.

»Die Kunstszene ist wie ein tiefer Baggersee, da muss man nicht jeden Fisch kennen. Ab sofort allerdings können Sie in jeder Runde mit mir angeben.«

Er zückte eine Visitenkarte mit verschnörkelter Schrift. Ines steckte sie ein und musste an ihre Schwester denken. Maxima hätte gejubelt. Die Telefonnummer eines adretten Mannes im passenden Alter, dazu noch ein bekannter Künstler, diese Kombination hätte sie begeistert. Hanna und Dustin dagegen hatten, wie Ines selbst, Bilder von Ikea an der Wand hängen, sie glaubte kaum, dass den beiden sein Name etwas sagen würde.

Ein wenig schien sie aber doch beeindruckt zu sein, sie zögerte, ihm von sich und ihren grafischen Kreationen zu erzählen. Solange er über sich und von seinen Werken redete, kam das Thema ohnehin nicht auf.

»In meinem Atelier in Frechen wohne und arbeite ich, dort hole ich meine Ideen in die Realität. Mein Traumberuf, den ich verwirklichen konnte.«

»Ich stelle es mir großartig vor, seine Kunst ausleben zu können. Frei und ohne Vorgaben.«

»Wenn man von den Verkäufen seine Brötchen bezahlen kann, dann ja. Gott sei Dank, seit über zehn Jahren kann ich sehr gut davon leben. Unverschämt gut, aber sagen Sie es nicht weiter.«

»Außer Ihnen kenne ich bisher niemanden in der Kunstszene, also keine Sorge. Wo kann ich eines Ihrer Bilder sehen?«

»Ich dachte schon, Sie fragen nie.« Paul Hugo Iffland zog sein Handy aus der Jeans. »Aber wenn ich Ihnen jetzt einen Einblick in mein Seelenleben gebe, das sich in meinen Bildern spiegelt, müssen wir uns duzen.«

Ines trank den letzten Schluck Kaffee und fühlte sich mehr und mehr einfach prächtig. Dass sich der Vormittag so gut entwickeln würde, darauf hätte sie vorhin in der Straßenbahn niemals gewettet.

»Gerne. Ich bin immer noch Ines.«

Paul Hugo Iffland legte sein Handy auf dem Tisch ab, lüftete seine neue Kappe, nahm Ines' Hand in seine und drückte ihr einen Kuss auf den Handrücken. Fast hätte Ines gelacht, aber sie beherrschte sich. Eine Gentleman-Inszenierung an einem sonnigen Morgen. Vielleicht etwas übertrieben, aber auch erfrischend.

»Immer noch ein wunderschöner Name. Mich nennen alle meine Freunde Piff.«

»Wie bitte?« Jetzt lachte sie doch.

»Lach mich nicht aus, Ines. Paul Iffland verführt geradezu.«

»Aber da steckt doch der Hugo dazwischen.«

»Dass Hugo mein zweiter Vorname ist, wissen nur du, meine Eltern und das Fiananzamt. Top secret. Paul Hugo Iffland also für die Steuer, schlicht Paul für die Kunstsammler. Aber Piff sagen meine Freunde zu mir und jetzt bitte auch du.«

»Na gut, dann Piff. PIFF.« Der Name kitzelte beim Aussprechen auf Ines' Zunge.

Sie bestellten eine zweite Runde Kaffee.

Paul Hugo Iffland hob seine Tasse, Ines tat es ihm nach, und sie stießen an. Sie redeten weiter über seine Kunst, er zeigte ihr Handyfotos von seinen Bildern, erzählte von neuen Ideen, schwärmte von kreativen Prozessen. Qual und Genuss, Niederlagen und Erfolge, die sich abgewechselt hatten. Ines mochte seinen Enthusiasmus. Sein Engagement. Sein glänzender Blick, als er über Entstehungsprozesse und Farbenspiele sprach, gefiel ihr besonders.

Piffs Werke waren großflächige Leinwände, mit wilden Farbkombinationen bemalt, sie wirkten dreidimensional und dominant. Sie beeindruckten Ines, und sie versuchte, sich die Malereien in realer Größe vorzustellen. Piff redete in den Sonnenschein hinein, und Ines genoss ihre Rolle als Zuhörerin.

Es war doch eine wunderbare Entscheidung gewesen hierherzukommen.

»Hallo, Angie, bist du noch da?«

Ines hatte ohne Unterbrechung erzählt, und nach anfänglichem *Ja* und *Aha* und *Schau an* war Angelika still geworden.

Von der Stelle an, als Ines von Piffs Bildern und ihren wohligen Gefühlen berichtet hatte.

»Ich höre dir zu.«

»Findest du es komisch, dass ich hingegangen bin?«

Angelika lachte. »Ich finde es nicht komisch. Eher gut. Nein, richtig gut. Es ist eine kleine romantische Geschichte. Eine, die man tatsächlich gerne hört und sofort mag.«

»Dass ich um halb vier Uhr morgens beim tierärztlichen Notdienst einen relativ bekannten Maler treffe, der mich sofort einlädt, kommt mir selbst etwas surreal vor.«

»Quatsch! Es ist doch toll, wenn Ungewöhnliches passiert. Jedenfalls hört es sich glaubwürdiger an als diese Story, die Hanna erzählt hat, von dieser Sophie mit ihren roten Farbblitzen. Hast du davon schon gehört?«

Ines kicherte. »O ja! Ich habe diese Geschichte doch als Erste gelesen. Eine dieser angeblichen Wunderliebeslegenden. Doof. Es waren im Übrigen grasgrüne Sehstörungen.«

»Ich denke zwar auch, dass sie frei erfunden ist, aber ich mochte sie trotzdem. Dagegen wirkt meine erste Begegnung mit Hannes im Schwimmbad völlig unromantisch. Würde keinen interessieren.«

Ines lenkte das Gespräch zurück auf ihre Begegnung mit dem malenden Baseballkappenträger. »Ich hätte nicht so lange bleiben sollen. Wir haben geschlagene drei Stunden in dem Café gesessen. Hinterher war ich todmüde.«

»Wieso denn nicht? Es war gut, dass du geblieben bist und es genossen hast. Du dumme Nuss. Dein Leben ist langweilig. Und genauso unromantisch wie meine Ehe. Nicht schlecht, aber zu trocken. Wobei trockener Weißwein himmlisch ist.«

»Mein Leben ist völlig okay, und ich brauche keinen neuen Mann.«

»Du sollst ihn ja auch nicht gleich heiraten.«

Plötzlich kicherte Ines wieder wie ein Schulmädchen, dessen Freundin mit ihr über den ersten Sex redet. Das machte die Erschöpfung. Sie musste endlich schlafen. Angelika am anderen Ende der Leitung stellte ihre Kaffeetasse geräuschvoll ab.

»Ist er denn verheiratet?«

Darüber hatte Ines gar nicht nachgedacht. Ein Detail, das sie bei ihrer spontanen Aktion verdrängt hatte.

»Ich weiß nicht. Kein Ring. Er hat immer nur in der Ichform geredet.«

»Sagt gar nichts. Finde es heraus. Hast du ihn gegoogelt?«

Obwohl Angelika Ines nicht sehen konnte, schüttelte diese vehement den Kopf.

»Online schnüffeln mag ich nicht. Dazu bin ich zu altmodisch, im Internet suchen kommt mir wie spionieren vor.«

»Ines, du bist Ende vierzig und nicht hundertundeins. Er ist ein bekannter Maler, da wird er nicht nur eine Website haben, sondern überall im Netz zu finden sein. Guck dir die Einträge an, lies seinen Lebenslauf, bevor du dich verknallst.«

»Unsinn, ich verknalle mich nicht.«

»Aber erzählt hast du mir sofort davon, und mit so viel Freude. Da läuten die Alarmglocken.«

»Ja, du hast recht. Ein wenig zumindest. Es war ein bisschen romantisch und ein bisschen aufregend. Allerdings nicht mehr als das.«

»Apropos erzählen.« Ines konnte hören, wie Angelika sich ein Glas Wasser einlaufen ließ. »Ich hätte mich ohnehin heute bei dir gemeldet. Es könnte sein, dass ich noch ein Attentat auf dich vorhabe.«

»Hast du wieder neue Mittelchen, für die ich werben soll?«

Angelika setzte sich euphorisch für Naturheilmittel aller Art ein und pries mindestens einmal die Woche entweder Schüßler-Salze oder Kräutertinkturen oder homöopathische Mischungen an. Ihr Mann Hannes dagegen glaubte ausschließlich an die Schulmedizin, darüber stritten sie sich öfter.

»Nein, keine Sorge. Obwohl dir Bachblüten guttun würden.«

»Was für ein Attentat also?«

»Etwas Berufliches.«

»Soll ich dir einen Entwurf machen? Wofür denn?«

Ines dachte an das Opernstudio von Tilda und ihre anderen beiden unfertigen Aufträge und seufzte. Abschlagen würde sie Angie nichts, aber für einen Freundschaftsdienst würde sie kein Geld verlangen. Ihr Mund öffnete sich zu einem herzhaften Gähnen, es war höchste Zeit, dass sie sich schlafen legte.

Angelika machte am anderen Ende der Leitung eine längere Pause, ehe sie weitersprach. »Ich lasse die Bombe mal platzen: Ich übernehme ein Café.«

»Bitte?« Bei dieser Nachricht war Ines sofort wieder hellwach. »Warum? Wann? Wo?«

»Ach, Ines, es ist fast so eine gute Geschichte wie die von dir und diesem Paff.«

»Piff.«

»Piffpaff. Ha, das klingt gut. Aber im Ernst. Wenn du möchtest, dann komm Samstag zu uns. Dann erzähle ich dir alles ausgeschmückt und im Detail. Hannes muss in die Uni, ist also unterwegs. Es wird ein neues Computerprogramm installiert, er muss dabei sein und sich alles erklären lassen.«

Angelikas Mann war Koordinator an der Kölner Universität, managte Kooperationen von unterschiedlichen Studiengängen und erstellte Vorlesungspläne. Er liebte seinen Job, alle anderen aber langweilten seine Geschichten von Tabellen und Terminaufstellungen.

»Ich kann doch nicht bis Samstag warten, Angie.«

»Aber ich möchte nicht am Telefon darüber reden, weil diese Story tatsächlich wahr und wunderbar und dazu noch unendlich lang ist. Die Geschichte will ich nicht erzählen, ohne dich persönlich vor mir zu haben. Morgen kann ich leider nicht, ich kümmere mich um Käthe und ein Nachbarskind. Samstag könnten wir unter uns Mädels weiterplaudern. Da kann ich dich über mein Attentat dann genauestens informieren. Was meinst du? Achtundvierzig Stunden voll spannender Erwartung für dich, oder wir legen jetzt auf, und du kommst heute noch vorbei?«

Die Erschöpfung siegte über die Neugierde. Ines sagte für Samstag zu und verabschiedete sich dann. Es war drei Uhr nachmittags, und sie musste sich ein Mittagsschläfchen gönnen. Egal, wie viel Arbeit wartete, ihr Hirn war ohnehin im Schläfrigkeitsmodus. Ines schlurfte fünf Schritte bis zur Couch, und die Vorfreude auf ein Nickerchen überlagerte alles andere.

Hugo putzte sich auf seiner Stange und flötete, als hätte es die letzte Nacht nicht gegeben.

Ines döste weg.

7

Ein paar Stunden nach Angelikas Anruf und Ines' Nickerchen traf eine Nachricht von Paul Hugo Iffland in Form einer E-Mail ein.

Piff grüßt mit Handkuss – so stand es in der Betreffzeile.

Es fühlte sich für Ines immer noch komisch an, ihn Piff zu nennen. Unter diesem Namen stellte sie sich eher einen Zwerg vor, vielleicht den achten, von dem man bei Schneewittchen bisher nie gehört hatte. Dabei war Paul Hugo – ihn bei seinen beiden Vornamen zu nennen, gefiel ihr besser – ein groß gewachsener Mann. Zwar mit einigen Kilos zu viel auf den Rippen, die ihn aber mehr wie einen Bären vor dem Winterschlaf wirken ließen.

Während des Brunchs und ihrer intensiven Unterhaltung mit ihm waren ihr einige solcher amüsanten Vergleiche durch den Kopf gegangen. Angesichts seiner beginnenden Glatze an der Stirn und seines Bauchs hatte sie an Gérard Depardieu denken müssen. Seine Baseballkappe hatte sie an ein Foto von einem berühmten Golfer erinnert. Was für ein wüster Gedankenmix!

Alles in allem war ihr Piff immer sympathischer geworden, sonst wäre sie nicht so lange geblieben. Seine Hände gefielen Ines und seine graublauen Augen. Sein dunkelblondes Haar zeigte an den Schläfen erste Ansätze von Grau, und sie schätzte, dass er ein paar Jahre älter war als sie.

Ines erinnerte sich, dass sie früher, sehr viel früher, auch daran gedacht hatte, bildende Künstlerin zu werden. Ein Kunststudium zu beginnen, nicht zu malen wie Piff, aber Skulpturen und Installationen zu kreieren. Davon konnte sie ihm vielleicht bei einer nächsten Verabredung erzählen. Überhaupt nahm sie sich vor, mehr von sich preiszugeben und auch mehr von ihm privat zu erfahren, nicht nur über seine Malerei.

Den Satz »Na, Piff, gibt's denn auch eine Piffin?« hatte sie sich zwar überlegt, war sich aber nicht sicher, ob sie sich trauen würde, ihn auszusprechen.

Wenn es zu weiteren Treffen käme, würde sie ohnehin seinen Beziehungsstatus irgendwann erfahren. Er hatte mehrfach angedeutet, dass dieser Brunch nur der erste von vielen weiteren sein würde, und von möglichen Ausflügen ins Kölner Umland, sogar von gemeinsamen Reisen gesprochen. Doch es war viel zu früh, um bereits Pläne zu schmieden.

Lieber nachsehen, was in der Mail stand.

Mit leichtem Erschrecken gestand sie sich ein, dass sie tatsächlich auf ein Wiedersehen hoffte. Ines las seine Nachricht erfreuter, als sie es eigentlich sein wollte.

> *Liebe Ines, morgen singt am Tanzbrunnen die A-cappella-Gruppe Basta. Die sind einfach großartig, wie ich finde. Ich habe über einen Freund zwei Karten ergattert. Begleite mich. Bitte!!! Dein Piff*

Eine kleine Erregung gesellte sich zu ihrer Freude. Wann war sie das letzte Mal zu einem Konzert eingeladen worden? Sie begann wieder rückwärts zu zählen, stoppte sich aber sofort.

Spontan dachte sie an eine kurze Zusage, zögerte jedoch noch.

Lief die Sache nicht etwas zu schnell an? War Paul Hugo nicht etwas zu forsch unterwegs? Zuerst der Brunch und jetzt sofort hinterher die Einladung zu einem nächsten Treffen, das sich wie ein Date anfühlte? Außerdem hatte er mit *Dein Piff* unterschrieben, das ging auf jeden Fall zu weit. Wie konnte er ihr Piff sein, wenn sie gerade mal oberflächliche Themen ausgetauscht hatten.

Andererseits verkehrte Piff im Künstlermilieu, da liefen die Kontakte lockerer. Ines hatte vor einigen Jahren für einen bekannten Seriendarsteller individuell gestaltete Autogrammkarten angefertigt, und er hatte sie beim ersten Kennenlernen schon umarmt und mehrfach auf die Wangen geküsst. Sie interpretierte zu viel in die E-Mail hinein. Maxima mit ihren Kuppeleien und Angelika mit all dem Nachbohren hatten sie dazu gebracht, in Richtung Date zu denken. Sie hatte die Möglichkeit, mit einem netten Mann in ein tolles Konzert zu gehen, nicht mehr, aber auch nicht weniger.

Ihre Finger schwebten über der Tastatur.

Sollte er wider Erwarten denken, mit ihr wäre eine schnelle Nummer möglich, dann würde sie Piffs Avancen eben verpuffen lassen. Oder verpiffen, eine Wortkreation, die Ines zum Lächeln brachte. Sie begann sich langsam an seinen Kurznamen zu gewöhnen und war sich nicht sicher, ob das gut oder schlecht war.

Bevor sie eine Antwort formulierte, stand Ines auf und lief, immer noch etwas aufgewühlt, einmal durch ihre Wohnung. Schließlich setzte sie in der Küche Wasser für einen Tee auf. Plötzlich überkam sie die Neugier. Ihre Weigerung, Paul Hugo Iffland zu googeln, fand sie jetzt komisch. Warum sollte sie nicht die neuen Medien nutzen? Würde sie in Jane Austens Zeiten leben, hätte sie nur die verbale Gerüchteküche als

Informationsquelle gehabt. Allerdings hätte Ines zu der Zeit bereits als unvermittelbare ältere Lady gegolten, deshalb konnte sie froh sein, heutzutage einem potenziellen Mr Darcy noch weit nach ihrem dreißigsten Geburtstag begegnen zu können. Der Tee musste acht Minuten ziehen, und Ines trieb es an den Computer zurück. Sie setzte sich und gab den Namen Paul Hugo Iffland in die Suchmaschine ein.

Sofort über siebenhunderttausend Einträge.

Das ist Spionage, moderne Welt hin oder her, dachte sie, machte aber weiter und klickte auf den ersten Eintrag auf seiner Website.

Das Foto dort zeigte ihn an einer Staffelei mit einem blauen Schal um den Hals, das dunkelblonde Haar nach hinten gegelt. Keine Kappe, kein T-Shirt, sondern ein weißes Hemd. Er kam ihr fremd vor, so hatte sie ihn nicht in Erinnerung. Sie klickte weiter. Auch auf den anderen Fotos von seiner letzten Ausstellung in Berlin wirkte er mondän und etwas exaltiert, es passte so gar nicht zu dem Mann mit Hund, den sie in der Nacht in der Tierarztpraxis getroffen hatte.

Sie scrollte zu den Kunstwerken.

Auf ihrem großen Bildschirm konnte sie seine Gemälde noch viel genauer sehen als auf dem Handy. Die Kreationen auf den überdimensionalen Leinwänden waren Farbräusche, die betörend und fantastisch wirkten. Die Preise dazu bewegten sich in ebenso rauschhaften Dimensionen, die Ines sich nie hätte leisten können. So viel zu ihrer spontanen Idee, ein Bild von Piff zu kaufen und es Hanna zum nächsten Geburtstag zu schenken, mit persönlicher Widmung des Malers. Gut, dass sie sich im Internet schlau gemacht hatte. Es wäre peinlich geworden, wenn sie Piff zuerst darauf angesprochen hätte.

Sie klickte zu seiner Vita und hielt inne. Paul Hugo Iffland war vier Jahre jünger als sie. Damit hätte Ines nicht gerechnet. War das ein Problem?

Er wird immer noch in den Vierzigern sein, wenn du deine Fünfzig erreicht hast, sagte die Vernünftig-Stimme wie aus dem Nichts.

Wir leben in Zeiten, in denen es schnurz-furz-egal ist, ob ein Mann ein paar Jährchen jünger als eine Frau ist, antwortete Ines sich selbst. Vier Jahre sind ein Klacks.

Dieses Schnurz-furz-egal hatte Hanna als Kind gern gesagt, wenn sie etwas tun wollte und Ines widersprach. Heute war das Wort zwischen ihnen immer noch in Gebrauch. In ihren Gedankendialog mit der Vernünftig-Stimme passte es wunderbar.

Selbst wenn er ein Jahrzehnt jünger wäre, würde es keine Rolle spielen.

Trotzdem spürte Ines wieder die Aufregung von vorhin. Alle ihre Überlegungen hatte sie so formuliert, als wäre sie daran interessiert, in Piff einen möglichen neuen Freund, einen Partner zu sehen. War es wahr? Sie horchte in sich hinein. Ein wenig, gestand sie sich ein. Wer war denn nun zu schnell unterwegs?

Sie stand auf, holte sich ihren Tee, pustete und hielt vor dem ersten Schluck inne. Der Mann mit Hund gefiel ihr, ja, das war auf jeden Fall die Wahrheit.

Warum nicht ein kontrolliertes kleines Abenteuer erleben? Und die Gruppe *Basta* wollte sie tatsächlich live singen hören.

Verdammt, war er nun ein Single oder nicht?

Zurück ins Internet.

Sie durchforstete Piffs Vita nach seinem Beziehungsstatus und kam sich närrisch vor. In dieser Geschwindigkeit hatte sie sich noch nie für jemanden interessiert. Bei Jürgen hatte sein Werben um sie Monate gedauert, dann erst war sie mit ihm ausgegangen. Gut, danach waren die Heirat und die Schwangerschaft umso rasanter gelaufen, wie um die lange Anfangsphase aufzuholen. Aber auch ihre Beziehung nach der

Scheidung hatte langsam, sacht begonnen. Marcel und sie hatten über ein Jahr gebraucht, bis sie sich als Paar gezeigt hatten.

Es liegt am Alter, dachte Ines. Man hat nicht mehr so viel Zeit zu verlieren. Deshalb wollte sie wissen, ob es überhaupt Sinn machte, sich weiter mit Möglichkeiten zu füttern.

Außer dass Piff in Nordrhein-Westfalen lebte und deutschlandweit ausstellte, fand sie auf dieser Seite keinen Hinweis. Sie überlegte, ob sie die anderen Interneteinträge genauer durchforsten und eine neue Suche nach dem privaten Paul Hugo Iffland starten sollte, ließ es aber dann bleiben.

Sie würde ihn direkt fragen, morgen bei dem Konzert. Die analoge Form des Kennenlernens. Also zurück zur Zusage.

> *Lieber Piff, danke für die Einladung. Ja, ich komme gerne mit. Am besten, wir treffen uns direkt am Tanzbrunnen. Sagen wir um sieben, ja? Liebe Grüße, Ines*

Es war eine kurze und neutrale Nachricht. Kein PS. mit einem Rattenschwanz von Geplapper hintendran. Piff würde sich nicht mehr erwarten können als eine nette Begleitung.

Noch einmal andersherum überlegt, könnte ja auch Ines in einer festen Zweierbeziehung stecken. Er hatte sie beim Brunch ebenfalls nicht nach einem Freund oder Mann gefragt. Hatte Piff vielleicht ihre Person vor dem Treffen genauso übers Netz gegoogelt wie sie ihn eben?

Eine leichte Gänsehaut lief Ines über den Rücken.

Sie gab ihren eigenen Namen in die Suchmaschine ein.

Die Einträge überstiegen nicht die Dreitausendermarke, sie war keine bekannte Persönlichkeit. Ihre eigene Homepage, die sie ausschließlich für berufliche Zwecke erstellt hatte, wirkte im Gegensatz zu Piffs Künstlerauftritt nüchtern. Nur Abbildungen von ihren grafischen Arbeiten, keine privaten Informationen.

Es gab dennoch einige Fotos im Netz von ihr, eines davon zeigte sie an einem Baggersee in einem Sommerkleid, die Aufnahme hatten Hanna und Dustin auf ihre Facebook-Seite gestellt. Es stammte aus dem letzten Jahr, sie hatte sich nicht groß verändert seither.

Hübsch sah sie darauf aus, glücklich und zufrieden. Nicht mehr ganz jung, auch nicht ganz so schlank wie früher, aber immer noch mit guter Figur und sympathisch. Es war in Ordnung, wenn Piff dieses Foto gesehen hätte. Nirgendwo gab es einen Hinweis, dass sie Single war. Oder hatte er ihr ansehen können, dass sie alleinstehend war? Strahlte sie Bin-auf-der-Suche-Vibrationen aus, ohne überhaupt auf der Suche zu sein?

»Schluss und aus, du alberne Nuss!« Jetzt kam die Vernünftig-Stimme laut aus Ines' Mund, und diesmal hatte sie völlig recht, sich zu Wort zu melden.

Es war Zeit, wieder an die Arbeit zu gehen. Ihre Entwürfe machten sich nicht von allein. Sie brauchte Aufträge und Einnahmen, ihr Vermieter würde sich nicht mit einer ihrer Skizzen als Bezahlung zufriedengeben.

Sie schickte die E-Mail ab.

Bevor sie ans Reißbrett ging, setzte sie sich auf den Teppich und machte ein paar Sit-ups. Warum nicht mit Bauch-Beine-Po-Übungen loslegen? Nach fünf Minuten gab sie auf, ihre Muskeln zitterten. Schluss damit, einmal Üben machte keinen Unterschied. Entweder Piff mochte sie so, wie sie war, oder eben nicht.

Ines arbeitete bis zehn Uhr abends konzentriert, dann telefonierte sie mit Hanna und Dustin, danach mit ihrer Schwester, die das Kofferpacken für Chicago grässlich fand, und am Ende rief sie bei Großtante Betty an, die nie vor Mitternacht schlafen ging und ihr ausführlich von ihrem Besuch bei einem Seniorentanzabend berichtete.

»Ich könnte heute noch einen Kerl kriegen«, schloss Betty ihre Erzählung, und Ines stimmte ihr zu, auch wenn sie sich die Einundneunzigjährige mit einem gleichaltrigen Galan gerade noch beim langsamen Schaukeltanz, aber nicht bei anderen Dingen vorstellen konnte und mochte. »Ich will aber keinen, hab nie einen gebraucht.«

Ja, Betty hatte bereits zu einer Zeit ein unabhängiges Leben geführt, als es noch in der Gesellschaft üblich war, sich so bald wie möglich einen Ehemann zu suchen. Sie hätte es auch in Jane Austens Welt abgelehnt, sich zu verehelichen. Es hatte damals jede Menge Verehrer gegeben, hatte Ines' Großvater und der Bruder von Betty zu seinen Lebzeiten öfter erzählt, aber keiner war gut genug gewesen, als dass sich Betty an ihn gebunden hätte. So gesehen hatte Ines' Großtante moderner als die nachfolgenden Generationen gelebt.

Wollte Ines wirklich die nächsten Jahrzehnte allein bleiben?

Bevor sie schlafen ging, checkte sie ihre Mails und ihr Handy. Piff hatte sich nach ihrer Zusage nicht wieder gemeldet.

Ihr fiel auf, dass sie heute bei keinem der Telefonate mit ihren Lieben Paul Hugo Iffland erwähnt hatte.

8

Klatschen. Lachen. Mitsingen. Jubeln. Sich im Takt der Musik bewegen.

Neuland im altbekannten Ines-Ich.

Konnte es sein, dass sie die letzten acht Jahre verschlafen hatte?

Dornröschen hinter einer Dornenhecke.

Nein, nicht verschlafen, ganz und gar nicht.

Ines hatte die Jahre bewusst gelebt, und es waren im Großen und Ganzen gute Jahre gewesen. Sie führte ein angenehmes Leben, über das sie sich nicht beklagen wollte.

Ihr Job machte ihr im Allgemeinen Spaß, sie mochte ihre gemütliche Wohnung, sie liebte ihre kleine Familie, sie war für ihren gesunden Körper dankbar. Ihr Alltag mochte nicht immer aufregend sein, aber er war in Ordnung.

Manchmal ging sie mit einer Freundin ins Theater oder traf sich mit einer Runde von Bekannten in einer Kneipe oder zur Happy Hour. Mit ihrer Schwester hatte sie in den letzten Jahren dreimal eine Städtetour gemacht, immer ein Geburtstagsgeschenk von Maxi an Ines. Auch Konzerte hatte sie in diesen acht Jahren besucht. Zumindest eines. Wer war damals aufgetreten? Sie wusste es nicht mehr.

Aber wo hatte die sehnsüchtige Ines in dieser Zeitspanne gesteckt? Die klatschende, die jubelnde Ines, die ihre Arme nach oben riss und hochsprang wie ein Gummiball.

Egal. Schnurz-furz-egal.

Herrlich.

Es ging los mit einem Solopfeifen. Das Publikum sollte nachpfeifen. Eine schrecklich-lustige Pfeiferei entbrannte. Ines lachte dabei, bis ihr die Tränen kamen, schaffte es aber nicht, ihre Lippen zu spitzen.

Wann hatte sie das letzte Mal Tränen gelacht?

Eine wunderbare Musiknummer folgte der anderen. Mal zum Mitschunkeln, mal zum Lachen, zum Weinen und überhaupt das gesamte Konzert zum glückseligen Amüsieren. Eine Darbietung der Extraklasse.

Neben Ines stand Piff, der sie an sich zog und ihr einen Kuss auf die Lippen drückte. Jetzt spitzte sie ihre Lippen und küsste zurück. Es kribbelte und kitzelte und war etwas rau, alles gleichzeitig.

Als Übersprunghandlung sah sie sofort danach auf die Uhr, ohne aber die Uhrzeit wahrzunehmen.

Sie spürte die Hitze in den Wangen, auf den Lippen und in ihrem Bauch.

Was ist los, Ines? Spontanverknallung?

Schon allein diese Wortschöpfung ihrer Vernünftig-Stimme stimmte sie glücklich. Überglücklich fühlte sie sich.

Die Menschen, die Musik, die gute Stimmung, alles passte wie angegossen. Dazu der Mann an ihrer Seite, den sie erst seit drei Tagen kannte.

Wow!

Ines, Ines, Ines. Wenn das ihre Schwester wüsste.

Aber war es nicht genau so eine Begegnung, die sich Maxima für Ines mit ihren Kuppelversuchen gewünscht hatte?

Piff beugte sich zu ihr, leider nicht, um sie wieder zu küssen, sondern um etwas zu sagen. Sein Mund bewegte sich, aber Ines konnte nur Wortfetzen verstehen.

»Was?«

Er kam mit seinen Lippen an ihr Ohr, es kitzelte.

»Meine Mutter hat mir beigebracht, dass es ›bitte‹ heißt.«

»Wie?«

»Bitte statt was.«

Ines konnte ihn lachen hören und musste schmunzeln. Auch sie hatte Hanna früher öfter korrigiert. Nun konnte sie sich an die eigene Nase fassen.

»Bitte?«

»Ist der Abend nicht wundervoll?«

Ines nickte. Ja, das war er in der Tat. Ines und Paul Hugo in rasantem Aufstieg Richtung Wolke sieben. Nein, Vorsicht. Lieber erst mal das Ziel Wolke vier.

Was war mit Piff? Was konnte aus ihnen werden?

Sie verglich sein Gesicht mit den Fotos, die sie im Internet von ihm gesehen hatte und die ihr nicht sympathisch gewesen waren. Jetzt war er wieder der Paul Hugo mit dem bärigen Bäuchlein und heute Abend rotem T-Shirt. Was, wenn sie den Künstler in ihm nicht mochte und nur den Mann mit Hund anziehend fand?

Angelika hatte recht. Wenn Ines ganz ehrlich war, mitten in der johlenden und klatschenden Menschenmenge, konnte sie ihr Herz in diesem Moment und genau hier verlieren und würde mit wehenden Fahnen in ein völlig neues Abenteuer aufbrechen.

Sie sprang wieder von ihrem Sitz hoch, so wie es in dem Moment auch alle anderen Zuschauer taten. Das Konzert war beendet, alles schrie nach einer Zugabe. Ines mittendrin, auch sie johlte. Wann hatte sie das letzte Mal gejohlt vor Begeisterung?

Die Band stellte sich wieder auf. Die Leute jubelten. Sie bekamen ihre Zugabe.

Ines wollte schrecklich gern um eine Kusszugabe von Piff johlen. Schon jetzt konnte sie sich ausmalen, wie sie und Piff sich körperlich viel näher kommen würden als nur mit ihren Lippen, die sich berührten. Sie würde wie ein Teenager die Contenance verlieren – wenn sie überhaupt je eine besessen hatte.

Wollte sie das? Ja. Verdammt. Und ja. Bravo!

Neben ihr strahlte und jubelte Piff. Sein dunkelblondes Haar war hinten völlig zerzaust, sein Wohlstandsbauch bewegte sich, sein breites Grinsen galt der Truppe und zugleich auch ihr, als er sich kurz zur Seite drehte.

Die nächste Zugabe kam, und wieder tobte die Menge und Ines mit ihr.

Am Ende des Konzerts keuchte Ines wie nach einem Hundertmetersprint.

»Das war nicht nur wundervoll, sondern auch großartig«, sagte Piff.

Er umschlang sie mit beiden Armen, und ihr wurde noch heißer als zuvor schon.

»Jetzt gehen wir noch auf ein Kölsch, meine liebste Ines.«

Meine liebste Ines. Klang noch besser als alle Songs vorhin.

Sie ließ sich von seinem Tempo mitreißen und gab ihm einen innigen Kuss. Danach strahlten sie sich an. Ines kam sich erblüht und wie siebzehn vor.

Sie wurden inmitten der Menschenmenge nach draußen geschoben.

Langsam entstand mehr Raum zwischen den vielen Konzertbesuchern. Ines konnte frischere Luft spüren, einen leichten Wind, der ihre Glut kühlte. Die Menge zerfiel in Grüppchen und Pärchen, bevölkerte die Wege. Piff und sie spazierten an die Rheinpromenade. Über ihnen funkelten die

Sterne. Vor ihnen strömte der Fluss, und die Domkulisse am anderen Ufer glänzte im Licht der Scheinwerfer. In Ines' Bauch flatterten die Schmetterlinge bei all dieser Romantik. Kitschiger ging es wirklich nicht mehr.

Piff fasste ihre Hand, zog sie zu sich. Wieder küsste er sie, es war das dritte Mal, und vielleicht hatte sie nun wie im Märchen einen Wunsch frei.

Von irgendwoher kam eine leise Klaviermelodie, die an Lautstärke zunahm.

»Oh, mein Handy!« Piff zauberte die Töne aus seiner Hosentasche. »Tut mir leid, Ines. Den Anruf muss ich annehmen.«

Sein Gesichtsausdruck war schnell ernster geworden. Er ließ ihre Hand los und ging ein paar Schritte zur Seite, lehnte sich an einen Baum, redete so leise, dass Ines nichts verstehen konnte.

Die Ernüchterung war da, ein Kübel Eiswasser, der sich über ihr entleerte.

Paul Hugo Iffland hatte genauso ein Alltagsleben wie Ines, und davon wusste sie bisher nichts. Sie holte noch ein paar Eiswürfel aus dem Wasserkübel, nach all dem Spaß war ihre erwachsene Vernünftig-Stimme endlich wieder an der Reihe.

Vielleicht war er verheiratet und trug nur keinen Ring. Daraus konnte folgen, dass er diese Tatsache bisher unerwähnt gelassen hatte, weil er auf eine schnelle Affäre aus war. Ines fröstelte. Sie schlang die Arme um ihren Körper, lauschte nach Piff, konnte aber nur ein sonores Murmeln hören.

In ihr nahmen die Möglichkeiten Fahrt auf.

Andere Option: War er nicht verheiratet, dann konnte er doch eine feste Freundin, ein oder mehrere Kinder, Verhältnisse mit vielen anderen Frauen haben. Er konnte hoch verschuldet sein oder unter Depressionen leiden, konnte ein Trinker sein oder vielleicht auch ein Latexfetischist.

Wie kam sie auf Latex?

Egal. Die Überlegungen rauschten weiter.

Außer netten allgemeinen Themen hatte es bei den Gesprächen zwischen ihnen bisher nichts Vertrauliches gegeben. Kein Outing der Familienverhältnisse. Was auch schwer möglich gewesen wäre, dieser Konzertbesuch war schließlich erst das zweite Treffen, wenn man von der Nacht in der Tierarztpraxis absah.

Aber was hieß das nun für Ines?

Zurück zur Contenance. Sie würde sich wieder ihrem Alter und ihren Erfahrungen gemäß benehmen. Keine schnellen Küsse mehr, sondern die sachte Annäherung, das Kennenlernen. Viel später erst entscheiden, ob daraus mehr werden sollte. Ratschläge wie aus einem Buch à la *Flirten für Best-Ager-Dummies*.

Piff kam wieder zurück zu ihr, und sie gingen von der Rheinpromenade auf den Zufahrtsweg und zu den Parkplätzen.

»Entschuldige, liebste Ines, der Anruf war dringend.« Er wollte ihre Hände nehmen, doch Ines steckte sie in die Taschen ihrer Jeans.

»Deine Frau?«

Ihre Frage klang beiläufig, aber Ines' Herz begann einen Tanz, Walzer war es nicht.

Statt zu antworten, sah Piff hinauf zum Sternenhimmel.

»Ich brauche dringend ein Kölsch, du nicht? Los, komm, lass uns einkehren.«

Als er seinen Arm um Ines legen wollte, machte sie einen Schritt zurück.

»Ich würde gern wissen, ob du vergeben bist, Piff.«

Ihr ernster Ton passte nicht zu dem bisherigen Ablauf dieses Abends.

Piff seufzte. »Es ist kompliziert.«

Das hieß, er war es. Klarer konnte man diese Tatsache nicht umschiffen.

Was sollte sie jetzt machen? Wie darauf reagieren?

Ihr Handy begann in ihrer Handtasche zu singen. Kein klassisches Klavier, sondern wie immer von Snow Patrol: *Chasing Cars*.

If I lay here
If I just lay here
Would you lie with me and just forget the world?

Auch hier zeigte sich Ines' Wunsch nach Romantik. Seit sie von Hanna das Smartphone geschenkt bekommen hatte, sang ihr Mobilteil dieses Liebeslied.

Ines kramte danach, aber ehe sie es finden konnte, ging der Anruf auf die Mailbox. Sie warf einen kurzen Blick auf das Display, der Anrufer war Angelika gewesen. Höchstwahrscheinlich ging es um das Treffen morgen bei ihr zu Hause. Manchmal bat Ines' beste Freundin sie, Muffins aus einem Laden um die Ecke mitzubringen, die hervorragend schmeckten.

Ihr Magen knurrte. Sie würde Angie später zurückrufen.

Und nun?

Piff stand vor ihr, sah sie skeptisch an.

»Was ist mit dir? Machst du keinen Schritt mehr vorwärts, bevor ich dir nicht reinen Wein einschenke?«

Ines schüttelte den Kopf. Zu ihrer eigenen Überraschung hörte sie eine neue Stimme in sich, die im Nachklang zu *Chasing Cars* auftauchte. Etwas verwegenes Lässiges zeigte sich da in ihrem Kopf und auch in ihrem Herzen, eine ungewohnte Art, die Lage zu betrachten.

Es war nicht wichtig. Es war nicht egal, das nicht, aber heute Abend spielte es keine Rolle, wie es um Piffs Verhältnisse stand.

Solange sie es nicht zu ihrem Problem machte, war es schnurz-furz-egal, ob Piff eine, zwei oder drei Frauen hatte. Wie er lebte, mit wem er lebte, warum er sich gerade Ines ausgesucht hatte, mit ihm zum Konzert am Tanzbrunnen zu gehen, konnte in einer Schublade zwischengelagert werden.

Es bedeutete nichts.

Zumindest war es für diesen Moment, für diese Stunden nicht ausschlaggebend.

Morgen würde es wieder wichtig werden, vielleicht auch dringend in den Tagen danach, wenn Ines' Sehnsucht nach mehr Ausgelassenheit und Leichtigkeit wuchs und sie sich nicht in Tagträumen verlieren mochte. Aber jetzt und hier, mit ein wenig Glück, konnte sie diese Gedanken, dieses lässige, leichte Gefühl länger halten, konnte ihre Begegnung heute genießen, ohne etwas zu erwarten, sich freuen, ohne einen Flächenbrand in ihrem Herzen zu entfachen. Glut und Hitze, frei von Brandgefahr. Das wäre großartig.

Komm, Ines, lass dich darauf ein.

Diese neue Stimme klang tatsächlich wie siebzehn und einhundertsieben zugleich. Wild und weise.

»Weißt du was, Piff?«

Ines gab dem Mann mit Hund einen dicken Schmatz. Es tat so gut, fühlte sich wieder warm, wieder blühend an.

»Du brauchst nichts zu sagen. Ich will nichts hören von komplizierten privaten Angelegenheiten. Zumindest nicht im Augenblick. Und ja, ich brauche auch dringend ein kühles Kölsch. Dazu einen Halven Hahn oder eine Brezel. Gib mir die Hand, lass uns weitergehen.«

Er legte den Kopf schief und zögerte. Ines hatte ihn mit ihrer Reaktion überrascht.

Alles passte wunderbar zu diesem Ausflug in die Unbeschwertheit. Piff ergriff ihre Hand und führte sie zu seinem Wagen.

Er fuhr einen Mercedes-A-Klasse, dunkelblau, und Ines kamen die Verkaufspreise seiner Bilder in den Sinn. Sie musste an den Film *Zurück in die Zukunft* und den verrückten Wissenschaftler Dr. Brown mit seinem DeLorean denken. Hier stand so ein Gefährt, das vielleicht beschleunigen konnte, bis die Zeit sich umkehrte.

Sie selbst war im Übrigen mit der S-Bahn zum Konzert gekommen; wenn sie ein Auto brauchte, holte sie sich eines beim Carsharing. Piff und Ines, Sportwagen und öffentliches Verkehrsmittel, sie ergänzten sich doch.

Ines' Humor war zurück.

Auch ihr Teenagergefühl. Sie wollte es umschlingen und halten, solange es ging.

»Worüber lachst du, liebste Ines?«

»Es ist nichts, nur so.«

»Ich mag es, wenn du lachst.«

Er hielt ihr, ganz Gentleman, die Wagentür auf. Auch das gefiel ihr.

»Also, Ines, wenn es für dich in Ordnung ist, würde ich heute tatsächlich lieber nichts mehr über mich und meine schwierigen Zeiten erzählen. Ich will mit dir zusammen sein und mich ein klein wenig betrinken. Später bestelle ich ein Taxi und lasse mein Auto stehen.«

Der Schalk in ihrem Nacken hielt sich fest. »Oder darf ich dein Auto fahren, Piff? Dann nehme ich ein alkoholfreies Bier, und du bist spätestens an der ersten Ampel wieder nüchtern.«

Jetzt lachten sie gemeinsam.

If I lay here
If I just lay here
Would you lie with me and just forget the world?

Mann mit Hund hatte Frau mit Kanarienvogel getroffen.

9

Das Café: zwanzig Tische, Außengastronomie im Innenhof möglich, noch mal zehn Tische zusätzlich. Lage günstig, Nippes, Waterloostraße. Finanzierung der Einstiegssumme durch Eigenkapital. Erste Neuerungen: Boden neu, Wände ausmalen, Dekoration. Kein Bankdarlehen in den ersten sechs Monaten nötig. Danach weitere Entscheidung nach Prüfung der Rentabilität. Eventuell Aufnahme eines Kleinkredits für Neuunternehmer. Größere Investitionen ebenfalls erst nach den genannten sechs Monaten erwägen.

»Das klingt so trocken wie Maximas Steuerberechnungen. Ich dachte, das wird eine enthusiastische Sache.«

Ines saß in Angelikas Gartenlaube.

Es regnete seit heute Morgen, aber die Temperaturen waren lau geblieben. Die Tropfen trommelten rhythmisch auf das Dach, die hochgewachsenen Ranken an den Fenstern dämpften das Tageslicht, und an der offenen Schiebetür huschte ein Eichhörnchen vorbei.

Hier drin, ein paar Meter vom Wohnhaus entfernt, hatte Ines immer das Gefühl, in ein Märchen geraten zu sein. Fast erwartete sie, einen verzauberten Frosch hereinhüpfen zu sehen, doch stattdessen kam in dem Moment ihre Freundin mit einem voll beladenen Tablett um die Ecke, auf dem eine große Kanne, zwei Jumbotassen, eine Schüssel mit aufgetürmter Sahne und zwei Teller mit Kirschkuchen standen. Den kleinen Korb mit Muffins, den Ines mitgebracht hatte, hatte Angelika an ihrem Unterarm hängen. Alles fand auf dem Gartentisch Platz. Als Gegenpart für die zuckrigen Leckereien holte Angie am Ende noch ein kleines Schälchen mit Beeren aus einem Regal.

»Voilà! Unsere Leckereien sind kaum nass geworden.«

Ines hob den Daumen und dachte an ihr Vorhaben, noch vor Beginn des Sommers ein paar Kilo abzuspecken, die nächsten Sit-ups hatte sie bereits auf morgen verschoben. Sie schnappte sich einen Muffin, biss hinein. Er schmeckte nach Schokolade und Vanille, einfach himmlisch. Vielleicht konnte eine Riesenportion Zucker, Butter, Eier und Schokolade sie wenigstens die schlechte Stimmung vergessen machen, in der sie sich befand.

Piff hatte sich nicht wieder gemeldet.

Seit der Verabredung am Tanzbrunnen, dem Konzert und dem anschließenden Biergartenbesuch waren vierundzwanzig Stunden vergangen. Er hatte nicht auf Ines' SMS reagiert, die sie ihm mit einem Dankeschön plus Kuss und Hoffnung auf baldiges Wiedersehen geschrieben hatte.

Sie kam sich vor wie nach einem deftigen Rausch, der Kater hatte eingesetzt. Peinlich, dass sie als Erstes eine Nachricht gesendet hatte. Ihr Ausflug in die Leichtigkeit des Seins war schneller zu Ende gegangen als gedacht. Aus einem Zurück in die Zukunft war direkt Realität geworden.

Diese Entwicklung verlangte nach einer Portion Sahne, ob nun zum Muffin passend oder nicht. Den Kirschkuchen würde sie sich anschließend auch noch einverleiben. Ines tauchte ihren Kaffeelöffel tief in die Schüssel, holte ihn übervoll wieder hervor.

Angelika war völlig in ihr neues Projekt vertieft, sonst hätte sie die trübe Miene ihrer Freundin längst bemerkt, auch ohne dass Ines darauf zu sprechen kommen musste. Sie tippte mit dem Zeigefinger auf die Notizblätter, die Ines in der Hand hielt.

»Das sind nur erste Anmerkungen für die Abwicklung. Lies das Konzept.«

> *Ein Kultur- und Geschichtencafé: 1. Möglichkeit für Kleinkunst. Lesungen, Auftritte, kleine Konzerte. 2. Spezielles Neues: Jeden Dienstag und Donnerstag gibt es am Nachmittag zwischen 16 und 18 Uhr die Möglichkeit, vor dem Cafépublikum eine Geschichte aus dem Leben, von der Liebe oder der Familie zu erzählen. Oder über etwas zu sprechen, das einen beschäftigt. Die anderen Gäste sind eingeladen zuzuhören. Es gibt eine Anmeldeliste. Wichtig: Organisation und Auswahl.*

»Was sagst du?«

»Du meinst, da sollen sich Menschen hinsetzen und Wildfremden eine Story aus ihrem Leben erzählen? Nö. Damit kommst du nicht weit, denke ich. Wer sollte so was tun? Das Café liegt in der Waterloostraße. Vorsicht, Angie, dass aus dem Nomen kein Omen wird.«

Den Löffel voller Sahne in der Luft, machte Ines eine abwehrende Bewegung aus dem Handgelenk, und ein dicker Klecks flog über den Tisch. Ein paar restliche Tropfen landeten auf den großen Blättern des Gummibaums, der neben dem Regal bis an die Decke ragte.

Sofort kam das schlechte Gewissen zu ihrer verkorksten Laune dazu. Es lag nicht an den Plänen oder der Idee ihrer Freundin, sondern an der dummen SMS, die unbeantwortet geblieben war. Deshalb benahm sie sich wie Miesepeters Schwester. Sie brannte darauf, Angie von dem Konzert, dem Flirt und dem ganzen Abend zu erzählen, gleichzeitig wollte sie darüber kein Wort mehr verlieren, die Sache hatte sich ja offensichtlich bereits wieder erledigt. Die Sahnesauerei wie auch der Regen passten zu diesem Tag.

»Welche Elefantenlaus ist dir denn über die Leber gelaufen?«

»Ich bin nur müde, Angie. Entschuldige. Mir fehlt Hanna. Samt ihrem Dustin. Selbst Maxima vermisse ich.«

Spontan nahm sie Angelika in die Arme. Ines kam sich wie eine Heuchlerin vor.

»Wenn du die Sahne zum Kuchen isst und sie nicht im Raum verteilst, wirst du dich besser fühlen. Lass mich schnell einen Lappen aus der Küche holen, sonst habe ich hier spätestens in einer Stunde eine Ameisenstraße auf dem Tisch und dem Gummibaum.«

Im Weggehen wandte sich Angelika noch mal zu Ines.

»Oder ist dir ein Zirkusclown namens Piffpuffpaff auf die Zehen getreten?«

Angelika traf den Nagel auf den Kopf. Ines machte den Mund auf, biss aber lieber noch mal in den Muffin. Wo sollte sie beginnen? Mit einem Mal war das Bedürfnis, ihrer besten Freundin alles zu erzählen, wie weggeblasen.

Piff hatte sich mit »Wenn ich jetzt sage, dass es der schönste Abend seit einem Jahr für mich war, dann musst du mir das glauben, liebste Ines« verabschiedet. Er hatte sie bis nach Hause gefahren, sie im Wagen umarmt, lange und innig.

In dem Moment hätte Ines am liebsten den berühmten Satz ausgesprochen und den Mann nach oben auf einen Absacker eingeladen, aber sie hatte sich auf die Zunge gebissen. Wenigstens war es kein One-Night-Stand geworden. Dann wäre ihr Kater jetzt wohl ein Tiger. Aber diese SMS von ihr, die nagte. Alles wäre einfacher, wenn er zurückgeschrieben hätte. Wäre und hätte, Fahrradkette. Verdammter Konjunktiv.

Ines schluckte schwer an dem Stück Muffin und entschied sich um.

»Nein, Piff hat sich verpifft, bevor er mit seinen Kunststücken losgelegt hat.«

»Schade.«

»Nicht wirklich.«

»Glaub nicht, nur weil ich das Café im Kopf habe, ich hätte deine hübsche Geschichte vergessen. In ein paar Wochen sitzt du in meiner angedachten Geschichtenecke, das prophezeie ich dir.«

Ines hob abwehrend die Hände und stieß gegen den Tisch. Alles wackelte.

»Wenn du mir damit drohst, werde ich auf der Stelle gehen. Aber im Ernst, es liegt an meiner Müdigkeit und dem Tochterentzug. Heute Morgen sind Maxima und Werner nach Chicago zu einem Zahnarztkongress geflogen, also bin ich hier völlig familienfrei. Ungewohnt.«

Kein Wort mehr über Paul Hugo oder den Maler Paul Iffland oder Piff. Alle drei in einer Person konnten ihr gestohlen bleiben.

Bevor sie Angelika einweihte, musste sie die Sache erst für sich in Ruhe durchdenken und analysieren. Später konnte sie Ratschläge und Meinungen einholen, wenn ihre Enttäuschung etwas abgeklungen war und das Erlebte in ein paar Wochen als nette Anekdote bei einem Grillabend passte. Aber niemals würde sie sich in diese Geschichtenecke setzen. Niemals.

Angie bewegte sich Richtung Laubenausgang, »Lies weiter. Ich bin gleich mit dem Lappen zurück, dann frage ich dich ab.«

Ines schmunzelte und nahm sich die nächsten Seiten vor. In dem Moment summte ihr Handy und zwitscherte kurz wie Kanarienvogel Hugo.

Lass es, dachte sie.

Doch sie griff sich stattdessen ihre Handtasche und begann zu wühlen.

Er ist es nicht, und wenn er es ist, bedeutet es nichts, sagte sie sich, als sie ihr Mobiltelefon gefunden hatte. Sie strich über das Display.

Er war es.

Piffpuffpaff, der Zirkusclown, war zurück in der Manege.

Liebste Ines, konnte mich nicht eher melden. Verzeih. Morgen, am hoffentlich wieder sonnigen Sonntag, Lust auf einen Spaziergang? Ich klingle bei dir um elf.

Das heitere und leichte Gefühl war wie auf Knopfdruck wieder da. Sie musste lächeln, ohne es zu wollen. Ihre Mundwinkel hoben sich. Als hätte die unbeschwerte Ines hinter einer Ecke ihres Herzens gelauert. Ihr Unmut darüber, dass sie an- und auszuschalten war wie ein Radio, schaffte es nicht, die Freude zu verdrängen.

Ihr vernünftiges Ich rief sich die Situation vor Augen, dass sie immer noch nichts aus Piffs Privatleben wusste, aber trotzdem blieb das Lächeln auf ihrem Gesicht, immer weiter und weiter, als sie das Handy wieder einsteckte. Ein Spaziergang klang gut.

Eigentlich sollte sie ihn jetzt zappeln lassen, aber das kam ihr albern vor. Zumindest würde sie eine Weile mit ihrer Zusage warten, erst nach ihrem Besuch bei Angie antworten, damit er nicht auf die Idee kam, sie hätte auf ein Lebenszeichen von ihm gelauert.

Ines stippte mit dem Zeigefinger in den Rest des Sahnehügels, der halb in die Tischdecke eingesickert war, und leckte sich den weißen Schaum von der Fingerkuppe. Morgen würde es also einen Spaziergang geben. Vielleicht durch den Stadtwald, mit einer Ruhepause auf einer Bank am Weiher. Die Vorstellung, nicht allein dort zu sitzen, machte ihr weiteren Appetit auf Süßes. Sie schnappte sich eine der Kirschen vom Kuchen, dann noch eine und ein paar Streuselteilchen dazu. Am liebsten hätte sie das ganze Stück aufgegessen, aber sie beherrschte sich.

Sie griff wieder nach den Notizen, las sich die Zeilen über das Cafékonzept so konzentriert wie nur möglich durch. Da ihre trübe Grundstimmung sich verabschiedet hatte, konnte sie die Idee ihrer Freundin nun mit positiver Einstellung durchdenken. Das Für und Wider abwägen.

Einerseits eine gute Idee, im wiedergefundenen Gute-Laune-Licht betrachtet. Eine etwas abenteuerliche Möglichkeit für Angelika, sich mit einer neuen Lokalität zu etablieren. Andererseits gab es Cafés in der Stadt wie Sand am Meer und Erzählcafés mit Veranstaltungen in der einen oder anderen Art ebenfalls. Jeden Tag hatte man in Köln eine hundertfache Auswahl. Der Stadtteil Nippes war ein guter Standort, aber bereits mit Läden und Gaststätten überbestückt.

Zwar konnte Angie anfangs selbst Kuchen backen, selbst Kaffee ausschenken, dem Ort eine persönliche, heimelige Note geben. Doch würde sich je jemand finden, der bereit wäre, sich hinzusetzen und seine Geschichte vor Fremden zu erzählen?

Angelika kam mit einem Lappen und einem Eimer zurück und begann die Tischdecke und den Gummibaum von den Sahneklecksen zu befreien.

Ines hob die Notizen hoch.

»Wie bist du auf all das gekommen?«

»Wie die Jungfrau zum Kind, ehrlich gesagt. Seit ich in Frührente gegangen bin, suche ich nach etwas Neuem, das mir und meinem Leben wieder Schwung gibt.«

Angelikas Ehe mit Hannes war stabil, aber oft zu langweilig für sie. Ihren Sekretärinnenjob bei einer Tapetenfirma in Poll hatte sie nach dem Rückzug ihres Chefs nicht mehr behalten wollen und sich in den vorgezogenen Ruhestand verabschiedet. Hannes verdiente genug für beide, war aber mehr an seinem Arbeitsplatz als zu Hause. Ihr Sohn lebte sein eigenes Leben mit seiner Freundin. Außer ihrer Enkelin Käthe gab es nichts wirklich Erfüllendes mehr in Angies Leben. Sie befand sich auf der ersten Stufe zur Depression, wie sie Ines gestanden hatte.

»Aber ein neues Lokal zu eröffnen ist nicht so leicht.«

»Dieses Café gibt es schon. Ein alleinstehender älterer Herr aus Wien hat es bisher geführt. Gustav Kramperl.«

»Lustiger Name.«

»Es heißt übrigens wie er.«

»Café Gustav?«

»Nein. Kramperl.«

»Auweia. Als Name für ein Café nicht mehr so lustig.«

»Vielleicht war dies das Problem. Er hatte Stammkunden, davon einige zugezogene Österreicher, aber die sind mit ihm über die Jahre alt geworden, und kaum junge Leute entdeckten den Laden. Jetzt ist das Café seit einem Monat geschlossen. Die Einrichtung, denke ich, wäre nach einer richtigen Erneuerungskur völlig in Ordnung. Dazu mehr Pep in der Dekoration, das auf jeden Fall. Die Gerätschaften wurden erst vor fünf Monaten von ihm neu angeschafft. Da wollte Herr Kramperl investieren, trotzdem lief das Café keinen Deut besser. Also musste er etwas unternehmen.«

»Wie hat er dich gefunden?«

»Ich ihn, muss ich sagen. Ich habe schon länger Anzeigen gelesen. In der Morgenzeitung, im Internet. Der Gedanke, einen Laden oder auch ein kleines Café zu eröffnen, schwirrt mir seit einiger Zeit im Kopf herum. Ich wollte es aber niemandem sagen, damit mich keiner entmutigt, bevor überhaupt etwas beginnt.«

Wir haben beide unsere kleinen Geheimnisse, dachte Ines, und die Idee, sich morgen mit Piff zu treffen, ließ ein leichtes Kribbeln durch ihren Magen laufen. Ein Rendezvous mit einem Mann, von dessen Existenz Angie nur flüchtig und sonst in ihrem Umfeld keiner wusste, strahlte einen Reiz, eine Versuchung aus. Wie Muffins mit Sahne.

»... auch deshalb hat mich das Inserat sofort angesprochen.«

Ines merkte, dass sie den Gesprächsfaden fast verloren hatte. Trotzdem nickte sie, damit es nicht auffiel. »Wenn dieser Herr damit gescheitert ist, wäre ich vorsichtig, Angie.«

»Ja, ja, ja! Vorsicht. Genau das würde Hannes auch sagen: Pass auf. Übernimm dich nicht. Warte erst mal ab. Ich kann diese Vorsicht nicht mehr leiden. Das Leben soll mich beißen, sonst werde ich gefühllos, verstehst du?«

Angelika stellte den Eimer mit Schwung ab und begann nun in der Laube auf und ab zu laufen. So aufgewühlt hatte Ines ihre beste Freundin selten erlebt.

»Ines, jetzt mal ehrlich. Wenn ich nicht hundertelf Jahre alt werde, ist meine Existenz als Angelika Fitz auf jeden Fall zur Hälfte vorbei. Worauf soll ich warten? Wird es in ein paar Jahren leichter? Quatsch! Mir kann nicht viel passieren. Wenn alle Stricke reißen, dann bin ich mein eigenes Erspartes los, muss vom Einkommen meines Mannes leben wie eine konservative brave Ehefrau und mir eine Niederlage eingestehen. Mehr nicht. Doch wer weiß, wie viel Spaß ich in der Zeit haben kann? Ganz abgesehen davon, dass es auch klappen könnte. Was meinst du?«

»Ja, du hast recht.« Mehr war den Worten von Angelika nicht hinzuzufügen.

Jetzt wäre Ines am liebsten doch alles über Piff losgeworden, aber sie spürte, dass es für Angie wichtig war, ihr Thema weiter auszubreiten.

»Ich finde die Idee berauschend. Mein Bauchgefühl ist ausschließlich positiv. Davon lasse ich mich nicht abbringen.«

Ines fasste Angie am Arm und hielt sie vom weiteren Hin-und-her-Laufen ab. »Mein Okay hast du. Und entschuldige noch mal meine Muffigkeit von vorhin.«

»Schon vergessen, Ines.«

Sie hatten sich vor über zwanzig Jahren bei einem Treffen alleinerziehender Mütter kennengelernt und von Anfang an einen Draht zueinander gehabt. Angies Sohn Mike war zu der Zeit in der Pubertät gewesen und hatte seiner Mutter viele Probleme bereitet. Mit stoischer Gelassenheit und Engelsgeduld hatte sich Angelika durch diese Jahre gekämpft. Heute verstand sie sich blendend mit ihm, und seine kleine Tochter Käthe liebte ihre Oma heiß und innig. Als Hannes in Angelikas Leben trat, war er eine optimale Ergänzung gewesen. Abgesehen von seinen zu vielen Mahnungen zur Vorsicht, war er ein ruhiger, stabiler Partner.

»Ich sage dir: Es wird klappen!« Ines streckte den Daumen hoch. »Aber nur, wenn du dich wieder setzt und deinen herrlichen Kirschkuchen probierst. Allein dafür werden dir die Leute die Bude einrennen, prophezeie ich jetzt schon mal.«

»Danke, du bist ein Schatz. Ich bin wie im Fieber. Du wirst sehen, diese Idee mit der Geschichtenecke wird ankommen. Es gibt im WDR eine Sendung, die heißt *Die runde Ecke – erzähl deine Geschichte*. Das hat mich inspiriert.«

»Ich wusste nicht, dass du WDR guckst. Du und Hannes, ihr seid doch mehr die Film-Film-Typen bei den Privaten, oder?«

Angelika überhörte Ines' ironischen Kommentar, und statt Platz zu nehmen, begann sie wieder hin und her zu tigern.

»Mikes Freundin Cordula sucht einen Job, bei dem sie Kind und Geldverdienen verbinden kann. Sie könnte meine Servierkraft am Vormittag werden, wenn Käthe in der Grundschule ist. Ich werde anfangs sowieso versuchen, immer dort zu sein. Ausgezeichneter Kaffee, leckere Kuchen, kleine Menükarte. Ganz wichtig: Alles, was dort angeboten wird, soll bio und fair gehandelt sein.«

»Und jeder, der mit den Nerven am Ende ist, bekommt von dir noch als Extra einen Globulitipp.«

»Ja, warum nicht?!«

»Komm, jetzt gib endlich Ruhe. Sonst zwinge ich dich, all deine Kügelchen zur Beruhigung sofort selbst zu schlucken.«

Endlich hielt Angelika inne und setzte sich neben Ines. Sie hob ihre Kaffeetasse. »Auf mein Café!«

»Hast du dir schon einen Namen überlegt? *Kramperl* kann und darf nicht bleiben.«

»Da hast du völlig recht. Ich will irgendwas super Sympathisches, aber auch Cooles, damit junge Leute kommen. Was zu Kaffee, Kuchen und Kultur passt. Was so klingt, dass man es sich sofort merkt.«

»Zu den 3 Ks. Kaffee, Kuchen, Kultur.«

»Nein, das klingt wie die drei Fragezeichen.«

»Napoleon. In Bezug auf Waterloo. Nein, vergiss es, das ist blöde. Uns fällt sicher noch etwas Perfektes ein. Wann willst du eröffnen?«

Eine leichte Röte zog über Angelikas Wangen. »In acht Wochen. Dann kann ich den letzten Teil vom Freiluftgeschäft im Innenhof mitnehmen.«

»Du hörst dich schon wie ein professioneller Gastwirt an.«

»Es ist alles da. Ich will nicht länger warten.«

»Aber die Genehmigungen? Brauchst du nicht eine Konzession?«

»Herr Kramperl bleibt im Boot, ich werde Teilhaberin. Wir könnten morgen wieder eröffnen, wollen aber nichts übereilen. Ich möchte vorher die Werbetrommel rühren. Vieles neu organisieren, damit es von Anfang an besser läuft. Eine kleine Speisekarte zusammenstellen. Ideen sammeln. Ein Kulturprogramm überlegen.« Angelika holte Luft. »Und jetzt kommt mein Attentat auf dich.«

Ines dachte an ein Logo, an Flyer, an eine gut gestaltete Anzeige.

»Klar, ich setze mich morgen gleich hin und entwickle weitere Ideen zum Namen und Design.«

Ihr fiel Piff ein und der Spaziergang. In der SMS stand elf Uhr, das hieß, es bliebe den Rest des Tages für alles Weitere genug Zeit. Die wiederauferstandene Leichtigkeit könnte sie sogar inspirieren.

Angelika schüttelte den Kopf. »Nicht nur Flyer oder Logo, Ines. Ich möchte dich mit einbinden.«

»Das ist nicht dein Ernst. Wie denn?«

»Du organisierst die Kulturevents. Für den Anfang. Ich wüsste nicht, wen ich sonst darum bitten könnte. Hannes hat zu viel Arbeit, Mike genauso. Du könntest von zu Hause aus die Anrufe machen. Es gibt so viele Künstler in der City, die immer einen neuen Auftrittsort suchen. Wir verlangen einen kleinen Betrag als Eintritt von den Gästen für die Darbietungen. Ich dachte, du behältst dir vielleicht davon ein paar Prozent für die Vermittlung, und der Rest ist die Gage. Der Kleinviehmist bessert deine Haushaltskasse auf. Sobald es anläuft, versuche ich dich professionell zu bezahlen.«

»Ich weiß nicht.«

»Die Erzählstunden dienstags und donnerstags werden ebenfalls Selbstläufer, dabei habe ich gleichfalls so ein wunderbares Vorgefühl. Jeder hat doch eine Geschichte zu erzählen!«

Aber nicht jeder würde sie vor Publikum loswerden wollen.

Ines fiel keine einzige Story aus ihrem Leben ein, die sie vor Fremden ausplaudern würde. Ganz abgesehen davon, dass sie den Mut gar nicht hätte, frei vor Publikum zu sprechen. Sie behielt diese Bedenken im Moment für sich, es konnte ja sein, dass sie sich irrte.

»Ich hatte noch nie mit Künstlern zu tun. Was, wenn die zickig sind oder dauernd betrunken?«

»Quatsch! Wir wollen ja kein Rockfestival organisieren, nur Kleinkunst. Du hast im Moment die Zeit dazu. Außerdem würdest du unter Leute kommen. Zumindest mehr Kontakte haben, als du hinter deinem Reißbrett und deinem PC in den letzten Jahren hattest. Seit der Trennung von Marcel hast du dich isoliert.«

Hatte Ines nicht erst gestern Abend beim Konzert über ihr Alleinsein nachgedacht? Über neue Möglichkeiten? Hatte sie sich nicht etwas gewünscht? Nein, so weit war es nicht gekommen. Zeit, es nachzuholen.

»Ich schlafe darüber. Okay?«

»Ich gebe dir fünf Tage Bedenkzeit. Hannes und ich fahren morgen zu Hannes' Mutter nach Kamen. Wir sind am Donnerstag zurück, dann lege ich hundertprozentig los. Am besten, du kommst Freitag ins Café und siehst dir alles an.«

»Mach ich.«

Angelika schob sich endlich den ersten Bissen Kuchen in den Mund. »Mann, der ist wirklich gut. Den biete ich täglich an. Pass auf, mir ist eben ein Name eingefallen: Kirschrote Freundschaft – so könnte das Café heißen. Was hältst du davon?«

Ines lachte. »Nicht schlecht, aber ich würde es spontan *Café Grasgrüne Liebe* nennen.«

10

Sonntag, 23:45 Uhr
Neue Nachricht

An: Paul Hugo Iffland
Betreff: Ines macht sich Gedanken

Lieber P…
Nein, besser so: Liebster Piff,

wenn es ein Film wie *E-Mail für dich* oder, etwas dramatischer, wie *Die Brücken am Fluss* wäre, hätten wir beide die klassische schnelle Schnittfolge eines glücklichen Tages erlebt.

Welches Tempo legen wir vor? Ehrlich gesagt, es macht mir etwas Angst, es macht mich ein klein wenig schwindelig.

Und doch, ich fühle mich in diesem Schwindel herrlich frei und jung. Ich will, dass du weißt, dass ich mich seit langer Zeit nicht mehr so gefühlt habe.

Schon beim *Basta*-Konzert habe ich ein paar Zentimeter über der Erde geschwebt. Hast du es bemerkt?

Und heute unser wunderbarer Spaziergang. Die Bank, auf der wir eine Stunde lang gesessen haben, werde ich ab jetzt mit völlig anderen Augen betrachten.

Meine Freundin wird in ein paar Wochen ein Café eröffnen, in dem es eine Geschichtenecke geben soll, immer am Dienstag und am Donnerstag können sich Menschen wie du und ich hinstellen, um ihre Story vor interessierten Zuhörern auszubreiten, loszuwerden, einfach zu erzählen. Ich könnte das nie, aber ich frage mich, was für eine Geschichte wird es bald über uns zu erzählen geben?

Jeder wird in dieser Ecke fünfzehn Minuten Zeit haben, schon allein deshalb könnte ich dort nie über uns sprechen. Unsere Begegnung kommt mir jetzt schon zu groß für dieses kleine Zeitfenster vor. Ganz abgesehen davon, dass ich mir in die Hose machen würde, müsste ich vor einer Menschenmenge sprechen, und sei sie auch noch so klein.

Ja, so bin ich.

»Angst, vor einer Menschenmenge zu sprechen« ist übrigens nur eines von vielen Details über mich, über das wir heute nicht geredet haben. Wir waren ja mit Küssen beschäftigt – darüber muss ich jetzt gerade kichern. ☺

Ich habe keine Ahnung, ob ich diese Zeilen an dich wirklich abschicken werde, aber als ich mich vor einer Stunde an den Computer gesetzt habe – eigentlich, um zu arbeiten –, begann es in meinem Kopf zu rasen und zu rennen.

Vorneweg muss ich dir gestehen: Ich habe eine Vernünftig-Stimme. Die hört sich wie meine Tante Betty an und nervt mich. So sehr, dass ich doch Fragen stellen muss. Entgegen meiner großartigen Ankündigung, alles offen lassen zu wollen. Pardon. Sorry. Tut mir leid.

Wie sind deine Verhältnisse? Mit wem lebst du? Wen liebst du zurzeit, oder wen hast du vor mir geliebt?

Wobei ich dich keinesfalls zu einer übereilten Liebeserklärung nötigen möchte. Nein, glaub das nur nicht. Ich würde davonrennen, wenn du mir zu all dem Schönen noch so was Dummes sagen würdest, denn ich könnte es nicht glauben.

Oder gerade weil ich es glauben könnte, will ich es nicht hören.

O Gott, mein Geplapper schreibt sich verrückt und liest sich noch verrückter. Wenn ich diese Mail tatsächlich abschicke, musst du mir versprechen, sie nach dem Lesen sofort zu löschen.

Aber: Was ich hören muss, Piff, bevor es mit uns weitergeht – vor allem, wenn ich deinen heutigen Vorschlag annehme und dich in der kommenden Woche in Frankfurt bei deinen Ausstellungsvorbereitungen besuche –, ist etwas zu deinem Beziehungsstatus. (Würg, schreckliches Wort.)

Über Nacht soll ich bleiben, wie du betont hast.

Ich kichere schon wieder.

Wie du diesen verwirrten Zeilen entnehmen kannst, hat mich der Blitz genauso getroffen wie dich. Dieses Geständnis ist übrigens meine Antwort auf die Frage, die du mir am Decksteiner Weiher gestellt hast, mitten unter den Sonntagsausflüglern, und die ich dort nicht beantwortet habe.

Jetzt aber: Ja, ich mag dich auch.

Ja, auch ich fasse es kaum, dass wir uns erst seit sechs Tagen kennen. Zum dritten Mal ja, ich denke wie du, dass es ein schicksalhafter Zufall gewesen sein muss, dass wir uns bei Doktor Naux getroffen haben.

Nach meinen drei Jas brauche ich von dir ebenso Antworten.

Altmodisch? Konservativ? Nein, eher verwirrt, verletzbar. Nicht so locker, wie ich mich gern zeigen möchte.

Ups! Vor mir auf dem Schreibtisch ist eben Hugo gelandet.

Ich bin überglücklich, dass der kleine Kerl wieder munter ist. Ich mag es, wenn er in meiner Wohnung herumflattert, dann habe ich das Gefühl, er hat wenigstens ein kleines Stück Freiheit und muss nicht neidisch auf die Vögel draußen im Stadtwald gucken. Ich weiß, als Tier kann er nicht wie wir denken, aber in meiner Vorstellung empfindet er menschlich.

So bin ich eben auch.

Wie geht es Perry? Du kannst ihn das nächste Mal gerne mitbringen, wenn wir uns im Park treffen.

Ach ja, deine Baseballkappe habe ich in meiner Handtasche gefunden. Du hast sie vergessen, nachdem du deiner süßen Glatze etwas Sonne gönnen wolltest. Sie liegt jetzt neben mir auf dem Schreibtisch, und eben flattert Hugo darauf und kackt auf den Schirm … ☺ Nur ein dummer Scherz.

Mein Humor wird dir zu schaffen machen, ganz klar. Meine Familie ebenso, hier kann ich dich sofort und intensiv vorwarnen, obwohl ich mir ewig Zeit lassen werde, dich ihnen vorzustellen. Also, bleib ganz ruhig. Von meiner Tochter habe ich dir ja schon erzählt.

Ich esse übrigens gern, und – dabei scheinen wir beide uns gefunden zu haben – ich jammere genauso gern, wenn meine Jeans kneift. Ich mag den Sommer mehr als den Winter. Ich lese alles Mögliche, ich gucke gern Krimiserien im Fernsehen, aber auch Liebesfilme, ich interessiere mich für Formen und Bauten. Ich will, dass du das alles weißt.

Und ich lebe allein. So viel zu meinem Beziehungsstatus. Schluss für heute!

Liebster Piff, ich schicke dir einen Kuss nach Frankfurt, du müsstest ja bereits angekommen sein. (Im Moment scheinen alle Menschen um mich herum Köln zu verlassen, nur ich halte die Stellung. Mit Hugo natürlich.)

Deine Ines

Sonntag, 23:58 Uhr
Nachricht gesendet

Montag, 0:33 Uhr
Posteingang
Neue Nachricht

Von: Paul Hugo Iffland
Betreff: Status

… Ich bin verheiratet, Ines.
Und ich habe mich in dich verliebt.
Komm nach Frankfurt. Trotzdem.
Piff

II Was das Herz begehrt

11

»Küss die Hand, Teuerste, freut mich sehr«, sagte Gustav Kramperl und tat es dann auch.

Er streifte Ines' Handrücken mit den Lippen, die sich rau anfühlten. Sie verglich den Handkuss des alten Herrn mit dem von Piff beim Brunch und seufzte unwillkürlich, als sie an den Mann mit Hund dachte. In dem Moment hob Gustav Kramperl wieder den Kopf, und der faltige Mund zeigte ein strahlendes Lächeln mit Zähnen, die zu einem falschen Gebiss gehören mussten, so gerade und weiß, wie sie waren.

Ines hatte sich den Inhaber des *Café Kramperl* völlig anders vorgestellt.

Nach allem, was ihr Angelika erzählt hatte, hatte sie einen verschrobenen, kauzigen alten Mann erwartet, der froh über seine Stammgäste war und neue Besucher mit seiner Art vergraulen konnte, weshalb das Café nicht mehr gelaufen war.

Stattdessen war Gustav Kramperl ein schlanker Herr, ein Senior in Kakihose und Polohemd, mit sonnengebräuntem Gesicht und vielen Fältchen um die Augen. An den Füßen trug er Leinenschuhe. Die Bezeichnung »rüstiger Rentner« drängte sich Ines auf.

Das Café selbst glich einem großen Zimmer in einer weitläufigen Villa, das lange nicht mehr bewohnt worden war, sich jedoch gut über die Zeit gerettet hatte. Die Tapeten, die Fenster und die Türen brauchten dringend eine Auffrischung. Man sah den Wänden und dem Boden die Jahre und die vielen Gäste an. Doch der Charme und eine gewisse Atmosphäre waren ebenfalls da. Kein muffiger, verstaubter Ort, sondern ein helles, offenes Ladenlokal.

Der Gastraum war sonnendurchflutet und hatte in diesem leeren Zustand etwas von einem alten Tanzsaal. Derzeit fehlte das Mobiliar, nur die fest im Boden verankerte Theke am anderen Ende des Raumes würde im Café einen neuen Schliff erhalten. Hier hätte man auch ein Yogazentrum oder eine Tangoschule eröffnen können.

Ines durchquerte den Raum, jeder ihrer Schritte hallte dabei wider.

Auf ihr Nachfragen hatte Angelika erklärt, dass der Parkettboden in den nächsten Tagen abgeschliffen werden sollte, die Wände würden einen neuen Anstrich erhalten, und außerdem würden auf der gegenüberliegenden Seite der Kaffeetheke die Handwerker eine kleine Bühne bauen, auf der die künstlerischen Darbietungen stattfinden konnten. Die Stühle wurden gerade neu bezogen und die Tische abgebeizt. Alles sollte neu erstrahlen und neu glänzen. Angies aktuelles Lieblingswort war eindeutig *neu*, sie konnte es gar nicht oft genug aussprechen.

Eine der Anschaffungen, noch von Gustav Kramperl getätigt, war der große glänzende Kaffeeautomat auf der Theke. Er schien nur darauf zu warten, mit duftenden Bohnen bestückt zu werden. Als Ines davor stehen blieb, konnte sie sich das erste Mal die geplante gemütliche Atmosphäre vorstellen. Hier zu sitzen, Milchschaum vom Rand einer großen Tasse zu schlürfen und einzelne übersehene Kirschkerne vom selbst gebackenen Kuchen dezent auszuspucken.

Eine Frage blieb trotzdem: Warum war dieses Café nicht mehr gelaufen? Ines hatte einige Bedenken, dass Angelika hier ihre gesamten Ersparnisse begraben könnte. Ob ein Fachmann zurate gezogen worden war? War ein Businessplan erstellt worden?

»Sie fragen sich sicher, warum mein Kramperl-Café so schlecht besucht war in der letzten Zeit? Ob es das Richtige für Ihre Freundin is'?« Der alte Mann schien Ines' Gedanken erraten zu haben. »Mir geht's auch so, ehrlich gesagt.«

Ines sah Gustav Kramperl erstaunt an. Er war an ihrer Seite geblieben und strich gedankenversunken über die Oberfläche der wuchtigen Maschine. Ihre beiden Gesichter spiegelten sich leicht verzerrt im blank polierten Edelstahl.

»Ich bin mir bis heute unsicher, ob eine Partnerschaft klug war. Wobei ich jetzt nix gegen Ihre junge Freundin sagen möcht. Ich mag es, mit jungen Hühnern zu arbeiten. Es ist ein Segen, dass sie sich auf meine Anzeige gemeldet hat. Sonst gab es nur zwei Spekulanten, die das Café für immer schließen wollten, und eine Hippiebraut, die einen Hanfladen draus machen wollt. Was für eine Welt.«

Ines musste schmunzeln. Für Herrn Kramperl waren Angie und sie noch junge Hühner, wie reizend.

Aus dem hinteren Teil des Lokals kam Angelika auf sie zugestürzt.

»Hast du dir den Innenhof angesehen?«

»Ein kurzer Blick nur bis jetzt.«

»Du musst ihn dir mit runden Tischen und leichten Gartenstühlen vorstellen. Die großen Töpfe müssen neu bepflanzt werden. Neue Sonnenschirme brauchen wir auch. Auf jeden Fall neue Tischdecken. Warst du unten im Vorratskeller? Da unten könnte man aus dem leeren zweiten Zimmer einen

Wickelraum neu gestalten, für die jungen Mütter. Hast du gesehen?«

»Nein, Angie, ich bin ja eben erst gekommen.«

»Die Küche ist eng, zugegeben, aber alles ist da. Darin kann man wunderbar kleinere Speisen zubereiten zur Mittagszeit und für das Frühstück mehrere Eivariationen anbieten. Natürlich wird alles bio. Damit werben wir auch. Der Kühlschrank ist ja Gott sei Dank riesig. Die Toiletten brauchen ebenfalls noch ein komplett neues Dekor. Gott, Ines, es ist aufregend. Wie ist dein erster Eindruck?«

»Sieht gut aus. Die schwere alte Theke ist toll.« Ines beschloss, sich ihre Fragen nach Beratern und Finanzplänen für später aufzuheben, im Moment lechzte Angelika nach uneingeschränkter Unterstützung.

»Ja, du sagst es. Die Theke ist bereits fast perfekt. Und die Kaffeemaschine ist eine Wucht. Gustav hat nicht gekleckert bei seiner letzten Investition. Es ist eine Schande, dass sie seit Wochen stillsteht. Wir werden nur fair gehandelten Kaffee einkaufen. Ich will neue Hocker vor der Theke, für Leute, die es eilig haben und nur einen Espresso trinken wollen.«

Angelika lief einmal quer durch den Raum, auch ihre Schritte erzeugten einen Hall. Sie drehte sich einmal im Kreis und sah unverschämt glücklich und völlig gehetzt zugleich aus.

»Ich sage euch, wenn der Boden erst glänzt, die Wände frische Farbe haben und die Einrichtung wieder vom Aufmöbeln zurück ist, wird das Lokal der Hammer. Einfach bombig.« Sie blieb stehen und sah aus einem der hohen Fenster. »Was wir außerdem brauchen, ist ein neuer Anstrich an den Rahmen hier.«

»Vor allem brauchen wir neue Gäste, Angie.« Gustav Kramperl kam zu Angelika ans Fenster und ließ sich ächzend auf einer breiten Fensterbank nieder. Zum ersten Mal merkte Ines ihm das Alter an.

»Die kommen, Gustav, ich fühle es.« Angelika holte aus ihrer Jackentasche ein Fläschchen mit braunen Tropfen. »Ist homöopathisch, beruhigt und stärkt zugleich. Will jemand auch?«

Kramperl und Ines verneinten. Angie legte den Kopf in den Nacken und tröpfelte sich ihre Tinktur ein. Danach machte sie zwei weitere Drehungen um die eigene Achse, und Ines dachte wieder an die Möglichkeit eines Tanzsaals.

»Es wird prachtvoll, glaubt mir. Mehr als neu. Superneu, wie meine Käthe gerne sagt.«

Hinter ihnen betraten zwei Handwerker das Café. Als sich Ines zu ihnen umwandte, konnte sie auf deren Arbeitsanzügen die Aufschrift *Malermeister Lorenz* sehen. Es ging also los. Superneu war am Entstehen.

»Ah, endlich.« Angie stürzte sich auf die beiden. »Bevor Sie anfangen, möchte ich Sie gerne zu der einen oder anderen Idee von mir befragen. Was möglich ist und was nicht.«

Ines ging zu Gustav Kramperl, der laut seufzte.

»Ich hoff nur, das alles zahlt sich aus. Aber sie ist schon toll, Ihre Freundin. Ein Wirbelwind. So jung müsste man noch einmal sein.«

Wieder musste Ines grinsen, Angelika hatte ein Enkelkind und war Frührentnerin. Es war schön zu sehen, wie relativ man Alter empfinden konnte. Sie setzte sich zu dem alten Mann auf den breiten Sims.

»Zurück zu unserem Gespräch von vorhin. Woran lag es, Herr Kramperl, was meinen Sie?«

»Ich denke, es waren meine Stammis.«

»Ihre was?«

»Ich nenne den Haufen so, der hier regelmäßig herkommt. Ganz gemischt, zum Teil aus Österreich wie ich, bunt gewürfelt aus allen Bundesländern, denn im Ausland halten wir immer zusammen. Aber auch Kölner und zwei aus dem Umland sind darunter. Das sind super Burschen und Madl allesamt, aber halt in die Jahre gekommen so wie ich. Wissen Sie, wenn jüngere Leute hereingekommen sind, und die haben da eine Horde Rentner sitzen sehen, dann sind die gleich wieder raus.«

»Ihre Stammis werden jetzt doch auch wiederkommen?« Ines fielen ihre Befürchtungen wieder ein, das Café könnte eine Geldvernichtungsmaschine werden.

»Na klar, aber wenn Ihre Freundin Kultur ins Café bringt, dann kommen automatisch auch die jungen Leut. Für die ersten Wochen haben meine Altgäste die Anweisung, in ihren Familien bei der jüngeren Generation kräftig Werbung zu machen. Jeder, der einen Enkel samt Freunden hierherschleift, kriegt einen Kaffee umsonst. Mit Glück reißt's doch auf.«

»Wie bitte?«

»Das sag ich immer, wenn nach dem Regen der blaue Himmel wiederzukommen scheint. Der Satz passt auch für meine neue Partnerschaft und das Café ganz gut.«

»Ich drücke die Daumen und die Zehen, wenn es hilft.«

»Sie organisieren das Kulturprogramm, hab ich gehört.«

Ines stutzte. Sie hatte Angelika nach dem ersten Gespräch keine feste Zusage gegeben. Noch nicht einmal ernsthaft darüber nachgedacht.

Denn in Wahrheit fühlte sie sich hundeelend. Und schon wieder war Piff der Anlass.

Er war noch keine zwei Wochen in ihrem Leben, und ihre Gefühlskurve bewegte sich im Zickzackkurs. Seit fünf Tagen, seit der E-Mail, beziehungsweise seit hundertzwanzig Stunden, also seit feststand, dass Paul Hugo Iffland verheiratet war, erschien Ines ihre Umwelt wie im Dauerregen eines trüben Novembertages. Es gab eine Frau Iffland, vielleicht auch Kinder, darüber hatte er nichts preisgegeben, aber es war anzunehmen. Die Pfflands, eine glückliche Familie, wie es schien.

Ines' naive Träumereien waren zerplatzt, da gab es nichts zu beschönigen.

Am nächsten Morgen, nach Piffs Eröffnung per Mail, hatte sie erneut im Internet nach ihm gegoogelt, sich diesmal bewusst Eintrag um Eintrag angesehen und schon auf den ersten Seiten, neben den Artikeln über seine Malerei, ein Interview gefunden, in dem er von seiner Familie schwärmte und der Kraft, die sie ihm für seine Kunst gab. Sie hatte auch Fotos entdeckt, die ihn mit einer gut aussehenden rothaarigen Frau zeigten. Wäre sie nicht in diesen seltsamen Teenagermodus zurückgefallen, hätte Ines diese Informationen bereits bei ihrer ersten Suche entdeckt.

Sie hatte auf Tränen gewartet, doch stattdessen hatte sie den Eindruck gehabt, die Enthüllung trocknete sie aus. Als würde sie vor einem Brunnen stehen, auf der Suche nach Wasser, in dem aber nur Sand und Steine am Grund zu finden waren. Einmal hatte sie traurige Musik angestellt, einmal die Kissen von ihrem Bett durch das Schlafzimmer geschleudert. Bescheuert, sich von einem kleinen Zusammentreffen so viel erwartet zu haben. Aber die Enttäuschung war da und kratzte in ihrem Herzen.

Piff hatte sich mehrfach gemeldet, hatte versucht, sie über alle Kanäle der modernen Kommunikation zu erreichen.

Er hatte E-Mails gesendet, auf die Mailbox gequatscht, gesimst, ihr sogar eine Postkarte mit einer herrlichen sommerlichen Landschaft geschickt, die heute Morgen angekommen war. Alle Nachrichten mit glühenden und innigen Worten bestückt, wie verliebt, zerrissen, sehnsüchtig er sich fühlte.

Lass es uns bitte … trotzdem können wir … nicht aufgeben … und so weiter.

Immer hatte am Ende die Bitte um Verzeihung gestanden, zusammen mit seinem Wunsch nach einer Chance für ihre neu entflammte Liebe.

Ja, er hatte es Liebe genannt.

Ines hatte geschwankt zwischen lächerlich, kindisch und total frech. Jedoch gab es einen winzigen Teil in ihr, der es romantisch nannte. Vor allem dieses Gefühl fand sie unmöglich.

Dazu noch die Ausstellungseröffnung in Frankfurt.

Die Einladung stand immer noch. Piff hatte sie bekräftigt, unterstrichen. Um ihr Kommen regelrecht gebettelt. Natürlich war klar, dass sie nicht fahren würde.

Ines hatte sich auf keine der Nachrichten von Piff zurückgemeldet. Diesmal war sie konsequent die Schweigsame geblieben.

Nachdem sie Phasen von Grübelei und enttäuschten Gefühlsaufwallungen mehrfach durchlaufen hatte, hatte sie sich schließlich an die Arbeit gemacht. Diese Ablenkung hatte ihr immer schon geholfen in schwierigeren Zeiten. Sie hatte weitere Ideen für die Frauenzeitschrift skizziert, den Auftrag für die Frau ihres Ex-Mannes und das Opernstudio ausgefeilt und sich für Angelikas Café Gedanken zu einem Logo, einem Design gemacht. Doch in jeder Ruhepause waren ihre Gedanken wieder zurück zu ihm, den Liebesbeteuerungen und der Einladung gerast.

Nein, das stand fest. Nein, in Stein gemeißelt. Nein, ohne Wenn und Aber. Nicht ganz. Denn ein Aber, ein Ja zeigte sich wie der Gedanke an Romantik in den Ritzen und Bruchstellen dazwischen. Mit jeder neuen Nachricht von ihm schwankten ihre Neins ein wenig mehr.

Frankfurt.

Unmöglich, dorthin zu fahren. Nicht mehr nach der Offenlegung seiner Lebensverhältnisse. Sie wollte keine Liaison mit einem verheirateten Mann. Warum kribbelte es dann in ihr? Warum sah sie sich schon voller Vorfreude im Zug Richtung Mainmetropole sitzen? Wie sollte sie sich entscheiden, was wollte sie wirklich und aus tiefstem Inneren heraus tun? Was würde sie *tatsächlich* tun?

Ines hatte wenig geschlafen und schlecht geträumt.

Sie hatte am Morgen Hugo davon erzählt, das hieß, sie hatte das Für und Wider laut aufgezählt. Der Vogel hatte dazu wie immer gezwitschert, aber Ines war er wie ein Zuhörer vorgekommen. Denn ihrer Familie gegenüber hatte sie weiterhin über die Sache geschwiegen. Auch bei Angelika war ihr kein Wort über die Lippen gekommen, was sehr untypisch war.

Doch insgeheim schämte sich Ines auch, dass sie so viele verwirrende Gefühle für einen verheirateten Mann empfand. Sie mochte sich nicht vorstellen, wie es für Angie wäre, wenn eine andere Frau ihren Hannes anziehend fände. Überdies erinnerte sich Ines gut an ihre eigene tiefe Verletzung, als sie betrogen worden war. Jetzt stand sie auf der anderen Seite des Zauns. Perspektivenwechsel nannte man das wohl.

»Sie sehen etwas müd' aus, junge Frau.« Gustav Kramperl riss sie aus ihren Hamsterradgedanken, die wieder Fahrt aufgenommen hatten.

Ines gestand sich ein, dass der Vorschlag von Angelika, sie einzubinden, ihr in den nächsten Wochen eine Hilfe sein könnte. Sie würde bei der Organisation mit anpacken und nach Kleinkünstlern Ausschau halten, Termine organisieren, Auftritte planen. All das klang nach willkommener Ablenkung.

»Eine zu kurze Nacht. Und ja, ich steige mit ein, lieber Herr Kramperl.«

»Das is' schön. Dann meld ich mich gleich für einen Auftritt bei diesen Geschichtennachmittagen an. Ich hab immer schon gern Anekdoten über mein Leben preisgegeben, und es endlich einmal auf einer richtigen kleinen Bühne im neuen *Café Kramperl* zu tun, wird großartig werden.«

»Ach, übrigens. Der Name. Hat Angelika Ihnen gesagt, dass wir uns einen anderen ausgedacht haben?«

Gustav Kramperl nickte und hob zugleich die Schultern. Er schien davon nicht begeistert zu sein.

Ines öffnete ihre Tasche. Sie hatte ihre ersten Skizzen mitgebracht.

»Schauen Sie.«

Ideen zum wunderbaren Café, stand als Überschrift ganz oben.

Das Logo darunter setzte sich aus drei schwungvollen Linien zusammen, in Schwarz, Rosa und einem sehr hellen Grün. Die schwarze Linie zeichnete die Silhouette einer Frau nach, die rosafarbene stellte eine Kaffeetasse dar, und die grüne formte ein Herz.

Die drei ineinander verschlungen, hatte Ines es geschafft, die Figuren so zu platzieren, dass bei genauerem Hinsehen die Buchstaben G und L klar hervortraten. Sie war sehr stolz auf diese Kreation.

Gustav Kramperl drehte das Blatt in seiner Hand.

»Schön sieht das aus. Wunderschön. Gefällt mir total. Sie sind ja selber eine Künstlerin.«

Er stand mit einem kleinen Ächzen auf und ging mit dem Blatt in der Hand zu Angelika, die immer noch auf die Maler einredete. Ines fragte sich, ob das die Männer nicht völlig verwirrte. Der alte Mann unterbrach die drei und hielt Angie Ines' Entwurf unter die Nase.

Ines merkte, dass ihr Herz schneller schlug. Diese Aufregung kannte sie von den Präsentationen ihrer Grafikkonzepte, aber sie hätte nicht vermutet, dass sie auch bei ihrer besten Freundin nervös sein würde.

Angie nahm Herrn Kramperl das Blatt aus der Hand, auch die beiden Handwerker sahen nun interessiert auf das elegant verschlungene dreifarbige Motiv.

Ines merkte, wie ihre Anspannung wuchs. »Meine Skizze ist nur ein erster Vorschlag, Leute.« Sie ging auf die Gruppe zu.

»Das Logo ist super! Ines, es ist einfach toll. Etwas völlig Neues!« Angelika hob das Blatt hoch und wedelte damit hin und her. »Großartig, ist gekauft, geht in Serie.«

Einer der Maler schloss zu ihnen auf. »Eine Wand könnten wir auch mit Farbe machen, Frau Fitz. Nicht rosa, das wäre zu kitschig, aber grün. Nicht so grell wie der Farbton auf der Zeichnung vielleicht, aber in einer dezenteren Variante geht es.«

»Es wird immer besser!« Angelika strahlte den Mann an. »Lassen auch Sie Ihrer Kreativität freien Raum, meine Herren. Alles neu, alles wunderbar, alles super.«

Gustav Kramperl hatte inzwischen Ines' Entwurf wieder an sich genommen und betrachtete ihn weiter. »Jetzt seh ich das erst. Die Figuren bilden ja ein G und ein L. Ist das beabsichtigt? Sollen das die Anfangsbuchstaben für den neuen Namen sein?«

Angie blinzelte Ines verschwörerisch zu.

»Kramperls Grasgrüne Liebe.«

»Was?«

»Das haben Ines und ich uns überlegt. Als neuen und moderneren Namen, wenn es dir recht ist, lieber Gustav.«

Kramperl kratzte sich am Kinn. »Also, das klingt blöd. Ich kann auf der Zeichnung nirgends ein K erkennen.«

Ines und Angelika sahen sich an.

»Unser Café soll einen besonderen Namen bekommen. Etwas Einmaliges, einen Begriff, den man sich merkt.«

»Ja, das versteh ich.« Er hielt Ines' Entwurf gegen das Licht. »Aber wenn schon, dann lassen wir den Kramperl weg. *Café Grasgrüne Liebe*. Is' besser, oder?«

»Richtig. Du hast völlig recht, Gustav. Das ist die noch bessere Variante. Gekauft.« Angelika klatschte in die Hände. »Jetzt haben wir genug geredet, wir müssen an die Arbeit, der Countdown läuft. Ines, guck dir den Keller und die Blumentöpfe im Innenhof an. Vielleicht hast du auch ein paar Dekoideen.«

Ines merkte, dass es ihr schon ein wenig besser ging. Angies Enthusiasmus war ansteckend. Sie wollte sich mit weiteren Vorschlägen einbringen, und sie würde die Organisation der geplanten Auftritte zumindest versuchen. Wie es mit Piff weiterging – oder ob überhaupt –, konnten die nächsten Tage zeigen. Oder Stunden. Oder die Ewigkeit. Den Gedanken an Frankfurt schob sie vorerst weit von sich. Sie atmete seit fünf Tagen erstmals richtig durch. Es fühlte sich freier an.

»Als Erstes muss ich auf Toilette, Angie.«

»Neben der Theke in den Gang, dann nach der Küche rechts. Dort müssen übrigens neue Klodeckel hin. Neue Seifenspender wären auch nicht schlecht. Und neue Lampen. Du wirst sehen, alles wird …«

»… neu!«, sagten Gustav, Ines und die Maler unisono.

»Macht euch nur lustig über mich. Ihr werdet sehen, meine Ideen bringen Gäste hierher.«

Kramperl gab Ines den Entwurf zurück. »Ich hab in den letzten Jahrzehnten das Wort *neu* nicht so oft gehört wie heute von der Angelika. Schad', dass sie mich nicht ebenso erneuen und wieder fit machen kann.«

»Herr Kramperl, Sie sind doch fit durch und durch.«

»Wollen wir uns gleich duzen? Das macht man ja so bei der Jugend von heute. Ich bin der Gustav.«

»Gern. Ich heiße Ines.«

Sie streckte dem alten Herrn erneut ihre Hand hin und fühlte sich wie ein junges Huhn.

12

Frankfurt-Hauptbahnhof, sechzehn Uhr.

Überraschenderweise gab es keine Verspätung bei der Bahn. Ein erstes gutes Zeichen?

Da war sie nun und konnte es nicht wirklich glauben.

Ines war gefahren, hatte die Einladung angenommen. Letztendlich doch. Sie hatte weder das Schweigen ihm gegenüber noch ihre Vorsätze eingehalten. Ihr Herz hatte den Kopf überholt und diese Entscheidung getroffen.

Ein wenig kam sie sich trotzdem wie ein ferngesteuertes, vielleicht sogar hypnotisiertes Wesen vor. Absurderweise kam ihr Renfield in den Sinn, der Diener des Obervampirs Dracula, der willenlos alles, was sein Herr und Meister ihm auftrug, tun musste. Als Belohnung durfte er dann ein paar lebende Fliegen verspeisen.

Ines kicherte leise. Sie hätte gestern beim Kofferpacken nicht den alten Christopher-Lee-Gruselschinken *Draculas Rückkehr* im Spätprogramm ansehen sollen.

Aber wenigstens war ihr Humor nach Frankfurt mitgefahren.

Nein, sie war weder ferngesteuert noch Renfield, und keiner hatte ihr etwas befohlen. Keiner hatte sie gezwungen, in den Zug zu steigen. Ines war aus völlig freien Stücken hier.

Ihr Handy summte. Sie fragte sich, wie die Menschen und auch sie selbst früher ohne all diese Nachrichten ausgekommen waren.

Meine Ines!!! Freue mich so sehr, dass ich platzen könnte. Aber: Verspäte mich um zehn Minuten wegen eines Problems in der Galerie. Lauf bloß nicht weg oder fahr wieder zurück. Kuss, dein Piff.

Sie würde nicht weglaufen, iwo. Wohin auch? Sie kannte sich in Frankfurt zu wenig aus, um ein wirklich gutes Ersatzziel zu haben. Außerdem fühlte sie sich allein schon vom Warten ermattet. Die anderen Bahnhofsbesucher um sie herum hasteten zu den Bahnsteigen, aus dem Bahnhofsgebäude hinaus, zur Information oder in die Buchhandlung, neben deren Eingangstür sie sich mit ihrem Koffer platziert hatte.

Sie würde auch nicht zurückfahren, ebenfalls iwo. Obwohl sie sich beim Aussteigen kurz überlegt hatte, den Bahnsteig zu wechseln und den nächsten Zug nach Köln zurück zu nehmen.

Was hatte den Ausschlag gegeben, dass sie überhaupt gekommen war?

Der Handwerker. Der Maler.

Nicht ein Maler wie Piff, der riesige Kunstwerke in wilden Farbkompositionen schuf, sondern der Anstreicher, der junge Mann mit den Koteletten, der sie in seinem Overall an eine Figur aus der Serie *Die wilden Siebziger* erinnerte. Der vorgeschlagen hatte, eine der Wände grün zu streichen. Der Angelika mit dieser Idee begeisterte. Der Ines im Café gegen Ende ihres Besuchs angesprochen hatte.

»Entschuldigen Sie. Haben Sie kurz Zeit? Frau Berwalder?«

»Ja, die bin ich.«

»Frau Fitz hat uns gesagt, dass Sie für die Bühne zuständig sind.«

»Nein, ich habe nichts mit dem Aufbau zu tun, nur mit der Künstlervermittlung, wenn man das so sagen kann. Wenn Sie Fragen haben, wo das Podest hinkommen soll, müssen Sie sich doch wieder an Frau Fitz wenden. Oder Herrn Kramperl, der könnte auch Bescheid wissen.«

»Wir streichen die Wände, schleifen das Parkett ab und kümmern uns um die Fenster und Türen, aber wir haben nichts mit dem Aufbau zu tun. Das machen andere, soweit ich weiß. Deshalb frage ich nicht.«

»Sondern?«

»Frau Fitz hat uns erzählt, dass es in dem Café später die Möglichkeit geben wird, einen Auftritt zu machen, sich zu präsentieren. Auch für Laien, nicht nur für Profis. Deshalb hat sie mich zu Ihnen geschickt. Sie organisieren die kleine Bühne, hat sie gesagt.«

»Na ja, ich habe, ehrlich gesagt, überhaupt keine Ahnung von so was. Aber ich werde es versuchen, ja. Kennen Sie jemanden, der gerne auftreten möchte? Sie können mir den Namen sagen, ich notiere ihn mir. Bitte auch ein Stichwort dazu, was für eine Art von Darbietung derjenige machen möchte, ob Musik oder Lesung oder Kabarett. Ich fange an zu sammeln.«

»Ich bin es.«

»Sie?«

»Sie gucken, als dürfte ein Malergeselle nichts Derartiges neben seinem Job machen.«

»Oh, das tut mir leid. Ich bin nur überrascht. Sehen Sie, jetzt ist mir bereits mein erster Fauxpas passiert. Klar, ganz viele Leute sind künstlerisch tätig in ihrer Freizeit. Was machen Sie?«

»Ich lese leidenschaftlich gerne Krimis. Meine Mutter sagt immer, an mir ist ein Profiler verloren gegangen, denn ich kenne den Mörder immer schon vor der Seite hundert. Trefferquote bei neunzig Prozent. *Tatort* und andere Krimis im Fernsehen sind noch leichter zu durchschauen.«

»Das heißt, Sie wollen aus Ihrem Lieblingskrimi vorlesen? Haben Sie schon einmal vor Publikum etwas vorgetragen?«

»Nein, vorlesen ist nichts für mich. Ich kann keine Lesung oder ein Programm gestalten, will ich auch gar nicht. Da liegt ein Missverständnis vor. Ich spiele in meiner Freizeit zwar Saxofon, würde aber niemals mit einer Nummer live auftreten wollen. Es reicht, wenn ich die Nachbarn und meine Katja nerve.«

»Dann verstehe ich nicht …?«

»Eine Geschichte. Die hab ich zu erzählen. Mir ist schon einiges im Leben passiert, Gutes und Schlechtes, aber die Story ist klasse. Die wollte ich schon immer loswerden. Das Ganze soll zehn Minuten dauern, hat Frau Fitz gemeint. Zeitlich würde es somit super passen.«

»Trauen Sie sich denn zu, vor fremden Menschen frei zu sprechen?«

»Es wird leichter als vor meiner Familie oder vor Freunden, das weiß ich jetzt schon. Das klingt jetzt doof, aber ich hab die Story mal an der Supermarktkasse zu erzählen begonnen, in der Schlange, um die Leute aufzulockern. Bin nicht fertig geworden, weil es schneller ging, als erwartet, aber zwei Leute haben mich dann auf dem Parkplatz angequatscht, weil sie das Ende hören wollten. Einige Male hab ich die Geschichte bei unseren Kunden erzählt. Mein Boss hat gemault, er will, dass ich arbeite, nicht schwadroniere, sagt er. Die Kunden fanden sie super. Als Frau Fitz über diese geplanten Geschichtennachmittage gesprochen hat, wollte ich mich gleich anmelden. Ein Versuch kostet nichts.«

»Damit hätte ich nicht gerechnet.«

»Dass einer wie ich was zu erzählen hat?«

»Nein, um Gottes willen, so war meine dumme Bemerkung wieder nicht gemeint. Entschuldigen Sie. Ich war nur, ehrlich gesagt, der Meinung, kaum einer wird sich trauen, öffentlich zu reden. Oder überhaupt eine Geschichte aus seinem privaten Leben zu erzählen.«

»Wir alle erzählen doch übers Internet täglich unsere Storys. Wir posten, wir twittern. Wir freuen uns, wenn wir geliked werden.«

»Aus diesem Blickwinkel habe ich die Sache überhaupt nicht gesehen. Vielleicht haben Sie recht. Wissen Sie was? Ich werde eine Liste aufstellen. Ihr Name kommt als Erster darauf. Sobald es losgeht mit den Nachmittagen, informiere ich Sie per Mail, und Sie suchen sich einen Termin aus.«

»Toll, gefällt mir. Lasse heiße ich, Lasse Walther, mit einem H. Ich schreib Ihnen meine Mailadresse auf.«

»Schön, ich freue mich.«

»Wozu erlebt man Sachen? Um darüber zu berichten.«

»Ja, da haben Sie recht.«

»Und wer nichts zu berichten hat, der hat auch nichts erlebt.«

»Würde ich so nicht unterschreiben, nicht jeder ist mitteilsam. Vielen genügen das Erlebnis und die Erinnerung daran.«

»Aber wenn Sie sich erinnern, dann ist es doch so, als erzählen Sie sich selbst eine Geschichte. Man muss das Leben bei den Hörnern packen und seinen Erinnerungsspeicher vollmachen.«

»Hört sich lustig an, was Sie sagen.«

»Unser Gespräch hier zum Beispiel ist bereits eine Story, finde ich. Eine sehr sympathische übrigens.«

»Wunderbar auf den Punkt gebracht, Herr Walther. Über welche Art von Ereignis werden Sie erzählen?«

»Lassen Sie sich von Lasse überraschen.«

Sich erinnern ist, als ob man sich selbst Geschichten erzählt.

Dieser Satz hatte Ines wirklich gefallen. An welche Storys aus den letzten Jahren erinnerte sie sich jetzt spontan?

Viele kleine Dinge, ja.

Ihre Neffen, als sie Babys waren. Ein komisches Duo mit strohblonden Haaren, die ihnen immer zu Berge standen. Tanines, so hatten sie Ines genannt, statt Tante Ines.

Hannas und Dustins erster Hochzeitstag, an dem Dustin für sie alle eine Ballonfahrt über Köln organisiert hatte und Hanna sich vor lauter Höhenangst geweigert hatte einzusteigen.

Als sich Ines nach der Beendigung eines mühsamen Auftrags von dem ekligen Auftraggeber Herrn Kröter mit Angie betrunken und in einen Blumentopf auf ihrem Balkon gekotzt hatte.

Hugo und die ersten Tage mit ihm, bis sich Ines an den Vogel gewöhnen konnte, und wie entsetzt sie gewesen war, dass er überall hinkackte.

Süße, lustige und auch ein paar schreckliche Storys. Geschichten, die ihr am Herzen lagen, aber nicht so sehr, dass sie sie vor bekannten und unbekannten Zuhörern erzählen müsste. Ein Publikum erwartete doch immer Großes. Mit Gefühl und Drama. Oder nicht?

Ines' hitverdächtige Highlights hatten alle schon vor Jahrzehnten stattgefunden, aus ihrer früheren Zeit konnte sie immerhin einige aus dem Hut ziehen.

Doch wie sah es im Hier und Jetzt aus? Es waren magere Geschichtenzeiten.

Ihr Leben würde sie derzeit als eine ganz gut schmeckende, aber dünne Brühe beschreiben. Davon konnte sie nicht wirklich satt werden. Es war dringend nötig, dass die Suppe cremiger und gehaltvoller wurde. Voller Überraschungen sollte sie sein, die hochgeschwemmt wurden und die man probieren musste. Das Risiko, dass der eine oder andere Bissen nicht so war wie erhofft, wollte Ines eingehen.

Ines merkte an ihren Vergleichen, dass sie hungrig war. Da Piff ihr einen köstlich kulinarischen ersten Abend angekündigt hatte, hatte sie seit dem Frühstück nichts mehr gegessen.

Frankfurt mit Piff.

Deshalb war sie hier. Um den Stier bei den Hörnern zu packen.

Für eine neue Geschichte in ihrem guten, aber doch sehr vorhersehbaren Leben.

Hier stand Ines nun am Hauptbahnhof neben der Buchhandlung und konnte ihr Spiegelbild in der Auslage sehen. Sofort zog sie den Bauch ein.

Langsam stiegen Aufregung und Erwartung höher und höher. Es rumorte in ihren Eingeweiden. Oder knurrte nur ihr Magen?

Sie war ein großes Mädchen, sie hatte eine Ehe hinter sich, eine langjährige Beziehung, ein paar Affären, und dennoch fühlte sich das Treffen heute wie eine Premiere an.

Zumal sie sich eines fest vorgenommen hatte: keinen Sex mit Herrn Paul Hugo Iffland zu haben.

Sie war nie Geliebte gewesen, wollte es auch in Zukunft nicht sein. Es passte nicht zu ihr. In diesen Tagen durfte es nur ein spannendes Miteinander samt einer Ausstellungseröffnung mit dem Künstler persönlich geben. Ein Kurztrip in eine andere City. Mit dem Mann an ihrer Seite, aber nicht in ihrem Hotelbett.

Ines musste unwillkürlich lächeln. Sie konnte sehen, wie sich ihre Mundwinkel in der Spiegelung hoben. Ein Herr im Alter von Gustav Kramperl, der im Laden auf dem Büchertisch stöberte, blickte hoch und lächelte zurück. Aha, kaum angekommen, schon die nächste Eroberung. Da Hugo zwei zu spät kam, konnte sie mit Kramperl zwei durchbrennen. Nein, auch das war keine Lösung.

Sie drehte sich von der Auslage weg, sah wieder der an ihr vorbeiwogenden Bahnhofsbesucherflut zu.

Sei ehrlich zu dir, Ines.

Ihre Vernünftig-Stimme hob einen imaginären Zeigefinger.

Was läuft hier? Du wolltest Piff beim ersten Mal nicht treffen, du wolltest ihn nicht wiedersehen, du wolltest auf keinen Fall nach Frankfurt fahren. Trotzdem hast du all das getan. Was sagen diese Umfaller über dich aus?

Ines dachte über eine Antwort nach.

Jemand rempelte sie an. Es war ein rotblonder Teenager, der sich Kaugummi kauend als Entschuldigung an die Stirn tippte.

»Ey sorry, Lady.«

Dann schlenderte er lässig weiter, seine Hose hing weit unter seinem Hintern.

Statt sich zu ärgern, fand Ines es lustig, Lady genannt zu werden.

Wenn Piff mit ihr schlafen wollte, würde sie einfach »Ey sorry, Mylord« sagen. Das klang nach einer einmaligen Antwort.

So weit würde es ohnehin auch von seiner Seite aus nicht kommen. Er hatte Ines gemailt, dass er für sie ein Zimmer in einem anderen Hotel gebucht hatte, nicht dort, wo er während der Ausstellungsvorbereitungen wohnte. Es schien eine klare Sache zu sein, denn er war schließlich verheiratet und musste achtgeben, dass ihm seine Frau nicht auf die Schliche kam.

Ihre Stimmung begann zu kippen.

Zehn Minuten waren vergangen.

Ines atmete wieder durch.

Hier war sie also.

Gut oder schlecht?

Abenteuer oder Katastrophe?

Liebe oder …?

»Ines, mein Schatz.«

Piff war da. Piff trug eine Baseballkappe. Piff küsste Ines.

Teenagerherzflattern.

13

Ines hatte seit langer Zeit nicht so viel gegessen.

Gleich nachdem Piff Ines' Koffer in einem Schließfach am Bahnhof verstaut hatte, hatte er die Führung übernommen. Den ganzen Nachmittag und Abend war Piff mit ihr durch Frankfurt gezogen und hatte sich, wie es schien, vorher eine Abfolge von kulinarischen Haltepunkten überlegt.

Zuerst hatte er sie auf eine Kaffeespezialität und eine Auswahl an Mini-Eclairs im *Balzac Café* auf der Kaiserstraße eingeladen. Dann waren sie zu Fuß weitergebummelt, hatten für einen Aperitif halt an einer kleinen Bar in einer Seitenstraße gemacht, wo ihnen zusätzlich unfassbar leckere Snackkreationen serviert wurden.

Von dort ging es weiter ins *Medici*, Piff hatte bereits einen Tisch reserviert und das Sommermenü für sie beide vorbestellt. Und zu jedem Gang den passenden Wein.

Ines fiel das Schlaraffenland ein, als sie das Restaurant verließen, sie sah nach oben und erwartete fast, ein paar Brathähnchen aus den Hochhäusern im Bankenviertel fliegen zu sehen. Sie war froh, eine lange Bluse zu ihrer Sommerhose gewählt zu haben, somit war ihr voller Bauch kaschiert. Ihn einzuziehen war unmöglich.

Schnurz-furz-egal, dachte sie nicht das erste Mal, seit sie mit Piff das Bahnhofsgebäude verlassen hatte.

Nach dem Essen schlenderten sie an den Main zu einem spätabendlichen Verdauungsspaziergang am Uferkai. Als Piff vorschlug, mit ihr später noch zu einem grandiosen kleinen Imbissstand für eine *Best Worscht in Town* zu fahren, winkte Ines vehement ab.

»Am liebsten würde ich mich hier einfach nur hinsetzen und das Flair dieses schönen Frühsommerabends genießen. Und bitte, bitte, ohne dass ich etwas essen oder trinken muss. Okay?«

Danach war ihr ein Rülpser entwichen, über den sie beide herzhaft lachen mussten.

In den gemeinsamen Stunden hatten sie nicht nur geschlemmt, sondern auch viel geredet, vor allem Piff, der Ines von der Stadt, seiner Ausstellungseröffnung morgen in der *Galerie Maurer* und seiner Arbeit erzählte. Seine Augen hatten die ganze Zeit geleuchtet, und immer wieder hatte sich Ines dabei ertappt, seiner Euphorie weltvergessen zu folgen.

Es war wie bei dem Konzert am Tanzbrunnen gewesen. Alles stimmte einfach, und Ines kam sich ein wenig wie in einem Märchen vor. Kein Vergleich mehr mit dem willigen Diener eines Vampirs, eher hätte sie Cinderella sein können, bevor die Uhr zwölf schlug und sich ihr Kleid, die Kutsche und die Pferde in das zurückverwandeln würden, was sie in Wirklichkeit waren: eine graue Schürze, ein Kürbis und ein paar Mäuse. Aber Ines, als Prinzessin dieses Abends, wollte es bis weit über Mitternacht hinaus schaffen, bevor ihre Vernünftig-Stimme sie einholte.

Der Main reflektierte die Lichter der Stadt. Ein Ausflugsboot mit Musik fuhr vorbei. Piff legte ihr einen Arm um die Schultern.

»Wenn du magst, werde ich dich persönlich morgen, noch vor der Eröffnung, in der Galerie herumführen, und du wirst die erste Besucherin sein, die meine Bilder zu sehen bekommt. Es ist alles mit meiner persönlichen Assistentin und der Galeristin abgesprochen.«

»Natürlich möchte ich, ist mir eine Ehre.«

»Ich hab mir überlegt, dich zu malen.«

»Was?«

»Kein Porträt, nein, solche Sachen mache ich nicht. Sondern eines meiner Farbenbilder, das die Farben deines Wesens zeigt.«

»Siehst du mich in Grasgrün?« Ines musste plötzlich an die Geschichte dieser Liebe denken. Glaubte sie jetzt plötzlich daran?

Piff stutzte. »Wie kommst du gerade auf diese Farbe?«

»Einfach so.«

Er stupste ihre Nase an, wie sein Hund Perry es hätte tun können. »Nein, du bist wildes Orange und sanftes Lila. Wirbel, Röhren, Tiefe. Riesig soll es werden, eine Kombination der Superlative. Wenn es fertig ist, schenke ich es dir für dein Zuhause. Nein, erst nachdem es durch die nächsten Ausstellungen gelaufen ist. Ich werde es *InesPrachtNacht* nennen.«

Ines schwankte zwischen der Faszination darüber, dass ihr ganz persönlich ein Kunstwerk gewidmet werden sollte, und der Überlegung, dass sie eine solche Installation kaum in ihrer kleinen Wohnung unterbringen konnte. Ihr fiel das Café ein. Sie wollte ihm davon erzählen, aber er war völlig in seine Welt versunken.

»Wenn die Ausstellung hier angelaufen ist, können wir für ein paar Tage weiter wegfahren, Ines. Nach Lissabon vielleicht, diese Stadt liebe ich. Oder wohin du möchtest, ich werde mich an jedem Ort mit dir wohlfühlen. Ja, das machen wir. Lass uns reisen.«

Jetzt oder nie, dachte Ines und widerstand der Verführung dieser Ankündigung.

»Piff, ich habe nach dem Konzert in Köln gesagt, dass ich bei dir nur für den Moment leben möchte. Aber wie du an meiner ersten Reaktion auf deine private Situation gemerkt hast, bin ich doch bodenständiger als gedacht. Vielleicht auch konservativer.« Sie holte Luft.

»Können wir eine Vereinbarung treffen, liebste Ines?«

Er löste seine Umarmung und machte einen Schritt von ihr weg, stellte sich an das Geländer, ließ seinen Blick übers Wasser schweifen. Dann drehte er sich wieder zu ihr um.

»Heute und morgen lässt du dich verwöhnen und von mir beeindrucken. Bitte! Wir reden über meine Malerei, über das Leben, endlich auch über alles, was dich ausmacht, was dein Herz höher schlagen lässt. Wenn die Eröffnung und der Tag morgen vorbei sind, dann lasse ich meine Masken fallen und gebe dir Antworten auf alles, was du wissen möchtest. Versprochen. Wie das Phantom der Oper oder Robin Hood. Nein, besser Zorro. Ja?«

Ines musste schmunzeln. Er versuchte wirklich, sie in andere Welten zu entführen.

Piff setzte zum ersten Mal an diesem Abend seine Baseballkappe ab, und eine Sekunde lang hatte Ines das Gefühl, er wollte vor ihr auf die Knie gehen.

Sag Nein zu seinem Angebot, riet ihre Vernünftig-Stimme.

Da war sie wieder. Doch sie hörte sich gedämpft an, wie durch Watte.

Der Kerl spielt mit dir wie auf einer Klarinette. Du weißt immer noch nichts Genaues über sein Privatleben, und es wird Zeit, den Stier bei seinen realen Hörnern zu packen. Lass dich nicht völlig einlullen.

Ines' voller Magen drückte.

Zwei große Frachtschiffe zogen auf dem Wasser dahin. Menschen bummelten an ihnen vorbei. Die Luft roch würzig. Am Himmel sah sie Sterne und eine schmale Mondsichel. Es war zu perfekt. Konnte sie nicht einfach Cinderellas Frist um ganze achtundvierzig Stunden verlängern, ohne sich dafür vor ihrem rationalen Ich zu rechtfertigen oder sich dumm vorzukommen?

Sie verkürzte die Distanz zu Piff und schlang ihm die Arme um den Hals. Sie gab ihm einen innigen Kuss, und diesmal öffnete sie ihre Lippen. Genau das war es, was sie wollte.

Nach einer Sekunde der Verblüffung schlossen sich Piffs Arme um sie. Er schmeckte nach Tiramisu, dem Dessert, das sie sich geteilt hatten.

Piff brachte sie kurz nach Mitternacht ins Hotel zurück.

Wieder hatte er alles arrangiert, das Zimmer war auf seinen Namen gebucht worden. Es war das alteingesessene *Hotel Victoria*, in der Nähe des Bahnhofs. Ines' Koffer hatten sie auf dem Rückweg aus dem Schließfach geholt, er war bereits aufs Zimmer gebracht worden. Sie würde im dritten Stock nächtigen.

Sie setzten sich an die Bar. Er nahm ihre Hand, hielt sie fest, spielte mit ihren Fingern.

»Alles ist wunderbar«, sagte er und strahlte sie an. »Ganz prachtvoll. Meine liebste Ines.«

Sie wunderte sich darüber, wie offen er sich ihr gegenüber benahm, wie selbstverständlich er mit ihr umging. Was sagte dieses Verhalten über seine Ehe aus?

Sie schüttelte den Kopf. Stopp! Mit ihrem Kuss war sie den Deal eingegangen, sich erst am Tag nach der Ausstellungseröffnung mit ihm über den aktuellen Status seiner Beziehung auseinanderzusetzen und ihre Fragen zu stellen. Das Einzige, was es heute Nacht noch zu überlegen gab, war, ob sie ihn auf ihr Zimmer einladen würde oder nicht. Es gluckste in ihrem Bauch, vielleicht vom vielen Essen, vielleicht von dem Gedanken, wie sich sein nackter Körper gegen ihren drückte. Diese Schmetterlinge, die in ihr flatterten, machten klares Denken schwierig.

Bevor sie mit dem Abwägen beginnen konnte, ließ er ihre Finger los und streckte sich.

»Ich werde mich jetzt langsam verkrümeln, liebste Ines.« Er gähnte hinter vorgehaltener Hand. »Morgen ist Großkampftag. Meine Assistentin oder ein Mitarbeiter der Galerie wird dich um drei Uhr abholen, wenn es dir recht ist.«

Jetzt war sie doch irritiert. Machte er keine Anstalten, mit ihr aufs Zimmer zu kommen? Konnte es sein, dass ihr die Entscheidung bereits abgenommen worden war, so wie Piff den ganzen Nachmittag und Abend schon alle Entscheidungen getroffen hatte?

Er winkte nach dem Kellner hinter der Bar.

Sie atmete einmal durch. Es war gut so. Genauso sollte es sein. So hatte Ines es von Anfang an geplant. Und Piff war ein Gentleman. Nicht zu vergessen ein Mann, der einer anderen ein Versprechen gegeben hatte. Trotzdem passte ihr sein Verhalten irgendwie nicht, es fühlte sich wie eine Zurückweisung an.

Warum? Sie hatte sich doch die ganze Zeit eingeredet, dass sie kein Verhältnis mit einem vergebenen Mann wollte, warum also machte es ihr zu schaffen, dass er jetzt gehen wollte, ohne einen Annäherungsversuch gestartet zu haben?

Sie rief sich den Kuss ins Gedächtnis. Wie innig sie am Mainufer gestanden und geschmust hatten. Unverfänglich, ungestört, in eine Zweisamkeit versunken, die Ines tief in ihrem Herzen angesprochen hatte. Nicht nur ihr Herz, auch ihr Körper hatte reagiert und ein Kribbeln von den Zehen bis in die Haarspitzen erzeugt, Gefühle, die sie lange Zeit in einer Schublade weggesperrt hatte. Sie hatten sich aneinandergedrängt, sich beim Küssen leicht bewegt. Heiß war ihr geworden.

Dafür war man nie zu alt.

Ging es ihr am Ende darum, dass *sie* diejenige sein wollte, die ihn abwies, es auf später verschob, den Anstand wahrte? Diese Frage führte gleich zur nächsten: Hätte sie wirklich Nein gesagt, wenn er sie heißblütig hätte verführen wollen? Jetzt wäre ihre Vernünftig-Stimme hilfreich, doch sie hörte nur sich selbst in ihrem Kopf plappern.

»Hundert Euro für deine Gedanken.« Piff lächelte. »Ich würde sogar tausend Euro wetten, dass du an unseren Kuss denkst und das wunderbare Beben in unseren Körpern, das er ausgelöst hat.«

Sie fühlte sich ertappt. Sie senkte den Blick, spürte Wärme in den Wangen. »Nein, ich bin genauso müde wie du. Die vielen Eindrücke und das viele Essen.«

Der Kellner brachte die Rechnung und beendete die etwas peinliche Situation.

Ines nahm ihre Handtasche, ging voraus. An den Aufzügen blieb sie stehen. Wie konnte sie einen guten Abgang schaffen?

Piff schloss zu ihr auf und strich ihr übers Haar. »Möchtest du, dass ich mit hochkomme, nachsehe, ob man dir ein schönes Zimmer gegeben hat?«

Diese Frage brachte Ines jetzt endgültig aus der Fassung. Sie fand keinen einzigen zusammenhängenden Antwortsatz in ihrem Kopf. In dem Moment wurde sie von ihrem vibrierenden Handy gerettet. Ein Hoch auf die moderne Technik.

Es war Hanna.

»Meine Tochter. Aus Mallorca.«

Sie machte ein paar Schritte zur Seite und begab sich außer Hörweite von Piff.

»Hallo, Schatz. Alles okay?«

»Mama, wo bist du? Ich hab es im Laufe des Abends mehrfach bei dir zu Hause probiert.«

»Ich bin in Frankfurt, Hanna.«

»Hast du nichts davon erzählt. Wie das denn?«

»Hanna, kann ich dich gleich zurückrufen?«

»Bist du mit einem Kerl durchgebrannt? Dustin, Ines ist auf einem Liebestrip!«

»Gönn ich dir, Schwiegermama!«, rief Dustin im Hintergrund.

»Quatsch, seid nicht albern. Ich bin zu einer Ausstellungseröffnung gefahren, bleibe bis übermorgen. Ich hätte mich schon noch gemeldet.«

Warum log sie ihre Tochter an?

»Schade, Mama, ich hätte dir einen grasgrünen Frosch zum Küssen und An-die-Wand-Werfen gegönnt. Aber schön, dass du dich entschlossen hast, ebenfalls eine Kurzreise zu machen.«

»Hanna, ich melde mich gleich, ja?« Sie legte auf.

Piff war weg. Sie sah sich irritiert um, entdeckte ihn vor der Drehtür, bereits draußen vor dem Hoteleingang. Er wartete, um sich endgültig zu verabschieden. Was für ein wunderbarer, peinlicher und schräger Abend in der Mainmetropole. Kein Wunder, dass sie ihrer Tochter nicht alles sofort erzählen wollte.

Kaum war sie an seiner Seite, zog er sie ein paar Schritte aus dem hellen Licht des Eingangsbereichs und um die nächste Ecke. Er schob seine Kappe über der Stirn nach hinten – Charlie Brown, in die Jahre gekommen, dachte Ines noch –, dann nahm er sie wieder in den Arm. Der nächste Kuss folgte. Es war gut, dass sie nicht vor ihrer Zimmertür standen. Ines gestand sich ein, dass sie niemals Nein gesagt hätte.

Am Ende hielten sie sich eine Weile an den Händen, er küsste ihre noch zum Abschied, dann entschwand Paul Hugo Iffland in die laue Frühsommernacht. Egal, wer es letztlich entschieden hatte, ihr Flirt war jedenfalls nicht zu einer Affäre geworden.

Ines seufzte laut.

Im Hotelzimmer angekommen, erzählte sie Hanna auch bei dem versprochenen Rückruf nichts von Piff, erwähnte ihn nur als den Maler Paul Hugo Iffland, zu dessen Ausstellungseröffnung sie morgen gehen würde, eine von vielen Unternehmungen, die sie für die drei Tage in Frankfurt geplant hatte.

Später, kurz vor dem Einschlafen, ließ Ines die Geschehnisse wie einen Werbeclip in ihrem Kopf ablaufen. Bild um Bild in rasanter Abfolge. Als sie schon im Traum versank, fühlte sie den ersten leidenschaftlichen Kuss mit Piff wie durch einen Schleier. Ihr Körper reagierte, sie drückte sich eng an ihr Kissen. Wie wäre es gewesen?

Doch genau in dem Moment, als hätte sie ihn gerufen, erschien Ines' Ex-Mann in ihren Gedanken und schüttelte den Kopf – wie immer, wenn ihm etwas an Ines nicht gepasst hatte. Bei aller Restzuneigung zu Jürgen, warum kam er und störte sie in ihrem wunderbaren Wie-wäre-es-mit-Piff-Traum?

Ines versuchte die Gestalt ihres Ex wegzublinzeln, schlang die Bettdecke fest um ihren Körper. Mit Willenskraft ersetzte sie Jürgen wieder durch Piff, holte sich jede Einzelheit zurück ins Gedächtnis. Doch schon kam die nächste Störung. Hugo, der wahre und Einzige, tauchte unerwartet auf, flog eine Runde im Hotelzimmer und stieß sich seinen kleinen gelben Kopf an der Wand. Das arme Vögelchen. Ines nahm ihn auf ihre Hand und sah sich nach Hilfe um.

Piff war da, also war er mit hochgekommen, aber er beschäftigte sich ausschließlich mit dem Malen eines neuen Bildes. Er beachtete Ines nicht, war völlig in seine Arbeit vertieft. Sie wollte ihn rufen, aber ihre Stimme versagte.

Dann stand sie plötzlich im *Café Grasgrüne Liebe* und erzählte einer riesigen Menge von Leuten, die sich untergehakt hatten und zu einer unhörbaren Musik schunkelten, die Geschichte von dem Mann mit Hund und der Frau mit dem Kanarienvogel. Jetzt funktionierte ihre Stimme wieder, war laut und klar. Mitten in der Menge erhob sich jemand, der von Kopf bis Fuß grasgrün schimmerte.

Es war nicht Piff.

Den Rest der Nacht schlief Ines traumlos.

14

Zwei Wochen später waren alle wieder zurück.

Nachdem Hanna und Dustin als Letzte der reisenden Familienmitglieder aus Mallorca gelandet waren, fehlte keiner mehr von Ines' Lieben.

Dazu schienen ihre Tochter und ihr Schwiegersohn die Hitze mitgebracht zu haben, die Tage waren nun schwül, und in den Nächten kühlte es nicht unter zwanzig Grad ab. Gewitter waren angekündigt, entluden sich allerdings außerhalb von Köln, und Platzregen überschwemmte zwei kleine Dörfer in der Eifel.

Maxima und ihre Familie hatten zum Videoabend geladen.

Wie immer hatte es Ines' jüngerer Schwester nicht gereicht, Chicago zu sehen, sie musste es auch für die Nachwelt festhalten. Früher waren es Diaabende gewesen, heute schnitt sie die Filme, die sie mit ihrem iPhone drehte, in Eigenregie, und manche von ihnen gelangen ihr besser, als es die Zuschauer eingestehen wollten.

Maximas Nanny war ebenfalls mit von der Partie, eine sehr hübsche spanische Austauschstudentin mit dem wundervollen Namen Nerea, und servierte Tapas. Sie betreute seit zwei Jahren Gero und Golo und unterhielt sich mit den Jungs oft in ihrer

Muttersprache. Maxi fand es unverzichtbar, dass Kinder heutzutage mit einer Fremdsprache aufwuchsen. Nerea sprach Ines' Namen schwungvoll und südländisch aus, sodass er sich immer etwas verwegen anhörte.

»Kleines Happchen für Sie, Inés?«

Ines griff zu und fragte sich bei Nereas Anblick nicht zum ersten Mal, ob sie während ihrer Ehe ein so attraktives junges Mädchen als Nanny engagiert hätte. Jürgen war ihr, soviel sie wusste, immer treu gewesen, aber die Hand hätte sie für ihn nicht ins Feuer gelegt.

Maximas Werner schien völlig immun zu sein, er war mit seiner Zahnarztpraxis, seinen vielen Weiterbildungsreisen und seinem großen Hobby, dem Golfspiel, ausgelastet. Vielleicht funktionierten die Ehen ihrer Schwester und ihrer Tochter deshalb so gut, weil jeder der Partner in den Beziehungen auch eigenen Interessen nachging.

Ines hatte damals versucht, alles mit ihrem Mann zu teilen, in ihren jungen Jahren bedeutete Beziehung für sie Verschmelzen. Jedes seiner Hobbys hatte Ines mitgemacht, Tennisspielen gelernt, oft ihre eigenen Vorlieben zurückgeschraubt. Jahre später war ihr klar geworden, dass ihre Verbindung in der Form nicht hatte gut gehen können. Nach dem Scheitern der Ehe hatte Jürgen nichts vom ehemals Gemeinsamen abgeben wollen, sogar die Freunde hatte er ungerührt für sich beansprucht.

Angelika war die Ausnahme gewesen; dass ihre beste Freundin an ihrer Seite blieb, war eine Selbstverständlichkeit. Seit Jürgen nach Österreich gezogen war, lebten sie entspannter bei siebenhundert Kilometern Entfernung zueinander.

»Danke, Nerea, die Dinger schmecken köstlich.«

»Mit *amor* gemacht, liebe Inés. Wenn Sie reinbeißen und dazu an ihren Liebsten denken, dann kommt er bald. *Amor es el amor.*«

Nerea lächelte geheimnisvoll, und Ines seufzte.

Das erste Kurzfilmchen von Maxi flimmerte über die Leinwand, die Werner im Wohnzimmer aufgespannt hatte. Von den offenen Glastüren zur Terrasse wehte ein warmer Wind herein, der keine Abkühlung brachte. Ines klebte das T-Shirt auf der Haut. Es war stickig im Wohnzimmer. Hanna hatte sich als Einzige laut zu fragen getraut, ob es nicht besser gewesen wäre, die Vorführung nach draußen in den Schatten zu verlegen, war aber durch einen empörten Blick von Maxi abgeblockt worden.

Der Film begann. Das Innere eines Flugzeugs tauchte auf, Gero kam mit großen Augen und einem Mickymausheft auf die Kamera zu, im Anschluss sah man Golo mit seinem Lieblingsstofftier, einem Eisbären, hinterherrennen und am Ende Werner, der mit seinem Holzfällerhemd eher einem USA-Touristen als einem Zahnarzt glich. *Übern großen Teich – Chicago*, das Intro blendete sich ein, und Ines döste mit ihren Gedanken weg.

Was, wenn sie jetzt aufstehen und der Familie von ihrem neuen Freund Paul Hugo Iffland erzählen würde? Die Vorführung von Maxima wäre auf der Stelle bedeutungslos, denn ein neuer Mann für die alleinstehende Ines hätte Maximas Filmchen um Längen in der Publikumsgunst geschlagen.

Was danach? Dreimal von Ines' Schwester wiederholt: Ines, Ines, Ines? Gefolgt von einer Fülle an Nachfragen, abwechselnd von Hanna und Maxi gestellt.

Bis jetzt hatte Ines immer weiter und weiter den Mund gehalten.

Hanna hatte nach ihrer Rückkehr ihre Mutter ohne großes Interesse nach dem Kurztrip befragt, und Ines hatte ihr vom Hotel, einem Stadtrundgang, einem Museumsbesuch und der Ausstellung erzählt, als hätte alles den gleichen Stellenwert. Ihre Tochter hatte sich gefreut, dass Ines sich eine kleine Auszeit gegönnt hatte. Maxi wusste nicht mal, dass Ines Köln in der letzten Zeit überhaupt verlassen hatte.

Warum schwieg sie ganz gegen ihre sonstige Art so hartnäckig?

Es sah ihr nicht ähnlich, so eine neue Begegnung zu verheimlichen.

Sie hätte eigentlich plaudern können wie ein Wasserfall. Sie hätte das erste Treffen mit dem Mann mit Hund nachgespielt, wäre bei der Schilderung des ersten Kusses erneut rot geworden, und ihre familiäre Zuhörerschaft hätte darüber ein paar Witze gemacht. Wie es schien, war in den drei Wochen, seit sie Piff getroffen hatte, nichts mehr passiert, das ihr ähnlich sah.

Der erste Kurzfilm war zu Ende. Ines schreckte hoch.

In der Hitze dieses Tropenabends zogen selbst die Gedanken zäh und verschwitzt durch ihr Hirn.

Maxima stellte sich vor die Leinwand, und ihr Schatten dahinter bewegte sich, als hätte er eine eigene Persönlichkeit. Gero begann mit seinen Fingern einen Schattenvogel zu bilden und ließ ihn auf dem Schattenkopf seiner Mama landen. Golo versuchte es auch, doch seine Finger sahen einfach wie seine Finger aus. Schließlich gab er auf und zeigte einen Schattenstinkefinger.

»Hört damit auf, sonst könnt ihr auf eure Zimmer gehen.«

Maxi nahm ihre cineastischen Werke ernst und verstand keinen Spaß. Nerea war zur Stelle und holte die Jungs zu sich.

»Also, bevor es weitergeht, wollte ich euch sagen, dass ich weiß, wie sehr ihr alle aufs Essen wartet und dass es zu heiß hier drin ist. Ich habe mir viel Mühe gegeben, unsere Reise festzuhalten, und verspreche jedem, der bis zum Ende durchhält, eine Überraschung.«

Auch das war Ines' Schwester, neben empörten Blicken und Ermahnungen gab es immer etwas zu gewinnen, wenn man tat, was Maxi wollte. Sie konditionierte ihre Familie wie ein Hundetrainer und arbeitete mit Strenge und Leckerlis.

Dustin klatschte erfreut in die Hände, als wäre er im Alter von Gero und Golo. Hanna gab ihrem Mann einen Kuss. Werner holte sich seinen nächsten Aperitif. Maximas zweiter Blockbuster nahm Fahrt auf. Zeit für Ines weiterzudösen.

Wie würde ihr ganz persönlicher Film über Frankfurt aussehen? Wäre es eine Komödie, ein Drama oder ein Actionfilm? Oscarverdächtig oder für die Goldene Himbeere nominiert? Auf jeden Fall ein Mehrteiler, etwa so:

Film 1 – Titel: Ines und der zweite Tag in Frankfurt

Ines war morgens frisch und in super Stimmung aufgewacht. Sie kicherte auf der Toilette, sang beim Duschen und summte beim Zähneputzen.

Den Vormittag verbrachte sie allein. Das Frühstück im *Hotel Victoria* war eines der besten, das sie je gegessen hatte. Ihr Magen schien sich seit gestern gedehnt zu haben, denn normalerweise aß sie morgens höchstens ein halbes Brötchen oder ein Hörnchen zum ersten Kaffee. Hier nun schlug sie zu, als hätte sie tagelang gehungert. Nicht gut für das Hüftgold, aber hervorragend für die Laune.

Es muss die Liebe sein, die durch den Magen geht, dachte sie und fühlte sich blendend. Im Licht des neuen Tages erschien ihr selbst das Ende ihres Dates mit Piff gestern perfekt. Romantik pur, aber kein Verhältnis. Genießen ohne schlechtes Gewissen.

Ines trug ein neues Kleid mit einem türkis-weißen Muster. Das brachte ihre braunen Haare zur Geltung und unterstrich ihre grünen Augen. Einen Tag bevor sie aus Köln losgefahren war, hatte sie sich eine neue Haartönung machen lassen und war shoppen gegangen.

In der Umkleide hatte sie nicht widerstehen können, nachzuzählen, wann sie sich das letzte Mal für ein Event neue Klamotten gekauft hatte, und war wieder auf acht Jahre gekommen. Nach der Trennung von Marcel hatte sie einen

Stylingneuanfang versucht, was fast zu einer schnellen Affäre geführt hätte. Fast. Es war Ines' letzter richtiger Flirt gewesen, aber sie hatte kalte Füße bekommen und war nicht zur nächsten Verabredung erschienen. Mein Gott, sie wusste den Namen dieses Mannes nicht mehr! Danach hatte sie sich eingebunkert, kein Interesse mehr am Ausgehen gefunden.

Bis Piff.

BP, abgekürzt. Klang seltsam.

Also besser: Bis Piff kam. BPk, das fühlte sich gut an.

Mit diesem Kürzel sollte sie alle weiteren Nachrichten versehen, die Adressaten konnten raten, was es bedeutete.

Bereits das Shoppen war aufregend gewesen, im dritten Laden in der Fußgängerzone auf der Schildergasse hatte sie das Kleid entdeckt. Es passte wie angegossen. Den Preis hatte sie verdrängt. Wenn Angie sie jetzt sehen könnte, hatte Ines gedacht, dann wäre ihr ein Daumen hoch sicher gewesen. Sie hatte ihr Handy genommen, hatte zur Nummer ihrer Freundin gescrollt – es war an der Zeit, sie einzuweihen. Doch angerufen hatte sie dann nicht. Wieder war ihr ein Hauch oder sogar mehr von schlechtem Gewissen dazwischengekommen. Der richtige Zeitpunkt für ein Outing musste sich anders anfühlen.

Nach dem Einkaufsbummel, am Vorabend von Frankfurt, hatte Ines zumindest Hugo das Kleid vorgeführt, doch er hatte ihre Modenschau ignoriert. Er brauchte keine Klamotten, um sich bunt und hübsch zu fühlen. In den Tagen ihrer Abwesenheit wurde ihr gefiederter Mitbewohner von Ines' Nachbarin versorgt. Als fürsorgliche Vogel-Ersatzmutter hatte sie bereits dort angerufen und nachgefragt. Hugo ging es hervorragend. Unfälle baute er anscheinend nur, wenn Ines anwesend war.

Pünktlich um drei war eine elegante Frau im Hosenanzug in der Hotellobby erschienen und hatte sich als Doktor Mira Beil vorgestellt. Mit so einer smarten Assistentin hatte Ines nicht gerechnet, und sie war froh, dass sie sich in dem neuen

Kleid so hübsch fühlte. Ein Mietwagen hatte vor dem Hotel auf sie beide gewartet, und bis zur Galerie führte Ines eine interessante Unterhaltung mit Mira über den Kunstmarkt und Vermarktungsstrategien.

In der *Galerie Maurer* waren nicht nur Bilder von Piff ausgestellt, sondern jeder Raum wurde in seiner Mitte zusätzlich von einer von Piffs Skulpturen dominiert. Davon hatte er ihr nichts erzählt. Er selbst war noch nicht da, als Ines ankam, und sie war froh darüber.

Beim Betrachten seiner Kunstwerke musste sie an die Fotos aus dem Internet denken, seinen etwas arroganten Ausdruck, der sie befremdet hatte.

Hier war er wiederzufinden, in seinen Kreationen. Eine Mischung aus Größe und überdimensionalen Kompositionen. Jedes Bild zu groß, um jemals an eine von Ines' Zimmerwänden zu passen. Die Skulpturen wandten sich mit Ecken und spitzen Auswuchtungen nach oben, hätten Menschen oder Dämonen oder einfach nur gestaltförmige Objekte sein können.

Ines suchte hinter all dem nach ihrem Piff, aber er blieb ihr in diesen Räumen fremd.

Als er dann tatsächlich eintraf, war sie maßlos erleichtert, dass er in Jeans und edlem Sakko zwar eleganter als sonst aussah, aber nicht abgehoben wirkte. Sein Haar war nicht gegelt, und er trug keinen Schal um den Hals geschlungen. Piff schenkte Ines eine halbe Stunde lang seine ungeteilte Aufmerksamkeit, erklärte ihr seine Ideen und faszinierte sie wieder mit dieser Leidenschaft für seine Arbeit. Es wurde Zeit, den Mann mit Kappe und Hund endlich mit dem Künstler Iffland in Übereinstimmung zu bringen.

Die Besucher trudelten erst langsam ein, strömten dann aber in die Galerie. Als die Ausstellung schließlich offiziell eröffnet wurde, verlor Ines Piff schnell aus den Augen. Die Presse, die geladenen Gäste, die Galeristin, alle scharten sich um ihn. Menschen, die zur Kunstszene gehörten und die Ines weder kannte noch kennenlernen konnte in diesem Trubel. Sie begnügte sich damit, die Stimmung und den Wirbel aufzunehmen und zu bestaunen, und bezeichnete sich insgeheim als ein in die Jahre gekommenes Piff-Groupie.

Später am Abend bekam sie allerdings einen ziemlichen Schreck, als eine rothaarige Dame mit Hochsteckfrisur in die Galerie kam und Piff mit einer Umarmung begrüßte. Es hätte Frau Iffland sein können. Doch ihre Vernünftig-Stimme schaltete sich ein und beruhigte sie, dass Piff Ines niemals zur Eröffnung eingeladen hätte, wenn seine Ehefrau vorgehabt hätte zu erscheinen.

Nicht Piff, sondern Doktor Mira Beil brachte Ines später zurück ins Hotel. Er selbst hatte sich bei Ines kurz mit diesmal förmlichem Handkuss verabschiedet und sich entschuldigt, immer weiter umringt von Kunstliebhabern. Ines war am Ende froh, aus der Menschenmenge herauszukommen, und brauchte lange, bis sie einschlafen konnte.

Film 2 – Titel: Ines und das ernste Gespräch

Tag drei in Frankfurt war nicht weniger aufregend, wenn auch aus einem ganz anderen Grund. Ines wartete auf Piffs Ausführungen zu seiner Ehe, zu seinen Absichten, zu ihr selbst. Wie sie verabredet hatten, sollte nach der Kunst die Fragestunde kommen.

Was kam, war eine Liebeserklärung von ihm, lang, innig und so anrührend, dass Ines es niemals übers Herz gebracht hätte, ihn zu bremsen. Gefolgt von der Bitte, ihnen beiden eine Chance zu geben, die Möglichkeit, sich zu treffen, sich gemeinsame Freiräume zu schaffen.

»Wie steht es um deine Ehe? Ehrlich!« Dieses Ausrufezeichen musste sie setzen, bei all ihrer Bereitschaft, sich von seinem Charme und ihrer wachsenden Verliebtheit einlullen zu lassen.

»Meine Frau und ich sind seit einundzwanzig Jahren ein Paar, wir haben früh geheiratet. Wir haben drei Kinder, von denen das jüngste, Henry, zwölf ist. Meine älteste Tochter Leonie studiert in London, mein anderer Sohn, Edgar, macht nächstes Jahr sein Abi. Pia lebt ständig in unserem Haus in der Eifel, ich bin meistens in meinem Apartment in Frechen. Für die Kinder sind wir zusammen, für unser Umfeld auch. Nur wenige Freunde wissen von unserer Entfremdung. Wir gehen seit Jahren eigene Wege, was du daran erkennen kannst, dass sie gestern nicht vor Ort war.«

Piff unterbrach sich und strich sich über die Augen. »Ines, ich will dir nichts vormachen. Die Sache mit uns hat mich getroffen wie ein Blitz. Du bist mir wichtig, schon vom ersten Moment an. Ich will, dass mehr daraus wird. Aber meine Situation ist, so wie sie ist, damit müssen wir leben. Kannst du das? Möchtest du es? Kannst du damit umgehen?«

Ines sah ihn an. Registrierte eine neue Falte auf seiner Stirn, die gestern noch nicht da gewesen war, mochte seine Grübchen in den Wangen, stellte ihn sich nackt vor, fragte sich, ob er Haare auf dem Bauch hatte.

Nur die Antworten auf seine Fragen wusste sie nicht. Sie hatte keine Ahnung, ob sie es konnte, ob sie es wirklich wollte. Sie wollte *ihn.* Sie hatte Angst. Sie fühlte sich großartig und lebendiger als all die Jahre zuvor.

BPk. Bis Piff kam.

Film 3 – Titel: Ines, zurück in Colonia

Erneute schnelle Schnittfolge: Treffen, Händchen halten, spazieren, reden, Pizza essen, telefonieren, simsen, lachen, sich in den Arm nehmen, diskutieren, kuscheln, sich küssen.

Kein Sex, immer noch nicht.

Aber Liebe, die wuchs und sich ausbreitete.

Wie wunderbar die Welt doch ist, wenn man verliebt ist, dachte Ines. Mein Mehrteiler ist kein kurzes Filmchen, sondern bereits ein Rosamunde-Pilcher-Drehbuch, dessen Ende noch nicht geschrieben wurde.

»Noch mehr Tapas oder lieber was zu trinken?« Nerea lächelte ihr freundlich-mildes Lächeln.

»Danke, Nerea, ich hol mir selbst etwas. Sie sind schließlich das Kindermädchen und keine Privatkellnerin.«

Ines stand auf, streckte sich und ging in die Küche. Sie ließ sich ein Glas Wasser einlaufen, der Schweiß rann ihr über den Rücken. Maxima sprach mit Hanna. Werner baute die Leinwand ab. Dustin spielte im Garten mit Gero und Golo Fußball.

Hatte keiner bemerkt, dass sie während der Vorführung völlig weggedriftet war? Sie schlenderte zurück auf die Terrasse. Die Hitze dort unterschied sich nicht von der Schwüle im Wohnzimmer.

»Voll der Sommer!«, sagte Dustin begeistert. Er trat gegen den Ball, und Gero und Golo rannten ihm wie junge Hunde hinterher. Dann wandte er sich lachend seiner Schwiegermutter zu. »Du siehst aus, als würdest du gleich platzen vor Hitze oder Hunger oder wegen einer Ankündigung.«

Er hatte recht. Sie fühlte sich übervoll von all den Neuigkeiten. Es wurde Zeit, dass sie ihr Schweigen brach.

Ines wandte sich wieder ihrer Familie im Wohnzimmer zu.

»Leute, hört mal her: Es gibt etwas Neues zu berichten. Ich habe euch etwas zu beichten.«

Alle starrten in ihre Richtung.

Doch statt zu reden, zögerte sie. Die Geschichte von dem Mann mit Hund gehörte noch ihr ganz allein. Wenn sie jetzt den Vorhang lüftete, würde sie alle Geschichten um ihn und mit ihm teilen müssen. Ines begann der Gedanke an einen geheimen Liebsten zu gefallen.

Bevor die Pause zu lang wurde, entschied sie sich um.

Dustin wurde als Erster ungeduldig. »Was ist es, Ines?«

»Also, passt auf.« Sie schluckte. Gut, dass es noch ein anderes brandneues Thema gab. »Angelika hat ein Café übernommen, und ich organisiere das Kulturprogramm dafür.«

Hanna und Maxima kamen auf die Terrasse.

»Mama, warum hast du nicht schon längst davon erzählt? Das ist doch viel spannender als unsere kleinen Oma-Opa-Strand-und-Bingo-Geschichten aus Malle!«

»Das ist typisch meine große Schwester. Lässt mich zuerst meine Filmchen zeigen, um danach alle Aufmerksamkeit auf sich zu ziehen.«

Ines begann von der *Grasgrünen Liebe* zu erzählen. Ihre Familie lauschte gebannt.

Nur Dustin sah sie an, als hätte er etwas anderes erwartet.

15

Piff kam zu früh, und Ines hatte nicht auf die Zeit geachtet.

Sie hatte in der letzten Stunde ein Telefonat mit Angelika geführt, es ging um Künstleranfragen für die Abendveranstaltungen. Fünf feste Zusagen waren bereits hereingekommen, das Programm für die ersten Wochen musste zusammengestellt werden. Im direkten Anschluss daran hatten ihr Ex-Mann und seine Frau wegen des letzten Schliffs am Logo für das Opernstudio angerufen.

Währenddessen, das Handy zwischen Schulter und Ohr geklemmt, hatte sie versucht, Hugos Voliere zu säubern, während er am Küchentisch saß und eine halbe Banane zerpflückte.

Der Kanarienvogel hatte eine Macke, wenn es ums Saubermachen seiner Heimstätte ging. Er schien es regelrecht zu hassen, dass Ines von Zeit zu Zeit den Käfig reinigen musste, und störte sie jedes Mal derart dabei, dass sie sich angewöhnt hatte, ihn zur Ablenkung mit einem Leckerbissen zu verwöhnen. Bei gutem Timing war Ines kurz vor Hugo fertig, und das Putzdrama fiel aus.

Heute allerdings verschworen sich die Anrufer und der Lappen, der sich in der Käfigtür verhedderte, gegen sie, dazu klingelte es auch noch an der Haustür. Ines erwartete eine Sendung mit einem Geburtstagsgeschenk für die Nachbarin und Hugo-Sitterin, das sie im Internet bestellt hatte, eine sogenannte Zaubertasse mit einem Foto vom Kanarienvogel darauf.

Sie ließ den Putzlappen im Käfig, rannte an Hugo vorbei und drückte auf den Summer. Statt des erwarteten »Post für Sie!« erklang von unten ein Bellen. Ein schwarzer Hund, heute mit einem roten Tuch um den Hals, kam um die Ecke gesaust und rannte dann schwanzwedelnd weiter die Treppen hoch. Ein Hund, der etwas zu mollig um den Bauch herum war, wie sein Herrchen.

Perry, wieder genesen und voller Elan.

»O nein! Ihr seid viel zu früh dran. Ich bin noch nicht mal richtig angezogen.« Am liebsten hätte sie die Tür wieder zugemacht, es war das erste Mal, dass Piff sie in Trainingshosen und Schlabbershirt sehen würde. Doch bevor sie überhaupt reagieren konnte, quetschte sich Piffs Mischlingsrüde hechelnd in den Wohnungsflur.

Sein Herrchen erschien keuchend nach ihm und schleppte einen großen Blumentopf, dessen Blätter und Blüten seine obere Hälfte verdeckten.

»Mit dem hier konnte ich nicht unten auf dich warten. Für dich. Von mir.«

Ines musste trotz der Hektik breit grinsen.

Sie hatte Piff gestern in einer Mail geschrieben, dass ihr schöner Oleander auf dem Balkon seinen Geist aufzugeben schien, er hatte in diesem Frühling und Frühsommer keine einzige Blüte entwickelt. Hier kam nun ihr geheimer Freund mit Gestöhne und Gepolter und einer neuen Pflanze, die um einiges größer war als die alte und in voller Blüte stand.

»Wow, mir fehlen die Worte, Piff. Das ist unfassbar lieb von dir. Los, komm rein.«

Sonst trafen sie sich fast nur draußen. In den Wochen bisher war Piff nur zweimal mit in ihre Wohnung gekommen, kurz geblieben, hatte immer auf einen schnellen Aufbruch gedrängt.

Hier steckte immer noch der Wurm drin: Piff machte keine Anstalten, mit Ines körperlich weiterzugehen. Es war eine absurde Situation, in sich völlig widersprüchlich. Denn einerseits war seine Zurückhaltung genau in ihrem Sinn, aber andererseits wurde ihre Sehnsucht immer größer, und was sie in Frankfurt noch charmant und gentlemanlike gefunden hatte, begann sie zu irritieren.

Er küsste sie, wann immer es ging, sie knutschten oft wie jungverliebte, weltvergessene Teenager. Er beteuerte seine Zuneigung immer und immer wieder in seiner überschwänglichen, blumigen Art. Doch dabei blieb es aber auch.

Bisher hatte Ines es auf seine Ehesituation zurückgeführt. Zum Teil auch auf ihr eigenes ambivalentes Gefühl, dass er vergeben war, dass sie die Frau neben der Ehefrau war, der Eindringling. Sie selbst würde sich keinen Mann wünschen, der mit einer anderen flirtete, schmuste und herumfummelte. Dann wieder zweifelte sie daran, dass es stimmte, was er ihr über den Zustand seiner Ehe erzählt hatte. Es war allgemein bekannt, dass fremdgehende Männer darüber selten die Wahrheit sagten.

Ihr Bett kam ihr zu groß vor, ihr Körper sehnte sich nach mehr.

Wenn Ines ehrlich war, konnte sie es leicht auf den Punkt bringen: Sie hätte gern Sex mit Piff.

Gegen alle Vernunft und gegen ihre eigenen Moralvorstellungen. Jetzt bekam sie ständig eine Vorspeise nach der anderen, der Hauptgang blieb ein unerfülltes Versprechen. Verführerische Appetithäppchen, die den Hunger anstachelten, aber nicht sättigten.

Sie hatte sich sogar schon gefragt, ob Piff vielleicht Schwierigkeiten mit seiner Männlichkeit hatte, es gab jede

Menge Männer mit Potenzproblemen. Als sie ihn einmal vorsichtig darauf ansprechen wollte, wurde er sofort sauer. Damit war das Thema erledigt gewesen. Vielleicht sollte sie in die Offensive gehen? Wenn sie sich schon wieder wie siebzehn fühlte, könnte sie sich eigentlich auch beim Dr.-Sommer-Team von der *Bravo* beraten lassen. Komisch und hilflos zugleich, all diese Überlegungen.

Piff stellte den großen Blumentopf im Wohnzimmer auf dem Couchtisch ab, schnaufte einmal durch und küsste sie. Die Schweißperlen auf seinen Lippen kitzelten sie, und aus dem kleinen Begrüßungskuss wurde ein inniges langes Schmusen.

Wer nicht wagt, der nicht gewinnt, Ines!

Es war diese neue Stimme, die ihr bereits am Tanzbrunnen beim *Basta*-Konzert zum Genießen und Loslassen geraten hatte. Sie wagte also einen weiteren Schritt und ließ ihre Hand tiefer gleiten.

Mit seiner Reaktion jedoch hätte sie niemals gerechnet. Nichts in ihrem bisherigen Liebesleben hatte sie darauf vorbereitet.

Auch wenn es schon Nächte gegeben hatte mit ihrem Ex Jürgen, auch mit Marcel und mit einer ihrer raren Jugendliebschaften, in denen der Sex nicht geklappt oder der Akt unglücklich geendet hatte. Zu viel gewollt, zu viel getrunken, schlechter Zeitpunkt. Sie erinnerte sich an einen heißen Tag mit Marcel an einem Baggersee, wo ihre enge Umklammerung von einem riesigen Barsch gestört worden war. Es war noch heute eine Anekdote im Freundeskreis.

Was allerdings bei Piff geschah, übertraf alle intimen Peinlichkeitserfahrungen, die Ines aufzählen konnte.

Piffs Lippen lösten sich so schnell von ihren, dass Ines geradezu ein Schmatzen hören konnte, er riss die Arme hoch, machte zwei Schritte rückwärts, streifte den Oleander, kam an der Wand zu stehen. Es sah aus, als hätte sie ihn mit einer Waffe bedroht und er würde sich ergeben. Er starrte sie fassungslos an.

»Bitte tu so etwas nie mehr!«

Ines war perplex. Sollte sie jetzt loslachen oder zu heulen anfangen? Beides passte nicht, eine dritte Möglichkeit fiel ihr im Augenblick nicht ein.

Warum benahm sich Piff, als hätte sie ihn mit einem Stromkabel berührt? Es gab doch keinen Unterschied zwischen ihren Umarmungen und heißen Küssen und dem, was sie eben getan hatte. Einfach nur ein Schritt weiter in ihrer Liebesgeschichte.

Als hätte seine Überreaktion nicht bereits für diesen Tag gereicht, setzte in der Küche lautes Bellen ein, untermalt von schrillem Zwitschern.

»Perry!«, rief Piff. »Ich glaube, mein Hund ist allein mit deinem Vogel.«

Eine Zehntelsekunde lang meinte Ines die Erleichterung sehen zu können, die über sein Gesicht huschte.

Wieder bellte und zwitscherte es. Dann folgte eine gefährliche Stille.

»O mein Gott! Hugo!« Ines rannte los.

Sie stieß sich die linke Schulter an, als sie um die Ecke bog. Die Szene, die sich ihr in der Küche bot, ließ sie einen schrillen Schrei ausstoßen. Es war wie ein Albtraum.

Perry hatte sich aufgerichtet, beide Vorderpfoten auf den Tisch gestellt, und sein Kopf war über die Tischplatte gebeugt. Sein Maul stand halb offen, und Ines konnte einen gelben Flügel sehen, der zwischen den Zähnen hervorlugte.

»Dein Hund frisst meinen Vogel!«

Ihre Stimme überschlug sich. Sie stürzte zum Tisch und packte Perry am Genick, zog ihn an seiner Nackenfalte rückwärts und versuchte so zu verhindern, dass er Hugo in zwei Hälften biss oder hinunterschluckte. Tatsächlich bewegte sich der gelbe Flügel, es war noch nicht zu spät. Ines hielt mit der einen Hand weiter das Nackenfell von Perry gepackt, versuchte mit der anderen, das Maul des Hundes weiter zu öffnen.

Endlich war Piff an ihrer Seite und packte mit beiden Händen Perrys Schnauze. »Aus! Lass! Sofort aus!«

Der Hund ließ seine Beute endlich los.

Hugo rollte mit Hundespucke beschmiert auf den Küchentisch. Er sah aus wie ein gelber Klumpen aus nassem Papier.

Schon war Ines bei ihrem Kanarienvogel, schob ihre Handflächen unter den kleinen Körper und trug ihn zur Spüle. Sein Schnabel öffnete und schloss sich immer wieder.

»Ruf den Tierarzt an, sag ihm, dass ich in fünf Minuten dort bin. Los, Piff, mach schon. Und raus mit Perry!«

Sie drehte den Wasserhahn auf, behielt Hugo in der linken Hand und begann vorsichtig mit dem Finger seine angeklatschten Federn vom Hundesabber zu befreien. Zugleich tastete sie über den zarten Körper, um eventuelle Bisswunden oder einen gebrochenen Flügel zu finden. Nichts. Vor lauter Erleichterung kamen ihr die Tränen. Sie hörte, wie Piff im Wohnzimmer telefonierte und Perry bellte. Ines hätte ihn am liebsten aus der Wohnung verbannt, obwohl sie sich selbst die rote Karte geben musste. Sie war leichtsinnig gewesen und hatte nicht nur den Vogel frei fliegen lassen, sondern überdies die Türen nicht hinter sich geschlossen. Hugo gab ein zartes Fiepen von sich.

»Ja, mein Kleiner, alles wird gut.« Wieder zermarterte sie sich den Kopf, wo die verdammte Transportbox von ihrem letzten Praxisbesuch war. Es würde wieder auf den Korb hinauslaufen.

Piff steckte den Kopf zur Tür herein.

»Wir können kommen, Doktor Naux ist da, er erwartet uns.«

»Nimmst du bitte zuerst deinen vogelfressenden Hund an die Leine?«

Der Blick, den Piff Ines zuwarf, war ungefähr so erstaunt, wie sie selbst wohl geguckt hatte bei seiner Reaktion auf ihren erotischen Vorstoß.

Perrys schwarzer Wuschelkopf tauchte ebenfalls auf, und er sah zu seinem Herrchen hoch, als wäre nichts geschehen. Sein wedelnder Schwanz klopfte fröhlich gegen den Türrahmen.

»Wenn es um Ihren Hugo geht, ist das Wort Pechvogel durchaus zutreffend.«

Doktor Naux hatte Ines' Vogel durchgecheckt. »Aber mit glücklichem Karma. Er überlebt immer unversehrt. Ich sollte Ihnen eine Tierarztflat für meine Behandlungen aufschwatzen.«

Er lachte, und Ines trat einen Schritt nach vorn und fiel ihm um den Hals.

»Danke, danke und tausend Mal danke. Ich bin fast gestorben vor Schreck, als ich Hugo in Perrys Maul sah.«

Der Tierarzt drückte Ines kurz an sich, legte dann einen kleinen Schritt Abstand zwischen sie beide. Seine Wangen waren leicht gerötet, was sich mit seinem rosafarbenen Kurzarmhemd biss. Er sah auch heute, an einem regulären Arbeitstag, mehr wie ein Mann aus, der gleich auf dem Golfplatz abschlagen würde, nicht wie ein Arzt, der kranke Unglücksraben versorgte. Oder besser Unglückskanarienvögel.

»Perry? Der Perry von Herrn Iffland? Der tut doch keiner Fliege was zuleide. Könnte sein, dass ich mit schuld an dem kleinen Vorfall bin, weil ich ihn auf Hundediät gesetzt habe. Er hat ein paar Pfund zu viel um die Hüfte, ganz wie sein Herrchen. Nein, im Ernst. Wenn ein Hund in Perrys Größe Ihren Vogel hätte fressen wollen, dann hätte ich jetzt nichts mehr zum Untersuchen. Ich sage das frei von Ironie, aber der wollte wirklich nur spielen.«

Ines' Erleichterung war grenzenlos. »Ich habe bestimmt nichts gegen Hunde, aber in dem Moment hätte ich Perry verkloppen können. Mich selbst aber auch, es war eigentlich meine Schuld.«

»Wie ist denn der Hund von Herrn Iffland auf Ihren Vogel getroffen?«

In dem Moment fiel der Groschen bei Doktor Naux, und er zuckte unbewusst mit den Schultern. Ines fühlte sich ertappt und wurde nun ebenfalls rot. Sicher kannte der Tierarzt auch Frau Iffland und meinte ab sofort Bescheid zu wissen. Alles hatte hier begonnen, als Piff Ines zum Brunch ins *Café Bauturm* eingeladen hatte.

»Nun.« Ines räusperte sich, ihr war, als steckte eine Gräte in ihrem Hals. »Es ist auch hier nicht so, wie es jetzt aussehen mag. Herr Iffland wollte mich zu einem Spaziergang im Park abholen und …« Ihr fehlten die Worte.

Doktor Naux hob abwehrend die Hand. »Nein, nein, Frau Berwalder, Sie brauchen sich nicht zu erklären. Diese Zusammenhänge gehen mich überhaupt nichts an. Ich bin froh, dass Ihrem Hugo nichts passiert ist. Wenn es Ihnen recht ist, würde ich trotzdem gern ein Röntgenbild machen.«

»Ja, danke, vielen Dank noch mal.«

»Helfen ist mein Job, Frau Berwalder.«

Obwohl er unverändert freundlich war, hatte Ines das Gefühl, dass er sie distanzierter behandelte.

Eine Stunde später saßen Ines und Piff doch noch im Park auf einer Bank. Perry lag seinem Herrchen zu Füßen und schnarchte seelenruhig.

Hugo war daheim in seiner Voliere und wieder in guter Kanarienlaune, als wäre nichts geschehen. Er hatte bereits auf dem Rückweg, in einer nächsten neuen Box von Naux' Assistentin und jungen Ehefrau, vor sich hin gepfiffen und zu Hause sofort das Stückchen Apfel angenommen, das ihm Ines als Trösterchen angeboten hatte.

Eine andere Sache musste allerdings nun aufs Tapet gebracht werden.

»Piff, ich möchte den Vorfall in meiner Wohnung ansprechen.«

Er hatte ihre Hand gehalten, ließ sie jetzt aber los. »Ach, Ines, ich hab mich für Perry ein Dutzend Mal entschuldigt. Er wollte nichts Böses, davon bin ich überzeugt.«

»Ich meinte die Sache davor, als ich dich berührt habe und du wie von der Tarantel gestochen weggesprungen bist.«

»Jetzt übertreibst du aber.«

»Nein. Tu ich nicht.«

Eine Weile sagte keiner etwas.

Perry, der vom Ton seines Herrchens aufgewacht war, setzte sich auf und legte seinen Kopf auf Ines' Knie.

»Ines«, Piff setzte mit einem Ächzen an, »ich weiß, wie schwer es für dich ist. Für mich ist es noch um ein Vielfaches schwieriger. Meine Frau Pia, sie würde mir alles wegnehmen, was mir wichtig ist. Die Kinder, vor allem meinen Jüngsten. Ohne Henry wäre ich verloren. Zugleich will ich dich auch nicht verlieren. Du bist mein Sonnenschein, das Gold in meiner Farbpalette. Alles, was wir miteinander tun, ist wunderbar, aber ich kann mich nicht auf eine vollkommene körperliche Vereinigung einlassen. Nicht diesen letzten Schritt gehen. Noch nicht. Es wird sich ändern, liebste Ines, gib mir Zeit, alle Angelegenheiten zu regeln. Ja?«

Schläfst du mit deiner Frau, obwohl ihr angeblich getrennt lebt? Denkst du, unsere Küsse und unsere Nähe wären nicht längst ein Betrug? Hast du bei dem Wort »Zeit« an Tage oder an Jahre gedacht?

Diese Fragen wären die logische Konsequenz nach seinem Statement gewesen. Ines stellte sie nicht. Von einer Sekunde auf die andere hatte sie plötzlich eine Heidenangst davor, er könnte aufstehen und fortgehen. Sie sah sich allein auf dieser Parkbank sitzen.

»Einverstanden.« Mehr als dieses Wort kam ihr nicht über die Lippen.

Zeit, die Dinge zu regeln, brauchte er.

Damit konnte auch sie leben. Im Moment.

16

»Wie lange noch, Angie?«

Ines war ziemlich nervös.

»Sieben Minuten.«

Angelika und sie flüsterten, als teilten sie ein Geheimnis.

»Ich müsste noch mal, Angie.«

»Na, dann geh doch.«

Ines blieb unschlüssig an der Kaffeemaschine stehen. Sie hatte Angst, etwas zu verpassen.

Premiere in der *Grasgrünen Liebe.*

Es ging tatsächlich los!

Statt auf die Toilette zu gehen, trat sie von einem Bein aufs andere und knabberte an ihren Nägeln.

Wie damals mit fünfzehn, als ihre Mutter ihr schließlich die Fingerkuppen mit Chilischoten eingerieben hatte, damit es auf der Zunge brannte und Ines mit dem Beißen eine unangenehme Erfahrung verband. Unnötig und gemein, wie sie bis heute fand, sie selbst hatte bei Hanna niemals zu solchen Erziehungsmethoden gegriffen.

Was Ines' Mutter allerdings nie erfahren hatte: Ines hatte den Chiligeschmack eigentlich ganz gut gefunden und das Brennen auf ihren Lippen sogar gemocht. Der wahre Grund, warum sie aufgehört hatte, an den Nägeln zu kauen, war selbstverständlich ein Junge gewesen. Tristan hieß er, ging in eine Klasse über ihr, und Ines wollte seine Isolde werden, begann sich zu schminken und zu stylen. Er war der Erste, den sie geküsst hatte, und auch der Erste, der ihr zuflüsterte, dass er sie scharf fand, obwohl nichts Sexuelles zwischen ihnen passiert war.

Hier schloss sich der Kreis von den Chilischoten zu Piff. Trotz der Aufregung drängte er sich in ihr Herz und ihr Hirn und überspülte für Sekunden alles andere.

Weitere vier Wochen mal im Himmel, mal im Fegefeuer der Gefühle.

Ines sollte Buch führen.

Ob Piff so oft an Ines dachte wie sie an ihn?

Manchmal vergingen drei oder vier Tage, und Ines hörte nichts von ihm.

Dann wieder bombardierte er sie mit Textnachrichten, Bildern von seinen neuen Kreationen, von sich und seiner Umgebung. Sie kam sich immer öfter wie ein Radio vor, das er nach Lust und Laune ein- und ausschaltete.

War Piff bei ihr, war sie glücklich. Meldete er sich zwischendurch, war sie unendlich froh. Wenn sie allerdings nichts von ihm hörte, wurde sie von Stunde zu Stunde unruhiger.

Manchmal nahm sie sich vor, die ganze Sache zu beenden, dann wieder sehnte sie sich nach mehr. Einmal wollte sie ihn zum Teufel jagen, Momente später wünschte sie sich eine richtige Beziehung mit allem, was dazugehörte.

Ines merkte, dass sie zu oft seufzte. Mal aus Sehnsucht, mal vor Begeisterung, mal aus Verdruss. Fifty Shades of Seufzen in ihrer Brust.

Einmal hatte sie ihn spontan angerufen, und es war schrecklich gewesen. Sie hatte mit ihm gesprochen, ein paar nichtssagende Sätze, hatte hören können, dass er nicht allein unterwegs war. Hinterher hatte sie geheult und sich *E-Mail für dich* auf DVD angesehen. Eine ganze Tafel Schokolade war dabei draufgegangen.

»Liebste, es tut mir so leid.« Am nächsten Tag war Piff zu ihr gekommen, mit zerknirschtem Gesichtsausdruck, der sie an einen Faltenhund erinnerte. »Ich war mitten in einer Besprechung. Aber schau!«

Er hatte hinter dem Rücken zwei verpackte Schokokugeln hervorgeholt.

»Das ist meine symbolische Einladung zum Minigolf. Darin bin ich Meister.« Sie waren an den Decksteiner Weiher gefahren, es war ein wunderschöner gemeinsamer Tag gewesen, und Ines hatte die Partie gewonnen.

So war also ihre Liebe.

Nicht grasgrün, sondern manchmal hellorange, ihr die Sicht nehmend, dann wieder mittelblau, sanft sie einlullend.

Sie musste schon wieder seufzen.

Dabei gab es gerade heute keinen Grund dafür.

Denn heute war der große Tag.

Heute war Eröffnung.

Das *Grand Opening* von Angies Café.

Angelika hatte Großartiges geleistet. Das Lokal sah aus wie ein Traum.

Alles war fertig geworden, und zwar ohne den Herzinfarkt oder den Nervenzusammenbruch, die Angie abwechselnd angekündigt hatte. Alles war wirklich wie neu.

Der Parkettboden glänzte, die Tische und die Stühle hatten eine Frischzellenkur bekommen, in der teuren Kaffeemaschine konnte man sich weiterhin spiegeln. Überall gab es liebevolle Accessoires zu entdecken, in leuchtendem Grün oder zartem Silber gehalten. Die Dekoration verlieh dem Raum etwas Magisches.

Silber und grasgrün. Edel und knallig.

Andere Farben hatte Angelika nur bei den unterschiedlichen Tassen und Untertassen kombiniert, die Kuchenteller ergänzten sich in ihren Formen und Mustern. Auf jedem Tisch stand eine Minivase mit jeweils zwei Blumen, und das einzige Farblose waren die weißen Servietten, die die bunten Farbkombinationen beim Geschirr perfekt hervorhoben. Selbst die Fensterbänke hatte Angie mit Kissen versehen, sodass auch dort Gäste Platz nehmen konnten.

Ines war völlig hingerissen von den vielen kleinen Dingen, die das perfekte Ganze ausmachten.

Die Speisekarte war noch etwas minimalistisch.

Gäste hatten vier Kuchensorten zur Auswahl, darunter Angelikas genialen Kirschkuchen. Man konnte Sandwiches oder belegte Baguettes bestellen. Die Frühstückskarte gestaltete sich üppiger, darauf gab es neben den klassischen Kombinationen auch vier Varianten von Bioeiergerichten. Überhaupt hatte sich Angie strikt daran gehalten, alle Lebensmittel in ein und demselben Biogroßhandel einzukaufen, ihr Deal mit dem Besitzer war für beide Seiten fruchtbar.

So schnell wie möglich wollte sie zusätzlich einen Mittagstisch einführen mit zwei wechselnden Tagesgerichten, einem Happen zur Mittagspause oder zum Brunch.

All die Mühe, all die Liebe hatte sich gelohnt.

Die kleine Bühne war Ines' Meinung nach das Prunkstück.

Gegenüber der Fensterfront, in der linken Ecke, nahm sie einen Platz in der Größe von zwei Tischen ein.

An der Wand dahinter hingen Bilder von Menschen, die Grimassen schnitten. Einer lachte, einer weinte, eine zwinkerte, die Nächste spitzte die Lippen, jemand anderer streckte frech die Zunge heraus.

Das war Ines' Idee gewesen.

Sie wollte damit die Geschichten, die hier erzählt werden sollten, in vielen Gesichtern gespiegelt haben. Dadurch wurde die ganze Ecke zu etwas Besonderem. An der Decke waren zwei Baumarktscheinwerfer angebracht worden, und auf der Bühne stand nur ein einziger Stuhl.

Diese paar Bretter, die die Welt bedeuteten, sahen großartig aus.

Heute ging es mit den ersten Mutigen los.

Ines' persönliches Highlight in all dem Eröffnungstrubel.

Köln war immer schon eine Stadt mit einer enormen Kreativität gewesen, und fast jedes Café, viele Restaurants und Galerien hatten neben den Bühnen in der Stadt ihr eigenes Kulturangebot. All die Events unterschiedlichster Couleur machten die Stadt bunt. Angelika und ihr Café würden eine weitere Farbe dazu beitragen.

Das Grasgrün.

Schon nachdem es Angelika geschafft hatte, dass die Geschichtenecke und die Erzählnachmittage in einem kurzen Vorbericht in der *Kölnischen Rundschau* über die Neueröffnung des alten *Café Kramperl* erwähnt worden waren, kamen sofort Anfragen und Anmeldungen. Abenteuergeschichten, Lovestorys, Anekdoten von unterschiedlichsten Menschen. Auch Erzählungen aus der guten alten Zeit von Gustav Kramperls Stammis wurden Ines angeboten und vorgeschlagen.

So viele trauten sich und trauten es sich zu, auf einer Bühne zu stehen beziehungsweise zu sitzen und vor Publikum frei zu sprechen.

Bald musste sie anfangen auszuwählen, welche Geschichte und welche erzählende Person sie auf ihre Liste aufnehmen konnte. Fürs Erste traf sie sich einmal vorher hier im Café mit den Leuten, hörte sich ihre Story an, bedankte sich und bat um Geduld. Ines versprach nichts, versuchte aber ihr Möglichstes.

Gab es noch etwas zu regeln?

Wo hatte sie die Blumen abgestellt? Ach ja, hinter der Theke.

Ines hatte für die heutigen drei Auserwählten, die Premierenerzähler sozusagen, jeweils einen hübschen Strauß besorgt.

Der Allererste, der heute auftreten sollte, wollte eine Geschichte über seine Tante und seinen Dackel erzählen. Ines war neugierig und etwas unsicher, ob so eine Story spannend werden konnte.

Nach dem Tante-Dackel-Erzähler war der Auftritt einer jungen Frau geplant, die über ihre Krankheit und Genesung reden wollte. Das Finale sollte eine ältere Dame mit einer fröhlichen Geschichte über ihre neue Liebe mit über achtzig einläuten.

Liebe, Liebe, Liebe.

Die meisten Geschichten drehten sich darum. Liebe lag immer in der Luft – und auch im Namen des neuen Cafés.

Grasgrüne Liebe.

Wunderbar, dass sie sich darauf geeinigt hatten.

Auch auf ihr Logo war Ines stolz. Es prangte auf der Speisekarte, auf den Flyern und auf den neuen Visitenkarten, und es zierte die Website, die sie erstellt hatte.

Vielleicht wurde das Café ein Renner.

Ein kleines Stoßgebet zum Himmel konnte nicht schaden. Ines bat um eine großartige Eröffnung, um einen wundervollen Tag, dass alles klappen und auch die Geschichtennachmittage gut ankommen würden.

Angelika ging hinter die Theke und begann herumzuhantieren.

»Haben wir etwas vergessen?« Ines musste nun doch lauter sprechen, damit Angie sie hören konnte.

»Nein. Ich wollte nur nachsehen, ob auch laktosefreie Milch da ist.«

»Und?«

»Ist da.«

Auf Angies Wangen prangten rote Flecken, auch sie war stolz und aufgeregt gleichermaßen. Ihr Mann Hannes und ihr Sohn Mike mit Freundin Cordula hatten sich bereits an einem Tisch platziert. Käthe sauste mit ausgebreiteten Armen um die Gruppe herum und imitierte ein Flugzeug, wurde aber immer wieder von ihrer Mutter ausgebremst. Angelikas Schwiegertochter in spe würde hier ab morgen mithelfen, da könnte es schon mal Zoff zwischen den beiden geben, Angie mochte Cordula nicht besonders.

Hanna hatte sich angekündigt, musste jeden Augenblick eintreffen. Dustin hatte leider eine Vorlesung in Münster, wollte aber am frühen Abend zum familiären Trupp dazustoßen.

Da war auch Gustav Kramperl. Er hatte sich zur Feier dieses Tages in Schale geworfen, trug eine Fliege zu einem blütenweißen Hemd.

Für ihn war es wie ein Wunder. Er hatte sein Café wenigstens zum Teil wieder und musste nicht mehr die ganze Last allein tragen. Ines mochte den Mann. Schade, dass er nicht zwanzig Jahre jünger war.

Was dachte sie denn da?

Sie hatte doch ihren liebsten Piff.

Was, wenn er heute unerwartet käme? Als Überraschungsgast? Ines würde auf der Stelle ohnmächtig umfallen. Schon allein die Vorstellung, wie er die Tür zum Café öffnete und hereinspazierte, direkt auf sie zu, und sie aus der Ohnmacht wachküsste, ließ sie wohlig erschauern. Hochoffiziell als ihren Freund könnte sie ihn präsentieren.

Doch genau diese Vorstellung war nicht realisierbar. Außerdem war anzunehmen, dass er sich auf keinen Fall blicken ließ. Oder?

Kommt er, kommt er nicht? Die Gretchenfrage, abgewandelt.

Teenagergedanken.

Eine SMS kündigte sich an. Vielleicht war es Piff, der gespürt hatte, wie sehr Ines an ihn dachte.

Nein, es war Maxi. Sie wünschte allen Glück. Sie konnte aus der Steuerkanzlei an einem Donnerstag nicht weg und kündigte an, mit ihrer Familie am Samstag das Café zu erkunden.

In dem Moment kam Angie mit einem Tablett auf ihre beste Freundin zu. Keine laktosefreie Milch stand darauf, sondern Gläser mit Prosecco. Etwas früh für Alkohol, fand Ines, aber der Anlass stimmte.

»Lass uns anstoßen, Ines, Gustav. Auf einen neuen Anfang!«

Die Türen würden sich gleich öffnen. Ines sah auf die Uhr.

»Drei Minuten noch, Angie.«

»In der Zeit schaffen wir jeder ein Glas. Hoch die Tassen.«

»Es wird toll!«

»Es wird großartig!«

In drei Minuten würde die *Grasgrüne Liebe* offiziell das neueste Café in der Stadt sein.

17

»… als sich dann herausgestellt hat, dass der Dackel Sigi die demente alte Dame im Altersheim quasi besucht hatte, da wussten die Leute nicht, ob sie lachen sollten oder ein Tränchen der Rührung verdrücken. Ich musste an unsere Tante Betty denken. Es war fabelhaft.«

Ines saß mit Maxima im Eiscafé am Rudolfplatz. Sie hatte sich einen Schokobecher bestellt, auf dem sich die Sahne türmte, und verdrängte erfolgreich den Gedanken an die Bauchröllchen. Immerhin hatte sie es in den letzten Tagen geschafft, morgens die Bauch-Beine-Po-DVD durchzuackern.

Maxima hingegen trank einen schwarzen Espresso und leckte langsam, fast vorsichtig, an einer Kugel Joghurteis. Sie war seit ihrem vierzehnten Lebensjahr auf ihre schlanke Linie bedacht und seit Jahrzehnten Mitglied in einem der angesagten Fitnessklubs in Düsseldorf. Selbstverständlich ging Maxi, neben all den anderen Aufgaben, die sie stemmte, regelmäßig dorthin zum Training.

So viel zur unterschiedlichen Disziplin der beiden Schwestern.

»Es war also ein voller Erfolg. Ich gratuliere dir, Schwesterherz.«

»Es war nicht nur ein Erfolg, Maxi, es war super und cool, wie deine Söhne sagen würden. Meine drei Geschichtenerzähler an diesem ersten Nachmittag haben total eingeschlagen. Du wirst es nicht glauben, ich habe bereits eine lange Liste an Voranmeldungen. Angelika hat mir heute Morgen gesagt, dass für die kommende Woche ein paar Gäste bereits Tische reserviert haben, um zuzuhören.«

»Ich glaub dir, Ines.« Maxi knabberte an den Rändern der Eistüte. »Und ich entschuldige mich, dass ich es nicht zu euch geschafft habe. Wenn es geht, bin ich morgen da und inspiziere dein Café.«

Ines war enttäuscht, sie hätte sich mehr Enthusiasmus von ihrer Schwester gewünscht. Außerdem brauchte sie Maxima nicht für eine Begutachtung der Räumlichkeiten.

»Es ist Angelikas Café. Ich organisiere nur.«

Maxi legte den Rest der Eistüte neben ihre Espressotasse. »Du hast dabei sichtlich Spaß, Ines. Das ist das Wichtigste. Du siehst trotz Stress hervorragend aus. Die neue Aufgabe tut dir gut. Was macht dein freies Grafikerleben? Meistens zieht etwas Neues das Alte mit.«

Beides stimmte. Sie sah strahlend aus. Der Stress perlte an ihr ab. Es gab ihn, aber er war durch und durch positiv.

Mit Spannung las Ines die neuen Bewerbungen für die Geschichtenecke, freute sich auf neue Künstler für Minikonzerte oder Lesungen und hatte ihre Planungen bereits bis Mitte Oktober im Voraus angelegt. Es war herrlich erfrischend und aufregend.

Sie konnte sich in den nächsten Monaten mit gutem Gewissen auf ihre Organisationsarbeit im Café stürzen. Wenn Angelika mit ihrer optimistischen Kalkulation nach der ersten Eröffnungswoche recht behielt, würde sich für Ines tatsächlich bald eine neue Einnahmequelle auftun. Den von Angie angebotenen Anteil an den Gagen der Darsteller und Musiker hatte sie von sich aus abgelehnt, damit wollte sie ihre Solidarität mit der oft brotlosen Kunst bekunden.

Denn erfreulicherweise lief auch ihre eigentliche Arbeit besser.

Der Chefredakteurin der Familienzeitschrift *Känguru*, Viola Geiger, hatten die ersten Entwürfe bis auf wenige kleine Änderungswünsche sehr gefallen, und sie hatte Ines zum Weitermachen aufgefordert, ihr bereits eine erste Aufwandsentschädigung überwiesen. Das neue Projekt sollte Anfang des nächsten Jahres auf den Markt kommen und Verbreitung in ganz NRW finden. Wenn Ines zumindest den Zuschlag für die Covergestaltung erhielt, würde das eine nette Einnahme sein und wäre eine Referenz für neue Kunden und weitere Aufträge.

Der Flyer für das Opernstudio der Frau ihres Ex-Mannes war ebenfalls begeistert aufgenommen worden. Darüber hinaus hatte Tilda Ines einen weiteren Job bei einer Bekannten vermittelt, die einen Pfeifenladen in Salzburg eröffnen wollte. Zwei kleinere Aufträge in Köln hatten sich ebenfalls realisiert.

Die Fixkosten für das zweite Halbjahr waren also im Großen und Ganzen durchfinanziert, was beruhigend war bei den üblichen Zukunftsängsten einer Freiberuflerin.

»Oder bist du heimlich verliebt?« Maxima stellte die Frage beiläufig, und Ines legte ihren Löffel zur Seite.

Sie verschluckte sich und musste husten. Jetzt war die Gelegenheit da. Ihre Zuneigung zu dem Mann mit Hund wuchs Tag für Tag. Die schwungvolle kreative Phase und das Strahlen hatten auch damit zu tun. Piff brachte ihr Glück. Zeit, ihn ans Licht zu bringen, das Geheimnis zu lüften. Ihr Herz schlug schneller, sie konnte das Rauschen in ihren Ohren hören.

Maxi stibitzte einen Klecks Sahne von Ines' Becherrand und ließ ihn schnell im Mund verschwinden. »Ich habe etwas Speck um die Hüften angesetzt. Schrecklich, furchtbar, niederschmetternd!«

Ihre Frage von soeben hatte Maxima gar nicht ernst gemeint. Für Ines war der Moment vorbei. Ihr Herzschlag war wieder normal.

»Du nimmst doch nie zu, Maxi, selbst wenn du dir heute den Riesenbecher für zwei gegönnt hättest.«

»Da irrst du dich gewaltig, Ines. Fett, Sahne und all das Teufelszeug sind bei mir tabu. Absolut. Vor allem seit Golo auf der Welt ist, bin ich den Bauch nicht mehr losgeworden. Trotz Fitnesstraining und Schwimmen einmal die Woche.«

»Du gehst auch noch ins Schwimmbad? Wann denn? Nachts? Ehrlich, Maxi, ich kann keinen Bauch an dir entdecken.«

»Es ist eine eklige Speckfalte, die nach unten zieht. Sieht aus wie eine weiße Qualle, die sich festgesaugt hat. Seither hasse ich es, mich nackt vor den Spiegel zu stellen, tue es aber wie unter Zwang immer wieder.«

Ines schmunzelte. Sie erinnerte sich an ihre eigene Spiegelschau. Das letzte Drittel ihres Eisbechers würde sie genau deshalb auch nicht mehr aufessen. Schade, aber unabwendbar.

»Du musst dir zumindest keine Sorgen machen, dass dich dein Mann nicht mehr begehrenswert findet.« Maxima seufzte. »Ich kann mich fast nicht mehr erinnern, wann Werner und ich uns das letzte Mal richtig toll miteinander im Bett gewälzt haben. Am Anfang unserer Ehe sind wir täglich übereinander hergefallen.«

Erleichterung machte sich in Ines' Brust breit. Wie gut, dass sie vorhin nichts erzählt hatte, ihre Schwester hätte in ihrer Neugier auch nach dem Sex mit Piff gefragt, und den gab es eben immer noch nicht. Hätte sie gelogen, weil es ihr peinlich war? Statt sich darauf eine Antwort zu geben, machte sie sich nun doch über das letzte Drittel Schokosahne her. Diese süße

Übersprunghandlung musste jetzt sein, allen Röllchen, Rollen oder Lawinen zum Trotz.

Maxima runzelte die Stirn, trank einen Schluck von ihrem Espresso.

»Hanna hat mir erzählt, dass du in Frankfurt warst, während wir alle auf Reisen waren. Bei der Iffland-Ausstellung in der *Galerie Maurer*. Paul Iffland. Tolle Bilder macht der.«

Mit angestrengt neutralem Gesichtsausdruck konzentrierte sich Ines auf den letzten Rest vom Eis. »Ich war drei Tage dort und hab mir alles Mögliche angesehen. Zufällig bin ich auch über diese Eröffnung gestolpert. Du kennst Iffland?«

»Seine Frau.«

Der letzte Happen blieb ihr im wahrsten Sinn des Wortes im Hals stecken. Wieder musste Ines heftig husten und hielt sich die Serviette vor den Mund. Ihre Schwester klopfte ihr auf den Rücken.

»Mein Chef in der Steuerkanzlei, der Konrad Mayer, er macht seit drei Jahren die Erklärung für Pia Iffland. Sie hat uns alle einmal zu einer Ausstellung ihres Mannes in die Eifel eingeladen. Manderscheid, ein idyllischer Ort. Dort wohnt das Ehepaar. Wie haben dir die Bilder gefallen?«

Ines wischte sich über den Mund. Ihr Husten wollte nicht aufhören, ihre Augen begannen zu tränen. Sie konnte nur nicken.

Maxima sah Ines an. »Ist dir eben eingefallen, dass du den Herd nicht ausgeschaltet hast, oder was ist passiert? Du bist ganz blass geworden.«

»Ich habe …« Ines musste zweimal ansetzen, weil ihre Stimme brach. »Ich bin nur erschrocken. Da hinten ist gerade ein Hund allein über die Straße gelaufen.«

Während Maxima sich umdrehte, gewann Ines einige Sekunden Zeit, um sich wieder zu fangen. Sie räusperte sich, atmete durch. Notlüge sei Dank.

»Ich sehe keinen.«

»Er ist weitergelaufen. Gott sei Dank ist nichts passiert.«

Eine Entscheidung stand an: das Thema wechseln oder die Katze beim Schwanz packen und unverhofft Informationen erhalten. Was wollte sie? Sprich über Hunde, sagte die Vernünftig-Stimme.

Ja, Hunde waren unverfänglich. Perry, der Kanarienvogelfresser, fiel Ines ein.

»Ich dachte, Paul Hugo Iffland lebt in Frechen? Zumindest stand die Info in der Broschüre über den Künstler. Aber tolle Bilder. Imposant.«

»Paul Hugo? Er hat einen zweiten Vornamen?«

Warum nur? Warum musste sie sich aufs Glatteis begeben? Ines wurde heiß im Gesicht.

»Stand auch in der Broschüre, glaube ich. Darunter sein Wohnort. Nichts von der Eifel, sondern Frechen eben.«

Manderscheid, dort wohnt das Ehepaar.

Dieser Satz war eben der Hammerschlag gewesen.

Es gab vieles, was Piff ihr nicht erzählt hatte, das wurde ihr schlagartig klar. Dazu gehörte die Wahrheit über die Beziehung zu seiner Ehefrau. Sie hatte es immer gewusst. Nur verdrängt.

Maxima leerte ihre Espressotasse, sah auf die Uhr und winkte dem Kellner wegen der Rechnung.

»Keine Ahnung. Ich kenne den Mann nur von diesem einen Besuch. Ich finde aber beide sehr sympathisch.«

»Malt sie auch?«

Halt jetzt den Mund, Ines. Du tust dir nur unnötig weh.

»Nein, sie hat eine Brauerei von ihrem Vater übernommen und leitet den Betrieb seit einigen Jahren. Nichts Großes, aber bekannt im Ort. Sie engagiert sich sehr in der Gemeinde. Ihre drei Kinder sind schon aus dem Gröbsten heraus. Nette Frau. War sie auch bei der Ausstellung?«

»Keine Ahnung. Ich weiß nicht mal, wie die Frau aussieht. Ich war auch nur kurz in der Galerie, bin früh zurück ins Hotel. Wie lebt die Familie dort in der Eifel?«

Die Hitze breitete sich in Ines' Gesicht aus, ihre Stirn schien zu glühen, sie begann zu schwitzen.

Sie wollte ihre Schwester weiter löchern, sich nach mehr Details erkundigen. Einmal in Fahrt gekommen, konnte sie diese Selbstquälerei nicht mehr abstellen. Sie wollte alles über Pia Iffland wissen, über das Ehepaar Iffland, die drei Kinder, über die Idylle in der Eifel. Wie bei einem gebrochenen Damm stürzte eine Flut von Fragen über Ines herein. Sie brauchte Antworten, die wieder neue Fragen aufwerfen würden.

Meine liebste Ines. Jetzt war ihre innere Stimme zu Piff mutiert. Lass es. Ich bitte dich darum. Du tust dir nur unnötig weh.

Maxima schnippte mit den Fingern. »He, jetzt guckst du schon wieder so, als wäre deine Bude zu Hause am Abbrennen.«

Ja, da hatte jemand ein Feuer entfacht.

Ines zwang sich zu einem Kopfschütteln. Sie brauchte die nächste Notlüge, dringend.

»Es ist mein Zahn. Seit ich das Eis im Mund hatte, puckert er.«

»Soll ich meinen Werner anrufen? Ich besorge dir gleich morgen einen Termin, ich hab ja Beziehungen.« Maxima zwinkerte Ines zu. »Ich habe nämlich ein Verhältnis mit diesem Dentisten, zumindest hin und wieder.«

Ines wurde klar, dass sie sich mit dieser Schwindelei in die Nesseln gesetzt hatte. Wie hatte sie verdrängen können, dass ihr Schwager Zahnarzt war? Wie hatte sie verdrängen können, dass Piff ein Leben neben seiner Liebelei mit ihr hatte? Ein Familienleben mit Frau und Kindern.

Wenn alles nichts half, dann war Humor immer noch der beste Retter.

»Zu diesem Zahnsteinmetzger aus dem *Little Shop of Horror* gehe ich auf keinen Fall. Außerdem betatscht er meine kleine Schwester.«

Maxima lachte laut auf, und Ines fiel ein. Wobei sie das Gefühl hatte, als klänge ihr Lachen wie aus der Gruft.

Die Hitzewelle war vorbei, stattdessen breitete sich nun eine Gänsehaut über ihren Rücken aus.

18

»Ich verstehe nicht, worauf du hinauswillst, Ines.«

Piff saß schwitzend auf der Couch in Ines' Wohnzimmer. Sein lilafarbenes T-Shirt klebte ihm an Oberkörper und Bauch, er fächelte sich mit seiner Baseballkappe Luft zu.

Ines hatte die Jalousien gegen die Sonne heruntergelassen, die an diesem frühen Nachmittag direkt ins Wohnzimmer brannte. Der Wechsel von Licht und Schatten wirkte auf der Wand gegenüber wie das Fell eines Zebras.

Diesmal hatte sie ihn mit Nachdruck in ihre Wohnung bestellt.

Da Piff ohne seinen Hund gekommen war, bestand für Hugo keine Gefahr. Trotzdem hatte Ines ihren Kanarienvogel in seine Voliere gesetzt, sie wollte sich von nichts und niemandem bei ihrem Gespräch ablenken lassen. Die verrückt verliebte Siebzehnjährige in ihr hatte sich verkrümelt, schien Ines aber noch von Weitem zu beobachten.

Als Piff die Treppe hochkam, hätte sie ihn am liebsten geküsst und gedrückt und kein Wort über alles Belastende verloren – wie immer. Sie hätten Eistee trinken und auf der Couch schmusen können. Doch das Motto lautete: Jetzt oder nie. Und *nie* würde nicht mehr funktionieren. Nicht bei all dem Gefühlschaos. Das Risiko, zu weinen oder eine Szene zu machen, war ihr im Park, im Café oder einem anderen öffentlichen Ort zu hoch gewesen.

Sie spürte, wie ihr die Bluse am Körper klebte, trotz des Dämmerlichts war es schwülwarm im Zimmer. Ihr Herz trommelte stetig gegen ihren Brustkorb, in ihren Ohren war ein Sausen, und sie stand tatsächlich kurz davor, in Tränen auszubrechen.

»Was kannst du nicht verstehen, Piff?«

Ines konnte nicht still sitzen. Sie begann erregt auf und ab zu gehen. »Meine Schwester kennt deine Frau, der Chef der Kanzlei ist ihr Steuerberater. Das Team war mal eingeladen, bei euch zu Hause in der Eifel. Maxi hat mir von eurem wunderbaren Familienidyll erzählt. Ich komme mir naiv und dumm vor, dass ich dir geglaubt habe. Nur mehr eine Ehe auf dem Papier, hast du gesagt, was für ein Blödsinn!«

»Was willst du damit sagen? Dass ich dich belogen habe? Dass ich irgendwelche erfundenen Geschichten erzähle? Diese Anschuldigung finde ich jetzt nicht gut.«

Diese Anschuldigung finde ich jetzt nicht gut – das klang in Ines' Ohren so, als säße sie in einem Klassenzimmer und würde vom Lehrer zurechtgewiesen. Piff machte große Augen und zog eine Miene, als wäre er ein Unschuldslamm, das zum Schlachter geführt wurde.

»Seit ich dich kenne, Ines, habe ich immer versucht, dieser Situation gerecht zu werden. Meine Frau ist nun mal Realität. Eine normale Ehe mit dem üblichen Auf und Ab. Dann du mit deiner wunderbar direkten Art. Ich hasse dieses Hin-und-her-gerissen-Sein. Außerdem habe ich dich zu nichts gezwungen. Du hast …« Piff stockte.

Kam nun gleich der Klassiker: Du hast mich verführt?

Dann schreie ich ganz laut, dachte Ines.

Schließlich hatte sie sich nur unter der Prämisse auf ihn eingelassen, dass seine Ehe kurz vor dem Ende stand, und sie hatte geglaubt, dass er …

Jetzt unterbrach sie sich selbst in Gedanken.

Was hatte sie geglaubt? Dass sich Piff trennen würde oder kurz vor der Trennung stand? Dass es nur eine Frage der Zeit war, bis er eine richtige Beziehung mit ihr eingehen würde?

Ihr wurde schlagartig klar, dass sie sich in Wahrheit nichts wirklich überlegt hatte, sondern Hals über Kopf in diese Liebe eingetaucht war. Er hatte sie nicht gezwungen, sondern sie hatte seinen Avancen ohne großen Widerstand nachgegeben. Sie war in diese Liebelei hineingefallen wie ein Kind in einen Wunschbrunnen auf der Suche nach glänzenden Münzen. Nach Zweisamkeitstalern. Ines hatte sich in den letzten Wochen glücklicher gefühlt als in den letzten Jahren, sich in dieses Gefühl eingerollt und keine weiteren Überlegungen angestellt.

Nein, auch das stimmte nicht. Wenn sie tatsächlich keine Erwartungen gehabt hätte, würde sie jetzt nicht in ihrem Wohnzimmer auf und ab laufen, als wäre eine Katastrophe passiert. Ihr war, als würde sie schrumpfen und zu einem Däumelinchen mutieren.

Piff stand auf und stellte sich ihr in den Weg, stoppte ihr Herumwandern. Wieder wollte sie am liebsten in seine Arme sinken. Egal, wie viele Ehefrauen, Kinder und Hunde er neben ihr haben mochte. Es war zum Haareraufen. Zum Wändehochlaufen. Was tun?, sprach Zeus. Eine erste dicke Träne lief ihr über die Wange, weitere folgten.

»Nicht weinen, nicht!« Wenn seine Stimme nur nicht so zärtlich klingen würde. »Meine Liebste, mein Engel, meine Ines.«

»Ich weine nicht«, widersprach Ines und tat es doch.

Er drückte sie an seine Brust, sie ließ es geschehen. Eine Weile standen sie eng umschlungen und schwitzten noch mehr, klebten aneinander in der Schwüle des Sommertages.

Schließlich zog Ines die Nase hoch und löste sich von Piff.

»Ich muss ins Bad, mich wieder frisch machen und die Heulsuse restaurieren. Ich brauche ein Taschentuch. Dringend.«

»Bring mir eins mit. Ich bin näher am Wasser gebaut, als man bei einem Kerl wie mir vermuten würde.«

Sein dummer Spruch brachte sie zum Lächeln. Ihr Ärger, ihre Wut waren noch da, aber hatten sich um einiges verringert. Nichts war geklärt, die Lage jedoch fühlte sich nach ihrem Dammbruch wieder besser an. Verführerisch besser.

Als Ines das Bad verließ, saß Piff wieder auf der Couch, die Arme verschränkt. Sie drückte ihm ein Taschentuch in die Hand, er schnäuzte sich geräuschvoll.

»Pia und ich, wir leben zusammen, wenn ich in der Eifel bin, das stimmt.«

Die Baseballkappe saß wieder auf seinem Kopf, aber nach oben geschoben, seine Halbglatze glänzte. Ines musste wieder an einen gealterten Charlie Brown denken.

»Für unser Umfeld ist es wichtig, dass wir ein Ehepaar sind. Unsere Kinder wünschen sich das, unsere jeweiligen Schwiegereltern erwarten es, und für die Gesellschaft, in der wir verkehren, haben wir die perfekte Fassade aufgebaut.«

Sein Gesicht sah verquollen aus, ähnlich wie Ines', als sie sich vorhin im Badezimmerspiegel betrachtet hatte. Make-up und Wimperntusche waren weggeweint, sie hatte rote Flecken auf den Wangen. Statt sich neu zu stylen, hatte sie sich nur mit kaltem Wasser die Tränen abgewaschen und war dann zu Piff ins Wohnzimmer zurückgekehrt. Mit einem Mal wollte sie, dass er sie so sah. Pur, ganz sie selbst, mit den Flecken im Gesicht und den Falten ihrer gelebten Jahre um die Augen.

Piff redete immer weiter, er erinnerte Ines an einen Staubsaugerverkäufer, der ihr sein neuestes Produkt trotz des überhöhten Preises schmackhaft machen wollte.

»Ich möchte mit dir zusammen sein, liebste Ines, mit jeder Faser meines Herzens. Du musst doch wissen, du kannst spüren, wie viel ich für dich empfinde. Aber ich will nicht der Scheißtyp sein, der seine nette und wunderbare Frau betrügt.«

»Dann jedoch verstehe ich dein Verhalten nicht!« Sie setzte sich, ließ aber einen halben Meter Abstand zwischen ihnen. »Du gehst in der Öffentlichkeit so erstaunlich locker mit mir um. Wir küssen uns im Park, jeder kann es sehen. Was, wenn einer deiner Freunde oder Bekannten uns erwischt? Es weitererzählt?«

»Darüber hab ich mir nie Gedanken gemacht, ehrlich.« Er sah sie an, als würde sie ihm eine völlig neue Dimension erklären. »Ich will mich nicht verstecken, wollte mich nie heimlich mit dir treffen. Aber natürlich hast du recht. Ich bin ein Esel. Da hätten wir auch gleich miteinander schlafen können.«

Ines holte tief Luft. Nun kam auch der Sex erneut zur Sprache. Passte zur Hitze des Tages.

»Piff! Willst du es denn? Werden wir es tun? Oder entscheiden wir uns für eine platonische Freundschaft, von der ich allerdings nicht weiß, wie sie funktionieren soll.«

Er sah sie an, seine Augen wieder groß. »Kann ich ein Glas Wasser haben? Sonst kippe ich um.«

Sie ächzte. Fast perfekt, wie er ihr auswich.

»Das ist keine Antwort, Piff.«

»Bitte, das Wasser zuerst, ja?«

Als sie in der Küche stand und zwei Gläser füllte, fing Piff erneut mit einer Erklärung an. Wie es schien, hatte er sie wohl aus dem Wohnzimmer geschickt, um ihr nicht in die Augen sehen zu müssen.

»Hör zu, Ines. Ich scheue mich, eine sexuelle Affäre mit dir zu beginnen. Obwohl ich es will, sehr sogar. Vielleicht Angst vor großen Gefühlen? Dass ich die Sache emotional nicht auf die Reihe kriege? Pia und ich, wir haben getrennte Schlafzimmer, wir leben jeder unser eigenständiges Leben. Trotzdem ist da noch viel Zuneigung für sie. Ich kann und will meine Jahre mit ihr nicht wegwischen. Meine Kinder, sie bedeuten mir so viel.

Wir sind als Eltern ein gutes Team. Trotz alledem, ich will dich, Ines. Nicht nur das: Ich liebe dich.«

Ines stand vor ihrem Kühlschrank, die halb leere Wasserflasche in der Hand, und wusste nicht mehr, ob sie wieder weinen sollte, ihn auf der Stelle aus ihrer Wohnung werfen oder ihn an sich drücken, weil seine Worte sie zum Lächeln brachten und zugleich tief berührten.

Er wollte sie.

Er liebte sie.

Ihr rationales Ich allerdings reagierte heftiger als gewohnt.

Diese beiden Sätze sind bei dir hängen geblieben? Nur die zwei? Er kann wegen seiner Emotionen nicht mit dir schlafen. Hat er auch gesagt. Was für ein Schwachsinn! Und: Er wird sich nicht trennen, das vor allem sollte bei dir haften bleiben. Er hat es nie vorgehabt. Tatsache, Frau Berwalder.

Noch nie hatte sie sich mit ihrem Nachnamen angesprochen.

»Sei doch einfach still, vernünftige Ines. Du nervst!«, sagte Ines laut.

»Was meinst du, Liebste?«

»Ich habe nur laut gedacht.« Ihre Hände zitterten leicht, als sie mit den vollen Gläsern zurück ins Wohnzimmer kam. »Wie stellst du dir unser weiteres Beisammensein dann vor?«

»Ich weiß es nicht. Wenn wir uns körperlich so nahe kommen, wie wir es seelisch bereits sind, könnte ich womöglich alles riskieren, alles hinwerfen. Ich kenne mich. Es wäre schlimm. Henry ist erst zwölf.«

Er sagte das mit einer derartigen Bestimmtheit, als würde das Alter seines jüngsten Sohnes alles erklären. Ines hatte ihre Scheidung durchgezogen, da war Hanna fünf gewesen.

»Ich will dich nicht verlieren.« Er stieß einen Seufzer aus. »Ich liebe dich von ganzem Herzen. Ich habe kein Recht, das zu sagen, aber bitte verlass mich nicht.«

Eine kleine Pause folgte.

Dann drei Worte von Ines, leise, aber bestimmt. »Werde ich nicht.«

Drei Worte, die Ines aussprach und gegen die ihre Vernünftig-Stimme keine Chance hatte. Ihr wurde mit einem Mal klar, dass es schlicht und einfach darum ging, sich einzugestehen, dass sie ihn ebenso liebte. Ein klares Ja zu diesem Mann. Dumm oder klug von ihr, siebzehn oder siebzig oder mittendrin.

Ines liebte Piff.

So einfach war ihre Gefühlslage. Der heutige Tag und die Aussprache hatten diese eine Erkenntnis zutage gefördert. Mehr nicht, aber auch nicht weniger.

Piff sah zu ihr hoch.

»Heißt das, meine Seite hat gewonnen?«

»Wenn du es als Spiel siehst, dann ja.«

»Nein, nein, kein Spiel. Ich meinte gewonnen im Sinne von: Du schickst mich nicht in die Wüste, und wir gehen weiter den Weg unserer kleinen Liebe.«

»Ja, so sieht es im Moment aus.«

Piff wirkte jetzt erstaunt, als hätte er niemals mit Ines' Entscheidung in der Art gerechnet. »Es ist wunderbar, aber ich verstehe nicht wirklich, warum du mir diese Chance gibst. Habe ich sie verdient?«

Sie stellte die Gläser ab, Wasser schwappte über, auf dem hellen Couchtisch zeigten sich dunkle Flecken. »Komm, trink.«

Nach dem ersten Schluck legte er den Arm um sie, und Ines lehnte den Kopf an seine Schulter.

Ein Sonnenstrahl brach durch einen Spalt in der Jalousie und wanderte durch das Dämmerlicht nach oben, verschwand wie von Geisterhand an der Kante zur Zimmerdecke.

Eine Weile schwiegen sie zusammen im Zebralicht dieses Nachmittags.

19

Eine Hitzewelle folgte der anderen.

Köln dampfte. Es herrschte weiter Dschungelwetter.

Über dreißig Grad und heftige Gewitter. Nachts kühlte es kaum ab. Frühmorgens konnte Ines von ihrem Balkon aus den Dunst sehen, der über dem Stadtwald lag. Ein Kühlschrank, so groß wie ein Zimmer, wäre nicht schlecht gewesen.

Wenn sie allerdings die andere Hitze überrollte, würde ihr auch ein Eisbad nichts nützen. Ines schien für ein paar Minuten von innen zu verbrennen, ihr Herz raste, sie schwitzte an Stellen, von denen sie nicht mal gewusst hatte, dass man dort Schweiß produzieren konnte.

Dann, auf einen Schlag, war der Spuk vorbei, so schnell, wie er gekommen war.

Es war nicht mehr zu leugnen. Ines' Wechseljahre hatten eingesetzt. Was für eine Ironie. Da war sie verknallt wie ein junges Huhn und produzierte Hitze wie ein alter Kachelofen.

»Erste Wallungen mit Ende vierzig sind völlig normal und im Zeitplan, liebe gute Frau Berwalder«, hatte ihr Gynäkologe beim jährlichen Termin gestern gesagt. Er fügte vor dem Namen seiner Patientinnen immer dieses »liebe gute« hinzu. Es hatte tatsächlich eine beruhigende Wirkung.

»Aber gleich mit solcher Wucht, das habe ich nicht verdient. Ich fühle mich auf einen Schlag alt.«

»Liebe gute Frau Berwalder, die Reife verleiht, wie bei gut gelagertem Wein, ein interessantes Aroma.«

Dazu war Ines nichts mehr eingefallen.

Ihr Frauenarzt hatte ihr noch zu einem großen Check-up geraten. Aber dazu fehlte Ines die Zeit. Wenn sie ehrlich war, eigentlich mehr die Lust. Das beginnende Klimakterium verdrängte sie lieber und freute sich stattdessen über den Jahrhundertsommer.

Ihre Galgenfrist zur Fünf mit der Null betrug noch ganze achtundvierzig Tage.

Doch je näher das magische Datum rückte, desto lockerer wurde sie im Umgang damit. Dafür klopfte sie sich anerkennend auf die Schulter. Älterwerden war nichts für Feiglinge, und sie fühlte sich mutig.

Mit Piff lief es weiterhin gut. Sogar besser und besser.

Ines war zufriedener in ihrem Alltag. Mit Piff.

Motivierter bei der Arbeit. Mit Piff.

Mit Piff.

Die neue Abkürzung ihres momentanen Zustands lautet also mP.

Scherzhaft konnte man sagen, dass der Mann mit Hund ihr die Hitze verschaffte. Die heiße Leidenschaft, die in ihrem Herzen für ihn brannte.

Er war aufmerksamer geworden, was sie sehr genoss.

Seit sie sich ausgesprochen hatten, meldete er sich täglich mehrmals mit Textnachrichten. Oftmals peinlich süße Sätze schickten sie sich hin und her, mal liebevoll, mal lustig, mal albern.

Der Kurzaustausch fühlte sich wie ein fröhlicher Schluckauf an, der Ines allerdings oft aus ihrer Konzentration bei der Arbeit riss. Meistens tippte sie eine Antwort, konnte nicht damit warten, es war kindisch, aber auch wunderbar.

Ines hatte Piff gefragt, ob es nicht für ihn auch schwierig wäre, seine künstlerische Arbeit zu unterbrechen, aber er meinte, seine Liebe zu ihr würde ihn zu einer neuen Reihe von Bildern inspirieren. Wer hätte gedacht, dass Ines es in diesem Leben noch zu einer Muse bringen könnte?

Neuigkeiten auf der körperlichen Ebene mP gab es auch.

Die Erotik zwischen ihnen wuchs, breitete sich aus. Ines' Knie wurden weich, wenn sie daran dachte.

Er war seither noch dreimal in ihrer Wohnung gewesen, und sie hatten auf der Couch geschmust und gefummelt wie zu Discozeiten in den dunklen Nischen. Weltvergessen, als würde dieser Sommer ewig dauern.

Wenn sie daran dachte, musste sie kichern, glucksen und hatte einmal sogar einen Schluckauf bekommen.

Sie stellte sich immer wieder vor, wie es wäre, mit ihm zu schlafen.

Ihr letztes Zusammensein mit einem Mann lag über acht Jahre zurück.

Würde es wie beim Fahrradfahren sein, das man bekanntlich nicht verlernte?

Da Ines auch seit Jahren nicht mehr mit einem Rad unterwegs gewesen war, hatte sie sich in den letzten Tagen mehrfach eines der Räder von den Kölner Verkehrsbetrieben für eine halbe Stunde ausgeliehen und war durch den Park geradelt.

Anfangs hatte sie ein paar Gleichgewichtsprobleme gehabt, aber je länger sie in die Pedale trat, desto leichter war es ihr gefallen, und jetzt machte es unglaublichen Spaß. Sie überlegte sogar, sich wieder ein Fahrrad zuzulegen.

Konnte es mit dem Sex auch so funktionieren?

Sex mP. Ines hatte keine Ahnung, ob dieser Schritt zwischen ihnen tatsächlich geschehen würde.

Und die *Grasgrüne Liebe*?

Das Café. Das Geschichteneck. Die Sache nahm mehr und mehr Fahrt auf.

Langsam wurde Ines schon wie Angelika, die Tag und Nacht kein anderes Thema mehr kannte.

»Was meinst du, Angie, wenn wir neben dem Eingang noch zwei oder drei hübsche Bistrotische aufstellen, könnten sich auch Gäste für einen schnellen Espresso quasi schon draußen vor der Tür niederlassen?«

Sie hatten auf dem Gehweg gestanden und auf das Haus gestarrt, als ob sie beide noch nicht fassen könnten, dass das Projekt real geworden war.

»Da müssten wir Gustav fragen, ob wir so was einfach machen dürfen. Aber ich habe eine neue Idee für die Speisekarte, Ines.«

Angies Mann Hannes hatte sich beschwert, ihr Sohn Mike war auch schon sauer, nur die kleine Käthe fand, dass ihre Mama Cordula und ihre Oma Angelika tolle Kaffeebohnenpupser waren. Eine herrliche Wortschöpfung, die die Kleine seither ständig verwendete.

Cordula und Angie hatten sich angenähert. Eine Freundschaft mit der Lebensgefährtin ihres Sohnes hätte Angelika sich vor der Zusammenarbeit im Café niemals vorstellen können. Früher fand sie Cordula immer zu faul und zu träge für ihren einzigen Sohn, sie dachte, er bliebe nur wegen Käthe bei der jungen Frau.

Angelika hatte ihr erzählt, dass Cordi freiwillig am Sonntag ins übervolle Café geeilt war, um zu bedienen, weil Angie es auch mit Gustav Kramperls Hilfe kaum mehr geschafft hatte.

Der gute Herr Kramperl selbst war aufgeblüht. Er betonte immer wieder, er fühle sich um Jahrzehnte verjüngt und könne mit den jungen Hühnern mithalten.

»Wo sind denn nun deine Hühner, Onkel Gustav, von denen du immer erzählst?«, hatte ihn Käthe an diesem Tag gefragt.

Cordula hatte die Kleine mitgebracht. Gustav war als Hüter von Käthe abkommandiert worden, bis Mike seine Tochter abholen konnte.

»Wenn du die Augen schließt, Käthchen, dann kannst du sie gackern hören.«

Käthe hatte genau das getan, und Gustav hatte ein Kikeriki geschmettert, das tatsächlich wie von einem Gockel klang. Danach hatten sich die beiden schlapp gelacht.

Wer hätte an diese Entwicklungen noch vor Wochen geglaubt? Keiner.

Ines war selbst am Organisieren für das Café.

Ein Musiker und eine Kabarettistin, die auftreten wollten, warteten auf eine Bestätigung. Dann sollten die Anfragen für die Geschichtennachmittage koordiniert werden. Wenn der Andrang so weiterging, würde Ines Angie vorschlagen, ob man nicht auch den Samstagnachmittag dazunehmen solle.

Die *Grasgrüne Liebe* wurde mehr und mehr eine Erfolgsgeschichte. Manchmal musste sich Ines kneifen, um es zu glauben.

Ihre Anmeldungsliste quoll über: ein Mann, der über seine Drillinge reden wollte, eine junge Studentin, die von ihrer ersten Liebe erzählen mochte, eine weitere junge Frau, die eben nach Köln gezogen war und über ihre wundersame Wohnungssuche zu berichten hatte.

Ein Herr Senkovicz stand ganz oben auf der Liste, älter als Gustav Kramperl, einer von den Stammis, den Altgästen, die sich für ihre täglichen Treffen einen Tisch im Café zurückerobert hatten. Ein paar waren abgesprungen, weil es ihnen zu modern geworden war, aber Gustav meinte, auch die würden wiederkommen.

Jedenfalls hatte Herr Senkovicz Ines verraten, dass er eine Geschichte von anno dazumal präsentieren wollte, bei der sich die Zuhörer den Bauch vor Lachen halten würden. Es ging um ein Gummiboot und einen Barsch und, mal wieder, um eine große Liebe. Morgen sollte er der Erste sein, der auftrat und erzählte. Ines war gespannt.

Namen über Namen. Langsam stapelten sich die Erlebnisse samt den Menschen, die darüber auf der Minibühne berichten wollten. Ines war kurz davor, zusätzlich noch eine Warteliste anzulegen.

Sobald Ines heute ihr Pensum erledigt hatte, würde sie sich noch zwei Stunden im Schwimmbad gönnen. Handtuch eingepackt, Badesachen angezogen und mit der Straßenbahn ins Stadionbad gefahren. Bei den Temperaturen lechzte jeder in der Stadt nach einer wundervollen nassen Abkühlung.

Ihr Handy summte, eine Nachricht von Piff erschien auf dem Display. Ines beschloss, seine Zeilen später zu lesen, nach getaner Arbeit als Belohnung, vor dem Schwimmbad. Doch sie schaffte es nur ein paar Minuten, ihre Neugierde zu zähmen.

Liebste. Magst du am Samstag mal zur Abwechslung zu mir kommen? Nach Frechen? Ich will dir endlich meine Atelierwohnung zeigen und würde für uns kochen. Abends. Candlelight-Dinner. Tausend Küsse. Piff

Jetzt konnte sie sich nicht mehr konzentrieren.

Eine Einladung. In seine Wohnung. Abends. Candlelight-Dinner.

Es war also so weit, dass sie zusammen den nächsten Schritt machten.

Ines freute sich. Wurde aufgeregt. Bekam Angst. War begeistert.

Gab es noch ein paar Gefühle mehr, die sie haben konnte?

Sie musste mit jemandem darüber reden. Sie *musste*.

Es ging nicht mehr anders, sonst würde sie platzen.

Aber mit wem?

Angie würde mit »Erzähl mir alles« beginnen und Ines danach ihre Tröpfchen oder Globuli gegen die Aufregung in den Mund, direkt auf die Zunge, geben. Aber Angelika kam kaum zum Luftholen im Café, wie sollte sie da die Zeit haben, Ines richtig zuzuhören. Noch dazu müsste sie ihrer Freundin dann beichten, wie lange sie Angie schon im Unklaren gelassen hatte und warum.

Bei Maxima würde zuerst das übliche »Ines, Ines, Ines« kommen, mit einer großen Portion Begeisterung. Aber wenn Ines ihr erzählte, dass es sich bei dem Mann um Paul Hugo Iffland handelte, dessen Frau eine Klientin in der Steuerkanzlei war, wie würde sie da reagieren? Sie war, wie auch Angelika, selbst Ehefrau und Mutter, wahrscheinlich wollte sie ihrer Schwester den Kopf abreißen, weil die sich einen vergebenen Mann ausgesucht hatte, wo sie Ines doch so oft schon Singles angepriesen hatte.

Blieb nur Hanna.

Nein, das ging erst recht nicht. Ines würde ihre Tochter in eine Sache hineinziehen, von der sie vielleicht gar nichts wissen wollte. Und auch sie war verheiratet.

Wer dann?

Verdammt!

Eine, eine gab es noch, der sich Ines anvertrauen konnte.

Sie rief sie vom Festnetz an.

Denn auch sie hatte wie Herr Senkovicz keinen Internetanschluss.

20

»Hallo, Tante Betty, hier ist Ines.«

Ines' Großtante Betty, die Schwester ihres Großvaters. Keiner außer ihr war von dieser Generation übrig geblieben.

Sie hörte sich mürrisch an, wie immer.

»Warum bist du nicht draußen bei dem schönen Wetter, Ines? Geh spazieren, das hält jung.«

»Ich muss arbeiten.«

»Wenn du arbeiten musst, warum rufst du mich dann an?«

Ja, da hatte sie recht.

»Tante Betty, ich muss jemandem mein Herz ausschütten, und ich weiß nicht weiter.«

»Da meldest du dich bei mir? Hatte denn sonst keiner Zeit?«

Zeit schon, aber alle meine engen Beziehungen sind Ehefrauen, dachte Ines, sagte aber nichts dazu. Wollte sie wirklich der alten Tante beichten, dass sie eine Singlefrau an die fünfzig war, die sich einen fremden Ehemann geangelt hatte?

Ines atmete durch, jetzt oder nie.

»Ich habe eine Liebesbeziehung mit einem verheirateten Mann begonnen, und er will mit ziemlicher Sicherheit morgen mit mir schlafen. Also, ich meine, er will mit mir … na ja, wie soll ich es erklären …«

»Ich weiß, was Sex bedeutet, Ines.«

Ines wurde rot, gut, dass Betty sie nicht sehen konnte. Dieses Wort aus dem Mund ihrer Großtante klang irgendwie verboten.

»Du bringst es auf den Punkt, Tante Betty.«

Wenn sie könnte, würde Ines wieder auflegen. Sie sprach mit einer Einundneunzigjährigen über Sex!

Betty schnaubte am anderen Ende der Leitung. Hatte Ines sie überfordert?

»Was erwartest du, dass ich dir jetzt antworte, Ines?«

»Keine Ahnung, aber die Sache läuft schon seit Wochen, und ich musste es einfach einmal laut aussprechen, sonst explodiere ich noch.«

Schweigen, dann knackte es im Hörer.

»Hallo, bist du noch dran? Wir können das Gespräch auch beenden, Tante Betty. Es tut mir leid. Ich war etwas durcheinander. Wir können so tun, als hätte mein Anruf nie stattgefunden.«

»Ines, manchmal erinnere ich mich nicht mehr, was ich zu Mittag gegessen habe, also kann es ohnehin sein, dass ich morgen nichts mehr von deinem Problem weiß. Aber bevor du anfängst, will ich dir eine Geschichte erzählen.«

Am anderen Ende der Leitung räusperte sich Betty. Ines seufzte einmal mehr.

»Sie ist kurz und knackig, keine Sorge, Ines. Für lange Ausschmückungen fehlt mir der Atem.«

»Ich habe nicht deinetwegen geseufzt, Tante Betty.«

Ihre Arbeit würde also länger warten müssen als gedacht, und auch das Schwimmbad cancelte sie für heute.

Betty holte tief Luft, Ines konnte es in ihrer Lunge rasseln hören.

»Ich hab nie geheiratet, weil ich über dreißig Jahre mit einem Mann zusammen war, der nicht frei gewesen ist.«

Was? Jetzt war Ines sprachlos.

»Du darfst nicht vergessen, dass es damals eine andere Zeit war, Ines. Da konnte man sich nicht so einfach trennen oder öffentlich ein Verhältnis leben. Ich glaube, von unserer Verbindung hat nur der Mann gewusst, der uns das Zimmer vermietet hat, wo wir uns immer getroffen haben. Erst in den letzten Jahren, bevor Karl starb, haben wir uns zusammen in der Öffentlichkeit gezeigt, aber da waren wir eher beste Freunde geworden. Und ja, Ines, auch ich hatte früher Sex. Also stell dich nicht so an.«

Mit allem hätte Ines gerechnet, aber niemals mit dieser Enthüllung. Sie wusste immer noch nicht, was sie sagen sollte.

»Bist du noch dran, Ines?«

»Ja, Tante Betty.«

»Also, was du letztlich tust, ist deine Sache, finde ich. Aber, und das ist mein Ratschlag: Bereue es nicht. Sonst frisst es dich auf. So oder so.«

»Hast du es bereut, ohne Ehemann und ohne Kinder gelebt zu haben?«

Diese Frage hatte sie Betty nie gestellt. Ihr war sie bis heute überhaupt nie in den Sinn gekommen.

»Ma soll sich net meh Käs herausschebbe, wie ma Brot hat. Das ist ein Sprichwort hier im Saarland. Mein Brot war Karl, und was zwischen uns möglich war, hat mir genügt. Es war Schicksal, dass wir uns unter diesen Umständen getroffen haben. Es gibt, weiß Gott, viel schlimmere Arten, sein Leben zu verbringen.«

Ines kamen die Tränen. Langsam entwickelte sie sich zu einer richtigen Heulsuse.

»Danke, dass du dich mir anvertraut hast, Tante Betty.«

Betty gab einen gurgelnden Laut von sich. Ines war sich nicht sicher, ob er Freude oder Trauer ausdrücken sollte.

»Gut, Ines. Mehr gibt es dazu nicht zu sagen. Jetzt muss ich meinen Nachmittagskaffee trinken, immer um Punkt drei Uhr. Da fährt die Eisenbahn drüber.«

Betty legte auf, ohne Adieu zu sagen.

Ines stand mit dem Hörer in der Hand am Fenster, und eine weitere Hitzewelle raste durch ihren Körper. Schließlich legte auch sie auf, nur um sofort nach ihrem Handy zu greifen. Ihre Entscheidung war längst gefallen.

Hallo, mein Piff. Ja, gerne am Samstag. Alles Weitere später, ich muss arbeiten. Kuss, deine Ines.

Drei Tage bis Samstag.

Sie würde nichts bereuen.

Hoffte Ines zumindest.

21

Wie lange drei Tage sein können, wissen nur Verliebte oder Lottospieler, wenn sie die Zahlenreihe am Mittwoch für den Samstag ausfüllen und sich hundertprozentig sicher sind, dass dieses Mal ihre Zahlen gezogen werden.

Immerhin wurde Ines die Wartezeit durch den Besuch ihres Ex-Mannes Jürgen und seiner Frau Tilda verkürzt.

Wie immer, wenn er nach Köln kam, quartierte er sich in einem Hotel in der Nähe von Ines' Wohnung in Braunsfeld ein und erwartete, dass seine Ex-Frau Zeit für ihn hatte. Da sie als Freiberuflerin arbeite, meinte er, könne sie sich für Besucher ihren Tag doch frei einteilen. Der einzige Vorteil, den Selbstständigkeit in seinen Augen hatte.

Jürgen war ein Sicherheitsmensch. Er hatte bereits in dem Jahr, als Ines ihn kennenlernte, als Architekt für eine große Wohnungsbaufirma neben dem Studium gejobbt und war dort als Angestellter geblieben. Die wagemutigste Veränderung in seinem Leben war sein Umzug nach Österreich gewesen, beruflich hatte er in sicherer Position in die Niederlassung der Firma dort vor Ort gewechselt. Er hatte immer feste Arbeitszeiten dem Abenteuer einer spannenden Unregelmäßigkeit vorgezogen. Auch im Privaten mochte er Routine und bekannte Ziele.

Seine weiteste Reise ins Ungewisse war ebenfalls die Destination Salzburg gewesen, das Erkunden des unentdeckten Ösilandes und seiner Bewohner galt in Jürgens Biografie bereits als Herausforderung.

Bis heute fragte sich Ines, wie sie damals so vernarrt in den Mann hatte sein können. Der und kein anderer war es gewesen. Selbst ihre Eltern fanden ihn dröge, vielleicht hatte auch dieser Umstand eine Rolle gespielt. Sie konnte sich gut erinnern, dass sie seine spröde Art charmant und seine Ablehnung jeglicher Veränderung als stabilen Charakter interpretiert hatte. Was für eine Fehleinschätzung. Die Scheidung hatte nicht lange auf sich warten lassen, aber dass aus dieser Beziehung Hanna entstanden war, dafür war Ines jeden Tag aufs Neue dankbar.

Ihr Ex hatte Ines erst am Tag zuvor über sein Kommen informiert. Etwas unverschämt, wie sie fand, aber um des lieben Friedens willen hatte sich Ines eine Bemerkung verkniffen und sich ab heute Mittag den restlichen Tag freigehalten. Zuerst würde sie allein mit Jürgen und Tilda sein, nach Feierabend würden Hanna und Dustin dazustoßen.

Als Treffpunkt hatte Ines bewusst die *Grasgrüne Liebe* gewählt.

Kaffee und Kirschkuchen und eine Führung durch das neue Café als ersten Programmpunkt. Sie hoffte, dass die *Grasgrüne Liebe* genug Gesprächsstoff zwischen ihnen liefern würde, weil Tilda sich zu Herbstbeginn mit ihrem Opernstudio ebenfalls selbstständig machen wollte.

Was hatte Jürgen eigentlich dazu gesagt? Sie musste Tilda bei Gelegenheit subtil befragen. Dann würde sie ihr Gustav Kramperl vorstellen, der zwar aus Wien stammte, aber im sogenannten Ausland freute man sich bekanntlich über jeden Landsmann.

Ines versuchte immer, Themen im Voraus einzuplanen, denn bei Jürgens früheren Besuchen hatte es, nach dem üblichen Austausch von Freundlichkeiten, oft eine anstrengende Sprachlosigkeit zwischen ihnen gegeben.

Die Chancen standen gut, dass es genug zu zeigen und zu bereden gab, bis Hanna kam und sie alle gemeinsam zum Abendessen ins Restaurant wechseln konnten. Bei seiner Tochter gab Jürgen sich immer väterlich liebevoll und war mit einer Engelsgeduld ausgestattet. Was Ines als Ehemann an ihm auszusetzen gehabt hatte, machte er als Vater wieder wett.

Bereits auf dem Weg ins Café hatte er Ines allerdings mit seinen Nachfragen zu nerven begonnen.

»Ist es nicht zu schwierig bei all den Lokalitäten in Köln, etwas Neues zu eröffnen? Wäre nicht ein innovativerer Laden besser gewesen, wie zum Beispiel eine Rollschuhbahn oder eine Themenbar?«

Mit zusammengebissenen Zähnen ging Ines neben ihrem Ex-Mann her. Rollschuhbahn und Themenbar, warum hätte Angelika auf solche Ideen kommen sollen? Sie atmete auf, als sie endlich im Stadtteil Nippes und in der Waterloostraße angekommen waren. Jürgen stürzte in die *Grasgrüne Liebe*, als hätte er in das Objekt Geld investiert und müsste sich nun nach seinen Gewinnoptionen erkundigen.

»Wie habt ihr überhaupt so schnell eine Lizenz bekommen?«

»Gustav Kramperl, der Vorbesitzer, ist im Boot geblieben. Das heißt, er leitet das Café immer noch, Angelika ist seine Teilhaberin. Ich wollte ihn euch ohnehin vorstellen, er stammt aus Wien.«

Ihre Hoffnung, dass Tilda gleich darauf anspringen würde, erfüllte sich nicht. Jürgen ließ seine zweite Frau gar nicht zu Wort kommen.

»Habt ihr euch eine professionelle Kosten-Nutzen-Aufstellung machen lassen? Ein Finanzkonzept? Einen Businessplan, der die nächsten Jahre umfasst?«

»Frag das alles bitte Angelika, wenn sie kommt. Es ist ihr Baby, Jürgen. Hauptsächlich.«

Sie beherrschte sich im Tonfall. Zu allem Überfluss machte sich Tilda auf den Weg zur Toilette, und Ines blieb mit Jürgen allein im Café zurück. Sie sah sich um und bemerkte mit Schrecken, dass außer Cordula weder Angelika noch Gustav Kramperl da waren.

Jürgen begann den Gastraum zu inspizieren, lief zwischen den Tischen herum, hielt an einem Fenster an, hob eines der grünen Kissen hoch, legte es wieder zurück. Dann überprüfte er den Tresen, die Kaffeemaschine und die Kuchenecke. Einige Gäste drehten sich nach ihm um. Hoffentlich kam keiner von ihnen auf den Gedanken, dass der sich mit strengem Blick umsehende Mann ein Kontrolleur vom Gesundheitsamt oder ein Steuerfahnder war. Ines stellte sich ihm den Weg, versuchte ihn zu stoppen.

»Draußen im Gastgarten ist ein Tisch für uns alle reserviert.«

Jürgen stützte die Hände in die Hüften. »Hattet ihr einen Innenarchitekten? Einen dieser jungen Schnösel, die gerne mit der Deko übertreiben? Warum so viel Grün?«

Ines schnappte nach Luft. Bevor sie eine böse Antwort geben konnte, tauchte Tilda wieder auf.

»Es ist wunderschön, Ines. Dieses Grün, dieses Silber. Sehr geschmackvoll.«

Es war in all den Jahren das erste Mal, dass Ines froh war, Jürgens Frau mit dabeizuhaben. Auch wenn sie ihren Ex niemals zurückhaben wollte und den beiden ihr Glück gönnte, tat es ihr sonst immer eine Winzigkeit weh, wenn Jürgen Tildas Hand nahm oder sie Schätzle nannte.

»Ich danke dir, liebe Tilda.« Ines warf Jürgen einen triumphierenden Blick zu. »Kommt. Es ist alles vorbereitet. Angie hat extra ihren herrlichen Kirschkuchen gebacken. Und, Tilda, ich habe übrigens die erste Ladung Flyer und Kärtchen für deine Opernstudios ausgedruckt mit dabei. Ich bin gespannt, wie sie dir gefallen. Was gibt es überhaupt von euch Neues zu erzählen?«

Tilda lächelte milde und gab keine direkte Antwort, sondern band sich stattdessen ihr Halstuch neu. Ines hatte sie nie ohne ein solches Teil gesehen, die Opernsängerin war dauerbesorgt um ihre Stimme. Einmal hatte Ines Salzburg und ihren Ex besucht und Tilda als *Aida* gehört. Eine großartige Stimme, soweit sie es beurteilen konnte. Ines wunderte sich nicht zum ersten Mal, wie eine so feinfühlige Künstlerin es mit dem schroffen, trockenen Jürgen aushalten konnte. Aber diese Ehe hielt bereits wesentlich länger als ihre mit Jürgen.

Ihr Exmann war an der Geschichtenecke stehen geblieben.

»Das ist also die Bühne? Nicht zu klein für euer Vorhaben? Zeigt ihr hier auch Theaterstücke? Zahlt sich ein kleiner Auftritt für einen Künstler finanziell aus? Nehmt ihr Eintritt?«

Ines verkniff sich weiterhin jeden Kommentar und begann von den Auftritten und den Geschichtennachmittagen zu erzählen.

»Schade, dass wir so weit weg wohnen, ich hätte hier gerne auch einmal gesungen, einen Liederabend gemacht.« Tilda sprach mit einer leisen Sprechstimme, erst auf der großen Bühne entfaltete sie ihr Volumen.

Jürgen legte den Arm um die Schultern seiner Frau und hauchte ihr einen Kuss auf den Pagenkopf.

»Oder ich hätte mich hingesetzt und die Geschichte erzählt, wie Tilda und ich uns begegnet sind. Wie uns der Liebesblitz getroffen hat. Was meinst du, Ines, soll ich mich anmelden?«

In selben Moment bemerkte er seinen Fauxpas gegenüber seiner Ex-Frau.

Ines konnte sehen, wie Tilda ihm in die Seite boxte. Keiner von den dreien sagte mehr ein Wort, und sie starrten alle wie verabredet nach draußen, als wäre eben etwas Außerirdisches über den Innenhof gelaufen.

»Servus und Hallo zusammen. Ich hab gehört, heut' is' hoher Besuch aus Österreich da. Habe die Ehre.«

Ines sprang förmlich auf Gustav zu. »Das ist Herr Kramperl! Endlich! Gustav, du glaubst gar nicht, wie schön es ist, dass du endlich da bist.«

»Ich musst' mich doch fein machen für die Herrschaften, besonders für die Diva aus meiner Heimat. Ich hab gehört, Sie singen, Gnädigste.« Er küsste Tilda mit Schwung die Hand.

»Das stimmt, Herr Kramperl. Oper und natürlich auch Operette.«

»Im Weißen Rössl am Wolfgangsee …« Kramperl intonierte, die Köpfe der Gäste drehten sich.

Die sonst eher zurückhaltende Tilda stimmte sofort mit ein.

»… da steht das Glück vor der Tür.«

Jürgen warf Ines einen schnellen Seitenblick zu.

Fünf Minuten nach Gustav Kramperl tauchte dann auch Angelika auf, der Nachmittag und der Besuch wurden nun für Ines angenehmer.

Als Angie sie in hohen Tönen lobte, wie gut die erste Zeit organisatorisch gelaufen war, nickte sogar Jürgen zustimmend und stellte keine einzige Frage. Sie setzten sich an den Tisch draußen, den Angelika mit Rosenblättern und grünen Perlen geschmückt hatte.

Als sie alle beim zweiten Stück Kuchen angelangt waren, die Frauen sich überlegten, wo sie in ihrem Magen noch den Platz für das Abendessen finden sollten, und die beiden Männer nach einem Schnäpschen fragten, erschien Hanna.

Sofort konnte Ines sehen, dass etwas nicht stimmte.

Ihre Tochter wirkte fahrig und nicht so heiter wie sonst. Sie knabberte am Daumennagel, was bei ihr immer schon ein Zeichen von Nervosität gewesen war. Jürgen schien es nicht zu bemerken, aber Angelika warf Ines während der Begrüßung einen Blick zu. Selbst Hannas Umarmung wirkte wie automatisch, nicht herzlich. Mit ihrem Vater, den sie lange Zeit nicht gesehen hatte, gab es kein Küsschen, kein Abklatschen, auch keinen schnellen witzigen Wortwechsel wie gewohnt.

Hanna setzte sich, kramte sofort in ihrer Handtasche, ihr Blick blieb gesenkt. Ines rückte nah an ihre Tochter heran.

»Ist etwas passiert, mein Schatz? Du wirkst aufgewühlt.«

»Warte, Mama! Gleich hab ich es.«

Hanna suchte und wühlte weiter. Schließlich holte sie ein Bild hervor und legte es mit großer Geste in die Mitte des Tisches.

Es war eine Ultraschallaufnahme.

Keiner sagte etwas, eine Minute lang verschlug es allen die Sprache. Neben Hanna klappte Ines den Mund auf und zu. Sie war zu langsam in ihrem Denken, begriff noch nicht völlig die Bedeutung hinter der Handlung ihrer Tochter.

Gustav Kramperl reagierte als Erster in der Runde.

»Na, das is' aber fein! Da kommt ja schon der Nachwuchs für unser Café.«

Die Welle der Erkenntnis überflutete Ines. Ihre Knie wurden weich, und sie musste sich an der Stuhllehne festhalten.

Hanna war schwanger. Ihre kleine Tochter würde Mama werden.

Es war unglaublich. Ihr wurde schwindelig, der Innenhof schien sich auf einmal zu drehen. Für einen Moment war ihr, als würde sie alles um sich herum in Rosa sehen, als hätte auch sie jetzt einen Farbflash.

Eine Riesenüberraschung. Hanna bekam ein Baby. Wunderbar, einfach unbeschreiblich. Ines wurde Großmutter. Oma. Omi. Omilein.

Das dämpfte ihren euphorischen Schub ein wenig.

»Ist es wahr? Ja? Du machst mich echt zur Oma?«

Auch bei Jürgen fiel der Groschen. »Ich bin zu jung, um Opa zu sein.«

Ungeachtet dieser etwas unpassenden ersten Worte zur Neuigkeit begann er zu strahlen.

»Das ist einfach toll.« Ines spürte, wie ihre Augen feucht wurden. Gleich würde der Damm brechen. »Komm, lass dich umarmen, mein Kleines.«

Doch statt ihr brach Hanna in Tränen aus. Da erst merkte Ines, dass Hanna überhaupt nicht glücklich über ihren Zustand war. Es waren keine Freudentränen.

»Es ist ungeplant, Mama. Ist einfach passiert. Trotz Kondom. Kaum zu fassen, oder? Wir wollten noch kein Baby.«

Jürgen kam ebenfalls zu seiner Tochter und kniete sich neben ihren Stuhl.

Die Gäste von den anderen Tischen sahen wieder zu ihnen herüber.

Angelika erhob sich. »Es ist alles in Ordnung, liebe Leute. Wir haben eben erfahren, dass diese junge Dame Nachwuchs erwartet.«

Spontan kam Applaus.

Gustav Kramperl reichte Ines ein Taschentuch über den Tisch. Sie ging wie Jürgen neben Hanna in die Knie und trocknete ihrer heulenden Tochter die Tränen, wie früher, wenn sich das Mädchen die Knie aufgeschlagen hatte oder von einem anderen Kind gepiesackt worden war.

»Alles ist gut, Kleines. Pscht, pscht.«

»Hanna, meine Süße, ich finde es in Wahrheit natürlich großartig, dass du mich zu einem jugendlichen Opa machst. Ehrlich.«

Jürgens Stimme war so zärtlich, dass Ines nach unendlich langer Zeit wieder einmal Zuneigung zu ihm verspürte.

»Aber ich kann verstehen, dass es auch ein Schock ist. Es ist völlig in Ordnung, wenn du weinst. Ich glaube, wir haben damals auch geweint, als wir erfahren haben, dass du unterwegs bist. Oder, Ines?«

Ihr Ex-Mann tätschelte zuerst Ines', dann Hannas Hand. Im Umgang mit ihrer Tochter waren sie sich immer nah gewesen. Hanna nahm Ines das Taschentuch aus der Hand und schnäuzte sich kräftig.

»Habt ihr euch das Bild denn mal genau angesehen?« Ihre Stimme war zu hoch, Hysterie schwang mit. »Dass ich schwanger bin, ist schon seit ein paar Wochen klar. Als mir am Morgen immer schlecht wurde und ich Heißhunger auf Saures bekommen habe, habe ich mir einen Schwangerschaftstest besorgt. Und Bingo! Aber *hiervon* wusste ich nichts.«

Sie machte sich von ihren Eltern los, beugte sich über den Tisch und hielt das Ultraschallbild ihrer Mutter vor die Nase.

Ines konnte sich nicht sofort darauf konzentrieren, denn dass Hanna bereits seit längerer Zeit von ihrer Schwangerschaft wusste und ihr nichts davon erzählt hatte, traf sie unvorbereitet. Sie versuchte sich an Anzeichen zu erinnern, die sie hätte bemerken müssen, fand aber keine. Sie hatten sich seit Mallorca selten gesehen, und Ines war die ganze Zeit über mit Piff beschäftigt gewesen.

Im Geheimnisse-für-sich-Behalten waren sie beide wohl wirklich Mutter und Tochter.

»Jetzt guck doch hin, Mama. Was siehst du?«

Ines kniff die Augen zusammen, um erkennen zu können, worauf ihre Tochter hinauswollte. Hanna nahm Ines' Hand, ihren Zeigefinger, und fuhr über einen Schatten, der sich darauf zeigte. Nein, nicht einer.

Zwei Schatten.

»O mein Gott, du bekommst Zwillinge!«

Statt in einem Restaurant saßen sie alle am späten Abend immer noch im Café.

Die *Grasgrüne Liebe* hatte offiziell geschlossen, aber keiner am Tisch hatte an Aufbruch gedacht, nur die Gäste waren einer nach dem anderen verschwunden. Angelika und Gustav waren ebenfalls geblieben, nur Cordula hatte Käthe von einem Kindergeburtstag abholen müssen und beim Abschied Hanna mit einem Augenzwinkern viel Glück gewünscht. Sie wusste aktuell am besten, wie entzückend und anstrengend zugleich so ein Kleinkind sein konnte. Mike und sie waren mit ihrer Käthe fast schon überfordert, zwei von der Sorte hätten die jungen Eltern ins Chaos gestürzt.

Angies Mann Hannes war dafür zur Runde dazugekommen.

Der Einzige, der immer noch fehlte, war Neupapa Dustin, sein Zug hatte Verspätung, auf die Deutsche Bahn war auch nicht mehr Verlass als auf ein Kondom.

»Es war ein Betriebsunfall.«

Hanna hatte sich im Lauf des Abends etwas beruhigt, redete aber immer noch zu viel und zu schnell.

»Vielleicht könnten wir den Kondomhersteller verklagen? Dustin und ich wollten erst viel später ein Kind. Eins! Wenn er endlich fertig mit dem Studium ist und einen festen Job gefunden hat. Jetzt bin ich doch immer noch die Alleinverdienerin. Schnurz-furz-egal! Es lohnt sich nicht, über verschüttetes Wasser nachzugrübeln. Nachdem ich wusste, dass ich schwanger bin, hatten wir bereits alles durchdacht. Wir wollten im Herbst wie geplant nach Chile gehen.«

»Chile? Davon höre ich zum ersten Mal. Du kannst doch nicht in so ein weit entferntes Land gehen.« Jürgen hatte seinen klassischen strengen Ton am Leib. »Und schon gar nicht in deinem Zustand.«

»Sie ist schwanger und nicht krank.« Es war Angelika, die ihm sofort widersprach.

Auch Hanna runzelte die Stirn. »Papa, ich lebe mein Leben schon viele Jahre ohne dich.«

Ines merkte, wie Jürgen schluckte. Doch ihr Ex hatte recht, Hanna und Dustin wollten nicht eben mal nach Düsseldorf oder Dortmund, sondern in ein Land, das über zehntausend Kilometer entfernt war. An der Miene ihrer Tochter konnte Ines jedoch ablesen, dass im Moment jedes Gegenargument wirkungslos verpuffen würde.

Hanna trommelte mit den Fingern auf den Tisch.

»Also, egal, was ihr alle davon denkt. Wir haben uns auf Chile geeinigt. In verkürzter Form allerdings. Dustin hätte seine Zeit dort auf ein Semester reduzieren können. Denn das Baby wollte ich später hier in Köln auf die Welt bringen. Siehst du, Papa, ich denke mehr mit, als du mir zutraust.«

Jürgen verkniff sich einen weiteren Kommentar. Hanna war ohnehin nicht zu stoppen.

»Ich hätte nach unserer Rückkehr und der Geburt so schnell wie möglich wieder in der Firma gearbeitet. Dustin sollte sich um das Baby kümmern und mich voll unterstützen. All das wollte ich euch heute als Überraschung erzählen, und dann erhalte ich von meiner Frauenärztin die Nachricht von dem doppelten Lottchen oder Paulchen samt Peterchen hier in meinem Bauch. Die Neuigkeit hat mich aus der Bahn geworfen.«

Ines konnte den Schock nachempfinden. Sie hätte damals bei ihrer eigenen Schwangerschaft nicht anders reagiert, wenn sie erfahren hätte, dass sich zwei Babys in ihrem Bauch tummelten. Mit einem Kind schien man alles leichter durchstehen zu können als mit zweien auf einen Schlag. Sie würde ihre Tochter in jeder Hinsicht unterstützen. Über Chile konnten sie in den nächsten Tagen noch mal in Ruhe sprechen.

Wie fühlte sich Ines selbst?

Großmutter von Zwillingen.

Es klang anstrengend und wundervoll zugleich.

Was würde Piff zu dieser Neuigkeit sagen? Bei all den Turbulenzen hatte sie kaum an ihn gedacht, eine Seltenheit in diesen Tagen. Jetzt fehlte er ihr mit einem Mal sehr. Hier zwischen ihren Lieben sollte auch er sitzen, mit ihr auf die Enkelkinder anstoßen, einen dummen Witz über eine mögliche Schlagzeile wie »Bekannter Maler liebt Oma von Zwillingen« machen. Offiziell vor allen sollte er ihre Hand halten. Die Sehnsucht überrollte sie wie vorhin die Überraschung über Hannas Schwangerschaft. Wenigstens einen Smiley mit Kuss wollte sie ihm schicken.

Während Ines ihr Handy aus der Handtasche holte und versteckt unter dem Tisch zu tippen begann, meldete sich Gustav Kramperl zu Wort. Er thronte die ganze Zeit zwischen ihnen, als würde er zur Familie gehören, und er schien den Tumult um sich herum zu genießen.

»Nichts ist daran so schlimm, dass Sie dasitzen müssen wie ein Häufchen Elend, liebes Fräulein Hanna.«

»Herr Kramperl, ich freue mich ja. Ein Baby klingt super. Aber zwei? Zur selben Zeit?«

»Darf ich ein österreichisches Sprichwort dazu anbringen?«

Hanna zuckte mit den Schultern. »Klar, heraus damit.«

»Is' der Berg auch noch so steil, ein bisserl was geht alleweil.«

Nach einer Pause von ein paar Sekunden brachen alle am Tisch in Lachen aus.

22

Am Samstagabend saß Ines in der S-Bahn Richtung Frechen.

Ihre Nerven flatterten wie vor einer Prüfung oder vorm Bungee-Jumping. Sie war noch aufgeregter als bei der Eröffnung der *Grasgrünen Liebe*. Die Schmetterlinge in ihrem Bauch schienen sich mit jeder Haltestelle zu vermehren und größer zu werden.

Mehr wie Riesenflatterflughunde, dachte sie, oder Schmetterlinge mit Turboflügelantrieb.

Eine Hitzewelle breitete sich über ihr Gesicht und ihren gesamten Körper aus. Sie fächelte sich verzweifelt Luft mit einer Werbebroschüre für Treppenlifte zu, die auf ihrem Sitz gelegen hatte. Wenigstens darüber musste sie schmunzeln.

Die Wallung verschwand so schnell, wie sie gekommen war, aber danach befürchtete Ines, dass die Schweißperlen ihre Wimperntusche ruiniert hatten und sie schwarze Flecken unter den Augen haben könnte. Sie kramte vergeblich in ihrer Handtasche nach einem Spiegel. Ordnungsgemäß hatte sie alles zu Hause verstaut, doch wie von einem bösen Zauber befallen, war genau der Gegenstand, den sie jetzt benötigte, unauffindbar.

Sie bewegte sich vor und zurück und versuchte in der Fensterscheibe der S-Bahn ihr Spiegelbild zu erkennen, was ihr ein Kopfschütteln einer älteren Dame einbrachte, die ihr gegenübersaß. Als sich Ines gegen Ende der Fahrt ein Bonbon aus der Handtasche holen wollte, hatte sie den Spiegel sofort in der Hand. Alles an ihrem Aussehen war in Ordnung, nur die Bonbonschachtel fand sie nicht.

In ein paar Minuten würde sie ankommen, und Piff würde sie an der Haltestelle Weiden abholen, um den geplanten Abend und die erste Liebesnacht mit ihr zu verbringen. Zumindest hatte sie beim Packen ihrer Übernachtungsutensilien diese Möglichkeit mit eingeschlossen.

S-E-X. MP. Mit Piff.

Ihr Herz schien zu stolpern bei dem Gedanken.

Ines fühlte sich nervöser als damals vor dem berühmt-berüchtigten ersten Mal. Sie hatte den Jungen ihrer Wahl quasi in ihr Zimmer hinaufgeschoben, es war höchste Zeit gewesen, alle ihre Schulfreundinnen hatten *es* bereits hinter sich gebracht. Ihre Eltern waren über das Wochenende verreist und sie hatte sturmfreie Bude. Er unerfahren, sie unsicher, es war ein eher unbeholfener und kurzer Akt gewesen. Aber nach ein paar Übungseinheiten waren mehr und mehr Spaß und Leidenschaft dazugekommen. Auch als Teenager hatte sie bereits Vorbereitungen getroffen, erinnerte sie sich.

Jetzt befand sich in ihrer Handtasche neben dem Spiegel, einem sauberen Slip und einer schmalen Kosmetikbox mit allem, was man für eine Nacht brauchte, auch ein nagelneues Päckchen Kondome.

Beim Einkauf im Drogeriemarkt hatte an der Kasse eine Kassiererin Dienst gehabt, die Ines von ihren Einkäufen kannte, und sie hatte fast erwartet, dass die junge Frau sie erstaunt ansehen oder schelmisch grinsen würde. Doch sie hatte die Packung wie alle anderen Artikel in völliger Gleichgültigkeit über den Scanner gezogen.

Wie würden die nächsten Stunden verlaufen? Es konnte alles passieren – oder nichts. Nach der Nachricht mit der Einladung war von Piffs Seite nur noch eine Info zu Zeitpunkt und Haltestelle gefolgt. Wann sie und wo sie aussteigen sollte. Er würde mit dem Wagen kommen und sie dort abholen.

Auf jeden Fall würde Ines keinen Druck machen.

S-E-X. Wie Fahrradfahren.

Wenn es passierte, gut, wenn nicht, dann würde sie alles andere weiter genießen. Wo war in dieser Welt schon eine perfekte Liebe zu finden?

Ines musste an Hanna denken und deren Panik. Heute hatten sie telefoniert, und Ines hatte ihrer Tochter wieder Mut gemacht. Was würde Piff später dazu sagen, dass sie Großmutter wurde? Noch hatte sie es in keiner ihrer Nachrichten erwähnt, sie wollte es ihm persönlich erzählen.

Wäre es ein passender Scherz und zugleich ein dezenter Hinweis, wenn sie ihm andeutete, dass ihm bevorstand, mit einer Oma die Nacht zu verbringen? Nein, so ein Spruch war weder dezent noch passend, und höchstwahrscheinlich würde sie sich mit dieser Pointe selbst den Wind aus den Segeln nehmen.

Sie schickte Hanna eine SMS mit einer Umarmung von der Neuoma und erhielt drei Smileys zurück, die ihren Mund aufrissen und nach oben starrten.

Na, wenigstens hatte Hanna ein wenig ihren Humor wiedergefunden.

Dustin zumindest war ohne Einschränkung einfach nur begeistert davon, Papa zu werden. Er hätte sich auch über drei Babys gefreut, hatte er an dem Abend in der *Grasgrünen Liebe* verkündet, als er mit zwei Stunden Bahnverspätung endlich jubelnd empfangen worden war. Hanna hatte ihm einen tödlichen Blick zugeworfen.

Ines sah in den Sonnenschein hinaus, auf die Aachener Straße und die Menschen, die vor den Lokalen saßen und das schöne Wetter genossen.

Ihre Stimmung hob sich endlich. Sie zerknüllte die Werbebroschüre für Treppenlifte. Heute war der Abend aller Abende und Ines jung genug für alles.

Die letzten Minuten bis Weiden verflogen.

S-E-X.

Oder nix.

Sie hielt sich die Hand vor den Mund und kicherte.

Als sie wenige Minuten später an der Zielhaltestelle eintraf, konnte sie Piff sofort sehen.

Er stand auf der gegenüberliegenden Straßenseite an seinem teuren Auto, dessen Dach offen war, und winkte ihr zu. Sein Kopf war unbedeckt, er trug heute keine Baseballkappe, und Ines sah, dass er sich die Haare vom kahlen Stirnansatz an rappelkurz hatte abrasieren lassen. Vielleicht wollte auch er heute attraktiver und dynamischer wirken. Er trug Jeans wie immer, darüber ein hellgrünes Hemd.

Sofort fiel Ines die Geschichte von Sophie und der grasgrünen Liebe ein, der Namenspatin von Angelikas Café. Sie kniff die Augen zusammen, stellte sich alles um Piff herum in Grau vor und nur ihn und sein Hemd in einem leuchtenden Grün.

Es funktionierte nicht. Die sommerliche Farbenpracht blieb.

»Ines, mein Schatz! Mein Schatz!«

Es war das erste Mal, dass er sie Schatz nannte.

Unvermittelt sah sie Gollum aus *Herr der Ringe* vor sich, wie er halb nackt und abgemagert den Schicksalsring in seinen langen, dürren Fingern hielt.

Nein, kein Vergleich zu Piff mit seinem Wohlstandsbäuchlein.

Während der Fahrt im Cabrio war Piff in bester Stimmung. Er schwärmte wieder von seiner Kunst, seinen neuen Ideen.

»Nach der Ausstellung in Frankfurt sind meine Bilder jetzt in einer Galerie in Neuss ausgestellt, diesen Sommer läuft dazu noch eine weitere Präsentation im Saarland, und bis Ende des Jahres kommen noch einige weitere Orte dazu. Es läuft, es läuft sogar hervorragend.«

Ines kam kaum zu Wort. Er erzählte weiter, dass er neben Mira Beil, seiner Assistentin, auch einen hervorragenden Agenten hatte, der ihm gute Deals vermittelte. Dazu beschäftigte er auch noch eine Putzfrau und einen Mann fürs Grobe, der ihm bei seinen Materialeinkäufen zur Hand ging und für ihn Arbeiten in der Atelierwohnung erledigte.

»Zwei linke Hände, was Handwerkerarbeiten angeht, mein Schatz, siehst du?« Kurz ließ er das Lenkrad los. »Künstler aller Art taugen im Alltag wenig. Wenn ich ganz ehrlich bin: Ich könnte, wenn ich wollte. Ich mag nur nicht.«

Ines fragte sich, ob Piff so viel redete, weil auch er aufgeregt war.

Er zeigte ihr vom Auto aus die Umgebung. Der Stadtteil wirkte ruhig, und Ines sah weitläufige bewaldete Flächen und freies Land.

»Wenn ich Inspiration brauche, dann laufe ich mit Perry oft stundenlang durch die Gegend. Ich bin also durchaus sportlich unterwegs trotz meiner Plautze.«

Er klopfte sich auf den Bauch, und Ines fühlte einen Anflug der Hitzewelle nahen, die sie schon beim S-Bahn-Fahren überrollt hatte. Im Spiegel unter der Sonnenklappe kontrollierte sie dezent ein zweites Mal ihr Augen-Make-up, alles war immer noch in Ordnung. Die Aufregung ließ sie sogar jünger aussehen. Sehr hübsch, wie sie fand. Das Sommerkleid stand ihr.

Kess war auch ein gutes Wort, das sie heute beschrieb. Flott würde Tante Betty sagen. Ein heißer Feger, aber nicht wegen der Wallungen. Es war die perfekte Zeit, einen zweiten Frühling im ersten Sommer mit Piff zu erleben.

Schließlich kamen sie an.

Piffs Atelierwohnung am Marienhofer Weg 9a beeindruckte sie gleich beim Betreten. Sie war mindestens dreimal so groß wie ihre eigene Behausung. Auf zwei Etagen angelegt, lag sie eingebunden in einen modernen Gebäudekomplex, im hinteren Teil, abseits der Straße.

Die untere Etage der Maisonettewohnung war einzig und allein der Malerei vorbehalten.

Sie bestand aus einem weitläufigen Eingangsbereich, der sich zu einem riesigen, hellen Zimmer hin öffnete. Es gab keine Zwischenwände und einzig ein Gäste-WC als abgeschlossenen Raum. In der Mitte war eine hohe Staffelei aufgebaut, davor ein langer Tisch mit Farben, Pinseln und anderen Utensilien. Das Zimmer hatte keine Jalousien, nur leichte Vorhänge, durch die das Licht weich hereinfiel. Auf der rechten Seite ging es auf eine Terrasse, draußen standen ein Tisch mit zwei Stühlen und eine hohe Palme.

An jeder Wand hing eine von Piffs imposanten Farbinstallationen, mit Spots ausgeleuchtet. An den Wänden lehnten weitere Leinwände.

Ines wurde bewusst, dass sie in Piff so selten den Maler sah, dass dieser Teil von ihm ihr immer noch fremd war. Meistens war er für sie der Mann mit Hund. Der Künstler Iffland schüchterte sie ein.

»Schau nicht auf mein Chaos, Ines. Ich bin mitten in einer neuen Schaffensphase, da herrscht immer großes Durcheinander, innen und außen. Geh über die Wendeltreppe nach oben, da wirst du dich gleich wohler fühlen. Dort findest du deinen Piff.«

Er sagte es schmunzelnd, als hätte er ihre Gedanken erraten. Ines stieg die Treppe hoch.

Oben hatte die Maisonette die Anmutung einer konventionelleren Wohnung. Die Einrichtung war eleganter als bei

Ines zu Hause, aber alles wirkte dennoch gemütlich. Es gab eine offene Küche, mit einer Essecke kombiniert, von wo aus man in einen geräumigen Wohnraum gelangte. Auch hier führte eine Glastür auf einen Balkon, der allerdings wesentlich kleiner als die untere Terrasse war. Eine Schiebetür stand linker Hand offen, und Ines konnte einen Teil des Schlafzimmers sehen. Sie holte tief Luft.

»Wo ist dein Hund?«

»Perry ist in der Eifel geblieben.«

Piff sagte den Satz schnell und leise, und Ines verstand. Er wollte heute nicht an sein anderes Leben denken. Sie ebenfalls nicht, auf keinen Fall. Dieser Abend sollte ausschließlich ihnen beiden gehören.

»Aperitif?«

Ines nickte. Piff gab ihr einen Kuss und ging an ihr vorbei Richtung Küchenzeile, holte zwei hohe Gläser aus einem Schrank.

»Ich muss dir sofort ein Geständnis machen, was unser Candlelight-Dinner angeht.«

Er holte eine Flasche Prosecco aus dem Kühlschrank, öffnete sie gekonnt und elegant und begann die Gläser zu füllen. Ines hätte fast lieber einen härteren Drink gehabt, einen Whisky, ex und weg.

»Ist es nicht zu früh, mit den Enthüllungen anzufangen? Brauchen wir dazu nicht zuerst mehr Alkohol?«

Sie hatte einen Scherz gemacht und zugleich eine Anspielung auf S-E-X. Fast eine Meisterleistung bei ihrem Grad an Nervosität.

»Erst um Mitternacht werden die Masken fallen gelassen, mein Schatz.« Piff lächelte anzüglich, er hatte sie verstanden. »Also, ich hatte zwar die Muße zu malen, aber nicht zu kochen. Ich hab uns deshalb etwas bestellt, das hoffentlich in Kürze gebracht wird. Ein Restaurant in der Nähe, wo ich öfter essen gehe, wird uns ein Menü auftischen. Ich hoffe, du magst, was ich ausgesucht habe.«

Er kam mit den vollen Gläsern zu Ines und drückte ihr eines in die Hand.

»Aber die Tischdeko stammt von mir, und ich will Applaus dafür, denn ich bin sonst nicht der Mann, der auf Schnickschnack steht.«

Dann führte er Ines in den Essbereich. Der Tisch dort war lang und bot mindestens sechs Personen Platz. Piff hatte ihn mit Kerzen, Blütenblättern und kleinen Glitzersternen dekoriert. In der Mitte stand eine Vase mit Sonnenblumen.

»Das hast du wunderbar gemacht«, sagte Ines und meinte es genau so.

Sie stießen an. Das Klirren der Gläser hörte sich nach einem perfekten Zusammenklang an.

Ines' Blick wanderte durch das Zimmer, über den dekorierten Tisch, zurück zur Schiebetür mit dem Blick in das Schlafzimmer. Sie nahm einen Schluck. Der Prosecco schmeckte mild und prickelnd, kühl und weich. Ebenso perfekt. Langsam begann sich ihre Aufregung zu legen.

Alles lief gut. Mehr als das, wundervoll.

Piff führte sie nach draußen auf den Balkon. Der Blick von oben ging über eine breite Wiese, und dahinter begann ein Waldstück. Rechts war eine Reihe moderner Einfamilienhäuser, auf der anderen Seite konnte Ines einen nächsten neuen Wohnkomplex sehen.

»Hier ist mein Refugium. Nicht viele kennen meinen Rückzugsort. Es ist schön, dass du heute hier bist. Mein Schatz, meine Liebste.«

Sie küssten sich. Lange und intensiv. Piff berührte sie mit wachsender Leidenschaft.

Mein Gott, dachte Ines, wenn es jetzt …

Wenn es nicht in dem Moment an der Tür geklingelt hätte und der Restaurantservice eingetroffen wäre – jede Wette, dass die Sache weitergegangen wäre.

Nach dem Essen übernahm Ines, ganz praktisch veranlagt, das Abräumen der Teller und Gläser und das Befüllen des Geschirrspülers, während Piff zwei Tassen Espresso als Abschluss zubereitete und hinaus auf den Balkon brachte. Dann kam er zurück, küsste Ines' Hand und führte sie ebenfalls nach draußen. Ines fühlte sich beschwipst, satt und glücklich. Sie atmete die laue Abendluft ein. Am Himmel über ihr zeigten sich erste Sterne.

Als Piff von hinten seine Arme um sie schlang, meinte sie eine Sternschnuppe fallen zu sehen und wünschte sich etwas. Vielleicht war es auch nur ein Flugzeug am nächtlichen Himmel, schnurz-furz-egal.

»Liebste.« Seine Stimme war an ihrem Ohr, seine Lippen kitzelten ihr Ohrläppchen. »Du und ich, das ist ab sofort etwas für die Ewigkeit.«

Frag ihn nach seiner Frau, sagte Ines' Vernünftig-Stimme völlig unpassend.

Ihr Total-romantisch-Anteil hätte am liebsten dem rationalen Gegenpart eine Ohrfeige verpasst.

»Ich verspreche dir …«, Piff machte eine Pause, und in der Sekunde würde Ines alles, aber auch alles glauben. Zum Teufel mit jeder Vernunft, sie war trunken von Hoffnungen und Erwartungen und würde diesen Pegel halten. Liebeshochwasser hatte ihre Innenräume überschwemmt, kein Grund und Boden war unter ihren Füßen zu sehen.

»Ich verspreche dir, sobald es irgendwie geht, machen wir alles offiziell.«

Ines nickte. Sah weiter in den Sternenhimmel. Nicht umdrehen, nicht nachfragen, nur genießen.

Aber …

Halt den Schnabel, Vernunft. Ab sofort und bis auf Weiteres.

Dann fragte Piff Ines, ob sie bleiben wollte.

Über Nacht.

Ines erwachte mitten in der Nacht. Neben ihr lag ein nackter Mann. Der Mann, mit dem sie geschlafen hatte. Zweimal sogar.

Ines lächelte in der Dunkelheit des fremden Schlafzimmers. Ihre inneren Stimmen waren zu einer verschmolzen.

Es war gut gewesen.

Man verlernte es also nicht.

Wie das Fahrradfahren.

23

Der nächste Morgen begann mit schlechtem Wetter.

Als Ines die Augen aufschlug, hörte sie ein Rauschen. Sie hob den Kopf, und ihr erster Blick fiel auf graue Wolken vor dem Fenster und Tropfen, die an der Fensterscheibe herunterliefen.

Die Bettseite neben ihr war leer.

Langsam wurde ihr bewusst, dass das Rauschen nicht nur vom Regen draußen kam, sondern auch aus der Dusche. Das Bad grenzte an das Schlafzimmer. Gestern hatte sie noch festgestellt, dass die Badewanne neben der Duschkabine ungefähr die Größe eines Kinderschwimmbeckens hatte und mindestens zwei Personen darin Platz hätten.

»Wir können ein Schaumbad nehmen«, hatte Piff zu ihr gesagt und damit wieder Ines' hitzefördernde Fantasien angestachelt.

Aber später waren sie direkt in seinem Bett gelandet und auch dort geblieben. Ganz klassisch. Dazu bequem. Ein Liebespaar beim Middle-Age-Verkehr, keine neuen Kunststücke, nichts Ungewöhnliches, nichts, was Ines nicht schon öfter erlebt hatte. Vor ihrer längeren Single-ohne-Affären-Pause.

Trotzdem fühlte sie sich wie auf Wolken.

Hier war sie also wieder, acht Jahre nach ihrer letzten Liebesnacht. Beschwingt, heiter und zufrieden, ganz und gar. Keine Spur mehr von einem schlechten Gewissen. Sie war hier bei Piff, und es hatte seine Ordnung. Es war der natürliche Lauf der Dinge, so wie sich letztlich alles ergeben hatte, und sie wollte nichts Falsches oder Verbotenes mehr an ihrer Liebe ausmachen.

Im Moment bekam ihr diese Sichtweise bestens, es war abzuwarten, ob und wann sich wieder andere Gedanken einschleichen würden.

»Aber nicht heute, verschieben wir es auf morgen. Schließlich, morgen ist auch ein Tag«, zitierte Ines leise lächelnd die Schlusssätze von Scarlett O'Hara aus dem Hollywood-Schmachtschinken *Vom Winde verweht*. Ihr Rhett Butler hatte das Wasser im Bad inzwischen abgestellt, und sie hörte ihn eine Melodie singen, schräg, aber beschwingt.

Ines schlug die Bettdecke zurück, ihre Nacktheit gefiel ihr. Sie stellte die Beine auf, streckte erst den einen, dann den anderen Fuß nach oben, spreizte die Zehen.

Doch ganz gut in Form, altes Mädchen, du bist kaum aus der Puste gekommen.

Selbst ihre Vernünftig-Stimme hörte sich heute Morgen frivol an. Piff dafür umso mehr. Haha.

Dass alles so ungezwungen und leicht abgelaufen war, hatte sie sogar während des Liebesspiels in Erstaunen versetzt. Die Redensart traf zu, es hatte sich angefühlt, als würde sie diesen Mann schon seit einer Ewigkeit kennen. Keine Sekunde hatte sie an Speckröllchen, Falten oder ihren nicht mehr ganz so jungen Körper gedacht.

Allerdings auch nicht an ihre nagelneue Packung Kondome, und Piff hatte mit keinem Wort nach einem Schutz gefragt. Dazu waren sie in der Tat zu beschäftigt gewesen. Wie oft hatte sie Hanna seit der Pubertät gepredigt, nie mit einem Mann ohne Kondom intim zu werden, vor allem dann nicht, wenn man den anderen noch nicht lange kannte.

Daran hatte sie gestern gar keinen Gedanken verschwendet. Naiv und/oder liebesblind?

Sie stellte ihre Beine wieder ab, hielt stattdessen beide Hände in die Luft. Sie begann an den Fingern ihre sexuellen Erfahrungen nachzuzählen, vom ersten Mann, einem zweiten, dann direkt zu Jürgen in die Ehe. Nach ihrer Scheidung eine kurze Affäre mit einem Schulfreund, dann war schon Marcel gekommen. Nach dieser Trennung keiner mehr. Ein paar Flirts, die nie weiter gegangen waren als ins Kino, ins Restaurant und einmal über einen Friedhof in der Dämmerung.

Ein neues Kürzel ließ sich daraus machen: FvP. Fünf vor Piff.

Wenig im Vergleich zu Angelika, die sich vor ihrer Ehe ausgetobt hatte, wo es nur ging, oder Maxima, die zuerst mit den Männern schlief und sich danach erst über ihre Gefühle klar zu werden versuchte. Was war mit Hanna vor ihrer Ehe? Von einem wusste Ines, noch in der Zeit auf dem Gymnasium, doch danach hätte sie nicht sagen können, ob die Jungs, die sie der Mama vorgestellt hatte, nur gute Freunde ihrer Tochter gewesen waren oder ob aus der einen oder anderen Begegnung mehr geworden war. Hanna hatte sich immer nur vage geäußert, und Ines hatte ihr selbstverständlich ihre intime Privatsphäre gelassen. Wer redet mit der eigenen Mutter schon gern über Sex?

Zurück zu ihr selbst. FvP, das war es gewesen. Kein One-Night-Stand, keine heißen Urlaubsaffären, kein Fehltritt nach zu viel Alkohol mit dem einsamen Nachbarn. War sie eine Spießerin oder kritisch in ihrer Auswahl? Auch darüber musste sie sich im Moment keine Gedanken machen. Piff war demnach der sechste Mann, mit dem sie geschlafen hatte. Allerdings der erste, der verheiratet war.

Mehr und mehr nahm der Strom ihrer Gedanken wieder Fahrt auf, das Gefühl einer vorurteilsfreien Zufriedenheit konnte seine Vormachtstellung nicht behaupten. Kurz gesagt: Hallo, Schuldgefühle, lange habt ihr nicht auf euch warten lassen.

Ihr Hirn nahm einen Erinnerungsfaden der letzten Tage wieder auf. War es nicht bekannt, dass verheiratete Männer immer erzählten, in der Ehe würde es kriseln und sie hätten seit Ewigkeiten keinen Sex mehr mit ihren Frauen? War sie zu naiv gewesen, als sie ihm alles geglaubt hatte? Was, wenn zu Hause in der Eifel die getrennten Schlafzimmer eine Verbindungstür hatten?

Einmal abgespult, begann sich dieses Fädchen in ihrem Kopf sofort zu teilen und zu vermehren.

Seine Assistentin fiel ihr ein, dann die Galeriebesitzerin. Die vielen weiblichen Besucherinnen der Ausstellung, die an den Lippen des Malers Iffland gehangen hatten. Attraktive Frauen, die einen kultivierten Mann schätzten, junge Frauen, die gern in einem teuren Cabrio durch Frechen chauffiert werden würden.

»STOPP!«

Ines setzte sich mit einem Ruck auf. Stopp, aus, Schluss! Kein einziger eifersüchtiger oder böser Gedanke mehr. Zurück zum Anfang dieses Tages. Zurück zu ihrem Erwachen und den wunderbaren Gefühlen nach einer erfüllten Liebesnacht.

»Was hast du gesagt?« Piff öffnete die Badezimmertür, sich mit einem Handtuch den Kopf rubbelnd. Ein weiteres hatte er sich um den Bauch gebunden, und ja: er hatte Haare dort, gekräuselt wie auf seiner Brust.

»Ich hab nur laut gegähnt, nichts weiter.«

Er warf ihr eine Kusshand zu. »Morgen, meine Liebste. Hast du gut geschlafen?«

Bereits jetzt sehnte sie sich wieder nach ihm und hätte nichts gegen Morgensex gehabt. Wie schnell man sich wieder an diese Dinge gewöhnen konnte. Er setzte sich in Bewegung, doch statt zu ihr ans Bett zu kommen, machte er die Schiebetür zum Wohnzimmer auf und verschwand aus ihrem Blickfeld.

»Es gibt nicht mal Milch in meinem tollen Kühlschrank. Wenn du mit deiner Damentoilette fertig bist, könnten wir dann frühstücken gehen? Mein Magen knurrt.«

Damentoilette klang altmodisch, und eine winzige Enttäuschung schwappte in ihr hoch, aber er hatte recht. Sie hatte ebenfalls Lust auf einen Milchkaffee und ein Croissant oder Rührei mit Brötchen und am besten einen frisch gepressten Orangensaft dazu. Morgensex wurde überschätzt. Ines schwang sich aus dem Bett, ihr Blick irrte suchend durch den Raum. Wo waren ihr Kleid und ihre Unterwäsche? Sie nahm erst mal die Tagesdecke, die am Boden lag, und hüllte sich ein.

»Welches Handtuch kann ich nehmen?«

»Es gibt zwei saubere neben der Dusche. Rosa, ganz ladylike. Brauchst du eine Zahnbürste? Ich glaube, im Spiegelschrank müsste eine noch verpackte liegen.«

So unromantisch hatte sie sich den ersten Dialog am Morgen danach nicht vorgestellt. Rosafarbene Handtücher, neue Zahnbürste. Hatte er Routine im Vorbereiten solcher Übernachtungsbesuche? Damentoilettenartikel auf Vorrat?

Zum letzten Mal: Stopp, Frau Berwalder, Schluss mit diesem unnützen Kram im Hirn.

»Danke, aber ich hab meine Zahnbürste mitgebracht. In meiner Handtasche. Wenn ich sie finde.«

»Hier im Wohnzimmer, Ines. Neben dem Tischchen.«

Ines ging Piff hinterher und sah ihn auf der Couch sitzen, ein iPad auf den Knien, einen Stift in der Hand. Sein jetzt stoppelkurzes Haar verlockte zum Darüberstreichen. Kaum hatte sie ihn am Nacken berührt, blockte er ab.

»Liebste, bitte später! Ich habe eine großartige neue Idee im Kopf, dazu mache ich mir ein paar Skizzen.«

Sie zog die Hand zurück, drückte ihm stattdessen einen schnellen Kuss auf den nassen Kopf und schnappte sich ihre Tasche. Piff konzentrierte sich weiter auf sein iPad, die moderne Version eines Skizzenblocks.

»Ach, Ines, wegen der Dusche. Es kann sein, dass zwischendurch das Wasser beim Brausen kalt wird. Dann dreh den Hahn einmal ganz zu und gleich wieder auf. Mein Mann fürs Grobe sollte den Boiler längst repariert haben, aber nachdem ich ihm auf die Schliche gekommen bin, dass er mich unanständig und unverschämt über den Tisch ziehen wollte, habe ich ihn gefeuert. Jetzt bin ich auf der Suche. Wenn du jemanden kennst, sag es mir. Die Sanitärfirma hat mir einen Termin in frühestens einer Woche angeboten, auch das finde ich dreist. Ich würde mich lieber auf einen guten Tipp verlassen, als neue Handwerker auszuprobieren.«

Handwerker, Boiler, Sanitärfirma. Seine Sätze wurden immer trockener, Ines konnte den Staub rieseln hören.

»Mir fällt keiner ein im Moment. Ich habe eher mit Feingeistern und unromantischen Morgenmuffeln zu tun, mein Schatz.«

Er sah kurz hoch und zwinkerte ihr zu, aber es war klar zu erkennen, dass er ihr nicht zugehört hatte. Wieder bekam sie eine Kusshand zugeworfen, dann waren die Skizzen wichtiger. Ines zuckte mit den Schultern und machte sich auf den Weg ins Bad.

Alles lief so ab, als ob sie schon lange ein Paar wären. Ines beschloss, es als gutes Zeichen zu werten.

Eine halbe Stunde später fuhren sie im heute geschlossenen Cabrio auf der Straße stadteinwärts.

Es regnete immer noch leicht.

Piff trug wieder seine Baseballkappe. Seine Hand lag auf ihrem Oberschenkel. An der ersten roten Ampel beugte er sich zu Ines hinüber und küsste sie innig. Ines wünschte sich noch mal eine Viertelstunde, nackt im Bett, und eine nächste Runde Fahrradfahren. Der Hintermann hupte, sie schreckten beide auf, die Ampel hatte längst umgeschaltet. Dann kam eine grüne Welle, fast so, als wollten die automatischen Verkehrsschaltungen Ines ärgern.

»Ich wollte vorschlagen, dass wir wieder ins *Café Bauturm* fahren, das mag ich besonders gern. Was meinst du, Ines?«

»Wir könnten auch in die *Grasgrüne Liebe* fahren, Piff. Da gibt es schon ab neun Frühstück. Guter Kaffee, empfehlenswerte kleine Küche.«

»Grasgrüne Liebe?«

»Das neue Café, das meine beste Freundin in Nippes eröffnet hat. Ich hab dir davon erzählt.«

Er schüttelte den Kopf. Ines dachte an den Morgen, an seine Konzentration auf neue Ideen, seine Kusshand, ohne ihr zugehört zu haben. Ein Künstler, der in seiner kreativen Welt versank. Ines konnte sich gut vorstellen, dass das Zusammenleben mit ihm nicht immer wie frische rosafarbene Handtücher war.

»Das Café, wo es die Erzählnachmittage gibt und ich die Organisation übernommen habe. Die Eröffnung, von der ich dir erzählt habe. Die Geschichtenecke.«

»Ja, langsam dämmert es. Verzeih, aber ich bin manchmal ein ignoranter Muffel.«

»Notiert. Ich wollte es dir ohnehin gerne zeigen, eine kleine Führung machen. Du könntest Angie kennenlernen, meine beste Freundin. Lass uns doch jetzt dort haltmachen, die Rühreier mit Parmesan und Kräutern sind wirklich zu empfehlen. Und der Mitinhaber Gustav Kramperl ist ein Unikum, der wird dir gefallen.«

Piff blinkte und fuhr an den Straßenrand. Stellte den Motor aus. Ines drehte sich erstaunt zu ihm hin, sie verstand nicht, warum er angehalten hatte.

»Ines.«

Sein Ton war plötzlich anders. Er sah ihr in die Augen. »Ines, das geht nicht.«

»Was geht nicht?«

»Du kannst mich doch nicht deiner Freundin vorstellen, als ob wir ein Paar wären.«

Ines hatte es nicht kommen sehen.

Später, als sie diesen Moment wieder und wieder Revue passieren ließ, kam sie immer auf diesen Punkt zurück: dass sie mit keiner Faser ihres Herzens damit gerechnet hatte. Verdrängung, Wohlgefühl und die Leidenschaft hatten es verhindert. Die Leichtigkeit und die Selbstverständlichkeit hatten sie zu dieser Täuschung verführt. Oder, ganz banal, ihre Verliebtheit, ihre kleine Verrücktheit nach dem Mann mit Hund.

Sie konnte ihm nicht antworten.

Dafür redete Piff bereits weiter. »Ich verstehe nicht, wieso du überhaupt jemandem davon erzählen willst? Alles ist eine Sache zwischen uns beiden, Ines. Und nur zwischen uns. Ich kann nicht riskieren, dass unser Verhältnis auffliegt. Zuerst die Sache mit deiner Schwester, jetzt deine Freundin. Möchtest du vielleicht gleich die Handynummer meiner Frau und es mit ihr besprechen?«

Verhältnis, dieses Wort hatte in ihrem Vokabular bisher gefehlt, wenn sie ihr Zusammensein mit Piff beschreiben wollte. Die Nummer seiner Frau einspeichern, das wäre doch eine gute Idee, sie könnte sich über die ignorante Muffigkeit des Künstlers mit ihr austauschen.

Ines schluckte. Was war mit der Ewigkeit von gestern? Heute schon verpufft? Noch spürte sie keine Tränen aufsteigen. Noch. Sie bemühte sich, ruhig zu bleiben.

»Angelika weiß nichts. Keiner weiß etwas. Ich wollte dich als guten Bekannten vorstellen und dir das Café zeigen, so wie du mir deine Ausstellung in Frankfurt und gestern deine Wohnung gezeigt hast. Deinen Sarkasmus finde ich unangebracht. Soll ich hier aussteigen? Ich kann auch zurück wieder die Bahn nehmen.«

Piff nahm die Baseballkappe ab und fuhr sich mehrmals über sein kurzes Haar. Er war blass geworden. »Es tut mir leid, Ines. Wirklich. Ich bin panisch geworden.«

»Panisch?«

»Du kennst Pia nicht und kannst dir nicht vorstellen, wie heftig sie reagieren würde.«

»Ich dachte, eure Ehe ist ohnehin am Ende? Du hast gesagt, dass ihr nebeneinanderher lebt und nicht mehr zusammen. Du wolltest unsere Geschichte doch offiziell machen.« Ines kam sich plötzlich klein und etwas elend vor, ihn an seine Worte erinnern zu müssen.

»Daran hat sich nichts geändert, Liebste. Glaub mir, bitte! So bald als irgend möglich. Aber ich möchte, ich *muss* auf ihre Gefühle Rücksicht nehmen. Sie ist die Mutter meiner Kinder. Auch das habe ich dir offen dargelegt. Erinnere dich bitte. Meine Ehe gehört zu mir wie meine Bilder.«

Ines spürte einen Stich. Sie erinnerte sich genau an seine Worte, aber ebenso an seine Liebesbeteuerungen. »Und unsere Gefühle füreinander?«

Sein Blick richtete sich nach vorn, auf das Lenkrad, als würde er dort eine Lösung finden.

In der Pause, die er machte, war Ines, als würde sie über den Rand einer Klippe schauen. Ihr Magen zog sich zusammen, ihr war schwindelig und leicht übel. Aber das konnte auch daran liegen, dass sie noch keinen Kaffee gehabt hatte. Mit leerem Magen sollte sie ein solches Gespräch nicht weiter fortführen.

»Piff, darf ich dir einen Vorschlag machen?«

Er schüttelte den Kopf. »Sag bitte nicht, dass du versuchen wirst, es zu verstehen. Ines, ich liebe dich, aber ich kann meine Situation nicht ändern. Die ist auch nach der letzten Nacht nicht anders geworden. Jetzt muss ich zusätzlich mit meinem schlechten Gewissen fertigwerden. Ob du es glaubst oder nicht, ich bin nicht der Mann für schnelle Affären. Warum, denkst du, habe ich so lange gezögert? Jetzt bin ich das Arschloch, und du bist traurig, scheiße. Bitte, bitte steig nicht aus, ja?«

Sie sah ihn an. Hätte man aus ihrem momentanen Gefühlschaos einen Eintopf gekocht, wären wohl alle Zutaten hineingekommen, ob sie nun zusammenpassten oder nicht. Geschmeckt hätte alles nach Liebe. Trotzdem oder gerade deshalb.

»Ich wollte nur vorschlagen, dass wir weiter ins *Café Bauturm* fahren. Ich brauche etwas zu essen und Koffein, sonst kann ich nicht weiterreden. Und ich liebe dich auch, Piff.«

Er setzte seine Kappe wieder auf und startete den Motor.

»Es ist eine beschissene Situation.«

Ines nickte.

An der nächsten Ampel, die tatsächlich auf Rot umschaltete, küsste er sie wieder.

»Aber es war eine tolle Nacht.«

Sie grinsten beide.

24

Sie saßen im *Café Bauturm*, und Ines fröstelte.

Es wäre besser gewesen, sie hätte zu all dem Übernachtungskram auch eine Jacke eingepackt.

Außerdem machte sich die Müdigkeit nach der kurzen und aufregenden Nacht bemerkbar. Hätte man ihr vor ein paar Wochen diese Wendungen in ihrem Leben prophezeit, hätte sie mit einem ungläubigen Blick abgewinkt.

Nach einem Schluck Kaffee und dem ersten Biss in ein ofenwarmes Brötchen kehrten ihre Lebensgeister langsam zurück. Auch Piff wirkte wieder entspannter, ließ sich ein Spiegelei schmecken und erzählte Ines von seiner neuen Idee, die er vorhin zu skizzieren versucht hatte. Diesmal kein Gemälde, sondern eine Installation.

Ines selbst fasste ebenfalls die Gelegenheit beim Schopf, Piff mehr von der *Grasgrünen Liebe* zu erzählen, von den Geschichtennachmittagen, den Künstlern, von Gustav Kramperl. Auch wenn er es abgelehnt hatte, sie dorthin zu begleiten, war dieser Ort doch ein neuer wichtiger Teil ihres Lebens, und sie wollte, dass ihr Liebster zumindest durch ihre Erzählungen Anteil daran nahm.

Diesmal hörte er ihr interessiert zu und strich ihr von Zeit zu Zeit über die Wange.

»Mein Schatz, muss ich denn auf all die knackigen jungen Musiker und Poeten eifersüchtig sein, die du in deiner *Grasgrünen Liebe* triffst?«

Sie lachte laut auf. Hatte sie doch auch vorhin selbst an all die Malergroupies gedacht.

»Eine Spur Eifersucht von dir finde ich völlig in Ordnung, Piff. Vor allem haben es mir die Stammis um Gustav Kramperl angetan. Jeder von ihnen hat eine gute Rente, klingt für mich als Freiberuflerin sehr verlockend.«

Den heiklen Teil ihrer Beziehung hatten sie beide nicht wieder angeschnitten, was auch zu dem harmonischen Miteinander beitrug. Ines und Piff, ein Paar wie so viele andere an diesem Morgen.

Gern hätte sie geblinzelt und mit der Nase gewackelt wie in der alten Fernsehserie *Bezaubernde Jeannie*, die sie sich als Kind immer mit ihrer Mutter angesehen hatte. Mit einem Wimpernschlag hätte sie sich zusammen mit Piff in ein fernes Land gezaubert, am besten weit hinter dem Regenbogen.

Sein iPhone begann auf dem Tisch zwischen den Tellern und Tassen zu vibrieren. Auf dem Display konnte Ines das Foto einer älteren Frau mit gelockten silbernen Haaren erkennen.

Piff stöhnte. »Oh! Entschuldige bitte, aber das Gespräch muss ich annehmen, es ist meine Mama. Sie hat heute Geburtstag und kann, wie es scheint, nicht darauf warten, dass ich mich melde. Oder sie geht davon aus, ihr einziger Sohn hat ihren Geburtstag vergessen. Was übrigens schon vorgekommen ist, muss ich zu meiner Schande gestehen.«

Er stand auf und ging mit dem Telefon nach draußen unter das Vordach.

Ines bestellte sich einen zweiten Kaffee.

Ein Hauch von schlechtem Gewissen rumorte in ihrem Bauch. Wie auch immer seine Ehe aussah, jetzt war Ines definitiv Piffs Geliebte und hatte nun auf allen Ebenen die Seiten gewechselt. Wirklich Gefallen fand sie nicht an dieser Position, aber nun war es zu spät, um sich darüber Gedanken zu machen. Stattdessen musste sie an ihre eigene Mutter denken.

Zu ihr hatte sie nie ein inniges Verhältnis aufbauen können. Linde wäre die Letzte gewesen, die sie in ihre Geschichte mit Piff eingeweiht hätte.

Ihre Eltern hatten bereits lange vor dem Umzug in die mallorquinische Seniorenresidenz ein Leben geführt, das sich wie in einer ewigen Schleife nur um die beiden und ihre kleinen und größeren Krankheiten, ihre Schwierigkeiten mit dem Alltag und den Mitmenschen gedreht hatte.

Dazu kam, dass für ihre Mutter bis heute Ines' Scheidung von Jürgen ein Dorn im Auge war, sie hatte ihr damals geraten, durchzuhalten und zu bleiben. Linde hatte kein Verständnis für den Wunsch der Tochter nach Freiheit gehabt.

Schließlich fiel Ines auf, dass sie Piff immer noch kein Wort über Hannas Schwangerschaft erzählt hatte. Gab es bei ihr eine Hemmschwelle, sich vor ihm als Neugroßmutter zu präsentieren? Sie suchte nach ihrem Handy in der Handtasche, fand es schneller als erwartet. Keine neue Nachricht, kein verpasster Anruf.

Die Kellnerin brachte den Kaffee, fragte nach weiteren Wünschen. Ines verkniff es sich mit einem Lächeln, eine ganze Reihe davon aufzuzählen, die alle nicht in einen Brotkorb oder auf einen Teller passen würden. Sie bat nur um ein Glas Wasser.

Piff kam mit bleichem Gesicht an den Tisch zurück. Er wirkte verstört.

»Ist etwas passiert?«

»Nein, nicht wirklich!« Mit einem großen Schluck leerte er seine Tasse. »Sorry, das stimmt nicht. Es ist tatsächlich etwas geschehen. Mein jüngster Sohn ist dieses Wochenende bei der Oma, und heute Morgen ist er auf einen Baum im Garten geklettert, heruntergestürzt und hat sich am Arm verletzt. Meine Mutter hat mich deshalb angerufen.«

Ich werde auch Oma, hätte Ines jetzt gern gesagt, zweifache sogar. Aber sie nickte nur.

Piff zückte sein Portemonnaie. »Ich muss sofort los. Ich muss in die Eifel fahren.«

Er setzte sich, hob erneut seine schon leere Tasse an, stellte sie ab, stand wieder auf. Ines griff nach seiner Hand.

»Das tut mir leid. Aber Gott sei Dank ist es nur ein verletzter Arm.«

»Mir tut es auch leid, aber ich muss dich hier einfach so sitzen lassen, mein Schatz. Bitte sei mir nicht böse.«

»Nein, nein, natürlich nicht. Es ist schon in Ordnung. Geh nur!«

Piff drückte ihr einen Kuss auf den Kopf und legte einen Fünfzig-Euro-Schein zwischen das Gedeck. »Alles wird gut. Ich melde mich.«

Ohne sich noch mal zu ihr umzudrehen, quetschte er sich an den anderen voll besetzten Tischen vorbei und lief nach draußen. Ines konnte ihn durch den Regen zu seinem Wagen eilen sehen.

Warum war der Sturz vom Baum ausgerechnet heute passiert? Hätte der Junge nicht aufpassen können? Oder seine Oma?

Ines schämte sich sofort für diese Gedanken. Wenn Hanna oder Maxima sich wegen eines Unfalls gemeldet hätten, wäre sie auch ohne zu zögern losgesprintet. Trotzdem fühlte sie sich um ein paar schöne Stunden gebracht.

Die Kellnerin kam und stellte ihr das Glas Wasser auf den Tisch. Nach einer Weile holte Ines sich eine der ausliegenden Frauenzeitschriften. Sie blätterte darin und blieb an einem Artikel hängen, in dem es um die zehn goldenen Regeln bei einer Affäre ging.

Keine davon hatte sie eingehalten.

25

Bin mit meinem Sohn beim Kinderarzt. Kuss.
Dein Piff
Henry geht es besser. Melde mich bald, liebste Ines.
Muss noch einiges regeln, mein Schatz.
Kann gerade nicht, tut mir leid.
Schneller Gruß. P.
Sorry. Später.

Ines scrollte durch all die Nachrichten, die sie in den letzten vier Tagen von Piff erhalten hatte. Jeden Tag wurden sie kürzer, jedes Mal unpersönlicher. Seit gestern war keine einzige mehr gekommen.

Sie hatte Piff eine lange E-Mail geschrieben, hatte ihm ihr Mitgefühl, ihre Unterstützung und ihre Liebe blumig bekundet. Umso frustrierender waren seine kurzen Statements. Sie hätte gern angerufen, hatte bereits mehrfach das Telefon in der Hand, doch sie überlegte es sich immer schon in der nächsten Sekunde anders. Heute Morgen hatte sie erst beschlossen, bei ihm in Frechen vorbeizufahren und einfach zu klingeln, entschied sich dann aber dagegen. Ein unangekündigter Überfallsbesuch erschien ihr unpassend.

So vieles hätte Ines gern getan, aber ihr waren die Hände gebunden. Denn überall im Hintergrund konnte Frau Iffland auftauchen, Pia mit Vornamen. Als Eltern würden die beiden gemeinsam agieren.

Herzlich willkommen in einer Liaison mit einem verheirateten Mann.

»Frau Berwalder?«

Ines sah auf.

Sie saß an einem der Tische in der *Grasgrünen Liebe*.

Zu Hause war ihr die Decke auf den Kopf gefallen, auf ihre Arbeit hatte sie sich ohnehin nicht konzentrieren können. Im Café hoffte sie, dass Angie später Zeit finden würde, sich zu ihr zu setzen. Ines hatte zwar immer noch nicht vor, über Piff zu reden, aber eine entspannte Plauderei mit ihrer Freundin war seit dem Eröffnungstag nicht mehr möglich gewesen. Ein Gespräch, ein wenig herumalbern, ein wenig lästern über die Welt, das fehlte ihr.

Neben Ines stand ein etwas unschlüssiger Mann mit einem schiefen Lächeln. Er trug kurze Jeansshorts und ein T-Shirt mit einem Smiley darauf, das ebenfalls mit nur einem Mundwinkel grinste. Ihr kam der Gast bekannt vor, aber sie konnte ihn nicht einordnen. Die Koteletten gaben schließlich den Ausschlag.

»Herr Walther. Lasse Walther. Richtig?«

Sein Lächeln wurde breiter.

»Ja, genau. Toll, dass Sie sich erinnern. Ich bin der Maler und Lackierer.« Das Wort Maler ließ Ines kurz zusammenzucken.

Lasse Walther hob den Daumen hoch. »Das Café ist super geworden. Alle Achtung.«

Ines lächelte zurück. »Natürlich trägt Ihre grüne Wand viel dazu bei.«

»Danke. Kann ich mich zu Ihnen setzen?«

»Bitte. Ich hab Sie nicht vergessen, Herr Walther. Sie und Ihre Geschichte stehen immer noch auf der Liste, aber Sie haben nicht auf meine Mail geantwortet.«

Lasse Walther zog sich einen freien Stuhl heran, drehte ihn um und setzte sich verkehrt herum darauf. Jetzt erst bemerkte Ines, dass er auf einem Zahnstocher kaute. Er sah ihren Blick.

»Sieht komisch aus, was? Als ob ich ein Cowboy wäre, oder?« Er kehrte zu seinem schiefen Grinsen zurück. »Aber ich versuch mir gerade das Rauchen abzugewöhnen. Ist schwerer, als man denkt, aber neulich hab ich mir die Bilder von den Raucherlungen auf den Päckchen mal genauer angesehen. Daraufhin habe ich den Entschluss gefasst. Die Kampagne hat also bei mir gewirkt.«

»Ich drücke Ihnen die Daumen, Herr Walther.«

»Lasse, is' einfacher.«

»Okay, gerne. Ich bin Ines.«

»Schöner Name, klingt irgendwie alt.«

Ines verdrehte die Augen. »Mein Gott, Lasse, das macht meinen Tag jetzt nicht besser.«

Er hob abwehrend die Hände, sein Grinsen wich einem erschrockenen Ausdruck. Der Zahnstocher wanderte zwischen seinen Lippen von links nach rechts.

»Nein, nein! Entschuldigung. Ich meine den Klang des Namens. Er hört sich so an, als käme er von früher. Also nicht so ein Name wie Mandy oder Chantal. Verstehst du?«

Er hatte einen roten Kopf bekommen und brachte Ines damit zum Lachen. Dazu hatte Lasse sie geduzt, anscheinend war das mit der Nennung beim Vornamen für ihn mit inbegriffen. Sie beschloss, es dabei zu belassen. Es war in Ordnung.

»Ich verstehe, keine Sorge. Abgesehen davon, bin ich mit meinem Namen sehr zufrieden. Schön, dass du die *Grasgrüne Liebe* auch nach getaner Arbeit besuchst. Kommen wir zu deiner Anfrage von damals zurück.«

»Deswegen bin ich ja hier.« Seine Gesichtsfarbe wurde wieder blasser. »Entschuldigung, dass ich nichts von mir hab hören lassen. Ich hatte viel um die Ohren. Meine Katja hat sich von mir getrennt, mein Uropa ist gestorben, und unser Betrieb musste Konkurs anmelden. Ist eine harte Zeit gewesen. Aber wie wir hier sagen: Wat wells de maache.«

Ja, so lautete eines der Kölschen Grundgesetze, die in ihrer Einfachheit mehr Weisheit beinhalteten als so manche philosophische Abhandlung.

Ines sah Lasse Walther an.

Es tat gut, mit jemand anderem zu lachen, und es tat auch gut, von den Sorgen eines Mitmenschen zu hören. Damit relativierte sich ihr eigenes Problem etwas. Lasse war im Moment ein wunderbarer Ersatz für Angelika. Es war richtig gewesen, dass sie sich entschlossen hatte hierherzukommen und sich nicht weiter eingeigelt hatte.

»Das tut mir leid, Lasse. Wenn ich was für Sie – ich meine für dich – tun kann?«

»Quatsch. Was willst du denn tun? Mir einen neuen Job verschaffen? Apropos: Ich kann übrigens nicht nur malen, ich kann dir fast alles reparieren. Also wenn du mal einen Handwerker brauchst …«

»Du bringst mich spontan auf eine Idee, Lasse.« Piff fiel ihr ein. »Kennst du den Maler Iffland?«

Ihr Liebster kam Ines ständig in den Sinn, er geisterte unablässig durch ihre Gedanken. Aber diesmal war Piff aus einem anderen Grund als aus Sehnsucht in ihrem Kopf aufgetaucht.

»Nein. Hat der eine eigene Firma hier in Köln?«

Ines wurde die Verwechslung klar, und sie musste wieder lachen. Lasse schloss sich an, obwohl er nicht wissen konnte, worum es ging. Diesen Umstand fand sie noch komischer, und nun lachte sie, bis ihr Tränen über die Wangen liefen. Cordula, die auch heute im Café bediente, lief am Tisch vorbei und sah

Ines über das volle Tablett hinweg erstaunt an. Ines nahm eine Serviette und wischte sich die Augen trocken.

»Dieser Ausbruch hat mir unheimlich gutgetan.«

»Ist alles okay mit dir?«

»Tut mir leid, Lasse, es hat nichts mit dir zu tun, aber auch meine letzten Tage waren ziemlich stressig. Emotional gesehen.« Sie beugte sich über den Tisch zu ihm hin. »Ich werde Oma. Nicht nur einmal, sondern gleich zweimal. Zwillinge.«

Als wäre es die komischste Sache der Welt, brach sie wieder in Lachen aus.

»Gratulation, Ines. Finde ich toll! Aber was ist so komisch daran?«

Ines winkte ab. »Eigentlich nichts, Lasse. Es ist einfach die Freude darüber.«

Sie schnäuzte sich in die Serviette, langsam entspannte sich ihr überreiztes Nervenkostüm.

»Zurück zu meiner Idee. Der Mann ist ein Kunstmaler. Ich gebe dir die Nummer von Herrn Iffland. Er ist auf der Suche nach jemandem, der Handwerkerarbeiten für ihn erledigt. Auch andere Aufgaben. Interessiert?«

»Auf jeden Fall. Fragen kostet ja nichts. Soll ich dich als Vermittlerin bei ihm angeben?«

Sie überlegte kurz. »Nein, besser nicht. Ich hab davon über eine dritte Person gehört. Ruf an und sag, du hast den Tipp von einem Kumpel, wenn er dich fragen sollte. Ich kann dir auch keine Garantie geben, dass es klappt. Ich weiß nicht mal, wie der Job genau aussieht und was Herr Iffland bezahlt.«

»Schon okay, probieren geht über studieren.«

Cordula kam an ihren Tisch. »Hier kommt endlich deine Apfelschorle, Ines. Für Sie auch etwas?«

Die Freundin von Angelikas Sohn sah Lasse Walther prüfend an. Ines wurde bewusst, dass Cordi über ein mögliches

Date zwischen Ines und dem Mann nachdachte. Die Neuoma und der Smiley-Malergeselle, was für eine Kombination.

Lasse sah auf seine Uhr. »Fast Mittag. Da geht schon ein Kölsch. Dann machen wir endlich einen Termin aus, Ines, ich kann es kaum erwarten. Es wird bombig.«

In seiner Euphorie nahm er Ines' Hand und drückte sie. Cordula zog eine Augenbraue hoch, nickte und tätschelte im Vorbeigehen Ines' Schulter. Wenn Angelika an ihren Tisch kam, würde ihr Cordi bereits von dem neuen Verehrer berichtet haben, dessen war sich Ines sicher. Sie merkte, dass sie schon wieder laut hätte losprusten können. Stattdessen biss sie sich auf die Lippe, nur ein Schmunzeln konnte sie nicht unterdrücken.

Lasse Walther ließ ihre Hand los, musterte ihr Gesicht.

»Ist wieder was Komisches passiert, ohne dass ich es merke?«

»Nein, Lasse, es sind nur meine Nerven.«

»Wann ist es denn so weit?«

»Was?«

»Dass du Oma wirst. Eine sehr junge und sehr geile Oma übrigens.« Er hob seinen Zeigefinger. »Bitte nicht falsch verstehen, ja?«

»Keine Sorge, Lasse, damit kann ich umgehen. Die Schwangerschaft meiner Tochter ist in den ersten Monaten, also ist noch Zeit. Nun zu dir. Erzähl mir deine lustige Story.«

Seine Hand blieb oben, er bewegte den Zeigefinger verneinend hin und her. »Keine Chance. Du musst kommen und zuhören, wenn ich an der Reihe bin.«

»Das dauert leider noch ein paar Wochen. Inzwischen gibt es schon eine Warteliste.«

»Wow! Warteliste! Wie super für das *Café Grasgrüne Liebe* – überhaupt ein toller Name, gefällt mir. Seid ihr schon auf Facebook und so? Dann like ich eure Seite.«

Das schlechte Gewissen stellte sich bei Ines ein. Sie hatte Angie versprochen, sich auch darum zu kümmern. In den letzten Tagen hatte sie absolut nichts auf die Reihe bekommen.

»Noch nicht. Ich gebe Bescheid.«

Angelika selbst brachte Lasse sein Kölsch. Anscheinend hatte Ines recht gehabt mit ihrer Vermutung, und Cordula hatte in Windeseile ihrer Schwiegermutter in spe von der Begegnung zwischen Ines und Lasse berichtet.

»Meine beste Freundin und mein lieber Herr Walther, der die Idee mit der grünen Wand hatte. Ich freue mich, euch beide zu sehen.«

»Lasse hat mich zufällig hier getroffen, Angie. Er wollte sich für eine Geschichte anmelden.«

»Oh, wie toll. Worum geht's?«

»Das soll noch ein Geheimnis bleiben. Aber ich kann verraten, dass ein Vogel darin vorkommt. Ein großer.«

»Wie spannend. Ines hat übrigens einen kleinen, einen Kanarienvogel. Mit der Gemeinsamkeit passt ihr doch gut zusammen.«

Ines verdrehte die Augen. Angelika benahm sich schlimmer, als Maxima es getan hätte, wäre ihre Schwester hier gewesen. Fehlte nur noch, dass sie »Ines, Ines, Ines« sagte.

Lasse Walther schien nichts von Angies Kuppelversuch zu bemerken.

»Meine Ex-Freundin hat auch zwei davon. Billy und Biff.«

»Wie bitte?« Ines konnte sich nur verhört haben. »Piff heißt der Vogel deiner Ex-Freundin?«

Genau in dem Moment gab ihr Handy ein Summen von sich und kündigte eine neue SMS an.

»Entschuldigt. Ich will kurz nachsehen.«

Ines wischte über das Display.

Henry ist wieder völlig okay. Bin aus der Eifel zurück.

Obwohl sie es unhöflich fand, musste sie zurückschreiben, wenigstens ein paar Worte. Am liebsten wäre sie aufgesprungen und hätte die nächste S-Bahn Richtung Frechen genommen.

Wie wunderbar! Wann sehen wir uns?

Angelika hatte sich Lasse zugewandt. »Wie seid ihr denn ausgerechnet auf Piff gekommen?«

»Nein, Billy und Biff. Mit B. Meine Ex-Freundin ist Amerika-Fan, deshalb diese Namen.«

Lasse trank sein Kölsch in einem Zug leer.

Angie grinste.

Ines' Handy vibrierte in ihrer Hand.

Ines, alles zwischen uns ist vorbei. Es geht nicht mehr. Verzeih mir.

Wie in Zeitlupe legte Ines ihr Mobiltelefon auf den Tisch zurück. Ihr Lächeln gefror. Ihr ganzer Körper erstarrte, ihr blieb die Luft weg. Gleich würden die beiden anderen merken, dass etwas passiert war. Ines brauchte ein Ablenkungsmanöver.

»Lass doch Lasse deinen legendären Kirschkuchen probieren, Angelika. Und für mich bitte auch ein Stück mit einem großen Klecks Sahne. Heute wird nicht gekleckert.«

Ines war erstaunt, wie klar und heiter ihre Stimme klang.

26

Ines rannte.

Ihre Füße bewegten sich zu schnell, um einfach nur zu gehen. Es galt, vor dem Schock wegzulaufen.

Während Ines lief, versuchte sie zu erfassen, zu begreifen, dass die Liebe mit Piff vorbei war. Es gab nicht die schmalste Brücke mehr zwischen ihnen, kein Steg, kein Seil da hinüber, über den tosenden Bach ihrer aufgewühlten Emotionen.

Keine Wir-bekommen-das-wieder-hin-Steine, auf die sie springen konnte. Kein Lass-uns-reden-Halt oder ein Warten-wir-ab-Rettungsanker waren noch unter der aufbäumenden Gewalt des Wassers zu erkennen, das die Ufer zwischen Piff und ihr getrennt hatte.

Es war vorbei, es war tatsächlich vorbei, hämmerte sie sich ein, während sie vorwärtshetzte. Ihr Atem kam stoßweise, aber rhythmisch, ihre Beine hoben sich immer und immer wieder. Zehen über Ferse rollten ihre Füße ab, stemmten sich gegen den Pfad, den sie entlangjagte, als wäre Davonlaufen eine Option.

Sie rannte auf einem der Wege, die sie mit ihm gegangen war.

Mit dem Mann mit Hund, dem Kerl mit der Baseballkappe, Paul Hugo.

Sie hob im Laufen das Handy hoch, suchte seine letzte Nachricht, aber ihre Finger zitterten zu sehr, sie scrollte darüber hinweg.

An die letzte halbe Stunde nach seiner SMS im Café konnte sie sich nicht mehr erinnern. Ines hatte funktioniert, das zählte. Keiner hatte etwas bemerkt. Jetzt war sie endlich allein und versuchte, sich im Laufschritt der Realität zu stellen.

Hatte sie wirklich geglaubt, es würde ein Happy End geben?

Dummes verknalltes Mädchen, dumme Endvierzigerin mit Zweisamkeitshoffnungen.

Es fing an zu regnen, schwere Tropfen fielen klatschend vom Himmel.

Besser hätte das Finale in keinem Liebesfilm, in keiner Herz-und-Schmerz-Schmonzette gezeigt werden können.

Ines schien sich zwischen den Tropfen zu bewegen, als könnte sie dem Nass entfliehen, vielleicht auch den Tränen, die schon lauerten und fließen wollten. Als Ablenkung stellte sie sich vor, wie die Gespräche sein würden, viel später, nachdem sie sich endlich alles von der Seele geredet hatte und der Schmerz einem leichten Bedauern gewichen war.

Weißt du noch, Ines, der mit der Halbglatze und dem Wohlstandsbauch, mit dem du diese Affäre hattest? Der arrogante Maler, der dich verführt hat? Der Mistkerl, der dir per SMS den Laufpass gegeben hat? Weißt du es noch?

Ines zog die Schultern hoch, schüttelte im Laufen den Kopf.

Sie wollte keine solchen sarkastischen Bemerkungen, sie würde vielleicht nie jemandem von Piff erzählen. Wieder war etwas zerplatzt. Wie ihre Ehe mit Jürgen. Wie ihre letzte Partnerschaft mit Marcel. Stillschweigen darüber konnte das Beste sein.

Alte Narben brachen auf, alte Wunden taten wieder weh, pumpten den aktuellen Schmerz zu einem Ballon auf. Sie sah nach oben, als könnte sie ihn dort fliegen sehen.

Wieder würde sie allein sein, sich in ihrem Leben als Single ein weiteres Mal einigeln.

Ja. Warum nicht.

Piff hätte sich ohnehin nie getrennt. Als Geliebte an seiner Seite wäre sie im Lauf der Zeit einsamer geworden, als klar definiert alleinstehend zu sein.

Besser ein Ende mit Schrecken als ein Schrecken ohne Ende.

Gutes altes Sprichwort. Könnte von Tante Betty zitiert werden. Oder Ines könnte sich den Spruch als ihr persönliches Motto über das Bett hängen.

Aber tief in ihrem Herzen, das pochte und klopfte und stolperte, während sie lief, konnte sie das Ende emotional noch nicht fassen. Sie konnte sich nicht in die Vernunft retten, der Vernünftig-Stimme zuhören, die versuchte, die Lage zu entschärfen. Es war, als wäre sie ein junges Küken, eben aus dem Nest gefallen. Hilflos, fiepend.

Schließlich musste Ines anhalten. Ihre Lunge, ihre Beine, ihr ganzer Körper schafften es nicht mehr, mit der rasanten Flucht vor ihren Gefühlen mitzuhalten. Nun wurde sie von den Regentropfen getroffen. Erst wurde ihr Haar nass, dann ihre Schultern, das T-Shirt, ihr Oberkörper. Ines ließ eine erste Träne fließen, eine zweite. Das Weinen kam, während sie sich ausgepumpt vornüberbeugte.

Eine Weile blieb sie so stehen, bis sie merkte, dass der Regen längst aufgehört hatte. Über ihr war der Himmel wieder blau. Es reißt auf, würde Gustav Kramperl sagen.

Doch nur das Wetter war wieder besser geworden, nicht die Tatsache, dass Ines per SMS abserviert worden war. Gab es ein netteres Wort dafür? Ihr fiel keines ein.

Ines machte kehrt und ging langsam nach Hause. Schweiß rann ihr über den Rücken, während Tränen und Regen auf

Kopf und Gesicht langsam trockneten. Ihr Körper bewegte sich wie in Trance.

Eine Stunde später, wieder zu Hause, bekam sie unter der Dusche eine Heulattacke, so heftig, dass sie sich zusammenkrümmte und eine Weile unter dem fließenden Wasser erstarrt liegen blieb. Schließlich zog sie sich hoch, trocknete sich ab, rubbelte kräftig, bis ihre Haut sich rötete und brannte.

Sie versorgte Hugo, ging früh zu Bett, schlief ein.

Nach einem Traum, in dem Piff statt der Baseballkappe einen Sombrero getragen hatte, schreckte Ines wieder hoch. Sie konnte nicht einordnen, ob Minuten oder Stunden vergangen waren. Draußen war es immer noch nicht völlig dunkel.

Mit einem Mal hatte sie unbändige Lust auf Sex. Sie verließ das Bett, durchsuchte die Schubladen im Schrank und fand das Päckchen mit dem Vibrator, den Maxi ihr unter lautem Johlen der Partygäste geschenkt hatte, als sie neunundvierzig geworden war. Auf dem länglichen Paket klebte noch eine Schleife, es wurde Zeit, das Ding einzuweihen.

Mach's dir selbst, dann hilft dir Gott. Oder so ähnlich.

Als sie mit dem Vibrator in der Hand zurück unter die Laken kroch, war der leidenschaftliche Schub vorbei. Sie hielt sich das Teil eine Weile an die Wange, als wäre es für eine Gesichtsmassage gemacht worden. Darüber musste sie wenigstens kurz kichern.

Der Schlaf wollte jedoch nicht wiederkommen, also erinnerte sie sich an all die Tage, an alle Momente, ließ die Bilder, die Empfindungen an ihrem inneren Auge vorbeiziehen wie eine Parade am Geburtstag der Queen.

Sie schniefte, sie seufzte, sie atmete schwer.

Kurz vor Mitternacht rief sie endlich Angie an, diesmal konnte es nicht Tante Betty sein, diesmal brauchte sie unabdingbar ihre beste Freundin. Viel zu lange hatte sie die Scham oder auch die Lust an der Geheimhaltung davon abgehalten, sich auszutauschen. Das eine wie das andere konnte ihr jetzt gestohlen bleiben.

Angelika war eine Nachteule, ging nie vor ein Uhr ins Bett. Jetzt war sie die Erste, die vom endgültigen Aus und zugleich überhaupt erst von der Piff-Affäre erfuhr. Ines erzählte eine Kurzversion, spielte die Liebe und ihre Sehnsüchte herunter.

Angie versuchte, Ines zu trösten.

»Der Name war doch schon Programm, Ines. Du Kindchen!« Angelikas Stimme war die einer Mutter, die den Typen an der Seite ihrer vergötterten Tochter nie gemocht hatte. »Hör mal rein, Ines: Piff. Wenn du das Wort ein paarmal schnell hintereinander aussprichst, hört es sich wie eine Dampflok an. Und Dampfgeplauder war das Einzige, was der Kerl produziert hat.«

Sie redete weiter über Betrügereien und Scheinheiligkeit. Ihr langer Monolog wirkte ermüdend auf Ines, besser als eine Schlaftablette.

»Danke, Angie, fürs Zuhören«, sagte sie und gähnte.

»Soll ich vorbeikommen, meine arme Ines?«

»Nein, bitte nicht, es geht schon wieder.« Eine halbe Lüge.

Der Rest der Nacht war voll wilder Träume. Ines lief, rannte wieder durch eine Stadt, die sie nicht kannte und die mit Menschen bevölkert war, die alle in Grasgrün gekleidet waren. Frauen wie Männer.

Um sieben Uhr erwachte sie ruckartig. Sie fühlte sich besser als erwartet. Die Nacht hatte ihre Trauer anscheinend weggespült.

Kein Muskelkater, keine Rückenschmerzen von ihrem wilden Lauf gestern waren zu spüren, nur ein leichtes Ziehen in den Waden. Ines hatte mächtigen Hunger, und nachdem sie Hugo seine Körner gegeben und er sich mit einem Schnäbeln bedankt hatte, schlug sie drei Eier auf, machte sich dazu eine

Scheibe Brot, dick mit Butter bestrichen. Ihre klassischen zwei Tassen Kaffee rundeten das Frühstück ab.

Um acht telefonierte sie noch mal mit Angie, die für ihr Café Einkäufe machen musste und sich nur kurz Zeit nehmen konnte, ihr aber vorschlug, auf keinen Fall allein zu Hause zu bleiben, sondern unbedingt wieder in die *Grasgrüne Liebe* zu kommen.

Später im Bad starrte sie sich lange im Spiegel über dem Waschbecken an. Ihr gefiel ihr Gesicht in seiner Trauer. Es wirkte verquollen von den Tränen, aber auch geklärt.

Ines machte einen Termin bei ihrem Friseur, bekanntermaßen brauchte eine verlassene Frau einen neuen Haarschnitt.

Eine Schrecksekunde hatte sie beim Bettenmachen, als sie sich vorstellte, dass sie beim nächsten Tierarztbesuch wieder auf Piff treffen könnte. Doch sie schob den Gedanken weit weg, darüber konnte sie sich später den Kopf zerbrechen. Sie dachte lieber an Doktor Naux und seine hübsche junge Frau, zwei sympathische Menschen.

Noch im Nachthemd ging Ines an den Computer, die Arbeit wartete nicht. Nach einer Stunde voller Konzentration machte sie eine kleine Pause und überraschte sich dabei, als sie lauthals zu singen anfing. *Chasing cars* schien in jeder Lebenslage zu passen.

Let's waste time, chasing cars, around our heads.

Autos jagen, ja, eine hervorragende Idee. Die auch als Single funktionieren konnte. Musste.

Hugo saß auf seiner Stange und wippte.

Ines würde es durchstehen. Sie wollte vielleicht nicht, aber sie würde es schaffen.

Als sie sich schließlich fertig machen wollte, um an die frische Luft zu gehen an diesem ersten Tag nach Piff, und sich ein frisches T-Shirt überzog, kamen die Schmerzen.

In einer Welle zogen sie über ihre Schultern und Arme nach vorn, krallten sich in ihrem Magen fest.

Ines versuchte sie einzuordnen, aber da überrollte sie schon die zweite Welle, weitaus stärker noch als die erste. Ihr wurde speiübel, und sie schleppte sich auf die Toilette. Schwindel erfasste sie, sie konnte sich gerade noch an der Duschkabine festhalten.

Die dritte Schmerzattacke übertrumpfte die ersten beiden.

Es war ein Tsunami aus Schmerz, der ihr den Atem und für einen Moment auch die Sinne nahm. Sie schlug sich ins Gesicht, um wieder klarer denken zu können. Wie in Zeitlupe bewegte sie sich ins Wohnzimmer zurück, schleppte sich zu ihrem Handy am Couchtisch.

Die nächsten und übernächsten Wellen dauerten länger, breiteten sich in ihrem ganzen Körper aus. Es war, als würde sie bei lebendigem Leib geröstet, nein, zerhackt, nein, aufgespießt.

Ich sterbe, dachte sie.

»Hilfe«, flüsterte sie.

Ihr Notruf ging um zehn Uhr morgens ein.

Es war der letzte Donnerstag im Juli.

Der Krankenwagen brauchte acht Minuten bis zu Ines' Wohnung. In dieser Zeit schaffte es Ines noch, Hugo in seinen Käfig zu setzen. Ihr gelang es, Hanna eine Nachricht auf ihrer Mailbox zu hinterlassen, dann rutschte sie von der Couch auf den Boden. Als es Sturm klingelte, krabbelte sie auf allen vieren zur Haustür. Die Rettungsleute kamen zu dritt. Ines wurde auf einer Trage nach unten gebracht. Der Notarzt, der sie untersuchte, wirkte ziemlich übernächtigt.

Bevor ihr eine Sauerstoffmaske aufs Gesicht gedrückt wurde, fragte sie: »Muss das sein?«

Der müde Notarzt nickte.

»Was ist es?«

»Vermutlich ein Herzinfarkt. Sie müssen sofort ins Krankenhaus.«

Nein, wollte sie sagen, aber ihre Lippen öffneten sich nicht mehr.

Nein, nein, nein. Verdammt noch mal. Nein. Mist. Verdammter, dämlicher Mist.

Im Rettungswagen bekam sie eine Injektion. Es war das Letzte, woran Ines sich erinnerte.

III Warum die Welt sich weiterdreht

27

Zuerst Nebel. Dichtester Nebel.

Sie irrte herum. Fand keinen Weg aus der grauen Suppe heraus.

Statt sich zu fürchten, wurde sie sauer. Wer hatte ihre Welt so verqualmt, dass sie nichts mehr sehen konnte? Ein kettenrauchendes Kölner Heinzelmännchen? Ein Waldschrat mit einer Nebelmaschine?

Ein Gebläse musste her, um die Schwaden zu vertreiben. Vielleicht ein Laubbläser oder ein Föhn mit Turbomotor.

Beides hatte sie nicht zur Hand. Sie konnte nicht mal ihre Hände unter dem Nebelschleier sehen. Als wäre sie körperlos.

Sie begann zu pusten.

Ein unsichtbares Gewicht lag auf ihrer Brust, sie konnte kaum richtig Luft holen. Die Anstrengung nahm zu, ihr war, als würde sie nach innen pusten und ihr Gesicht sich aufblasen wie ein Ballon.

Der Nebel verdichtete sich, es sah jetzt mehr wie Wolken aus.

Ihre Bemühungen brachten nichts, erschöpften sie nur, sie setzte sich einfach so in die Schwaden hinein.

Ihr Hinterteil wurde erstaunlicherweise gehalten, getragen, abgestützt.

Wolkensitzen.

Das gefiel ihr schon besser. Sie neigte den Kopf nach unten, um zu sehen, worauf sie Platz genommen hatte, aber sie konnte nichts unter ihrem Po erkennen.

Sie hob ihn wieder ein kleines Stück an, aus den Nebelwolken heraus, und klatschte sich mit der Hand auf den nackten Hintern. Der Klatscher hallte gewaltig nach, aber es tat nicht weh.

Jetzt erst wurde ihr bewusst, dass sie nackt war.

Vollkommen.

Wo waren ihre Kleider? Wenigstens Unterwäsche hätte sie gern. Sie wurde unruhig. Nudistenwolkensitzen war nichts für sie, wie sie feststellte.

Nackte Frau im Nebel.

Wo war sie?

Weiter: Wer war sie?

Im Augenblick hatte sie kein Gefühl für eine Existenz, die mit ihrem nackten Körper verbunden sein konnte.

Plötzlich gab unter ihr der Halt nach. Fast kippte sie rückwärts, aber im letzten Moment konnte sie sich auf den Beinen halten.

Etwas änderte sich. Drehte sich.

Sie drehte sich. Sie schrumpfte.

Auf einmal war sie klein.

Körperlich klein und auch an Jahren.

Sie rannte auf kleinen Füßen weiter durch den Nebel und suchte ihre Mama. Sie wollte rufen, aber ihre Stimme klang wie das Zwitschern eines Vogels. Es musste ein gelber Kanarienvogel sein, und jetzt fiel ihr immerhin ein Name ein.

Hugo.

Sofort wuchs sie mit atemberaubender Geschwindigkeit und wurde wieder groß, erwachsen. Zumindest wusste sie jetzt, dass sie keine Mama mehr brauchte. Sie erinnerte sich, dass sie selbst Mama war. Sie war sogar über das bloße Mamasein hinaus, sie war Altmama.

Nein, Großmama.

»Oma, Oma«, jubelte sie sich selbst zu und klatschte freudig in die Hände. Der Nebel begann sich zu lichten. Wunderbar.

»Mama, Mama«, rief jetzt jemand, der sich im Nebel versteckt haben musste. Die Stimme kannte sie, ein nächster Name schoss durch ihre Erinnerung.

Hanna.

Ein Name, der sie glücklich machte. Aber es war immer noch nicht ihr eigener.

Sie tastete sich weiter vor.

Waren ihre Augen offen oder geschlossen? Sie wusste es nicht. Sie versuchte zu blinzeln.

Hinter dem Nebel wurde es hell. Als ob eine Sonne hinter den Wolken aufgegangen wäre oder jemand eine Lampe angemacht hätte.

In der Helligkeit konnte sie Konturen erkennen. Graue Schatten, die sich bewegten.

Ihre Augen mussten demnach offen sein.

Sie versuchte wieder zu klatschen, aber ihre Hände blieben diesmal neben ihrem Körper liegen, der eine waagerechte Position eingenommen hatte.

Lag sie in einem Bett?

Sie war auch nicht mehr nackt, sondern bedeckt bis zur Brust. Bedeckt mit einem Stoff, der sich kühl anfühlte. Sauber roch. Straff über ihren Körper gezogen worden war.

Unter ihren Handflächen konnte sie das Material fühlen. Ihr linker Zeigefinger bewegte sich hin und her, erkundete den Untergrund. Sie hörte ein minimales Rascheln unter der Fingerkuppe.

Eine der Konturen im hellen Rand bewegte sich auf sie zu, wurde größer, kam näher. Die graue Schattengestalt nahm Licht weg, aber das störte sie nicht.

»Mama, Mama«, erklang es wieder.

Sie versuchte zu nicken.

Mama. Ja, ganz richtig. Mama.

Nicken ging nicht. Also weiterdenken.

Ich denke, also bin ich.

Wer hatte diesen klasse Spruch einst von sich gegeben? Egal.

Sie dachte, also war sie.

Sie dachte nicht nur, sie hörte, sie sah diesen Grauschatten über sich. Und sie bewegte ihren Zeigefinger. Alles Zeichen ihrer körperlichen Existenz. Geist und Körper, Seele und Mensch.

Nun musste sich doch auch ihr Name aus der unendlich tiefen Handtasche namens Gehirn kramen lassen.

Liebste. Schatz.

Nein. Das waren keine Namen. Es waren Bezeichnungen. Und sie taten weh.

Bisher hatte sie ihren Weg durch den Nebel ohne Schmerz beschritten, so sollte es bleiben.

Liebste und Schatz. Sollte die zwei doch der Teufel holen.

Der Ärger tat gut, er gab ihr Schwung und brachte sie ihrer Existenz ein gutes Stück näher.

Ihre Hand wurde gepackt. Es war die mit dem sich bewegenden Zeigefinger. Sie wurde hochgehoben. Jemand drückte sie fest.

Die Kontur vor ihr wurde zu einem Gesicht.

Sie kannte es.

Unbändige Freude erfasste sie.

Sie wollte nicht mehr warten, nicht mehr raten, sich nicht mehr den Kopf zerbrechen. Sie wollte Klarheit. Sie wollte sich und ihre Person wiederhaben.

Komm schon … Ines.

I-N-E-S.

Ja, Tor! Touchdown! Treffer!

Ines.

»Frau Berwalder?«

Eine andere Stimme, ein anderes Gesicht. Ein zweiter Schatten mit Kontur.

Ihr völlig unbekannt.

Berwalder? Ihr Nachname?

»Frau Berwalder!«

»Mama, Mama.«

Ines, Ines, Ines.

Die Erleichterung war unfassbar groß.

28

Der erste Mensch, den Ines auf der Intensivstation klar und bei vollem Bewusstsein wahrnehmen konnte, war eine kleine, rundliche Krankenschwester mit einem grünen Mundschutz, die um ihr Bett herumlief und irgendetwas zu ordnen schien.

Hallo? Bin ich im Krankenhaus? Was ist passiert?, wollte Ines fragen, aber statt ganzer Sätze kam nur ein Gurgeln über ihre Lippen. Ihre Zunge schien wie eine Schlange eingerollt in ihrem Mund zu liegen und sich nicht zu bewegen.

Die Krankenschwester hielt trotzdem in ihrem Herumlaufen inne.

»Na, da simma ja wieder. Das is' eine Freud', dass Sie wieder wach sind. Geht's also besser?«

Die kleine, rundliche Schwester hatte durch den Mundschutz hindurch den gleichen Tonfall wie Gustav Kramperl.

Die Trockenheit in Ines' Hals und Rachen ließ nur ein Krächzen als Antwort zu. Nebelkrähe, dachte Ines, ich bin stimmlich zu einem Rabenvogel mutiert.

»Alles ausgedörrt, oder? Haben S' einen Durst, Frau Berwalder?«

In dem Moment, wo die Frau es ausgesprochen hatte, wäre Ines für einen Schluck Wasser meilenweit gelaufen. Eine ziemlich schlechte Idee bei dem Zustand, in dem sie war.

»Bitte, ja.« Endlich, zwei verständliche Wörter im Gegurgel und Gekrächze.

Die kleine, rundliche Krankenschwester verschwand aus ihrem Blickfeld und erschien ein paar Sekunden später mit einer weißen Schnabeltasse wieder. Den Mundschutz hatte sie unter ihr Kinn geschoben. Ihre Gesichtszüge waren freundlich, ihre Wangen von roten Äderchen durchzogen.

»Langsam. Nur net hudeln. Einen kleinen Schluck nehmen, ein bisserl im Mund lassen und dann erst schlucken.«

Der Tee war lauwarm und schmeckte herrlich. Am liebsten hätte Ines der Frau die Schnabeltasse aus der Hand gerissen und das Getränk in einem Zug heruntergeschüttet, aber sie ließ sich Zeit. Sie stellte sich vor, wie ihre Kehle einem ausgedörrten Stück Erde glich, auf das der ersehnte Regen zu fallen begonnen hatte. Nicht nur herrlich, einfach göttlich. Nach Ines' drittem Schluck stellte die kleine, rundliche Schwester die Tasse auf dem Nachttisch ab.

»Frau Berwalder.« Sie klang streng und nachsichtig zugleich. »Sie sind im Krankenhaus. Ich werd' sofort Doktor Menzel verständigen, er ist auf der Station. Er is' Ihr behandelnder Arzt. Mein Name ist Gertrud Sacher. Wie die berühmte Torte.«

Sacher und Kramperl, das wäre ein perfektes Paar.

»Was ist geschehen?« Mit dem Tee geölt, wurde aus der Krähe wieder Ines, wenn auch noch flüsternd.

»Der Herr Doktor wird Ihnen alles sagen. Jetzt bleiben S' ganz ruhig liegen, gleich is' er bei Ihnen.«

»Sie sind aus Österreich, nicht?«

Ein strahlendes Lächeln breitete sich über dem Gesicht der Krankenschwester aus. »Ja, ganz richtig. Die meisten denken, ich wär aus Bayern, aber ich stamm aus Sankt Pölten, das ist in der Nähe von Wien.«

»Ich habe einen guten Freund, der auch aus der Gegend ist.«

»Sehen Sie, wir Ösis sind überall.«

Mit dieser Feststellung ließ Schwester Gertrud Sacher Ines allein im Krankenbett zurück.

Jetzt erst bemerkte Ines, dass in ihrem linken Arm eine Infusionsnadel steckte, aus der ein dünner Schlauch zu einem Ständer mit einer umgedrehten Flasche führte. Auch auf ihrer Brust konnte Ines einen viereckigen geklebten Verband sehen, dessen Bedeutung ihr nicht klar war. Hinter dem Nachttisch stand eine große Maschine mit zwei Monitoren, die jedoch im Moment ausgeschaltet waren. Sie wollte sich aufrichten, war aber zu schwach dazu. Der Galgen über dem Krankenbett schien unerreichbar zu sein. An der Zimmerdecke darüber sah sie eine lange Neonröhre, die mit ihrem sterilen weißen Licht alle Gegenstände hart konturiert wirken ließ.

Was war ihr zugestoßen?

Ines wühlte in ihrer Erinnerung.

Herzinfarkt.

Dieses Wort tauchte als Erstes auf. Irgendwer hatte es zwischen den schrecklichen Schmerzen und ihrer Bewusstlosigkeit ausgesprochen. Ihr wurde kalt, eine Gänsehaut kroch ihren Rücken hoch. Wie schwer? Was hatte ihn ausgelöst? Würde sie wieder gesund werden? War sie operiert worden?

Auf ihre Fragen brauchte sie dringend Antworten.

Sie hörte die Tür zum Krankenzimmer aufgehen, drehte den Kopf zur Seite.

»Frau Berwalder, wie schön, dass Sie aufgewacht sind. Ich bin Doktor Menzel. Sie wurden von mir und meiner Kollegin versorgt, nachdem man Sie in unser Herzzentrum gebracht hat.«

Neben der kleinen, rundlichen Gertrud Sacher stand ein langer, dünner Mann. Wenn Ines' Lage nicht so prekär gewesen wäre, hätte sie sich über das ungleiche Pärchen neben ihrem Krankenbett amüsieren können.

»Bitte, was war los? Ich hatte einen Herzanfall, oder? Bin ich auf der Intensiv?«

»Frau Berwalder, ganz ruhig. Eins nach dem anderen. Ja, Sie sind auf der Intensivstation. Sie sind heute Vormittag mit akuten Beschwerden bei uns im Herzzentrum eingeliefert worden. Verdacht auf Herzinfarkt. Mit einer typischen Veränderung der Herzstromkurve im EKG und Herzenzymwerten im Blut.«

»O mein Gott.« Ines hatte das Gefühl, ihr Herz würde gleich wieder außer Kontrolle geraten. Heute Vormittag? Unmöglich, dass es immer noch derselbe Tag war. Ihr war, als hätte sie hundert Jahre geschlafen.

Der lange, dünne Doktor Menzel setzte sich auf die Bettkante.

»Ich kann Ihnen allerdings sofort eine minimale Entwarnung geben. Bei der Herzkatheter-Untersuchung wurde festgestellt, dass keins der Herzkranzgefäße tatsächlich verstopft war. Meine Diagnose wäre demzufolge Stress-Kardiomyopathie, auch *Broken-Heart-Syndrom* genannt.«

»Was?«

»*Broken-Heart-Syndrom.* Es wird weitere Untersuchungen geben, um meinen Befund zu bestätigen. In diesem Quartal wären Sie tatsächlich bereits meine dritte Patientin mit diesem Befund.«

»*Broken Heart* wie gebrochenes Herz?«

»Ja, genau. Bei schwerem Kummer, großem Stress oder einem Schicksalsschlag kann der Körper eine massive Ausschüttung von Stresshormonen ins Blut vornehmen. Die Herzwand wird überreizt, es kommt zu einer Verkrampfung des Herzmuskels, der Gefäße. Dadurch werden die Symptome ausgelöst. Waren Sie in letzter Zeit Kummer, Stress, einer schweren seelischen Belastung ausgesetzt, Frau Berwalder? Hatten Sie eine Trennung? Liebeskummer oder auch einen Schicksalsschlag?«

Ines sah Doktor Menzel an.

Broken Heart. Gebrochenes Herz.

Das passte.

29

Koronarangiografie.

Was für ein Wort. Perfekt für einen Spieleabend mit Scrabble. Auch bei einem Buchstabierwettbewerb ein Volltreffer.

Aber in ihrem Fall hätte Ines gern darauf verzichtet, ihren Wortschatz damit zu erweitern.

Bereits als Ines das Kontrastmittel gespritzt wurde und sie auf der Liege lag, wäre sie am liebsten aufgestanden und davongelaufen. Aber sie ballte ihre Hände zu Fäusten, versuchte gleichmäßig weiterzuatmen und an das neueste Ultraschallbild ihrer Enkelkinder zu denken, das ihr ihre Tochter gezeigt hatte. Über ihr summte und brummte das Gerät, mit dem das Innere ihres Herzens bei dieser Herzkatheteruntersuchung sichtbar gemacht wurde.

Nächstes Wort, um scrabblemäßig durchzustarten.

Ein lang gezogenes Klacken war zu hören, wie von einem außerirdischen Fotoapparat. Ines stellte sich vor, dass auf den Bildern, die von ihren Herzinnenräumen gemacht wurden, Piff zu sehen war. Schließlich konnte nur er der Grund ihres *Broken-Heart-Syndroms* sein. Eine ganze Bildreihe, die der lange, dünne Doktor Menzel zu Gesicht bekommen würde: Piff mit und ohne Hund, Piff mit Baseballkappe, Piff mit Schal, und so weiter.

Die Prozedur dauerte weniger lange als gedacht, und keiner der Ärzte erwähnte etwas von einer seltsamen Abbildung eines bekannten Malers in Ines' Herzkammer.

Zum nachfolgenden Gespräch kam ein anderer Arzt. Ines hätte gern auf Doktor Menzel bestanden, wusste aber, dass sie als Kassenpatientin keine Chance auf Sonderwünsche hatte. An den neuen Doktor Hasirasi – wenn es den Namen nicht schon gäbe, müsste man ihn erfinden, dachte sie, als er sich vorstellte – hatte sie keine einzige Frage, obwohl Ines einiges auf der Seele lag.

Die Untersuchung bestätigte die erste Diagnose. Laut Doktor Hasirasi war es eine erfreuliche Bestätigung, doch sosehr Ines sich auch bemühte, sie konnte kein positives Gefühl zu ihrem *Broken Heart* entwickeln.

Wenigstens etwas Gutes hatte das Untersuchungsergebnis. Sie wurde auf eine normale Station verlegt. Doch dort fehlte ihr die kleine, rundliche Gertrud Sacher. Die Krankenschwestern im dritten Stock, Sektor B, waren zwar freundlich, aber lange nicht so herzlich wie die Österreicherin.

Trotzdem war Ines froh, das sterile Umfeld des Zimmers auf der Intensivstation hinter sich zu lassen. Hier gab es Vorhänge mit Muster, und sie durfte eine Vase mit Blumen auf den Nachttisch stellen. Ihre Handtasche lag im Schrank, auch ihr kleiner Reisekoffer mit ein paar Sachen und Kosmetikartikel. Hanna und Maxima waren in ihre Wohnung gefahren und hatten das Nötigste gebracht. Die beiden hatten auch Hugo versorgt und Ines diese Sorge abgenommen.

Auch ihr Handy hatte Maxi ihr aus der Wohnung geholt, und Ines vertrieb sich die Zeit mit SMS. Sie gab den Nachbarn und Freunden Bescheid, bat aber darum, sie nicht zu besuchen, da sie hoffte, schon morgen oder übermorgen entlassen zu werden. Außerdem wollte sie keine besorgten Gestalten hier sitzen haben, betroffene Gesichter würden sie nur deprimieren.

Angelika konnte abends kommen, und das genügte vollauf. Schließlich lud sich Ines ein Online-Scrabble-Spiel herunter. Sie war auf den Geschmack gekommen.

Als sie von der diensthabenden Schwester das Okay bekam, aufstehen und herumlaufen zu dürfen, hob sich ihre Gemütslage zusehends. Sie machte sich auf den Weg, um den weitläufigen Gebäudekomplex zu erkunden.

Es war fast so, als würde sie durch ein riesiges Einkaufszentrum oder eine Ausstellung laufen. Die Klinikgänge waren alles andere als karg, es gab Bilder und Fotos an den Wänden. Sie blieb eine Weile in einer der Vorhallen vor einer Skulptur stehen, die ein Herz darstellte, und horchte auf ihr eigenes. Auf dem Rückweg in ihr Zimmer verlief sie sich und musste einen Pfleger nach der richtigen Richtung fragen.

In der Zwischenzeit war eine zweite Patientin in Ines' Krankenzimmer untergebracht worden. Ein junges Mädchen, dessen Eltern und Großeltern, samt einer Tante, den Raum bevölkerten und den Lärmpegel anschwellen ließen.

Die Stationsschwester erzählte Ines, dass auch für sie Besuch dagewesen sei, gewartet habe, aber dann wieder gegangen sei. Der junge Mann würde wiederkommen. Ines dachte an Dustin, aber keiner hatte sich einen Namen notiert.

Nach einem Tee mit Keksen rief Hanna an. Dustin hatte Hugo aus Ines' Wohnung geholt, er würde die Tage bei den beiden bleiben. Ein Miniurlaub an einem neuen Ort für den Kanarienvogel. Bei Ines im Krankenhaus hatte ihr Schwiegersohn allerdings nicht vorbeigeschaut. Wer der junge Besucher gewesen war, blieb weiter im Dunkeln.

Zur Nachmittagsvisite erschien endlich Doktor Menzel wieder.

»Mein Kollege Doktor Hasirasi hat Sie schon informiert, nicht wahr? Das *Broken-Heart-Syndrom* hat sich bestätigt. Eine leichtere Diagnose als ein Infarkt, aber auch damit ist nicht zu spaßen.«

»Wann kann ich nach Hause? Morgen?«

»Ich würde mal auf übermorgen tippen, Frau Berwalder.«

Ines seufzte genervt. »Kann es wieder passieren?«

»Sie meinen, ob die Symptome wieder auftreten könnten?«

»Ja. Es war, glaube ich, das Schrecklichste, was ich je erlebt habe. Solche Schmerzen und so eine große Angst.«

»Mit der richtigen Medikation und viel Ruhe haben Sie gute Chancen, dass es zu keiner erneuten Attacke kommt. Möglich allerdings ist es, das will ich Ihnen nicht verschweigen. Wir hatten schon Patientinnen, die mehrfach wieder bei uns eingeliefert wurden.«

»Werden Schäden zurückbleiben?«

»In der Regel bleiben beim *Broken-Heart-Syndrom* weder Narben noch eine Funktionsstörung des Herzmuskels zurück. Physisch. Psychisch sieht die Sache anders aus.«

»Sie meinen, ich sollte mich mit den Umständen auseinandersetzen, die dazu geführt haben?«

»Ein direkter Ratschlag von mir. Möchten Sie davon erzählen?«

»Nein, Doktor Menzel. Ich will nur nach Hause.«

»Ich würde gerne eine unserer Therapeutinnen zu Ihnen schicken.«

»Mir geht es besser.«

»Frau Berwalder. Sie können zwar mit Ihrer Familie und Ihren Freunden über das sprechen, was Ihnen solchen Kummer bereitet hat, aber ein professioneller Blick wäre dringend nötig. Ich empfehle Ihnen eine gute Freundin von mir, Liese Kuhn. Wenn Sie möchten, mache ich einen ersten Termin für Sie.«

Ines willigte ohne große Begeisterung ein.

Nach Doktor Menzels Besuch fiel sie erschöpft in einen kurzen Schlaf. Sie träumte von Piffs Hund Perry. Diesmal hatte er statt Hugo Ines selbst wie ein Stück Wurst geschnappt. Im Traum war sie zweigeteilt, einerseits dabei, verschluckt zu werden, und zugleich stand sie vor dem Tier und versuchte, sich selbst aus dem Maul zu befreien.

Sie schreckte hoch, und ihr Herz klopfte so schnell, dass sie fast nach einer Krankenschwester geklingelt hätte.

Liese Kuhn, die angekündigte Therapeutin, erschien einen Tag später, nach der allgemeinen Visite.

Die junge Frau trug keinen Arztkittel, sondern ein blassrosa Kleid. Sie kam mit Elan ins Krankenzimmer, stellte sich als klinische Psychologin vor. Da Ines' Bettnachbarin bei einer Untersuchung war, blieben sie im Zimmer und setzten sich an den Tisch am Fenster.

Ines fand Liese Kuhn auf Anhieb sympathisch, fragte sich aber, ob sie einer Fremden so leicht ihr Herz ausschütten konnte. Doch statt wie Doktor Menzel direkt nach den Gründen zu fragen, begann die Therapeutin das Gespräch mit einer ungewöhnlichen Frage.

»Wenn Sie zurückdenken, liebe Frau Berwalder, zu den Tagen vor Ihrem Zusammenbruch, welches Märchen fällt Ihnen dazu ein?«

»Märchen?«

»Ganz spontan. Haben Sie sich wie Schneewittchen im gläsernen Sarg gefühlt oder wie Dornröschen, die sich an der Spindel gestochen hat und in ihren langen Schlaf gefallen ist? Oder sind Sie die Prinzessin, die den Frosch an die Wand geklatscht hat? Überlegen Sie bitte. Aber lassen Sie sich nicht zu viel Zeit.«

Ines war überrascht, ließ sich aber darauf ein. Sie ging die klassischen Gutenachtgeschichten aus ihrer Kindheit durch. Liese Kuhn wartete schweigend, und die Stille zwischen ihnen fühlte sich angenehm an. Dann wusste es Ines.

»*Die kleine Meerjungfrau*. Das Märchen von Hans Christian Andersen, nicht der Disney-Film.«

»Gut. Das ist, wenn ich mich richtig erinnere, eins der Märchen, das nicht gut ausgeht, also kein Und-sie-lebten-glücklich-bis-ans-Ende-ihrer-Tage.«

»So war es bei mir ja auch nicht.«

»Möchten Sie mir die Gründe sagen, warum Sie sich gerade dieses Märchen ausgesucht haben?«

Diesmal überlegte Ines länger. Die Geschichte mit Piff kam aus ihrer Gedankenecke und blieb diesmal in ihrem Bewusstsein. Während Ines nachdachte, konnte sie die Erinnerung gut ertragen.

»Die kleine Meerjungfrau verliebt sich und riskiert es, aus ihrer gewohnten Umgebung auszubrechen, um bei ihrem Prinzen zu sein.«

Liese Kuhn nickte. »Aber am Ende stirbt sie doch, weil sich der Prinz nicht in sie verliebt und eine andere heiratet, oder?«

»Ja. Das stimmt.« Der Satz der Psychologin hallte in Ines nach. »Aber es ist nicht ganz so einfach. Die Meerjungfrau hätte den Prinzen töten können, um wieder ins Meer zu gelangen, aber sie hat sich dagegen entschieden. Deshalb stirbt sie nicht, sondern wird zu einem Luftgeist.«

»Sie wird transformiert. Durch die Liebe.«

»Ja, könnte man sagen.«

Sie schwiegen wieder eine Weile. Ines kratzte sich am rechten Ellbogen.

»Wollen Sie wirklich meine Geschichte hören? Ich würde Sie nur langweilen.«

Die junge Frau lächelte breit. »Bis jetzt hat mich noch nie etwas gelangweilt, was mir Patienten erzählt haben. Fragen Sie mich in zwanzig Jahren noch mal, aber heute kann ich Ihnen versichern, dass ich völlig gespannt auf Ihre Story bin, schnurzfurz-egal, wie sie auch sein mag.«

Liese Kuhn glich einem Überraschungsei. Hannas Kinderausdruck aus dem Mund der Fremden zu hören, ließ Ines weiter Vertrauen fassen. Sie holte tief Luft.

»Um bei der Meerjungfrau zu bleiben: Ich bin, nein, ich war bis zu einer bestimmten Begegnung eine fast fünfzigjährige Singlenixe. Eigentlich recht zufrieden damit.« Dieser Anfang war so gut wie jeder andere.

»Eigentlich, Frau Berwalder?«

»Ich dachte, mein Gefühlsleben verläuft in geregelten Bahnen, nicht aufregend, aber stabil. Und dann, ja dann habe ich einen Mann getroffen. Verheiratet. Der Klassiker.«

Die Schleusen öffneten sich schneller, als Ines gedacht hätte, sie begann zu erzählen.

Doktor Menzel hatte völlig recht gehabt, es tat unfassbar gut, darüber zu reden.

Am Ende ihrer Geschichte angelangt, fühlte sich Ines wie von ein paar Kilo Felsbrocken befreit. Sie sah die Therapeutin etwas herausfordernd an.

»Was jetzt? Analysieren Sie mich und geben mir gute Ratschläge?«

Wieder erschien das sympathische Lächeln auf Liese Kuhns Lippen, und wieder erinnerte sie Ines an Hanna.

»Weder das eine noch das andere. Ich finde es toll, dass Sie sich so schnell und unkompliziert mir gegenüber geöffnet haben. Morgen komme ich wieder. Dann sprechen wir weiter. Nach Ihrer Entlassung würde ich Ihnen gerne weitere Termine anbieten. Für heute haben Sie bereits beste Arbeit für sich und Ihr Herz geleistet.«

An der Tür drehte sich Liese Kuhn noch einmal um. »Wenn Sie in den nächsten Wochen Zeit haben, dann setzen Sie sich hin und schreiben über sich selbst ein neues Märchen.«

»Ein Märchen über mich?«

»Oder noch besser, schreiben Sie sich einen Brief. Nicht getippt, sondern mit der Hand. Drauflos schreiben, nicht innehalten. Alles muss raus. Egal wie. Wenn es nicht das Schreiben ist, dann suchen Sie sich andere Ausdrucksformen. Vielleicht tanzen, springen, singen, schreien oder malen Sie.«

»Nein, nicht malen.«

Liese Kuhn hob lachend die Hände. »Was auch immer, schütteln Sie es aus Ihrer Seele. Es wird Ihnen guttun.«

Nachdem die Therapeutin gegangen und Ines wieder allein im Zimmer war, fasste sie einen Entschluss. Sie griff zum Telefon und machte einen ersten Anruf von dreien.

»*Café Grasgrüne Liebe*, was kann ich für Sie tun?«

»Angie?«

»Ines, Schätzelein, ist alles okay? Ich wollte mich später melden, wie immer ist im Café viel los, aber der Feierabend naht.«

»Meinst du, es wäre möglich, dass du für fünf Minuten deine Gäste warten lässt und ich dir jetzt die ganze Wahrheit über meine unfassbar großen Gefühle für Piff erzählen kann, ohne dass du mich unterbrichst, dich lustig machst oder ablästerst?«

»Warte.«

Ines hörte Stimmengemurmel und Geschirrgeklapper im Hintergrund. Es dauerte eine Weile, dann gab es ein schabendes Geräusch, und der Lärm hörte auf.

»Bist du noch dran?« Angies Stimme hallte etwas.

»Ja, klar.«

»Pass auf. Ich habe mir Gustav Kramperl geschnappt und ihn hinter die Theke gestellt. Ich bin jetzt auf der Damentoilette. Schieß los, was muss heraus aus dir?«

Ines redete ohne Punkt und Komma. Einmal geöffnet, fühlte sie sich wie eine Flasche Sekt, die man zuvor geschüttelt hat.

Ihre unglückliche Liebesgeschichte mit all den Widersprüchen sprudelte erneut aus ihr heraus. Diesmal jedoch ungefiltert und mit ihren echten Gefühlen.

»So, jetzt weißt du, wie heftig es wirklich war, Angie.«

Angelika lästerte nicht, und sie bemitleidete Ines auch nicht.

»Ich bin für dich da.« Mehr brauchte es nicht.

Nach Angelika rief Ines Maxima und am Ende Hanna an.

30

In der Rückschau verpasste sie ihrem vorletzten Tag im Krankenhaus die lange Überschrift:

»*Broken-Heart*-Ines und die bunte Besucherreihe nach dem Piff-Outing«

Die Reihenfolge entsprach dem Eintreffen der Personen.

Angie

Angelika war mit ihrem Sohn Mike und Enkeltochter Käthe als Erste noch vor der Morgenvisite aufgetaucht.

Käthe hatte für Ines ein buntes Bild gemalt voller Blumen, Tiere und vier Regenbögen. In der Mitte eine Figur, die Ines darstellen sollte, die ihre Strichhände in die Höhe reckte und nach all dem Schönen griff. Ines bedankte sich überschwänglich bei der Kleinen und versprach ihr einen riesigen Eisbecher, wenn sie erst wieder aus dem Krankenhaus entlassen wäre.

»Cordula hat eben eine Nachricht geschickt, heute Morgen ist so viel los im Café, also kann ich nicht lange bleiben. Aber du bist doch ohnehin bald zu Hause. Ist das okay?«

Ines tätschelte die Hand ihrer besten Freundin.

»Wenn es so weitergeht, wirst du noch steinreich mit der *Grasgrünen Liebe*.«

Ein Strahlen erschien auf Angies Gesicht.

»Dein Wort in des Cafégottes Ohr. Ich will demnächst die Speisekarte erweitern und nach einer zweiten Aushilfe suchen. Unser Gustav ist zwar immer bereit einzuspringen, aber er ist nach ein paar Gästen meistens erschöpft und macht dann Pause bei seinen Alteingesessenen, die täglich bereits morgens eintrudeln. Der Tisch mit den Stammis ist jedenfalls immer der erste, der besetzt ist. Manchmal habe ich fast ein schlechtes Gewissen, weil sie ihre gesamte Rente bei mir lassen.«

»Als kapitalistische Cafébetreiberin stört dich das doch nicht, oder? Mich und alle Künstler beutest du genauso aus.«

»Oma beutelt ihre Kissen auch immer aus«, bemerkte Käthe und sorgte für Gelächter. Angie küsste ihre Enkelin auf die Wange.

»Unser Kramperl lässt dich übrigens allerherzlichst grüßen. Er sagt, er wird den Schweinehund, der dir das Herz gebrochen hat, eigenhändig verhauen, wenn er ins Café kommt.«

»Sag bloß, du hast meine Liebesgeschichte dem Kramperl weitererzählt?«

Ines sah ihre Freundin fassungslos an. Angelika zuckte mit den Schultern.

»Als ich Gustav gesagt habe, dass du keinen Infarkt, sondern dieses *Broken-Heart-Syndrom* hast, hat er mich sofort nach dem Burschen gefragt, der es verursacht hat. Aber keine Sorge, ich habe keinen Namen genannt. Außerdem wird dieser Piffpaff sich nie in der *Grasgrünen Liebe* blicken lassen, das garantiere ich dir. Der sitzt mit Frau und Kind auf seinem Bauernhof in der Uckermark und tut so, als ginge ihn das Ganze nichts an.«

»Er sitzt mit seinen drei Kindern in einem Haus in der Eifel, wenn schon.« Ines seufzte einmal tief. »Aber sonst hast du recht. Er würde niemals ins Café kommen. Außerdem hat er keine Ahnung von meinem Zusammenbruch. Davon soll er auch nichts erfahren. Also, Diskretion bitte.«

Angies Sohn nahm seine kleine Tochter auf den Schoß. »Ich würde den Typen übrigens auch zur Rede stellen. Oder sogar verkloppen.«

»Mike, warum denn? Ich bin selbst schuld. Nichts ist ohne mein Einverständnis passiert. Ich bitte euch alle: Schmiedet keine Rachepläne. Dafür gibt es keinen Grund.«

Eine Weile sagte keiner etwas. Käthe gähnte, und Angelika begann in ihrer Jackentasche zu kramen. Ein zerknittertes Kuvert kam zum Vorschein.

»Hier, das soll ich dir geben. Sollst du sofort öffnen.«

Ähnlich wie Käthes selbst gemaltes Bild war darin eine Karte mit Luftballons und Regenbögen auf der Vorderseite.

»Alle Stammis und natürlich Gustav haben unterschrieben. Seiner ist der gekritzelte Name mit den drei Herzen. Dazu noch Lasse Walther, unser Malergeselle, der war im Café und hat nach dir gefragt.«

Ines war gerührt.

»Die Karte ist echt entzückend. Danke an alle. Richte ihnen aus, ich bin bald wieder fit. Aber bitte sag mir jetzt nicht, dass du auch Lasse von meiner Herzgeschichte erzählt hast.«

»Nein, ich bin doch keine Tratschtante. Ich hab ihm allerdings erzählt, dass du ins Krankenhaus, ins Herzzentrum, musstest. Er war geschockt.«

»Ines, guck mal!« Käthe rutschte vom Schoß ihres Vaters, schnappte sich ihre Zeichnung. »Da, auf dem Regenbogen über deinem Kopf, ist ein Topf. Da nimmst du das Gold heraus und kaufst dir einen neuen tollen Mann.«

Wieder lachten sie über die Kleine, obwohl Ines die Idee nicht mal schlecht fand.

Maxi

Maxima kam vor dem Mittagessen, kaum dass sich Ines kurz hingelegt hatte.

Ihre Schwester hatte Gero und Golo und auch deren Kindermädchen Nerea mitgebracht, die sich mit den Jungs an den Tisch setzte. Die drei beschäftigten sich mit Nereas Handy, es piepte und krachte.

»Leise, Jungs, wenn ihr schon spielen müsst. Nerea, stell die Lautstärke auf stumm. Sofort.« Maxis Ton war streng wie meistens. Sie trat ans Kopfende des Krankenbetts. »Setz dich auf, Ines, immer nur liegen macht dich depressiv.«

»Ich bin heute Morgen bereits fröhlich herumgelaufen. Kaum mache ich eine Verschnaufpause, tauchst du auf. Ich könnte allerdings ein *Broken-Leg-Syndrom* zusätzlich bekommen, wenn du mich aus dem Bett wirfst.«

»Du und deine Scherze, Schwesterherz. Aber im Ernst, hoch mit dir.«

Ines setzte sich folgsam auf, und Maxima schüttelte das Kissen auf.

»Werner konnte sich nicht freimachen, aber er wünscht gute Besserung.«

»Lässt er mir ausrichten, er würde den Typen verkloppen oder ihn wenigstens zur Rede stellen, wenn er ihn treffen sollte?«

Maxima starrte ihre Schwester überrascht an. Sie beugte sich zu Ines und flüsterte: »Ja, genau! Ich habe vor, Frau Iffland aus unserer Kundenkartei zu nehmen.«

»Maxi, tu das nicht.« Auch Ines senkte die Stimme. »Ich habe euch das alles erzählt, weil ich endlich die ganze Geschichte loswerden wollte. Aber nicht, damit ihr alle für mich in einen Krieg zieht, den es gar nicht gibt. Es ist meine Verantwortung. Du unternimmst bitte nichts und wirst dich seiner Frau gegenüber wie immer verhalten. Verstanden?«

»Bitte reg dich nicht auf, Ines. Ich verspreche dir alles, was du willst. Ich will doch nur schwesterlich solidarisch sein. Außerdem ist sie die Klientin meines Chefs, ich habe gar nichts mit ihrer Steuererklärung zu tun. Ich könnte sie in Wahrheit gar nicht ausschließen.«

Ines wurde noch leiser. »Ich kann mir vorstellen, Maxi, dass du diese Affäre schrecklich findest und auch mein Verhalten. Ich weiß, du hättest dich nie in so einen Schwachsinn verstrickt. Also kannst du dir deine Standpauke sparen.«

Anstelle einer Erwiderung drehte sich Maxima zu Nerea und ihren Söhnen um. »Mögt ihr ein Eis in der Cafeteria essen?«

Gero und Golo sprangen sofort auf. Der Krankenhausbesuch langweilte sie trotz Handyspiels sichtlich. Nerea ging mit den Jungs nach draußen. Doch schnell steckte sie den Kopf noch einmal ins Zimmer.

»Liebe Frau Inés. Ich war auch unglücklich verliebt, mindestens schon zwölfmal, habe immer gedacht, das ist der Mann meines Lebens. *Quien bien te quiere te hará llorar.* Wer dich liebt, der wird dich zum Weinen bringen. Oder anders gesagt: Wer liebt, der leidet. Aber immer mit Leidenschaft.«

Ines stutzte wie vorhin bei Angelika.

»Du hast Nerea alles erzählt, Maxi? Meine gesamten Liebesverwirrungen?«

Langsam kam es ihr vor, als würden all ihre Lieben bei der stillen Post arbeiten.

»Schwesterherz, sie bekommt alles mit, was ich mit Werner berede. Sie ist so oft mit in unserem Haus. Ich bemerke sie gar nicht mehr. Aber sie kennt deinen Lover ja überhaupt nicht, also keine Sorge.«

Maxima winkte ihr Kindermädchen energisch hinaus und setzte sich auf den Stuhl neben dem Bett.

»So, und jetzt zu deiner Annahme, ich würde dich verurteilen.«

»Es ist gut, Maxi. Ich verstehe das. Du bist Ehefrau und Mutter. Ich bin auf die andere Seite des Zauns geklettert.«

»Quatsch ist das. Aber ganz ehrlich, ich hätte eine solche Aktion gerade von dir niemals erwartet.«

»Du meinst, weil ich vor Jahren selbst von Marcel betrogen wurde?«

»Nein, Marcel war ein Arschloch. Ich habe nie verstanden, warum du mit dem so lange zusammen warst. Du brauchst keinen Typen, der dich nicht zu schätzen weiß. Allein hast du's besser.«

»Aber seither willst du mich immer verkuppeln.«

»Ja, weil ich bemerkt habe, dass du dich einsam fühlst.«

»Das hast du?«

»Ines, ich bin oberflächlich, nervig und benehme mich, als hätte ich eine Duracell-Batterie im Hintern, aber ich bin deine Schwester.«

»Meine *kleine* Schwester.«

»Ich war schon mit vierzehn größer als du.«

»Maxi, ich kapituliere, wie immer. Was wolltest du mir sagen?«

»Ich werde dir etwas beichten, das du für dich behalten musst; es ist etwas, das du wiederum niemals von mir gedacht hättest. Also …« Maxi machte eine Pause, zögerte ungewohnt lange.

»Nun beichte schon, Maxi. Hast du etwas bei einer deiner Shoppingtouren geklaut? Oder Steuern hinterzogen?«

»Ich habe Werner betrogen.«

»Was?«

Für einige Sekunden war Ines sprachlos. Sie hätte um viel Geld gewettet, dass ihre Schwester immer treu in ihrer Ehe gewesen war. Wann hatte Maxi auch dafür noch die Zeit gefunden? Hätte ihre Schwester ihr je davon erzählt, wenn Ines nicht hier im Krankenhaus gelandet wäre?

»Ich kann es nicht glauben. Wann? Mit wem?«

Wieder ließ sich Maxi Zeit, Ines konnte ihr ansehen, dass ihr diese Enthüllung nicht leicht fiel.

»Nach Geros Geburt lief es schrecklich zwischen Werner und mir. Ich glaube, es lag daran, dass er weiter sein Leben zwischen Praxis und Golfplatz lebte und ich mit dem Baby überfordert war. Ich wollte alles perfekt meistern. Den Job, das Kind, die Ehe. Je mehr ich mich überstrapazierte, umso größer wurde die Distanz zwischen uns. Auf allen Ebenen. Dann bin ich einem anderen Mann begegnet, der mich begehrenswert fand, und es ist passiert.«

»Kenne ich ihn?«

»Nein, er ist einer meiner Kunden gewesen, ihr seid euch nie begegnet. Der Seitensprung war leicht zu arrangieren. Ich musste ihn ohnehin treffen, und eins kam zum anderen.«

»Wie lange?«

»Drei oder vier Monate. Zuerst wollte er, dass ich Werner verlasse, dann wollte ich Werner verlassen, und am Ende haben wir uns schließlich verlassen, im gegenseitigen Einverständnis. Das war's.«

»Weiß dein Mann davon?«

»Natürlich nicht. Ich halte nichts von Beichten, die dem Partner nur wehtun. Vielleicht hat Werner auch schon die eine oder andere Affäre gehabt, und ich habe nichts mitbekommen.«

»Mir fehlen die Worte.«

»Jedenfalls hat die Geschichte meiner Ehe komischerweise gutgetan. Auch wenn Werner nichts erfahren hat, scheint er zumindest etwas gespürt zu haben. Er wurde wieder aufmerksamer, hat mich umworben, und wir haben Nerea eingestellt, um mehr Zeit füreinander zu haben. In einer Zeitschrift habe ich neulich gelesen, dass vierundachtzig Prozent aller Partner in Beziehungen schon mal fremdgegangen sind. Was übrigens unsere beiden Affären zum Durchschnitt macht.«

Ines griff nach der Wasserflasche auf ihrem Nachtkästchen.

»Warum hast du mir nie davon erzählt?«

»Keine Ahnung. Ich wollte einfach nicht, dass es jemand weiß. Du warst in den letzten Wochen auch nicht gerade gesprächig. Mir einen neuen Mann in deinem Leben zu verschweigen – unfassbar!«

»Stimmt.« Ines trank einen Schluck, ihre Kehle fühlte sich rau an. »Der Unterschied ist nur, dass sich dein Leben dadurch verbessert hat und ich hier gelandet bin.«

»Ach, Schwesterherz.« Maxi drückte Ines an ihre Brust, die Wasserflasche wurde zwischen ihnen eingequetscht. »Ich glaube, das liegt daran, dass ich eine Ablenkung gesucht habe und du die große Liebe.«

Linde

Hanna und Dustin schließlich besuchten Ines am Abend. Sie hatten die größte Überraschung im Schlepptau.

Ines' Mutter Linde.

»Mutti? Was machst du denn hier?«

»Mallorca ist keine einsame Insel mitten im Meer, Mädel. Da heben täglich mehrmals die Flieger ab. Als mich Hanna angerufen hat, hab ich gleich einen Flug gebucht.«

Ines wusste nicht, ob sie gleich weinen würde oder zuerst ein schlechtes Gewissen bekommen sollte, weil sie ihre Eltern nicht selbst benachrichtigt hatte.

»Vater sucht einen Parkplatz. Er wollte nicht ins Parkhaus, du kennst ihn doch.«

Ja, Ines kannte ihre Eltern, und das Verhältnis zwischen ihnen konnte man getrost als distanziert bezeichnen.

Wie hatten sie reagiert, als ihnen Hanna dazu noch von Ines' unglücklicher Liebe erzählt hatte? Sie konnte sich gut an das Gejammer anlässlich ihrer Scheidung erinnern. Vielleicht sollte sie nach der Schwester klingeln und sich eine doppelte

Dosis ihrer Medikamente bestellen, damit ihr Herz den Besuch gut überstand.

Hanna mischte sich schnell in das Gespräch.

»Ich hab Oma und Opa angerufen, wie du es gewollt hast, Mama.«

Ihr Ton klang eindringlich, und Ines wurde klar, dass Hanna ihre Großeltern beschwindelt hatte.

»Obwohl ich ihnen gesagt habe, dass du an einer gut zu behandelnden Herzmuskelentzündung leidest und nur zur Sicherheit ins Krankenhaus gekommen bist, wollten sie dich unbedingt besuchen. Trotz der weiten Reise. Diese Entscheidung hat auch uns überrascht, nicht, Dustin?«

Dustin im Hintergrund winkte mit der linken Hand hinter dem Kopf von Ines' Mutter. Auch er wollte Ines auf die Notlüge hinweisen, was ihm nicht gerade unauffällig gelang.

Linde war zum Glück ganz auf Ines konzentriert. Ihre Stirn war gerunzelt und ihr Blick vorwurfsvoll.

»Mädel, warum arbeitest du so viel? Hanna hat uns gesagt, du stemmst mehrere Projekte gleichzeitig und hast noch ein Café aufgemacht? Du bist auch nicht mehr die Jüngste.«

Obwohl ihre Mutter wie immer ihre kleinen Sticheleien loswerden musste und Ines es normalerweise hasste, als erwachsene Frau immer Mädel genannt zu werden, freute sie sich doch über den Überraschungsbesuch. Von ihrer Seite aus hätte es sicher länger gedauert, bis sie ein Wiedersehen arrangiert hätte.

Hinzu kam die Erleichterung, dass Hanna den beiden weder etwas über das *Broken-Heart-Syndrom* noch über Ines' unglückliche Liebesaffäre berichtet hatte. Hannas Diskretion würde Ines später Angie und Maxi unter die Nase reiben. Jetzt klangen Stress und berufliche Belastung wunderbar als Grund für ihren Zusammenbruch.

Linde kramte in ihrer großen Handtasche, holte aber nichts heraus.

»Wir können nicht lange bleiben. Heute schlafen wir bei Hanna, morgen fahren wir zu Maxi nach Düsseldorf. Danach steht Saarlouis auf dem Programm, denn Großtante Betty wollen wir natürlich auch besuchen, wenn wir schon einmal in der Heimat sind. Unser Flug zurück geht in drei Tagen. Du solltest bald endlich mal zu uns nach Mallorca kommen. Die Seeluft würde dir guttun, Mädel.«

»Warum sagst du zu deiner Tochter eigentlich immer Mädel, Linde?«

Dustin schaffte es mit dieser Frage, den Überraschungsbesuch aus Mallorca noch zu toppen. Hanna und Ines warfen sich einen schnellen Blick zu, Linde fehlten die Worte. Ines' Schwiegersohn legte nach.

»Du hast Ines einen so schönen Namen gegeben, da solltest du sie auch mit diesem anreden, finde ich.«

Keiner sagte noch etwas, und Ines befürchtete, die Stimmung würde kippen. Hanna nahm Dustins Hand und legte sie auf ihren Bauch. Eine rührende Geste. In dem Moment ging die Tür auf, und Ines' Vater betrat das Krankenzimmer. Damit bekam Linde die Gelegenheit, sich um eine Erwiderung zu drücken.

»Na endlich, Gerd, wir dachten schon, du bist bis nach Porto Christo zurückgefahren, um einen Parkplatz zu finden. Komm und umarme deine kranke Tochter Ines.«

Fast wäre Ines ein lautes »Geht doch!« herausgeplatzt, aber sie beherrschte sich und hob nur ihren Daumen auf der Bettdecke, als Dustin zu ihr hinsah.

31

Am nächsten Tag wurde bei der Visite Ines' Entlassung besprochen.

Ihr Arzt hatte ein halbes Dutzend angehende Mediziner im Schlepptau, die ihre Ausbildungszeit als AiP, als Arzt im Praktikum, absolvierten und neugierig um das Krankenbett herumstanden. Die Gruppe junger Leute hatte Ähnlichkeit mit Schülern bei einem Schulausflug, sie wirkten viel zu jung, um bereits ein Studium hinter sich zu haben.

Doktor Menzel studierte so lange ihr Krankenblatt, dass sie unruhig wurde.

»Kann ich denn nun heute nach Hause?«

»So dringend wollen Sie uns wieder verlassen, Frau Berwalder?« Endlich sah er sie an. »Sie wissen doch, Sie sollen alles langsamer angehen.«

»Zu Hause werde ich Ihren Ratschlag beherzigen, Doktor Menzel. Aber mein Kanarienvogel wartet auf mich, und ich würde gerne wieder in meinem eigenen Bett schlafen.«

Sie machte sich Sorgen um Hugo. Hanna hatte erzählt, dass er bei ihr und Dustin kaum fressen mochte.

»Verstehe ich gut. Ich gebe Sie ab heute Nachmittag frei. Davor erhalten Sie noch die Rezepte. Also hat Ihr Kanarienvogel genug Zeit, eine Willkommensparty zu organisieren.«

Zwei der jungen Ärzte kicherten, und eine junge Frau mit einem langen blonden Zopf sah Doktor Menzel schwärmerisch an.

Vorsicht, Kleine, dachte Ines, verlier nicht dein Herz an den langen Herrn Doktor.

Die Gruppe wandte sich nun dem Neuzugang im Zimmer zu, einer sehr alten Dame. Gestern war das junge Mädchen entlassen worden.

Die Frau, die Ines an Tante Betty erinnerte, war siebenundachtzig. Sie hörte schlecht und hatte mit Ines ein Gespräch geführt, das so laut gewesen war, dass sie beide wahrscheinlich die gesamte Etage unterhalten hatten.

Ines beschloss, so bald wie möglich einen Abstecher ins Saarland zu machen und ihre Großtante zu besuchen. Wie sie Betty kannte, würde es einen nächsten weisen Rat für Ines frei Haus geben.

Als die Gruppe um Doktor Menzel verschwunden war, klopfte es.

Noch bevor Ines »Herein!« rufen konnte, öffnete sich schon die Tür, und zuerst konnte sie nur einen riesigen Blumenstrauß sehen. Dahinter betrat ein Mann das Zimmer, den sie sofort erkannte, auch wenn sie nie mit seinem Besuch gerechnet hätte. Dieser Krankenhausaufenthalt wurde immer mehr zu einer Wundertüte.

»Hey, Ines.«

»Mein Gott, Lasse! Du bist es.«

»Ja, ich. Überraschung.«

Lasse Walther hielt den Blumenstrauß hoch und trat an Ines' Bett.

»Ich hoffe, ich störe nicht.«

»Nein, ganz und gar nicht. Was für eine Überraschung!«

»Ein spontaner Einfall.« Er wirkte unsicher. »Ich war in der *Grasgrünen Liebe*, und Frau Fitz hat mir gesagt, dass du im Herzzentrum bist. Mein Vater hatte vor zehn Jahren auch einen Herzanfall und ist hierhergekommen.«

»Ich hatte nicht direkt einen Infarkt.« Ines zögerte und fragte sich, wie viel Angelika ihm verraten hatte. »Es ist eine Art Herzmuskelentzündung. Heute Nachmittag gehe ich nach Hause. Du hast Glück gehabt, mich noch anzutreffen.«

»Aber die Blumen nimmst du dann mit, ja?«

»Selbstverständlich. Ich danke dir. Warte, ich hole eine Vase. Sie sehen toll aus, so schön bunt.«

»Darum kann ich mich gleich kümmern. Du brauchst nicht aufzustehen.«

»Lasse, ich bin wieder fit. Ich wollte ohnehin einen Spaziergang machen, damit die Zeit vergeht. Wir können uns in die Cafeteria setzen.«

Lautes Stimmengewirr empfing sie, es war jede Menge los. Hierher kamen Ärzte, Studenten, Patienten und Besucher. Lasse kam mit zwei Gläsern Eistee an den einzigen Tisch, der noch frei gewesen war.

»An dem Tag, als wir uns in der *Grasgrünen Liebe* getroffen haben, da hab ich mir schon gedacht, dass etwas mit dir nicht stimmt. Du warst auf einmal kreidebleich.«

Ines erinnerte sich. Die SMS, die angekommen war. Sie wiegelte ab.

»An dem Tag war es einfach zu heiß, da hat mein Kreislauf schlappgemacht. Die ganze Organisation ist mir über den Kopf gewachsen. Hast du denn in der letzten Woche deine Geschichte auf der Bühne erzählt?«

»Wenn du nicht dabei bist? Niemals. Ich hab den Termin an einen Freund vergeben, der hat von einem Abenteuer mit seinem Opa berichtet. War nicht schlecht.« Lasse hob sein Glas hoch. »Wenn du wieder fit bist, dann überrasche ich dich mit meiner Story.«

»In der ein Vogel vorkommt. Ein großer. Ein Adler oder ein Storch?«

»Ich verrate nicht mehr. Oder doch, eine Kleinigkeit: Mein jüngeres Ich kommt auch darin vor.«

»Klar, ist ja deine Geschichte, ming Jung.«

»Hey, wenn du ›ming Jung‹ zu mir sagst, dann darf ich dich aber auch ›lecker Mädsche‹ nennen.«

»Nein, bitte nicht. Erst gestern hat man meiner Mutter abgewöhnt, mich als Mädel zu bezeichnen.«

»Dann sag ich einfach ›lecker Jüdche‹ zu dir.«

Ines merkte, wie leicht ihr diese unbefangene Unterhaltung fiel. Mit Piff war es anders gewesen. Mit Piff war sie immer aus dem Alltag heraus und in schwer erreichbare Höhen geflogen. Der Absturz war umso heftiger gewesen. Kein Sicherheitsnetz weit und breit.

»Jetzt guckst du wieder so traurig, Ines. Blasser bist du geworden. Wenn der Grund ein Kerl war, der dich schlecht behandelt hat, dann warte, bis ich den in die Finger kriege.«

O nein, nicht auch noch Lasse.

»Nein, nein. Es ist der Stress. Ich habe an die Arbeit gedacht und was alles zu tun ist, wenn ich wieder nach Hause komme. Es ist alles okay, Lasse. Lass es gut sein.«

Schnell war er wieder fröhlich. »Lasse, lass es gut sein. Sagt auch meine Mama immer.«

»Um als deine Mutter durchzugehen, wäre ich hoffentlich noch zu jung.«

»Du bist bald Oma. Hast du selbst erzählt.«

»Scheiße, du hast mich erwischt.«

»Also, Ines, raus damit. Wie jung bist du?«

»Wie alt bist du denn, ming Jung? Ende zwanzig?«

»Siebenunddreißig.«

Ines hatte ihn jünger geschätzt. Somit war er zwar etliche Jahre nach ihr geboren, aber ihr Sohn hätte er nicht sein können.

»Ich bin neunundvierzig«, sagte Ines. Gerade noch, dachte sie dazu.

»Wow! Ich hätte dich auf höchstens Anfang vierzig geschätzt. Na, was soll's. Besser, wir sehen beide jünger aus, als dass man uns alte, kauzige Vögel nennt.«

»Ja, da hast du recht.«

»Apropos, ich habe dir doch von den Kanarienvögeln meiner Ex erzählt. Billy und Biff.«

»Ja, ich erinnere mich.«

»Nun, wie sich herausgestellt hat, ist Billy eine Vogeldame und die beiden haben wohl ein paar Eier in ein Nest gelegt. Daraus sind Naomi, Lorraine und Eliza geschlüpft.«

»Deine Ex hat eine Vorliebe für eigenartige Vogelnamen. Dagegen klingt Hugo sehr banal.«

»Unsere Kinder, wenn wir je welche gehabt hätten, wollte sie Juni und Wolke nennen. Vielleicht doch gut, dass wir uns getrennt haben.«

Ja, dachte Ines, der Mann war noch jung genug, um sich auf das Abenteuer Kind einzulassen. Für sie war diese Phase abgehakt. Als Oma würde sie das Privileg haben, die Kleinen nach Strich und Faden zu verwöhnen.

Plötzlich war Ines unendlich dankbar, dass sie ihre Herzattacke so gut überstanden hatte. Sie würde ihre Enkelkinder in ein paar Monaten auf dem Arm halten können. Juni und Wolke. Diese Namen würde sie ihrer Tochter das nächste Mal vorschlagen. Sie freute sich jetzt schon auf Hannas Gesichtsausdruck.

Lasse plauderte weiter, schlürfte wie ein kleiner Junge an seinem Eistee.

»Jedenfalls, für Lorraine und Naomi hat Katja einen Platz gefunden, aber für Eliza sucht sie noch. Sie will keinen dritten Vogel in ihrer Voliere, und bald ist die Nestzeit vorüber. Die Jungen werden flügge und müssen abgegeben werden.«

Jetzt verstand Ines. »Du meinst, ich soll das Küken Eliza zu mir nehmen?«

»Klar, einer allein ist sowieso einsam. Wenn ich Katja sage, dass es der Vogel gut bei dir hat, dann ist sie damit einverstanden. Jede Wette.«

Ines überlegte.

Einsamkeit war nicht mal für einen Kanarienvogel gut.

Sie hatte es ohnehin auf ihre To-do-Liste gesetzt, einen Partner für Hugo zu suchen, also warum nicht eine Eliza. Nur weil sie selbst allein lebte, musste doch ihr Kanarienvogel nicht sein Dasein als Single fristen. Beim Gedanken an ihre Heimkehr heute Nachmittag schwankte sie zwischen Vorfreude auf ihre Wohnung und Angst vor einer neuen Leere.

Du lebst allein, Ines, aber du bist nicht einsam. Verstanden?

Ja, Vernünftig-Stimme, ich widerspreche dir nicht.

»Eine Fünf-Euro-Münze für deine Gedanken, Ines.«

Ihr fielen die hundert Euro ein, die Piff dafür gegeben hätte. Vor gefühlten tausend Jahren.

»Was ist eigentlich aus dem Penny geworden?«

»Die Dinge, die in deinem Kopf herumschwirren, sind mehr wert.«

»Danke schön. Darf ich dich für all das Nette heute auf einen zweiten Eistee oder etwas anderes einladen?«

»Nee, ich muss wieder los. Ich treffe mich mit einem Freund. Ich gebe das Dankeschön zurück an dich. Dafür sind übrigens auch die Blumen gedacht.«

»Wofür?«

»Für den Tipp mit dem Maler. Herrn Iffland.«

Da war er wieder. Piff. Er holte sie immer wieder ein.

Ines sah ihn vor sich, an jenem Morgen danach. Wie sie zu ihm ins Wohnzimmer gegangen war und er seine Skizzen am iPad gezeichnet hatte. Glücklich hatte sie sich gefühlt, unendlich glücklich. Die kleine Meerjungfrau und ihr Prinz. Ines atmete durch.

»Du hast dich bei ihm gemeldet, und er hat dir einen Job gegeben?!«

Lasse nickte und hob die Hand. »Los, ein *High five* drauf.«

Sie klatschte ab.

»Was hast du bei ihm gemacht?«

»Ich habe seinen Boiler im Bad repariert. Nächste Woche streiche ich sein Atelier neu. Er zahlt gut und hat mich sofort engagiert.«

»Hast du meinen Namen bei ihm ins Spiel gebracht?«

»War gar nicht nötig. Als ich am Telefon gesagt habe, ich sei Handwerker und hätte eine Empfehlung bekommen, dass er einen Mann fürs Grobe sucht, da hat er gelacht und mich für den Boiler zu sich bestellt. Den Test habe ich bestanden. Geile Bude, geht über zwei Etagen. Ein echter Maler müsste man sein, nicht Anstreicher.«

»Gratuliere.«

Lasse hatte sein Glas leer getrunken. Sie standen auf, und Ines begleitete ihn bis an die Eingangstür.

»Komm wieder ganz auf die Beine, Ines. Die *Grasgrüne Liebe* wartet auf dich.«

»Wartet nicht immer einer?«

Lasse zupfte an seinen Koteletten. Dann umarmte er sie.

»Warten ist nie gut. Lieber handeln. Sich nach etwas Neuem umschauen. Was fott es, es fott.«

»Du und deine Kölschen Sprüche.«

»Lach mich ruhig aus, aber mit diesen Weisheiten kommst du prima durchs Leben. Mein Uropa hat danach gelebt und ist sechsundneunzig geworden. Trotzdem waren wir alle traurig, als es so weit war.«

»Tut mir leid.«

»Mir tut es leid, dass ich ihn dir nicht mehr vorstellen kann. Übrigens sind die Kanarienvogelbabys einen Tag später geschlüpft, also das Leben geht immer weiter.«

Ein weiser Satz, den ich mir zu Herzen nehmen sollte, dachte Ines, im wahrsten Sinn des Wortes.

32

Ines stand vor dem Spiegel.

Heute mal in Unterwäsche.

Es kam ihr vor, als wäre eine Hälfte von ihr bei ihrer letzten Spiegelschau durch das Glas gefallen, und diese andere Ines hätte die Zeit mit Piff und den Zusammenbruch auf der anderen Seite erlebt.

Halbe Ines im Wunderland.

Jetzt war sie wieder hier. Zurück aus dem Bau des unsichtbaren Kaninchens. Wieder ganz geworden.

Sie drehte sich seitlich.

Tatsächlich war auch ihre Bauchfalte verschwunden.

Vielleicht sollte sie ihre alte hautenge Jeans anziehen und auf Eroberungstour gehen.

Darüber konnte Ines nur müde lächeln. Sie interessierte sich für keinen neuen Mann, selbst wenn er ihr vom Himmel direkt vor die Füße fallen würde.

Sie bewegte sich zurück in die Frontalansicht.

Schlanker war sie auf jeden Fall geworden. Hatte sie sich nicht ein paar Pfund weniger gewünscht? Aber nicht auf diese Art hatte sie abnehmen wollen, wirklich nicht. Doch der Vorteil blieb, sie konnte sich immerhin ab sofort für Klamotten aus ihrem Schrank entscheiden, die dort bereits seit Jahren unangetastet auf Kleiderbügeln hingen.

Vielleicht sollte sie eine Pro-und-kontra-Liste anlegen.

Ines berührte ihre Brüste, ihren Bauch, strich über ihren Po. Völlig unerotisch, eher so, als würde sie sich abtasten, um zu erspüren, ob sich die beiden Ines-Hälften wieder nahtlos aneinandergefügt hatten.

Sie streckte den rechten Arm aus. Die Fingerkuppen tasteten über die glatte Oberfläche des Spiegels.

»Hallo«, sagte sie, und die Ines auf der anderen Seite sagte genau dasselbe zur selben Zeit.

Ein Gedanke kam ihr: Wenn im Land hinter dem Glas alles spiegelverkehrt ablief, wäre es dann nicht Ines gewesen, die Piff eine letzte SMS geschrieben hätte?

Piff.

Der Name kam ihr plötzlich lächerlich vor.

Sie hätte von Anfang an einfach nur Paul zu ihm sagen oder beim Paul Hugo bleiben sollen. Dann wäre die Begegnung zwischen ihnen vielleicht anders verlaufen. In einen Paul oder Paul Hugo hätte sie sich nicht so verliebt. Niemals.

Ines dachte eine Weile darüber nach, fand jedoch keine klare Antwort.

Wie sah ihr Leben nun aus?

Zwei kleine blaue Pillen am Morgen, eine halbe weiße am Abend. So lautete die Medikation nach ihrer Erkrankung, ihrem Zusammenbruch. Bis zur nächsten Nachuntersuchung.

»Broken-Heart-Syndrom.«

Sie sprach ihre Diagnose laut aus. Die Ines ihr gegenüber schloss sich an.

Wenn man die Anfangsbuchstaben dieser drei Wörter vertauschte und sie zusammenzog, dann ein -skull ans Ende setzte, könnte der Name wie ein isländischer Vulkan klingen. Leichter auszusprechen als der Eyjafjallajökull. Ines versuchte es.

»Srokenbearthyndromskull.«

Endlich tauchte ihr Humor wieder auf, sie hatte ihn schon vermisst.

Sie nickte und schmunzelte. Die im Spiegel tat es auch.

Sie waren sich einig, Ines und Spiegel-Ines. Mit einer so benannten Krankheit konnte jedermann oder jede Frau leichter umgehen.

Und sonst?

Ines' Haar war kürzer.

Ihr erster Weg nach dem Krankenhaus hatte sie schließlich doch zu ihrem Friseur Patrick geführt.

In der Sache war sie einer Meinung mit all den Zeitschriften und Ratgeberkolumnen gewesen. Eine Veränderung musste eine Frau auf dem Kopf sichtbar machen. Vielleicht in der Hoffnung, dass damit die neue Einsicht einsickerte und im Denken Fuß fasste.

Nicht nur kürzer waren die Haare, auch eine rötliche Tönung war in ihren braunen Schopf eingefärbt worden. Nur eine Nuance, die kaum jemand bemerken würde, aber Ines sah es und Spiegel-Ines auch. Friseur Patrick hatte gemeint, der Kurzhaarschnitt würde Ines sportlicher wirken lassen, und mit einem leichten Rotton würde ein Hauch Eleganz dazukommen.

Sie musste zugeben, er hatte recht gehabt, wie Friseure es immer tun. Ihre grünen Augen kamen dadurch besser zur Geltung. Die Rückmeldungen in den ersten Stunden danach waren bereits durchweg positiv gewesen, eine Nachbarin und die Frau an der Supermarktkasse hatten ihre äußerliche Veränderung bemerkt und für gut befunden.

Als nächste Handlung hatte Ines ihren Handyklingelton geändert. Eine neue Melodie musste her. Das Lied, für das sie sich entschieden hatte, war von Pharrell Williams – *Happy*. Der Song passte besser.

Happy sollte sie fröhlich stimmen, egal, wer anrief.

Ines hatte genug von der Unterwäscheschau. Ihr war kalt.

Sie trippelte durch das Schlafzimmer und zog sich ihre Trainingshose über. Die enge Jeans würde sie auf eine spätere Gelegenheit verschieben, zu Hause auf der Couch wäre so ein Outfit definitiv übertrieben. Mit dem Handy machte sie noch ein Selfie mit der neuen Frisur und schickte es an Hanna, Maxi und Angie.

Eine Sekunde lang überlegte sie, ob sie das Bild auch an Piff schicken sollte.

Nein, Ines, dachte sie streng. Nein, nein, nein und noch einmal nein.

Die Gefühle für ihn hätte sie beim verrückten Hutmacher lassen sollen. Oder besser bei der Roten Königin.

Er hatte sich nicht gemeldet.

Natürlich nicht.

Hätte er es getan, wenn er von ihrem Zusammenbruch wüsste?

Ines schüttelte nicht nur ihren Kopf, sondern ihren ganzen Körper durch. Sie musste sich ablenken.

Statt eine Was-wäre-wenn-Fantasie zu starten, konnte sie den Rückruf an Viola Geiger erledigen, die sich erfreulicherweise auf ihrer Mailbox gemeldet hatte, als Ines unter der Schere des Friseurs Haare gelassen hatte. Es gab eine weitere Rückmeldung zu ihren grafischen Vorschlägen.

Ines schnappte sich noch einen Sweater, denn im Unterhemd zu telefonieren, kam ihr nicht richtig vor, auch wenn man sie nur hören und nicht sehen konnte.

»*Känguru*-Verlag. Viola Geiger am Apparat.«

Eine sympathische Stimme mit dunklem Timbre.

»Hallo, Frau Geiger, Ines Berwalder hier. Ich sollte Sie zurückrufen. Passt es bei Ihnen gerade?«

Ines wurde nervös. Welche Neuigkeiten zu ihrem Entwurf würde sie erfahren? Daumen hoch oder Daumen runter?

»Wie schön, dass Sie sich so schnell melden. Wunderbar. Ich wollte Sie schon vor einer Woche anrufen, aber hier steppt der Bär. Wir geben ein *Känguru*-Herbstspezial heraus, die Deadline für die Druckerei war heute Nachmittag. Ab jetzt kann ich mich endlich um unser neues Projekt, die Frauenzeitschrift, kümmern. Wir haben auch schon einen Namen für unser Küken.«

Naomi, Lorraine und Eliza kamen Ines in den Sinn.

»Abendtäschchen.«

»Wie bitte?«

Viola Geiger lachte am anderen Ende der Leitung.

»Ja, diese Reaktion bekomme ich bis jetzt von jedem, dem ich davon erzähle. Aber mein Team und ich, wir finden gerade diese Verblüffung gut. Damit bleiben wir im Gedächtnis. Noch ist die letzte Entscheidung darüber nicht gefallen. Falls Ihnen also etwas Originelleres einfällt, sagen Sie es bitte.«

Srokenbearthyndromskull, dachte Ines und musste wieder schmunzeln, hielt aber den Mund.

»Nun zu uns, Frau Berwalder.«

Zur Nervosität kam die Aufregung dazu, es ließ sich nicht vermeiden.

»Ich bin bereit, Frau Geiger, erzählen Sie.«

Viola Geiger gab ein weiteres volles, tiefes Lachen von sich. Ines sah die zierliche Frau vor sich und musste trotzdem an Zarah Leander denken.

»Bereit sein ist alles, wie man so schön sagt. Ich halte Sie nicht lange auf, Frau Berwalder. Es ist eher ein Angebot, das ich Ihnen unterbreiten will. Uns, den anderen Verlagsleiterinnen und mir, haben Ihre Entwürfe mit den Änderungen wieder richtig gut gefallen. Wir entscheiden als Team, auch deshalb hat es etwas länger gedauert. Also, wir stellen uns für die Zeitschrift ein einheitliches Design vor, das heißt, wir würden gerne alles aus einem Guss haben, alles von einem einzigen Grafikdesigner machen lassen.«

Ines presste den Daumen ihrer freien Hand unter die anderen Finger. So ein Auftrag wäre gigantisch.

»Hört sich gut an, Frau Geiger.«

»Tja, und da würden wir gerne auf Sie und Ihren Vorschlag zugreifen. Sie für das Gesamtdesign der neuen Frauenzeitschrift engagieren.«

In Ines begann alles zu jubeln.

»Tatsächlich? Das wäre großartig!«

»Bei unserer letzten Teambesprechung haben wir uns überlegt, sie fest anzustellen. Zwar keine volle Stelle, das gibt unser Budget leider nicht her, aber als Teilzeitkraft. Dann hätten Sie fixe Zeiten, in denen Sie sich ausschließlich um unser neues Projekt kümmern könnten.«

Am liebsten hätte sich Ines durch das Handy gezaubert und die Frau umarmt.

»Sensationell.«

Sie konnte das Impressum der neuen Frauenzeitschrift *Abendtäschchen* bereits vor sich sehen.

Layout und Design: Ines Berwalder würde da gedruckt stehen.

»Wollen wir uns in den nächsten Tagen mal treffen, Ines? Vielleicht möchten Sie morgen Nachmittag zu uns nach Ehrenfeld in die Redaktion kommen?«

»Morgen geht es leider nicht. Ich organisiere für eine Freundin in ihrem neuen Café Auftritte. *Grasgrüne Liebe* in Nippes.«

»Was für ein schöner, extravaganter Name. Wir könnten in der nächsten *Känguru*-Ausgabe eine Anzeige für das Café schalten.«

»Sie können auch gerne dorthin auf einen Kaffee oder Tee mit Kuchen oder einem Snack kommen. Es wird Ihnen gefallen. Das erste Getränk geht immer aufs Haus.«

»Danke. Das Angebot nehme ich an.«

»Ich danke Ihnen.«

Sie tauschten noch gute Wünsche aus, und als das Telefonat vorbei war, musste sich Ines in die Wange kneifen.

Et jeit immer wigger, hätte jetzt Lasse Walther mit einem Kölschen Spruch diese Überraschung kommentiert. Es ging immer weiter.

Sofort begann Ines einen Zeitplan zu entwerfen.

An ihrer Mitarbeit in der *Grasgrünen Liebe* wollte sie nichts ändern, beide Dinge mussten sich ergänzen lassen. Auch ihrer schwangeren Tochter und später ihren Enkelkindern wollte sie unbedingt genug Zeit widmen.

Ines ertappte sich dabei, dass sie bereits Stress produzierte, bevor überhaupt einer entstanden war. Sie musste halblang machen, alles würde sich regeln. Nur keine Aufregung, bevor es nicht wenigstens einen Grund dafür gab.

Im Moment wäre es wohl das Beste, etwas Herzentlastendes zu tun, etwas, das in diesem Moment verrückt und entspannend zugleich war.

Die Anregung der Therapeutin Liese Kuhn fiel ihr ein.

Ines fuhr ihren Computer hoch, ging auf die Musikcharts dieser Woche. Sie kannte zwar keinen dieser Songs dem Titel nach, wie es sich für eine etwas in die Jahre gekommene Dame gehörte, die ihre Discobesuche vor etlichen Jahren eingestellt hatte.

Aber man war nie zu alt, um wieder albern und wild zu sein.

Auf YouTube gab sie statt der neuen Chartbreaker schließlich den Begriff Gloria Gaynor ein. *I will survive,* der ewige Hit aller Neustarts, begann mit seinen legendären ersten Takten. Ines schob den Lautstärkeregler ganz nach oben. Sofort dröhnte die Musik aus den Boxen.

Tanzen. Wirbeln. Drehen. Springen.

Ines tanzte ihre Geschichte aus sich heraus. Sie dachte an die Trauer, die Liebe, die Hoffnung und an die Trennung. Ihr Körper bewegte sich mit all ihren Gefühlen im Takt der Musik.

I will survive, ja, sie würde überleben. Es tat richtig gut.

Ines hoppelte am Spiegel vorbei, schwenkte ihre Arme in der Luft.

Sie streckte die Daumen hoch und grinste von einem Ohr zum anderen.

Die Ines im Spiegel tat es ihr nach.

Es ging ihr bald wieder wunderbar. Bestens. Hervorragend.

Wenn Piff sie jetzt sehen könnte, dann …

Sie stoppte mitten in der Bewegung.

Die Sehnsucht kam und die Wehmut. Beide hatten keine Lust zu tanzen.

Ines stellte die Musik ab, setzte sich auf den Bettrand.

Ihr Atem ging schnell, ihre Kondition ließ zu wünschen übrig.

Ines vermisste Piff.

Mehr, als ihr lieb war.

Vor, hinter und zwischen allen Spiegelwelten.

33

Auf dem Bildschirm erschien Jürgens Gesicht leicht verschwommen. Sein Begrüßungswinken wirkte ruckartig, aber nach einer Weile pendelte sich die Skype-Verbindung ein.

Ines winkte zurück und sah sich selbst im kleinen Fenster unter dem großen. Auch ihre Konturen waren an den Rändern ausgefranst.

»Jürgen, mit dir hatte ich gar nicht gerechnet.«

Normalerweise schickte Ines' Ex-Mann eine knappe Mail, wenn er etwas wissen wollte, oder rief kurz an. In den letzten Jahren hatten sie höchstens ein halbes Dutzend Mal per Skype miteinander gesprochen.

Er senkte den Arm, sein Gesichtsausdruck war ernst.

»Es gibt ja einen Grund, Ines. Ich habe von meiner Tochter erfahren, dass du im Krankenhaus warst. Warum hat mir niemand Bescheid gegeben? Hanna sagte, du hattest mit dem Herzen zu tun. Sie wollte mir aber nichts Genaues erzählen. Deshalb melde ich mich. Was war los? Immerhin bist du wieder zu Hause und wohlauf, wie es scheint.«

Auch ihrem Vater hatte Hanna nichts über das *Broken-Heart-Syndrom* erzählt, was Ines erleichterte. Die Entscheidung lag nun bei ihr, sie wägte das Für und Wider ab. Einerseits wollte sie nicht, dass er die Wahrheit später durch Zufall einmal erfuhr, andererseits fragte sie sich, ob sie ihren Zusammenbruch und die Umstände mit ihm teilen wollte.

»Es war eine unbedeutende Sache, Jürgen.«

»Etwas Unbedeutendes mit dem Herzen gibt es nicht. Spiel nicht die Auster, sondern rede. Tilda ist ohnehin nicht da. Wenn du willst, werde ich nichts an sie weitergeben.«

Jetzt erst bemerkte Ines, dass die zweite Frau ihres Ex nicht hinter ihm stand wie sonst bei den Skype-Unterhaltungen, eine Hand auf Jürgens Schulter gelegt, als müsse sie nachweisen, dass sie den Platz an seiner Seite eingenommen hatte. Bei Telefonaten konnte Ines Tilda ebenfalls im Hintergrund hören, und E-Mails schrieb er meist in ihrer beider Namen. Jürgen allein war eine Premiere. Er musste sich wohl wirklich Sorgen machen.

Diese Überlegung gab für Ines den Ausschlag.

»Na gut, Jürgen. Ich hatte eine stressbedingte Verkrampfung des Herzmuskels, was ähnliche Symptome wie bei einem Infarkt aufweist.«

»Ich habe doch geahnt, dass mehr dahintersteckt. Was war der Auslöser? Steckst du in Schwierigkeiten? Steuerprobleme? Geldsorgen? Hat dich einer deiner Kunden verklagt?«

Jürgens obligatorisches Fragenbombardement.

Er klang ganz so, als hätte sich Ines bereits früher in solche unangenehmen Situationen gebracht, und sie bereute ihre Entscheidung sofort. Sie beschloss, ihm statt einer Antwort einfach eine Frage zurückzugeben.

Außerdem war sie ein wenig enttäuscht, dass er ihre neue Frisur nicht bemerkt hatte. Der Klassiker, oder?

»Wolltest du deshalb allein skypen, weil du denkst, ich könnte etwas Illegales oder Peinliches getan haben, das deine Frau nicht wissen soll?«

Er hob beschwichtigend die Hände.

»Nein, Ines. Ich bin nur neugierig. Aus Hanna war nichts herauszubekommen. Sie klang besorgt und zugleich verschlossen. Diese Art hat sie von dir.«

In dem Moment wurde Ines bewusst, dass Jürgen in seinem Fragenkatalog ausschließlich materielle Dinge aufgezählt hatte, als hätte sie kein Gefühlsleben. Noch dazu ging er offensichtlich davon aus, dass sie nicht in der Lage war, eigenständig mit ihren Finanzen umzugehen.

»Jürgen, ich hatte Kummer. Liebeskummer, wenn du es genau wissen willst.« Fast trotzig gab sie ihren Zustand preis. »So eine Herzgeschichte nennt man auch *Broken-Heart-Syndrom.*«

But I will survive, hätte sie am liebsten hinzugefügt.

Eine Pause folgte. Statt sich zu äußern, senkte Jürgen den Kopf. Sie konnte ihn tippen hören. Er gab den Begriff in die Suchmaschine ein.

»Ich hab es. *Broken Heart.* Hier steht, das bekommen sonst meistens ältere Frauen als du. Aber Frauen, die allein leben, sind einem erhöhten Risiko ausgesetzt. Warum bist du nicht längst in eine WG gezogen? Solch eine Wohnmöglichkeit gibt es für Alleinstehende genauso wie für Studenten. Oder du legst dir wenigstens einen Hund zu. Musstest du dich in deinem Alter unglücklich verlieben?«

Ines' Zeigefinger schwebte über der Abbruchtaste. Sie könnte das Gespräch beenden und behaupten, es hätte an Skype und ihrer Internetverbindung gelegen. Das hatte sie nun von ihrer Offenheit.

»Ich bin nicht mehr die Jüngste, damit magst du recht haben. Ich habe mich auf eine unglückliche Geschichte eingelassen, die ich mir hätte ersparen können. Aber so ist die Sache eben gelaufen. Außerdem kann jeder dieses Syndrom bekommen, auch Männer.«

Er schwieg eine Weile, und Ines konnte sehen, wie sein Blick über den Bildschirm lief. Er scrollte, er las weiter nach, fütterte sich mit Fakten, um nicht zu viele Gefühle aufkommen zu lassen.

Ines betrachtete ihren Ex auf dem Bildschirm.

Auch Jürgen war älter geworden.

Die Falten um seinen Mund hatten sich vertieft, und in seinen dunklen Haaren zeigten sich silberne Fäden. Im Winter würde er seinen zweiundfünfzigsten Geburtstag feiern. Er war ihr, was die Fünf in der Altersangabe anging, bereits vorausgeeilt. Sie hatte nie wissen wollen, wie er seinen Runden damals begangen hatte, ob er Schwierigkeiten damit hatte, ein älterer Herr zu werden. Bei seinem Vierzigsten hatte er ihr ohne Humor erklärt, dass man älter werden musste, wenn man nicht jung sterben wollte. Sie ging davon aus, dass er immer noch so dachte.

Doch hinter all den Fragen gab es auch einen anderen Jürgen, der nicht durch Nüchternheit glänzte.

Ihre Hochzeitsreise nach Venedig fiel ihr ein. Nur ein verlängertes Wochenende mit dem Zug, eine unendlich lange Fahrt. In einer kleinen Pension hinter dem Markusplatz waren sie untergekommen. Wenn man die Zimmertür geöffnet hatte, war man direkt in ein viel zu weiches Bett gefallen, die Toilette hatte auf dem Gang gelegen. Trotzdem hatten sie wundervolle Tage verlebt. Sie waren albern und glücklich gewesen.

Albern, verliebt, jung. Ja, auch ihr Ex, der trockene Jürgen. Unglaublich jung.

Er räusperte sich und riss Ines aus ihren Erinnerungen.

»Ist es meinetwegen?«

Zuerst verstand sie seine Frage nicht.

Die Scheidung lag über zwanzig Jahre zurück, er war mit Tilda seit Jahren verheiratet, lebte schon so lange in Österreich, und hätten sie Hanna nicht gehabt, wäre der Kontakt zwischen ihnen noch spärlicher ausgefallen als ohnehin schon.

»Deinetwegen?«

»Ich habe mir oft Gedanken darüber gemacht, wie du ständig so allein zurechtkommst.«

Ines war perplex. Jürgen hatte sich in dieser Richtung nie geäußert. Allerdings hätte sie sich auch jede Einmischung in ihr Leben nach der Ehe verbeten. Was sollte diese Offenbarung? Wollte er Ines ärgern oder sich ihr wieder annähern?

»Ich war die letzten Jahrzehnte nicht allein.«

»Ach, komm schon. Dieser Marcel war ein Arschloch, und danach hab ich nie mehr irgendetwas von einem neuen Kerl in deinem Leben gehört. Du hättest ihn mir doch auf die Nase gebunden, wenn es einen gegeben hätte.«

Ines schnaubte, suchte nach einer treffenden Antwort.

Doch Jürgen hatte recht.

Selbstverständlich hätte sie ihm von einer neuen Verbindung erzählt. Wenn ihre Liaison mit Piff offiziell geworden wäre, hätte sie ihren neuen Freund bei einem Skype-Gespräch vorgezeigt, vielleicht auch mit seiner Hand auf ihrer Schulter. Die kleinen Spielchen hörten leider nie auf. Trotzdem hatte ihr Ex-Mann nicht das Recht, auf diese Weise mit ihr zu reden. Ines spürte die Wut in ihrem Bauch aufsteigen.

»Nein, Jürgen, es ist nicht deinetwegen. Was für eine Idee! Es ist wegen eines anderen Mannes. Den du nicht kennst. Ganz ehrlich, es geht dich nichts an, was da passiert ist. Kümmere du dich um deine Tilda und dein eigenes Liebesleben. Jetzt kein Wort mehr darüber, klar?«

Wieder eine Pause.

Diesmal scrollte und las er nicht, sondern blickte konzentriert an die Decke seines Arbeitszimmers, als ob er dort etwas entdeckt hätte.

Ines dachte schon, das Bild wäre eingefroren, doch dann bewegte er seinen Kopf und sah sie wieder an.

»Schade.«

Jürgen machte beide Augen zu, kniff die Lider zusammen, dann rieb er sich die Schläfen, eine Geste, an die sie sich so gut erinnerte wie an die Tage in Venedig. Es bedeutete, dass er traurig war. Ines Wut ebbte so schnell ab, wie sie aufgeflammt war.

»Wie meinst du das?«

»Als du vorhin deine Herzgeschichte erzählt hast, da dachte ich, es könnte mit mir zu tun haben. Mit unserer Liebe. Unserer gemeinsamen Zeit. In dem Internetartikel, den ich gerade überflogen habe, steht, dass es auch mit langwierigem, lang zurückliegendem Liebeskummer zu tun haben kann.«

»Nicht dein Ernst!«

»Ich kann dir den Link schicken, wenn du mir nicht glaubst.«

»Nicht der Artikel. Lenk nicht ab, Jürgen. Ich meine, was du eben gesagt hast, kann nicht dein Ernst sein.«

Jürgen presste nun die Sätze heraus. »Es hätte mir geschmeichelt. Mir gefallen. Na ja, vielleicht hätte ich es mir gewünscht. Ohne Hintergedanken. Ehrlich. Ich glaube bis heute, dass ich nicht der Richtige für dich war, Ines. Leider. Du warst immer so überschäumend herzlich und hast dich mit Haut und Haaren hingegeben. Ich bin ein trockener Architekt, der sich mit seinen Plänen, seinen Kalkulationen auskennt, aber nicht mit den Frauen. Aber ich habe gehofft … Ach, ich rede mich hier um Kopf und Kragen, unterbrich mich doch.«

Ines' Unmut war vollends verschwunden, Jürgens lange und ungewohnt gefühlvolle Rede brachte sie sogar zum Lächeln.

»Jürgen, das war eben eine sehr offene Ansprache von dir. Ich weiß deine Emotionen zu schätzen angesichts deiner sonstigen Art.«

»Verarsch mich bitte nicht.«

»Würde ich nie, Jürgen.«

Sein Blick war skeptisch.

»Lass uns zu den Tatsachen zurückkehren. Stehst du noch unter ärztlicher Aufsicht? Musst du Medikamente nehmen?«

Da war er wieder, der nüchterne Jürgen. Lange hatte sein Ausflug in die Sentimentalität nicht gedauert.

»Betablocker und ein beruhigendes Mittel am Abend. Bis zur nächsten Untersuchung. Wenn alles ausgeheilt ist, kann ich die Pillen wieder absetzen. Eine Therapie läuft parallel.«

»Gesprächstherapie?« Jürgen schluckte sichtbar. Ines war klar, dass er sie gleich wieder danach fragen wollte, inwieweit die Sache mit ihm zu tun hatte.

»Bisher haben wir über Märchen geredet, Jürgen.«

Er hob die Augenbrauen. »Na ja, wenn es dir guttut. Bleiben Schäden am Herzen zurück?«

»Nein. Jetzt lass uns das Thema beenden, ja?«

»Na gut. Ich bin froh, Ines, dass es dir besser geht, und Punkt.«

»Sonst was Neues bei euch? Ist Tildas Opernstudio fertig? Sie wollte doch Anfang September eröffnen.«

»Ja, die Eröffnung klappt. Du sollst ihr übrigens eine Rechnung für dein Design schicken, sie kann es von der Steuer absetzen und will unbedingt, dass du einen guten Preis für deine Mühe bekommst.«

»Mach ich. Dafür ein Dankeschön, und grüß sie herzlich von mir.«

Für Ines war das Gespräch beendet, aber Jürgen machte keine Anstalten, die Verbindung abzubrechen. Etwas musste ihm auf der Seele liegen.

»Wenn du mir noch etwas sagen willst, heraus damit, sonst klicke ich dich in das unendliche Netzuniversum, Jürgen.«

Er spitzte die Lippen, pustete die Luft aus.

»Okay, Ines. Du wirst es ohnehin früher oder später erfahren. Tilda und ich, wir machen eine Beziehungspause. Sie ist in eine Wohnung über ihrem neuen Opernstudio gezogen.

Tatsache. Mir kommt das Haus groß und leer vor. Wir werden sehen, wie es weitergeht. So sieht es also in meinem Leben aus.«

»Oh!« Ines schluckte. Ein Hauch von Schadenfreude kam in ihr auf, die sie aber sofort vehement wegwischte. »Tut mir leid.«

Ihr Ex sah wieder an seine Zimmerdecke.

»Tja, zwei Ehen wären damit kaputt. Ich hab kein gutes Händchen, oder ich bin ein schlechter Ehemann. Bin ich das? War ich das?«

Das Bild ruckelte und gefror für einen Moment, was Ines die Gelegenheit gab, ihre möglichen Antworten zu filtern. Statt ihm zuzustimmen und ihm damit wehzutun oder zu verneinen und es nicht ernst zu meinen, lag hier die Chance eines Themenwechsels. Ines griff nach diesem Strohhalm.

»Mein lieber Ex, vergiss für einen Moment deine Eheprobleme und denk an das Gute in unser beider Leben. Ich sage nur: Seid ihr alle da, Kinder? Weißt du noch? Unser Einsatz ist bald wieder gefragt.«

Als Hanna ein Kleinkind war, hatten sie ihr ein Kasperletheater geschenkt und komische Ministücke mit den Figuren erfunden. Die Erinnerung an die legendären Kasperlevorführungen ihrer Eltern brachte Hanna heute noch zum Kichern.

Jürgens Gesichtsausdruck hellte sich sofort auf.

»Du meinst, dass wir Kasperletheater spielende Großeltern werden?«

»Ja. Du der Opi und ich die Omama.«

Ines sah Jürgen aufspringen. Eine Minute verschwand er vom Bildschirm. Dann war sein Gesicht wieder da, ganz nah, sie konnte sehen, dass er eine Strickmütze aufgesetzt hatte.

»Tritratrulala, Kasperle ist wieder da!«

Sie kicherte. »Ich dazu der Pezi und das Krokodil und der Polizist und die Prinzessin sowieso. Das wird ein Spaß.«

Jürgen schürzte die Lippen und kniff die Augen zusammen. Er sah mehr wie ein betrunkener Karnevalsjeck aus, aber Ines war froh, dass ihr Ablenkungsmanöver geglückt war.

»Denk auch daran, dass es zwei werden. Du wirst Doppelopa.«

»Wenn es zwei Jungs werden, gehe ich mit ihnen angeln. Ach was, mit Mädchen natürlich auch. Hier in Salzburg kann man wunderbar Bötchen fahren. Wandern. Ski laufen. Wenn die Zwillinge zu Opa auf Besuch kommen, werde ich mir im Büro freinehmen. Oder vielleicht ziehe ich auch nach Köln zurück, dann kann ich mich um die Kleinen noch mehr kümmern.« Er hüpfte jetzt und drehte sich. »Tritratrulalalala.«

Der überdrehte Kasperletanz von Ines' Ex war genauso ungewohnt wie seine Gefühlsaufwallung vorhin. Aber er würde ein engagierter Großvater werden und seine Enkelkinder nach Strich und Faden verwöhnen.

»Jürgen, ich freue mich auch riesig. Jetzt habe ich aber noch zu arbeiten. Mach's gut. Ich drücke die Daumen für dich und Tilda.«

Er setzte sich wieder, aber die Aufregung war ihm immer noch anzumerken.

»Sie mag Kinder. Vielleicht bringen sie uns wieder näher zusammen.«

»Ich wünsche es dir.«

Jürgen hob die Hand und kam mit den Fingern ganz nah an den Bildschirm, so als wollte er Ines berühren.

»Pass auf dich auf. Wenn du willst, verkloppe ich den Kerl, der dich unglücklich gemacht hat.«

Ines grinste. »Ich setze dich auf die Warteliste.«

34

Als Ines die Eingangstür zur *Grasgrünen Liebe* mit Schwung öffnete, blieb ihr der Mund offen stehen.

Sie hatte sich so sehr darauf gefreut, nach ihrem Krankenhausaufenthalt wieder ins Café zurückzukommen. Die Neuigkeiten vom *Abendtäschchen* waren einen Bericht wert, und sie wollte sich von ihren immer noch vorhandenen Vermisse-ihn-so-Gefühlen ablenken.

Trotz der Begeisterung über die neue Aufgabe war es ihr gestern nicht mehr gelungen, *nicht* an Piff zu denken. Bis Mitternacht hatte sie versucht, mit zwei Actionknallern aus der *Stirb-langsam*-Reihe auf andere Gedanken zu kommen. Aber auch Bruce Willis mit seiner Stoppelfrisur hatte sie an ihren verflossenen Liebsten erinnert. Ines hoffte, dem Trubel im Café würde gelingen, was Hollywood nicht vermocht hatte.

Jetzt das.

Kein einziger Gast war an diesem Vormittag anwesend.

Sie klappte ihren Schirm zu, es regnete seit dem frühen Morgen ohne Unterlass. Ob Angelika unterwegs war und erst später öffnete?

Unmöglich.

Dann wäre auch die Eingangstür verschlossen gewesen. Außerdem hatte Angelika Ines doch ausdrücklich herbestellt. Zudem sah das Café so aus, als hätten Gäste ihre Tische fluchtartig verlassen. Sie bemerkte volle Kaffeekännchen und halb leer gegessene Frühstücksteller.

Was war passiert?

Eine Entführung oder eine Militäraktion wie in den Blockbustern von gestern Nacht? Oder ganz banal: Einer von Gustavs Stammis hatte einen Megapups gelassen? Solch eine üble Duftwolke hatten sie vor drei Wochen einmal erlebt, und der uralte Herr Senkovicz hatte schwören müssen, das nächste Mal rechtzeitig die Toilette aufzusuchen.

Das Handy aus der Handtasche kramend, machte sie weitere drei Schritte in den Raum hinein.

Da fiel ihr die Dekoration auf.

An den Wänden und an der Decke waren Luftballons drapiert, auf den Tischen lag Konfetti und vorn auf der Theke standen Sektgläser. Die Sache wurde immer merkwürdiger.

»Hallo? Ist da jemand?«

Ines ging weiter und schaute in den Innenhof. Wegen des Regens würde auch keiner der Gäste im Freien sitzen, die Sonnenschirme wurden derzeit geflickt, und die Tische draußen waren daher ungeschützt.

Doch da waren Leute.

Eine Gruppe stand an der seitlichen Mauer, unter ein paar Regenschirmen zusammengedrängt. Cordula war unter ihnen zu erkennen. Ines hob die Hand, um sich bemerkbar zu machen.

»Juhu! Überraschung!«, erklangen plötzlich zwei Stimmen.

Hinter der Theke waren Angelika und Gustav aufgetaucht. In die Menge im Innenhof kam ebenfalls Bewegung, Cordula öffnete die Flügeltüren.

»Überraschung! Surprise!«

Ines war irritiert.

Bis zu Ines' fünfzigstem Geburtstag dauerte es noch. Es konnte nicht sein, dass sich ihre Freunde im Datum geirrt hatten. Angie und Kramperl kamen hinter der Theke hervor und bewegten sich wie einstudiert in entgegengesetzte Richtungen. Zwischen sich entrollten sie ein Transparent.

Willkommen zurück im Leben! stand darauf.

Einen Augenblick lang sagte keiner ein Wort. Freunde und Gäste um Ines herum starrten sie an und warteten auf ihre Reaktion.

Ines selbst war ebenfalls sprachlos, zum zweiten Mal innerhalb weniger Minuten vergaß sie ihren Mund zu schließen.

Als Angie heute früh angerufen und gebeten hatte, ob Ines nicht um Punkt zehn – bitte nicht später und auch nicht früher, sondern genau zur vollen Stunde – zum Brunch kommen wollte, hatte sich Ines nichts dabei gedacht. Nie im Leben wäre sie auf die Inszenierung einer Willkommensparty gekommen.

Sie schluckte, griff sich ans Herz.

»O mein Gott!« Gustav Kramperl ließ seine Seite des Transparents fallen und bewegte sich auf Ines zu. »Jetzt haben wir sie zu sehr erschreckt, jetzt hat sie's wieder am Herzen. Jessasmariaundjosef – das is' ein *Schaas*!«

Schnell schüttelte Ines den Kopf. »Nein, nein, keine Angst. Es ist okay. Ich bin nur fassungslos. Völlig geplättet.«

»Damit haben wir unser Ziel erreicht«, sagte ein Gast, der sich aus dem Gästeknäuel löste und zu seinem Tisch zurückkehrte. »Wir haben die Sache gerne mitgemacht. Frau Fitz hat uns vorhin darum gebeten. Um ehrlich zu sein, wir wurden mit einem Stück Kuchen bestochen. Gute Besserung wünschen wir Ihnen.«

Die anderen Gäste nickten, langsam löste sich die Gruppe auf, und jeder ging an seinen Tisch zurück.

»Ja, natürlich, Angies Kirschkuchen ist besser als ein Kuvert voller Scheine.« Ines lachte. »Ich danke euch. Ich danke Ihnen. Allen. Ich bin nicht nur fassungslos, sondern auch gerührt.«

Die Tränen kamen so schnell, es war Ines unmöglich, sie zurückzuhalten. Jetzt ließ auch Angie das Transparent los, es fiel auf den Boden, dann nahm sie Ines in die Arme.

»Es war das Mindeste, was wir tun konnten. Deswegen brauchst du nicht zu weinen.« Aber sie heulte selbst. »Wir sind einfach nur glücklich, dass du wieder unter uns weilst.«

»Jawohl!« Kramperl hob sein Glas. »Bevor jetzt alle zum *Plaatzen* anfangen, wie man zum Weinen in Wien sagt, ein dreifaches Hoch auf die Ines.«

»Hoch, hoch, hoch!« Die anderen stimmten mit ein.

Angelika löste sich aus der Umarmung. »Zum Freikuchen noch ein Extra, liebe Gäste. Jeder kann sich ein Glas Prosecco nehmen. Ein Sektfrühstück sozusagen.«

Cordula nahm das Tablett mit den Gläsern und ging damit herum. Gustav kam zu den Frauen, und Ines drückte den alten Mann, der dabei sehr zufrieden aussah.

»Lieber Gustav, dieses Wort vorhin, *plaatzen*, klingt echt süß. Aber was ist *Schaas*?«

»Direkt übersetzt: ein Furz. Klingt aber so viel schöner, findet ihr nicht?«

»Auf jeden Fall!« Ines und Angelika antworteten unisono.

»Jetzt könnt ihr euch auch noch was wünschen, meine hübschen Damen, weil ihr zur selben Zeit dasselbe gesagt habt. Nun zu dir, Ines, wie is' es denn mit dem Herzerl?«

Ines spürte weitere Tränen hinter den Lidern lauern, hielt sie jedoch zurück.

»Ach, lieber Gustav, mir geht es wieder ganz gut. Aber manchmal, wenn so viel Schönes wie heute geschieht, dann übermannen mich die Gefühle. Eine Heulsuse hat schon immer in mir gewohnt.«

»Weinen ist doch gut, alles muss raus. Nur nix anstehen lassen. *Plaatz den Hefn voll,* sag ich immer. Also: Heul, so viel du kannst, füll einen Topf mit deinen Tränen. So in etwa würd' ich das übersetzen.«

Angelika und Ines hakten sich bei Kramperl auf beiden Seiten unter.

»Du bist schon richtig klasse, Gustl.« Angie drückte ihm auch noch einen Kuss auf die Wange.

Jetzt bekam der alte Mann feuchte Augen.

»Hört's auf, meine Damen. Ich muss mich bei euch bedanken. Was ihr aus meinem faden Café in der kurzen Zeit gemacht habt, is' einfach nur super. Weltspitze.«

Cordula kam mit den Sektgläsern an die Theke und begann nachzufüllen.

»Ines, du als wichtigste Person hast noch nichts.«

»Ich darf jetzt keinen Alkohol trinken wegen der Tabletten und meines Herzens.« Sie hob abwehrend die Hände. »Aber ich hole mir ein Glas Wasser, damit kann ich euch genauso gut zuprosten.«

»Ich bin doof.« Angelika schlug sich an die Stirn. »Daran habe ich nicht gedacht. Jetzt trinken alle außer dir. Aber ich geb dir ein Glas vom Kindersekt, den ich für die Kleinen und Antialkoholiker vorrätig halte.«

»Du bist immer für alle Eventualitäten gerüstet, was? Wenn nach der nächsten Kontrolle alles in Ordnung ist und ich nichts mehr einnehmen muss, dann besorge ich echten Champagner. Natürlich nur für uns, sonst bin ich pleite, noch bevor ich was verdient habe. Apropos, jetzt muss ich meine Neuigkeiten loswerden, sonst platze ich.«

Sie erzählte von dem Angebot von Viola Geiger und den Plänen für das neue Frauenmagazin.

»*Abendtäschchen*. Was für ein lustiger Name.« Kramperl hatte mitgehört und hob sein Glas, das Cordula bereits zum zweiten Mal gefüllt hatte. Und zwar nicht mit Kindersekt. Seine Augen glänzten.

»Ines, ich gratuliere. Jetzt geht's aufwärts. Gott sei Dank. Wir waren alle in Sorge, meine Stammis genauso wie ich. Sakra! Was den Schweinehund angeht, der dich unglücklich gemacht hat, ich hau ihn z'samm, wenn er hierherkommt!«

»Keine Schlägerei in diesem ehrwürdigen Café, Gustav. Er ist kein so schlechter Kerl, und ich war einfach nur dumm wie ein Teenager.«

»Verteidige ihn bitte nicht auch noch. Ich sag dazu nur: Ein *Oascherl* is' ein *Oascherl.* Das brauch ich nicht zu übersetzen.«

Kramperl rülpste, ließ sich wieder nachschenken und bewegte sich leicht schwankend zum Stammtisch seiner Alteingesessenen.

Angelika drückte Ines den Kindersekt in die Hand. »Komm, beste Freundin, lass uns jetzt anstoßen: Auf uns, auf das Café und auf eine neue grasgrüne Liebe! Denn so wie diese Geschichte sollen echte Lovestorys laufen.«

Ines trank einen Schluck, das Getränk schmeckte süßlich und prickelte auf der Zunge wie Brause. »Ich persönlich bin immer noch davon überzeugt, dass es diese Sophie nicht gibt und der Artikel erfunden ist.«

»Was?« Angelikas Tonfall war empört. »Sophie und ihr Prinz Charming sind überhaupt der Grund, warum wir das Café so benannt haben.«

Neben ihnen mischte sich Cordula ein. »Wer zum Teufel ist denn Sophie? Ich hab immer gedacht, ihr nennt das Café so, weil Grasgrün eure Lieblingsfarbe ist.«

Angie zwinkerte. »Nein, es ist viel geheimnisvoller. Weißt du was? Wenn du Pause hast, erzähle ich dir die Legende von Sophie und wie sie ihre große Liebe traf.«

»Ich habe Mike im Netz kennengelernt«, meinte Cordula trocken. »Online-Dating. Solltest du auch ausprobieren, Ines.«

Ines konnte sich gut daran erinnern, wie Angelika genörgelt hatte, als ihr Sohn von seiner neuen Internetbekanntschaft geschwärmt hatte. Einen Monat später war Cordula mit Käthe schwanger gewesen. Dieser »Unfall« war wohl nicht beim Chatten passiert.

»Ich bin trotzdem gespannt auf die Story. Oder Ines bringt sie bei einem der Geschichtennachmittage, damit sie alle hören können. Dafür warte ich gerne darauf.«

»Ja«, stimmte Angelika zu. »Das ist eine gute Idee, Cordula.«

Bei Ines läuteten alle Alarmglocken.

»Nie und nimmer. Aber ich verspreche euch hier und jetzt, sollte sich je herausstellen, dass es Sophie wirklich gibt, dann lade ich euch zum Champagnertrinken einen Tag nach Paris ein, in die Stadt der Liebe, egal, was es kostet.«

»Das is' ein Wort, gnädiges Fräulein.« Kramperl war vom Altherrentisch schnell wieder zurück und hielt sein schon wieder leeres Glas vor die Proseccoflasche.

»Nicht übertreiben, Gustav, nicht dass wir später den Notarzt für dich holen müssen.«

»Quatsch mit Sauce, wie man hier so schön sagt. Bei uns heißt das: *Schaas* mit Quasteln. Wie auch immer, ich vertrag auch auf meine alten Tage noch ein gutes Schluckerl.« Kramperl holte ein nagelneues Handy aus seiner ausgebeulten Hosentasche. »Ich fang schon mal mit Googeln an und such nach der Geschichte. Wer weiß, im Internet find' man doch angeblich alles.«

Die drei Frauen starrten Kramperl an. Angelika deutete auf Gustavs Mobiltelefon.

»Du hast dir das neueste Modell besorgt? Ehrlich?«

»Also, meine Damen, ihr enttäuscht mich. Ich und meine Stammis, wir sind technisch top ausgerüstet. Wir sind alle vernetzt. Wir verabreden uns per WhatsApp, und wenn ihr mögt, könnt ihr unseren YouTube-Kanal abonnieren.«

»Ihr habt einen YouTube-Kanal? Wie muss ich mir das vorstellen?« Ines wirkte fast so überrascht wie in dem Augenblick, als sie ins leere Café gekommen war. »Welche Filmchen macht ihr? Was stellt ihr da online?«

Gustav Kramperl lachte. »Der Horst da hinten, das is' der mit der Glatze und dem weißen Spitzbart, der hatte die Idee, dass wir Anleitungen für uns ältere Herrschaften ins Netz stellen könnten, mit Technikerklärungen, die auch wir alte Deppen verstehen. Für den Telefonanschluss, das Kabelfernsehen, Computerprogramme und so weiter. Oder auch diese Spiele erklären, die's so gibt. Die könnten doch auch einem alten Dackel wie mir gefallen. Ich finde es frech, dass ihr denkt, wir Rentner leben alle hinter dem Mond.«

»Da hast du recht, Gustav, ich entschuldige mich. Ein Hoch auf die Ü70-YouTuber.« Ines trank ihren Kindersekt in einem Zug aus.

Kramperl gluckste fröhlich. »Die neue Frisur steht dir übrigens gut, Ines.«

»Du bist der Erste heute, dem meine veränderte Haarpracht aufgefallen ist. *Merci beaucoup.*«

Angelika zupfte Ines an der Bluse. »Ich habe deinen schicken neuen Haarschnitt ebenfalls sofort bemerkt, wollte ihn aber erst später kommentieren. Fünf Sterne dafür.«

»Danke.«

»Jetzt komm bitte mit nach hinten, ich habe ein Geschenk für dich.«

»Ein Geschenk? Mein Geburtstag kommt doch erst.«

»Ja, und ich hoffe, du planst wenigstens eine kleine Party zu deinem Runden. Aber das Geschenk hat mit dem Café und deiner Hilfe beim Organisieren zu tun. Ich will es dir heute geben.«

Ines ließ sich mitziehen in die kleine Küche, wo ein neues Gesicht, ein junges Mädchen, gerade dabei war, die Bestellungen zuzubereiten.

»Das ist übrigens Chantal. Sie ist seit vorgestern als Aushilfe auf Vierhundertfünfzig-Euro-Basis hier. So muss ich nicht mehr täglich bereits frühmorgens kommen und ohne Pause durcharbeiten. Mein Hannes hat sich bereits bitter beklagt, dass ich kaum mehr Zeit für unsere Ehe hätte.«

Die Aushilfe Chantal nickte Ines zu. Sie trug grüne Strähnen in ihrem blonden Haar, das passte zur *Grasgrünen Liebe.*

»Nun mach die Augen zu, Ines.«

Angie öffnete die Tür von einem der Küchenschränke.

»Ta-da! Augen wieder auf!«

Angelika hielt ein großes ovales Schild in der Hand. Darauf war das Logo abgebildet, das Ines für das Café kreiert hatte. Drei geschwungene Linien in Rosa, Schwarz und Grün. Eine Frauensilhouette, eine Kaffeetasse und ein Herz.

»Ich wollte es längst draußen anbringen, aber dann ist dein Zusammenbruch dazwischengekommen, und ich habe beschlossen, zu warten, bis du wieder fit bist.«

Ines fehlten zum dritten Mal heute die Worte. Es war der sprachloseste Vormittag ihres bisherigen Lebens.

Das Schild sah umwerfend aus. Am Bildschirm und später dann auf den Flyern hatte ihr der eigene Entwurf schon richtig gut gefallen, aber auf der großen Fläche, quasi in 3D, war er noch um einiges besser. Elegant, modern und einladend zugleich. Ines war hochzufrieden mit sich und ihrer Arbeit.

»Danke, Angie. Es ist toll. Wenn es draußen über dem Eingang hängt, machen wir sofort ein Foto mit dir darunter.«

»Von uns beiden. Ein Selfie.«

»Okay. Gerne.«

»Und wir posten es natürlich im Netz. Wir müssen doch die Stammis und Gustav medial einholen.«

Sie lachten.

Ines strich über die Oberfläche des neuen Ladenschildes. Ob sie ihre Wette mit der Paris-Reise je würde einlösen müssen?

35

Ines konnte das Gezwitscher sofort hören, als sie die Haustür öffnete. Schon während Lasse die Treppe hochkam. Er trug eine Transportbox in der rechten Hand und einen Teddybären in der linken.

»Achtung, Achtung. Hier kommt der Vogel-Bären-Mann. Tür auf und alles frei machen.«

Ines klatschte in die Hände. »Eliza hat heute schon ihren großen Auftritt?«

»Genau, hier kommt sie, wie sie singt und lebt. Begleitet vom coolen Ted.«

Lasse schwenkte das Stoffbärchen, das eine gelbe Latzhose und ein kariertes Hemd trug.

»Aber ich dachte, es dauert noch Wochen, bis die Vögelchen flügge sind.«

»Dann hast du mich missverstanden, was die Zeitabfolge angeht. Die drei haben ihre Jungmauser bereits hinter sich und können abgegeben werden. Meine liebe Ex, Katja, lässt dich herzlich grüßen. Sie würde sich freuen, wenn ihr euch kennenlernen könntet. Ich habe ihr vorgeschlagen, ins Café zu kommen. Der Teddybär ist von mir ganz persönlich. Den wollte ich ursprünglich ins Krankenhaus mitbringen, aber in letzter Minute war mir so ein Geschenk in der Öffentlichkeit peinlich.«

»Ich glaube, das letzte Mal, dass mir jemand ein Stofftier geschenkt hat, liegt Jahrzehnte zurück. Da war ich vierzehn und lag mit einer Lungenentzündung im Bett.«

»Dann wird es höchste Zeit. Das Kuscheltier kann auch umbenannt werden, von Ted auf ›der coole Lasse‹. Damit hätte ich dann einen Namensvetter.«

Er stellte die Transportbox vorsichtig auf dem Couchtisch ab und öffnete sie. Das Gezwitscher schwoll kurz an, verstummte dann.

»Voilà, darf ich vorstellen: Eliza. Du wirst staunen, wie zutraulich und niedlich sie ist.«

Wie bei einer Einladung zum Tanz hielt Lasse seine offene Handfläche vor die Box.

Zunächst passierte längere Zeit nichts, dann kam ein orangefarbener Kopf mit Knopfaugen zum Vorschein. Das Vogelfräulein zierte sich noch, sich in ihrer ganzen Schönheit zu zeigen.

»Na komm, meine Süße. Du bist zu Hause.« Lasse pfiff.

Eliza wagte einen nächsten Schritt und dann noch einen, bis sie ganz auf Lasses Handfläche gewandert war. Sie sah sich um und gab wieder eine Reihe von Tönen von sich.

»Mein Gott, was ist das Fräulein entzückend!« Ines war auf der Stelle in den Vogel verliebt.

Die Kanariendame war kleiner als Hugo, und Ines musste Lasse fragen, ob und wie viel sie noch wachsen würde. Sie stellte wieder einmal fest, dass sie noch viel zu wenig über ihre, nun bereits zwei, gefiederten Mitbewohner wusste. Nächster Punkt auf ihrer To-do-Liste: sich viel genauer über die Haltung und Pflege von Singvögeln informieren. Hugo und die zierliche Eliza hatten beste Betreuung verdient.

Eliza flatterte von Lasses Hand hoch und setzte sich auf den großen Ast, den Ines von draußen mitgebracht und im Wohnzimmer drapiert hatte. Es sollte der Anfang einer richtigen Spielecke für die Vögel werden, wie ihr Doktor Naux geraten hatte. Allerdings hatte Hugo das neue Teil bis jetzt weitgehend ignoriert und zog es vor, sich auf der Lehne der Couch niederzulassen, wenn er frei im Wohnzimmer unterwegs war.

Lasse pfiff wieder, und Eliza sah ihn mit schräg gelegtem Kopf an.

»Magst du deinen Hugo dazuholen? Wir können sofort testen, ob die beiden sich überhaupt mögen. Ich habe im Auto Eliza von ihrem neuen Freund vorgeschwärmt, obwohl ich ihn nicht mal persönlich kenne.«

Während Lasse redete, zog er sich die Schuhe aus, lief zurück in den Flur und stellte sie ab wie ein wohlerzogener Junge. Erst dann begann er, sich in Ines' Wohnung umzusehen.

»Schön hast du es hier. Gemütlich. Nah am Stadtwald.«

Er blieb an der rechten Wand des Wohnzimmers stehen. »Wenn ich diese hier, ähnlich wie in der *Grasgrünen Liebe*, mit einer milden Farbe streichen würde, gäbe es dem Zimmer einen neuen Touch. Vielleicht ein sanftes Orange oder Mintgrün?«

»Du bist keine Minute hier und willst schon renovieren? Der typische Handwerker, der zu spät kommt und dann gleich Pause macht, bist du jedenfalls nicht.«

»Ich bin nicht typisch. Weder typisch Handwerker noch typisch Mann. Ich bin wie Ted: Coooool!«

Er setzte den Stoffbären auf die Couch und sich dann daneben. Hinter ihm flötete Eliza.

»Los, Ines, hol mal deinen Vogel. Ich bin total gespannt, wie schnell wir die beiden verkuppeln können. Alle elf Minuten klappt es bei Parship, diesen Rekord brechen die Vögelchen locker, wetten?«

Ines hob den Daumen und ging ins Schlafzimmer. Dort saß Hugo auf seiner Stange, wetzte seinen Schnabel, wirkte aufgeregt. Er musste das fremde Zwitschern gehört haben.

»Komm, es gibt eine Überraschung für dich.«

Hugo kletterte auf Ines' Zeigefinger.

»Wie vorsichtig müssen wir sein, Lasse?«, fragte Ines vom Schlafzimmer aus.

Sie sah das Bild von zwei verstörten Vögeln vor sich, die sich gegenseitig pickten und mobbten. Vor Monaten war Hugo zu ihr gekommen, weil er aus seiner damaligen Dreiergemeinschaft ausgestoßen worden war. Wer weiß, ob er sich überhaupt noch mit einem Artgenossen verstand.

»Lass ihn einfach machen, was und wie er will. Die beiden haben genug Raum, um sich anfangs aus dem Weg zu gehen.«

Kaum im Wohnzimmer angekommen, erhob sich Hugo und flog einmal quer durchs Zimmer und landete auf dem Bücherregal, einem seiner Lieblingsplätze, wenn er sich frei bewegen durfte. Eliza harrte auf dem Ast aus und beobachtete den fremden Genossen von dort aus.

Nervös sah Ines von einem zum anderen.

»Ich habe extra eine zweite Voliere bestellt, damit die beiden anfangs jeder für sich einen Rückzugsort haben. Am Ende muss ich noch in ein Hotel ziehen und ihnen die Wohnung überlassen. Was jetzt, Lasse?«

»Setz dich zu mir, wir warten und beobachten. Ich habe zwei Kölsch mitgebracht. Die könnten wir in deinem Eisschrank kühlen, bevor wir sie genüsslich leeren.«

»Ich trinke im Moment keinen Alkohol, tut mir leid.«

Er schlug sich mit der Hand an die Stirn. »Ich bin ein Idiot. Tut mir leid. Die Kölsch heben wir einfach für ein anderes Mal auf. Könnte ich dann einen Kaffee haben?«

Ines grinste. »Wie heißt das Zauberwort?«

Lasse sah sie an. *»Love?«*

Damit brachte er sie kurz aus dem Konzept, aber Ines fing sich sofort wieder. »Nein, leider nicht.«

»Aber es heißt doch schon bei den Beatles: *All you need is love.*«

Er packte den Teddybären, wackelte mit ihm in der Luft und summte die berühmte Melodie. Ines lachte.

»Na gut, da ich die Beatles göttlich finde, schenke ich dir einen zweiten Versuch.«

Lasse zwinkerte. »Könnte ich BITTE – *please, please me* – einen Kaffee haben?«

»Kommt sofort, Vogelmann. Aber Schluss mit den Zweideutigkeiten.«

Lasse ließ den coolen Ted für sich nicken.

Eine Weile saßen sie auf der Couch. Lasse trank seinen Kaffee, Ines hatte sich ein Glas Milch geholt. Sie redeten nicht, beobachteten nur. Zwischen ihnen thronte der neue Teddybär in Latzhosen und schwieg ebenfalls.

Bei den beiden Kanarienvögeln tat sich wenig, Hugo hielt auf dem Bücherregal seine erhöhte Stellung und pfiff von Zeit zu Zeit. Eliza wanderte auf dem Ast auf und ab, sah mal zu Ines und Lasse auf der Couch, dann zu Hugo hoch. Sie piepste in Abständen, was Hugo mit einem Kopfnicken beantwortete.

Eine SMS auf Ines' Handy am Couchtisch unterbrach die Idylle. Maxima bat um Rückruf. Ines vertröstete sie auf später.

»Wie soll ich mich weiter verhalten, Lasse?« Sie sah auf die Uhr, es wurde Zeit, dass sie an die Arbeit ging.

Er erhob und streckte sich. »Ich würde die Kleine für die erste Nacht noch nicht in die große neue Voliere geben. Setz Eliza zurück in ihre Box, die übrigens auch ein Geschenk von Katja ist. Dort fühlt sie sich sicherer. Nach und nach gewöhnst du sie dann um. Morgen, wenn du zu Hause bist und Zeit hast, die beiden im Auge zu behalten, lässt du sie wieder frei fliegen. Ich hab ein gutes Gefühl, die zwei Turtelkanarien werden schneller als gedacht ein glückliches Paar.«

Lasse zwinkerte Ines wieder zu und lächelte dabei.

Alles in allem hatte Ines nun inklusive der neuen beachtliche vier Transportboxen. Sie dachte daran, wie dringend sie eine in der Nacht gebraucht hätte, als Hugo in Not geraten war. Bei Gelegenheit konnte sie die beiden Boxen aus der Tierarztpraxis dorthin zurückbringen, sie wollte mit Eliza ohnehin die nächsten Tage zum Check-up.

Vor allem anderen aber musste sie eine wichtige Sache mit Lasse klären.

Sie stellte ihr Glas Milch ab, verschränkte die Finger und atmete einmal durch.

»Lasse. Bevor du gehst, bitte setz dich wieder. Ich will noch etwas mit dir bereden.«

»Du klingst, als würdest du gleich die Testergebnisse in Mathe durchgeben. Ich erwarte eine Eins plus.«

Er setzte sich diesmal ihr gegenüber, und trotz seines Scherzens war in seinen Augen eine leise Unsicherheit zu erkennen. Er biss sich auf die Lippe, zupfte an seinen Koteletten.

Wenn Ines jetzt nicht ansprach, was sie vermutete, konnte die Freundschaft zwischen ihnen schnell ihre Leichtigkeit verlieren und einen schwierigen Verlauf nehmen.

»Die Blumen im Krankenhaus, der Teddybär, die Vogelvermittlung und dein Angebot, mir die Wand zu streichen – das läuft doch alles auf etwas hinaus, Lasse. Oder irre ich mich?«

Er schwieg, sah auf seine Hände, begann mit den Beinen zu wippen.

Ines legte nach, auch auf die Gefahr hin, dass sie ihn verletzte. »Ich will nicht, dass du dir Hoffnungen machst, Lasse.«

Er hob den Kopf. Seine Miene drückte eine Mischung aus Enttäuschung und leichter Melancholie aus. Er wirkte in seiner

Unsicherheit so jung, dass Ines nun doch das Gefühl hatte, er könnte als ihr Sohn durchgehen. Diese Empfindung machte die Sache für sie leichter. Für Lasse nicht.

»Nichts spricht dagegen, Ines. Ich verstehe nicht … Was wäre schon dabei, wenn wir …?«

Jetzt musste Ines absolut ehrlich sein. »Nichts wäre dabei. Da gebe ich dir recht. Nur glaube ich nicht, dass ich es so möchte.«

»Ist es, weil ich nur Maler und Lackierer bin? Meine Meisterprüfung leider immer noch vor mir her schiebe? Das kommt noch, hundertprozentig.«

»Keineswegs, Lasse, wie kannst du so was denken? Jeder Beruf ist ehrenhaft, vielleicht bis auf Zuhälter oder Pornofilmer. Ob und wann du weitermachst, ist deine Entscheidung.«

Er lächelte zaghaft. »Dann wegen des Altersunterschieds?«

»Weil ich Oma und du Jungvogel bist? Nein, die Jahre zwischen uns geben mir etwas zu denken, das gebe ich offen zu, aber auch sie sind nicht der Grund.«

»Was ist es dann, das wir nicht hinbekommen könnten? Wir sind ungebunden, wir mögen uns. Eine neue Beziehung würde zu jedem von uns passen. Ich weiß, ich bin erst seit Kurzem von Katja getrennt, aber du bist in keinem Fall ein Lückenbüßer. Ich habe mich bereits in dich verliebt, als wir uns das erste Mal im Café begegnet sind. Erinnerst du dich?«

Das Gespräch war Ines nur zu gut im Gedächtnis geblieben. Es hatte den Ausschlag gegeben, dass sie sich anfangs auf den Mann mit Hund eingelassen hatte. Sie seufzte. Wegen der Erinnerung oder wegen der Tatsache, dass sie Lasse eine Abfuhr erteilen musste.

»Es geht bei mir nicht. Ja, ich bin ungebunden, und ja, ich wünsche mir eine neue Beziehung.«

»Aber dann …«

»Lass mich ausreden.«

»Ja, Mama.«

»Nein, keine solchen Witze jetzt. Wenn ich fertig bin, dann können wir uns wieder gegenseitig aufziehen.«

Er hob zwei Finger und machte das Friedenszeichen. Das brachte sie nun doch zum Schmunzeln. Vielleicht war sie dämlich, ihn nicht in ihr Leben zu lassen. Lasse hatte recht, sie könnten voneinander profitieren, Spaß haben und vieles mehr. Einen Versuch sollte diese Möglichkeit ihr wert sein. *All you need is love*, wie die Beatles gesungen hatten. Aber wie sehr Ines Lasses Bemühungen auch schätzte, vier andere Buchstaben ließen sich noch nicht aus ihrem Gefühlsalphabet entfernen.

P-I-F-F.

Mehr als Freundschaft zu Lasse war nicht möglich.

»Ich mag dich, Lasse. Aufrichtig, herzlich. Du bist ein Kumpel, den ich sofort in meinen Freundeskreis aufnehmen möchte. Ich mag deine Art, deine Offenheit, deinen Humor.«

Er öffnete den Mund, Ines stoppte ihn ab.

»Aber alles, was über Freundschaft hinausgeht, ist nicht möglich. Ich weiß nicht, ob ich ein ›noch‹ einfügen soll, denn das würde dich dazu verleiten zu warten. Und glaub mir, Warten ist das Schlimmste. Lieber reiße ich dir das Pflaster in einem Ruck herunter, und du schreist kurz auf, als dass ich immer wieder daran zupfe und die Wunde nie heilt. Wenn es für dich in Ordnung ist, dann sind wir weiter gute Bekannte, auch Freunde. Wenn nicht, dann verstehe ich es, und du musst dich nicht mehr melden. Wegen Eliza gebe ich dir immer Bescheid, ich sorge auf jeden Fall gut für sie.«

»Ich würde gerne zu deinem Kreis gehören, dein Freund sein. Ehrlich. Besser als nichts.«

Er blinzelte eine Träne weg. Es war rührend anzusehen, und Ines hätte ihn gern in die Arme genommen, ließ es aber sein.

In dem Moment verließ Hugo seinen Beobachtungsposten auf dem Regal und flog zu Eliza auf den Ast. Sie wich nicht zurück. Kaum saßen sie nebeneinander, plusterte sie sich auf. Hugo war es jetzt, der piepste.

»Na, bei den beiden scheint es besser zu laufen als bei uns.«

Lasse wirkte wieder fröhlicher. Sie standen auf, und Ines klopfte ihm auf die Schulter.

»Aber wie du siehst, übernimmt Eliza bereits die Führung in der Vogelbeziehung. Sei froh, dass es zwischen uns nicht klappt, dir wäre es mit mir ebenso ergangen.«

Er nahm sie so schnell in die Arme, dass Ines nicht die Zeit hatte, ihn abzuwehren. Lasse hob Ines hoch und drehte sie einmal im Kreis.

»Ich wollte wenigstens wissen, wie es sich anfühlt, dich herumzuwirbeln.«

Eliza flatterte auf, flog über die Couch und kackte auf den Kopf des Teddys. Ines und Lasse brachen in Lachen aus.

Das zarte Kanarienfräulein drehte eine Runde durch das Wohnzimmer und setzte sich wieder neben Hugo. So nebeneinander in Gelb und Orange sahen die beiden aus wie zwei Frühlingsblumen.

Lasse stöhnte auf. »Jetzt weiß ich wenigstens, was Frauen von Stofftiergeschenken halten.«

36

Doktor Naux, mit Turnschuhen und weißem Kurzarmhemd, gut gelaunt und fit wie immer, zog eine Augenbraue hoch. »Sagen Sie bloß, Ihr Pechvogel hatte seinen nächsten Unfall?«

Er und seine junge Frau standen an der Anmeldung, als Ines hereinkam.

Sie freute sich aufrichtig, die beiden wiederzusehen.

»Da kann ich zum Glück Entwarnung geben, diesmal ist es nicht Hugo, sondern ein neuer Kanarienvogel.«

»Der gelbe Kleine ist doch nicht gestorben?« Die junge Frau wurde ganz blass, was Ines ungeheuer sympathisch fand.

»Keine Sorge, liebe Frau Naux. Hugo hat eine Partnerin bekommen. Eliza heißt die Dame, und ich wollte einen Check-up machen lassen.«

Der Tierarzt bückte sich und sah in die Transportbox hinein. »Hübsches Ding, herrliches Orange. Ganz jung, wie ich sehe. Sie sind also meinem Rat gefolgt, sich einen zweiten zuzulegen. Wir sehen uns gleich im Behandlungsraum, Frau Berwalder. Angenehmerweise ist heute weniger los, Sie werden also nur kurz warten müssen. Aber Achtung, im Wartezimmer ist auch ein Mann mit Hund.«

Er schüttelte Ines' Hand und ging zu den Behandlungsräumen.

Sie merkte, wie ihr heiß wurde. Ein Mann mit Hund? War es Piff? Doktor Naux war auch Perrys Tierarzt. Sollte sie umdrehen und sich nach einer anderen Praxis umsehen?

Nein. Sie würde nicht weichen. Hier fühlte sie sich mit ihren Vögeln bestens aufgehoben. Sollte Piff im Wartezimmer sitzen, war sie wenigstens vorgewarnt. Er würde einen größeren Schrecken bekommen.

Mut, Ines. Courage. Keinen Millimeter deines Terrains wirst du freiwillig an die Baseballkappe abtreten.

Ihre Vernünftig-Stimme klang kämpferisch. Trotzdem hatte sie weiche Knie.

Im nächsten Moment fiel Ines ein, dass der Tierarzt ja wusste, dass sie und Paul Iffland sich kannten, also hätte er es erwähnt, wenn Piff und Perry im Wartezimmer saßen. Sie entspannte sich wieder.

»Kein Problem. Danke für die Warnung!«, rief sie Doktor Naux hinterher.

Dann wandte sich Ines der Frau des Tierarztes zu, die im Computer die Daten aufgerufen hatte.

Eliza gab ein hohes Zwitschern von sich.

Die Tierarzthelferin begutachtete den Vogel ebenfalls. »Na du, kleine Apfelsine? Was für ein süßes Spätzchen bist du denn.«

Das Lächeln auf den Lippen der jungen Frau glich dem des Tierarztes sehr. Die gleichen Gesichtszüge, die gleichen blauen Augen, nur ihre Haare waren blond.

»Sie beide können auch gleich hier an der Anmeldung warten und in einem der beiden Korbsessel Platz nehmen, Frau Berwalder. Im Warteraum sind in Wahrheit derzeit zwei Hunde, das könnte Ihre Eliza erschrecken.«

»Vielen Dank.« Ines setzte sich.

Während der nächsten Minuten kamen eine Frau mit einem Dackel und ein Mann mit einer Katze herein. Ines hielt die Box mit Eliza auf dem Schoß. Die Vogeldame saß jetzt darin in der hinteren Ecke und gab keinen Ton mehr von sich, bis sie an der Reihe waren.

Im Behandlungsraum war heute nicht nur Doktor Naux, sondern auch ein zweiter, wesentlich jüngerer Mann anwesend.

»Darf ich bekannt machen: Ines Berwalder – und das ist Dennis Koll, angehender Doktorand der Tiermedizin und zurzeit mein Praktikant. Wenn es Ihnen nichts ausmacht, wird er bei der Untersuchung dabei sein.«

»Kein Thema, Doktor Naux. Freut mich, dass es nicht nur bei den Kanarienvögeln Nachwuchs gibt.«

Die Ärzte lachten. Ines öffnete die Box, doch Eliza blieb wie erstarrt in ihrer Ecke sitzen.

»O weh, sie fürchtet sich zu sehr.«

»Keine Sorge, dem Vögelchen geht es gut.«

Doktor Naux nickte seinem Doktoranden zu. Dennis Koll griff mit geübter Hand zu und holte Eliza heraus. Er begann den Vogel abzutasten. Ines sah zu, wie der junge Arzt mit seinen breiten Fingern auf den zarten Körper drückte, und ihr schwindelte. Ihr Herz schlug schneller.

Später konnte sie sich nicht erklären, warum sie in genau diesem Moment ihr Handy aus der Jeans holte, um Piffs Nummer zu wählen. Vielleicht war es die Sorge gewesen, vielleicht ein Sehnsuchtsanfall, vielleicht hatte ihr Schreck, dass Piff im Wartezimmer sitzen könnte, diese Übersprunghandlung hervorgerufen.

»Bitte das Mobiltelefon draußen benutzen, Frau Berwalder.«

Doktor Naux schlug das erste Mal ihr gegenüber einen strengen Ton an. Ines unterbrach den Anruf und ließ das Handy schnell wieder in der Hosentasche verschwinden.

»Entschuldigung. Ich wollte gar nicht telefonieren. Die Aufregung ist wohl von Eliza auf mich übergesprungen.«

»Wenn Sie das nächste Mal in die Praxis kommen, Frau Berwalder, nehmen Sie Hugo mit. Es beruhigt Vögel, wenn ein Artgenosse dabei ist. Dunkeln Sie die Box mit einem Tuch ab, und vereinbaren Sie einen sogenannten Expresstermin, dann gibt es überhaupt keine Wartezeit.«

Ines nickte alles ab.

Doktor Naux hatte recht, sie hätte zumindest an das Tuch denken können. Expresstermin klang gut. Schon allein dafür würde sie auf keinen Fall den Tierarzt wechseln wollen. Es war Zeit, Paul Hugo Iffland aus ihrer Telefonliste zu löschen, gleich nach dem Untersuchungstermin. Später, wenn sie wieder an der frischen Luft wäre.

Wem machst du was vor?, fragte ihre Vernünftig-Stimme leise im Hintergrund. Wetten, dass du es nicht tust oder seine Nummer vorher auswendig lernst?

Nein, keine Wette, nur ein Vorsatz.

»Haben Sie Kot dabei?« Doktor Naux riss sie aus ihrem inneren Dialog.

»Ja, daran habe ich gedacht.« Ines reichte dem Tierarzt ein kleines Plastikdöschen.

Er winkte dem Doktoranden zu. »Dennis, kümmere dich doch bitte darum.«

Der junge Mann übergab Eliza vorsichtig an Doktor Naux. Ines konnte sie fiepen hören.

»Soweit ich es beurteilen kann, ist alles in bester Ordnung mit dem Küken.« Er nahm eine Pinzette und legte Elizas Hinterlassenschaft in eine Schale. Damit verschwand er aus dem Behandlungsraum.

»Ihr Praktikant wirkt sehr freundlich und engagiert.«

Doktor Naux wechselte in seine warme Stimmlage zurück. »Ja, Dennis gibt sich die größte Mühe. Er ist der Verlobte meiner Tochter und muss sich daher zweifach anstrengen.«

Also war auch der Veterinär zum zweiten Mal verheiratet, denn die junge Frau am Empfang konnte unmöglich die Mutter einer Verlobten sein. Ines sah Doktor Naux lächeln und bemerkte, wie vorhin schon, seine Ähnlichkeit mit der jungen Tierarzthelferin. Bei ihren letzten beiden Besuchen in der Praxis hatten sie Hugos Notlagen zu sehr beschäftigt, als dass es ihr aufgefallen wäre.

Doch jetzt verstand sie. »Frau Naux ist Ihre Tochter?«

Ein Strahlen ging über sein Gesicht und ließ ihn noch sympathischer wirken.

»Ja, meine Tochter Franka. Sie macht sich gut.«

Dennis und Franka.

Es klang ein wenig wie Dustin und Hanna, was Ines amüsant fand. »Ja, das finde ich auch. Sie ist außerordentlich freundlich.«

Ohne weiter nachzudenken, schloss sie ihren nächsten Satz an.

»Ihre Frau und Sie sind sicher sehr stolz auf Franka.«

Sein Lächeln verschwand so schnell, wie es gekommen war. Seine blauen Augen zeigten einen betrübten Ausdruck.

»Wir waren immer stolz auf beide. Mein älterer Sohn arbeitet in Berlin als Fotograf. Die Mutter meiner Kinder ist leider schon vor einigen Jahren verstorben.«

»Oh, das tut mir leid. Ich hätte nicht fragen sollen.«

Am liebsten hätte sich Ines mit der Hand gegen die Stirn geschlagen, was für eine unpassende Bemerkung. Das Privatleben ihres Tierarztes ging sie nichts an.

Doktor Naux legte Eliza nun in eine Kleintierwaage. Sie hielt immer noch bemerkenswert still.

»Nein, schon gut. Das konnten Sie nicht wissen.«

Er notierte Elizas Gewicht, dann setzte er sie zurück in die Box. Wie auf Kommando gab sie eine Reihe melodischer Töne von sich. Der Gesang holte sein Lächeln zurück.

»Ihre Eliza ist gesund und munter. Wir warten noch auf Dennis, und wenn mit der Probe alles okay ist, können Sie Ihren Vogel wieder mit nach Hause nehmen. Wenn Sie eine Außenvoliere haben, würde ich Ihnen in den nächsten Wochen eine Impfung gegen Kanarienpocken empfehlen.«

»Hugos Voliere stelle ich schon öfter mal auf den Balkon. Bei Eliza wollte ich es ebenso halten.«

»Dann machen wir einen Termin für beide. Nicht vergessen: Express.« Er hob den Zeigefinger, musste aber zugleich schmunzeln. »Ich gebe diese Empfehlung an alle Patienten weiter. Am Ende wird es nur mehr Expresstermine geben, und Franka bekommt einen Nervenzusammenbruch. Aber ich verspreche Ihnen, Sie kommen ab jetzt immer schnell an die Reihe. Ich mag Ihren Vogel. Beziehungsweise Ihre *zwei* Vögel.«

Doktorand Dennis Koll kam mit einem Computerausdruck zurück, und Doktor Naux überflog die Daten auf dem Blatt.

»Auch hier alles bestens. Es hat mich sehr gefreut, Frau Berwalder.«

Ines bedankte sich und nahm ihre Box.

Doktor Naux öffnete ihr die Tür.

»Unser gemeinsames Kölsch steht noch aus. Ich habe es nicht vergessen.«

»In zweieinhalb Wochen feiere ich meinen runden Geburtstag. Im neuen Café meiner Freundin, in Nippes. Wenn Sie kommen möchten? Ihre Tochter und Herr Koll sind natürlich auch herzlich eingeladen.«

Ines hatte sich selbst mit ihrer Ankündigung überrumpelt, noch hatte sie überhaupt keine konkreten Pläne.

»Wann wäre denn die Party?« Der Tierarzt wirkte ebenfalls etwas überrascht, aber nicht abgeneigt.

»Ich werde mich melden, wenn alle Details feststehen.«

So schnell sie konnte, schlüpfte Ines aus der Tür, und jetzt klopfte ihr Herz doch wieder ein wenig schneller, diesmal allerdings nicht aus Sorge um Eliza oder aus Sehnsucht nach Piff.

Auf dem Nachhauseweg begann sie, eine Feier in der *Grasgrünen Liebe* zu planen.

Ihr runder Geburtstag.

50 – als Zahl.

Fünfzig – in Worten.

Mehr und mehr fühlte es sich richtig und gut an.

37

Großtante Betty stand mit ihrem Stock und einem Männerstrohhut auf dem Kopf am Bahnhofsvorplatz in Saarlouis. Obwohl Ines sie bekniet hatte, bei dem schwülen, gewittrigen Wetter zu Hause auf sie zu warten, hatte Betty ihren Sturkopf durchgesetzt und war losgegangen, um ihre Großnichte persönlich abzuholen.

Aus einem spontanen Impuls heraus hatte sich Ines entschlossen, die Schwester ihres Großvaters zu besuchen. Maxima sollte eigentlich fahren, Betty hatte Ines' Schwester eingeladen. Aber Werner hatte den Zeltausflug mit den Söhnen canceln müssen wegen eines weiteren Zahnarztkongresses, zu dem Maxi samt Kindern ihren Mann nun begleitete.

Ines war für sie eingesprungen.

Sie war der alten Dame immer noch dankbar für das Gespräch über Piff. Betty war zu der Zeit die Einzige gewesen, der Ines ihr Herz ausgeschüttet hatte. Mit dem überraschenden Einblick in ihr Leben und Lieben hatte Betty Ines geholfen.

»Tante Betty, wie schön, dass du da bist.«

Alle sagten »Tante Betty« zu der einundneunzigjährigen Frau, als wäre die Verwandtschaftsbezeichnung Teil ihres Vornamens. Keiner sprach sie als Betty oder mit ihrem

Taufnamen Elisabeth an. Ines würde die alte Frau einmal fragen, ob es sie störte oder sie es sogar mochte, so genannt zu werden.

Nach dem Telefonat mit Tante Betty war Ines klar geworden, wie wenig man manchmal über die Menschen wusste, die zur eigenen Familie gehörten.

Ines erinnerte sich an einen Anruf vor vier Jahren, als sie ein gewisser Ernst Berwalder kontaktiert hatte, der nach Familienangehörigen suchte und eine Liste von allen Berwalders in Deutschland aufgestellt hatte, die er dann durchtelefonierte. Der Mann hatte vor zu heiraten, und zwar eine Verena – ebenfalls Berwalder. Er wollte herausfinden, ob seine Verlobte näher mit ihm verwandt war oder nur zufällig denselben Nachnamen trug. Am Ende hatte sich herausgestellt, dass das Paar Berwalder und Berwalder genetisch nichts gemeinsam hatte, aber dafür Ernst ein Cousin vierten Grades von Ines und Maxima war.

Hätte Ines nicht ihren Zusammenbruch gehabt, niemand in ihrem Umfeld hätte von Piff erfahren, und Tante Betty hätte ihr eigenes Geheimnis mit ins Grab genommen. Wie viele ungelüftete Geheimnisse die Menschen doch durch die Jahre schleppten! Um sie alle erzählen zu lassen, hätte Angelika wahrscheinlich eine Caféhauskette mit unzähligen Filialen und ebenso vielen Geschichtennachmittagen eröffnen müssen.

Tante Betty erwiderte Ines' Umarmung extrem kurz.

»Lass uns gehen, die Schwüle bringt mich sonst auf der Stelle um.«

Sie machte kehrt und ging auf ihren Stock gestützt los, ohne sich weiter um ihre Großnichte zu kümmern. So war sie. Immer bereit, ihren bevorstehenden Tod anzukündigen, immer bereit, ihn zu empfangen, und dennoch stur weiterzugehen und weiterzuleben. Vielleicht ist sie deshalb steinalt geworden, dachte Ines und musste sich beeilen, der rüstigen Rentnerin hinterherzukommen.

Sie selbst hätte ein Taxi genommen, aber Betty ging immer zu Fuß. Taxifahren war Verschwendung und unnötig, wenn man zwei Beine hatte, lautete ihre Devise. Also entweder laufen, oder Betty ließ sich von ihrem siebenundachtzigjährigen Nachbarn Wigald fahren. Ines war ein einziges Mal mit in den uralten Mercedes gestiegen und hatte sich zu einer Fahrt überreden lassen. Sie war tausend Tode gestorben wegen Wigalds halsbrecherischen Fahrstils.

Ines schwitzte am ganzen Körper, als sie mit ihrem Koffer endlich in der Hochstraße ankam. Die Hitze kam leider nicht nur von außen, sie hatte sich auch innerlich angestaut, von den Zehen aufwärts bis zu den Haarwurzeln. Nun gut, nach Piff und dem *Broken-Heart-Syndrom* konnte sie das beginnende Klimakterium auch nicht mehr aus der Bahn werfen.

Mit fünfzig wallte die Glut eben wieder auf.

In Bettys Wohnung war es angenehmerweise erstaunlich kühl.

Die Fenster standen offen, aber die schweren Stores waren zugezogen. Auf dem Schreibtisch drehte sich ein Ventilator. An den Wänden reichten Regale voller Bücher bis an die Decke. Ein Lesesessel mit Blick nach draußen. Eine Couch, auf der sich mehrere Kuscheldecken stapelten. Nichts hatte sich in den letzten Jahrzehnten hier verändert. Ines kam nicht oft hierher, aber wenn, dann war es immer so, als wäre die Zeit stehen geblieben.

Zwei Zimmer, Wohnküche, Bad, Balkon. Vom Wohnzimmer konnte man auf ein Wäldchen sehen, viele Bäume und viel Grün.

Ines dachte an ihr eigenes Heim.

Außer dass sie hellere und leichtere Möbel bevorzugte, glich Bettys Wohnung der ihren sehr. Würde sie in absehbarer Zukunft die Position der uralten Alleinstehenden einnehmen? Würden ihre Enkel sie später ebenso selten besuchen, wie die Familie es bei Tante Betty machte? Andererseits, wenn sie mit einundneunzig noch so rüstig durch die Sommerhitze stapfen konnte, war nichts dagegen zu sagen, dass sie Bettys Gene hatte.

Tante Betty nahm den Männerstrohhut ab.

»Der gehört dem Wigald von nebenan. Da er bei der Hitze ausschließlich mit seinem Wagen fährt und nichts zu Fuß erledigt, habe ich ihn mir geborgt. Steht mir besser als ihm.«

Sie grinste, und mit ihrem faltigen Gesicht wirkte sie wie eine dieser riesigen Schildkröten auf den Galapagosinseln.

»Eingekauft habe ich nichts, Ines. Zu mir kommt sonst der Essensdienst, da kriege ich mehr als genug. Den habe ich allerdings für heute abbestellt, denn wir beide wollen ja sowieso raus aus der Bude.«

»Ich lade dich natürlich zum Essen ein.«

»Damit habe ich auch gerechnet.« Betty hob ihren Stock und deutete auf die Tür zum Schlafzimmer. »Stell dort deine Sachen ab. Schlafen kannst du auf dem Klappsofa. Lass uns gleich wieder hinausgehen an die Luft. Der Tag ist zu kurz, um hier herumzustehen.«

Nach einem weiteren Marsch durch Saarlouis setzten sie sich endlich in einen Gastgarten auf dem Großen Markt, neben der Buchhandlung. Unter dem grünen Sonnenschirm ließ es sich aushalten.

»Zahlst du unser Essen, Ines?«

Ines nickte und lachte. »Hab ich doch vorhin schon gesagt. Meine Einladung. Schon vergessen, Tante Betty?«

Betty wackelte mit dem Kopf. »Jaja, jetzt weiß ich's wieder. Gut so. Meine Rente gebe ich lieber für Bücher aus. Die ich übrigens immer hier nebenan in der Buchhandlung kaufe. Da gehen wir später auch noch vorbei, ich will eine Bestellung abholen. Dein Vater hat mich übrigens zu sich und deiner Mutter nach Mallorca eingeladen, aber ich habe abgelehnt. Die beiden würden mich nerven, wenn ich Tag und Nacht mit ihnen zusammen wäre.«

Genauso würde es auch Ines ergehen, deshalb besuchte sie auch lieber ihre Großtante, als zu Linde und Gerd zu fliegen.

»Kann ich verstehen, die zwei können anstrengend sein. Und hier hast du alles, was du brauchst.«

Sie schnappten sich die Speisekarten. Betty kniff die Augen zusammen, holte sich aber nicht ihre Brille zu Hilfe. Sie ließ ihren Blick einmal auf und ab schweifen und legte die Karte dann beiseite. Sie stützte ihre Ellbogen auf die Tischplatte und sah Ines an.

»Was ist aus deinem geborgten Ehemann geworden?«

Ines hätte nicht gedacht, dass sie so schnell auf das Thema kommen würden. Sie zuckte mit den Schultern, vertiefte sich in die Speisenauswahl. Betty legte den Kopf schief.

»Es ist aus, oder? Das sieht man dir an.«

Jetzt sah Ines auf. »Wie kannst du mir so was ansehen?«

»Du wirkst erleichtert und hübscher, als ich dich in Erinnerung habe, zugleich schauen deine Augen traurig auf die Welt. Du hast deine Haare kürzer schneiden lassen, und du besuchst deine alte Tante. Das alles hättest du nie gemacht, wenn der Mann noch im Spiel wäre, denn dann würdest du auf der Lauer liegen, wann er wieder Zeit für dich hat.«

»Nein, das würde ich nicht. Und ja, es ist vorbei.«

»Was hat es dich gekostet? Ich meine nicht finanziell.«

Ines seufzte.

Sie hatte lange überlegt, ob sie Betty von ihrem *Broken-Heart-Syndrom* erzählen sollte. Aus ihrer Familie schien es keiner getan zu haben, denn sonst hätte ihre Großtante sie direkt darauf angesprochen. Ines entschied sich, mit komplett offenen Karten zu spielen, um auch Bettys Geschichte im Detail zu erfahren.

Die Bedienung kam und nahm die Bestellung auf. Noch bevor die Getränke auf dem Tisch standen, war Ines mit ihrer Schilderung durch, Betty hatte sie kein einziges Mal unterbrochen.

»Hast du einen Rat für mich in all deiner Weisheit?«

Diesmal gluckste Tante Betty. Ihr faltiges Gesicht zeigte für einen Moment einen wilden Ausdruck, den Ines an ihr noch nie wahrgenommen hatte. Da schimmerte eine junge, eine sehr hübsche, eine willensstarke Betty durch.

»Was soll ich dir denn raten, Ines? Du steckst in den Nachwehen. Bei dir wird es irgendwann verlöschen, denke ich. Ich löffle heute noch aus meiner Liebessuppe. Weise bin ich also nicht. Nur uralt.«

»Heute noch? Wie meinst du das?«

»Ich rede mit Karl, als ob er am Leben wäre. Ich gehe zweimal die Woche an sein Grab, zünde eine Kerze an. Ich erinnere mich an jedes Detail unseres ersten Treffens.«

Ines spürte ihre Augen feucht werden.

»Es klingt wundervoll.«

Betty lachte jetzt laut auf. »Kind, was du für rosafarbene Zuckerwatte in deinem Kopf hast. Meine Sentimentalitäten sind einfach nur die Reste eines Lebens in der Warteschleife.«

»Das meinst du nicht so.«

»Doch, Ines. Ich sage es dir klipp und klar. Die meiste Zeit habe ich gewartet, gelauert und geheult. Wenn du es in Prozenten wissen willst, dann würde ich sagen, zehn davon habe ich mit schönen, geheimen Treffen verbracht. Neunzig Prozent habe ich parat gestanden, denn wir hatten ja nur die winzigen Zeitfenster. Keiner darf es wissen, keinem wagst du dich anzuvertrauen. Wenn sich ein anderer für dich interessiert, wird er eifersüchtig. Wenn du dich beschwerst, zuckt er mit den Achseln.«

»Aber du sagst doch selbst, dass du ihn über den Tod hinaus liebst.«

»Ja, das tue ich, aber dieses Gefühl ändert nichts. Die romantische Liebe und die Realität sind sehr unterschiedliche Dinge. Es bleibt die Tatsache, dass wir nie wie Mann und Frau zusammenleben konnten. Es bleibt die Ungerechtigkeit, dass er alles hatte und ich nur einen Bruchteil. Ich bereue nichts, das will ich damit nicht sagen, aber ich würde es nächstes Mal anders machen. Wenn die Buddhisten recht haben, komme ich bald ins nächste Leben, dann bin ich hoffentlich klüger.«

Das Essen wurde gebracht, und sie redeten nun über Köln, über Hannas Schwangerschaft. Ines erzählte vom Café und ihrem neuen Kanarienvogel.

Doch innerlich arbeitete es in ihr weiter.

So romantisch Ines die Liebesgeschichte ihrer Großtante immer noch fand, so klar musste Ines Betty über die Wahrheit dahinter recht geben. Ganz langsam schälte sich aus all ihrer Sehnsucht das Gefühl heraus, dass in Piffs Schlussstrich sogar etwas Gutes liegen konnte, obwohl sich das Ende immer noch offen und wund anfühlte. Mit einem Mal tauchte die Idee eines letzten Aktes in Ines' Gedanken auf. Ihre Liebesgeschichte schien auf einen richtigen Abschluss zu warten.

Tante Betty wischte sich mit der Serviette den Mund ab und klopfte sich zufrieden auf den Bauch.

»Lecker, lecker. Wie geht's eigentlich meiner Ming-Vase? Du weißt, dass sie wertvoll ist, nicht wahr?«

Ines sah Hugo vor sich, wie er sie mit seinen Knopfaugen beobachtete, während sie die Scherben aufkehrte. Sie nickte Betty kurz zu – das konnte alles und nichts bedeuten – und suchte nach einem Themenwechsel.

»Also, ich hätte noch Lust auf was Süßes, Tante Betty. Du nicht?«

»Übernimmst du auch einen Nachtisch?«

»Ja, alles geht auf mich, schlag nur zu.«

»Gut, dann will ich noch einen Schokoeisbecher. Den großen.«

Der Richtungswechsel weg von der Vase war geglückt, und Ines atmete erleichtert auf. Sie bestellte für sich einen Espresso, mehr hätte nach dem üppigen Mahl nicht in ihren Bauch gepasst.

Maxi und die Jungs kamen nun an die Reihe, Ines berichtete ausführlich über ihre Schwester und deren Familie. Als die Bestellung kam, unterbrach Betty Ines' Schilderungen und klopfte auf den Tisch. »Genug jetzt über Maxima und ihre Hummeln im Hintern. Guido und Rezzo sind mit ihren Namen schon gestraft genug.«

»Gero und Golo heißen die Jungs, Tante Betty.«

»Noch schlimmer. Aber versteh mich nicht falsch, ich liebe Maxi von ganzem Herzen. Hinter ihrer Laubbläserart ist sie eine wirklich reizende Person.«

Betty begann, die Sahne mit dem Schokoguss zu löffeln, als hätte sie vorher nichts zu sich genommen.

»Zurück zu dir, naives junges Wölkchen.«

»Ich bin bald fünfzig.«

»Also immer noch über vierzig Jahre jünger als ich, Kind. Weil ich merke, dass in deinem Köpfchen immer weiter die Flausen kreisen, ziehe ich dir gleich noch einen Zahn.«

Ines hob abwehrend die Hand. »Ich habe es verstanden, Tante Betty. Es ist doch ohnehin vorbei. Er hat mich abgewürgt, abserviert und ausgeknockt.«

Bettys energisches Kopfschütteln brachte ihre dünnen weißen Haare zum Fliegen.

»Glaub das bitte nicht. Der kommt wieder. Das will ich dir jetzt sagen. Sobald sich in seiner Ehe wieder die Langeweile einschleicht und sein Kind wieder gesund ist, ruft er bei dir an. Da wette ich drauf. Oder hast du vor, dich bei ihm zu melden? Glaub mir: Ein Anruf und er steht vor deiner Tür.«

»Jetzt redest du Quatsch.«

Ines fühlte ihre aufkeimenden Pläne enttarnt. Diese Möglichkeit eines letzten Treffens, eines würdigen Abschlusses, hatte ihren Anfang in Wahrheit nicht hier, sondern bereits in der Tierarztpraxis genommen. Bei ihrem spontanen Versuch, ihn anzurufen. Piff musste ihre Nummer in der Anrufliste gesehen haben, hatte sich aber nicht zurückgemeldet. Trotzdem hatte dieser Gedanke immer weiter in Ines gearbeitet, hatte sich labyrinthartige Gänge in ihrem Unterbewusstsein gegraben. Jetzt kam er mehr und mehr ans Tageslicht.

Betty genoss sichtlich den Schokobecher, sie leckte sich nach jedem Bissen über die Lippen.

»Pass auf, Kind. Lass uns eine Vereinbarung treffen: Wenn ich recht habe, dann kommst du das nächste Mal für ein ganzes Wochenende und nicht nur für einen Tag und eine Nacht. Du hörst dir dann meine Geschichten aus der guten alten Zeit an, und alle Spesen gehen auf dich.«

»Und wenn du dich irrst?«

»Na, dann kommst du trotzdem, und ich lade dich zu einer Portion Essen auf Rädern ein. Schmeckt gar nicht schlecht.«

Tante Betty war schon eine Klasse für sich. Jetzt hob sie eine faltige Hand, kniff ein Auge zusammen und blinzelte durch die Finger.

»Ines, ich möchte, dass du mich fragst, was wir vorhin bestellt haben.«

»Du meinst, hier im Lokal zum Essen?«

»Ja, genau. Frag mich.«

»Was haben wir vorhin bestellt, Tante Betty?«

Betty senkte die Hand und zeigte bei ihrem breiten Grinsen das Gebiss.

»Ich weiß es nicht mehr.«

»Du machst Spaß.«

»Nein, im Ernst. Die Erinnerung kann in ein paar Minuten wiederkommen oder überhaupt nicht mehr. So ist das Alter, Ines. Dabei geht es mir vergleichsweise noch sehr gut. Deshalb, verschwende nicht deine Zeit. Wenn sich dein Galan wieder meldet, sei vorbereitet und überleg dir gut, wie du weiter vorgehen möchtest. Die größte Klarheit wirst du bekommen, wenn du ihn vor eine endgültige Entscheidung stellst.«

»Ich habe es verstanden. Wirklich. Komm, Tante Betty. Jetzt gehen wir zur Buchhandlung, und danach machen wir uns auf den Rückweg. Es sieht nach einem Gewitter aus, und ich möchte mit dir ungern bei Blitz und Donner zurücklaufen.«

Sie standen auf, und Betty sah zum Himmel hinauf.

»Du hast doch sicher dein Handy dabei, Ines. Ich könnte meinen Nachbarn Wigald anrufen, der würde uns mit seinem Auto abholen.«

Jetzt half nur lügen.

»Es tut mir leid, Tante Betty, aber der Akku ist leer.«

38

Er war wieder da.

Es gab einen Bestseller mit dem Titel *Er ist wieder da*, den Ines gelesen hatte und der ihr gerade in den Sinn kam. In ihrem Fall war allerdings nicht der schlimmste Verbrecher aller Zeiten gemeint, sondern der Kunstmaler Paul Hugo Iffland.

Piff.

Am Bahnhof in Saarlouis stand er in voller Lebensgröße.

Natürlich konnte man auch sagen, dass er nie weg gewesen war.

Piff war weder ausgewandert, auch Gott sei Dank nicht gestorben, noch hatte er sich in Luft aufgelöst.

Doch Ines hatte ausschließlich damit gerechnet, in Köln oder im Umland zufällig einmal auf ihn zu treffen. Wenn sie ehrlich war, hatte sie in der Stadt immer Ausschau nach ihm gehalten, weil sie darauf gefasst gewesen war, dass Piff einmal im selben Café wie sie sitzen oder ihr auf der Hohen Straße in der Fußgängerzone mit Perry an der Leine entgegenkommen würde.

Bei einem Ausflug in die Eifel mit Hanna und Dustin hatte sie sich ständig umgesehen und wäre jede Wette eingegangen, dass Piff hinter ihr ebenfalls durch die Landschaft wanderte. Dustin hatte es bemerkt, Hanna war zu sehr mit ihrer neuen Schwangerschaftsleidenschaft, dem Lutschen von Pfefferminzbonbons, beschäftigt gewesen.

In Ines' Stadtviertel oder im Stadtwald war die Wahrscheinlichkeit ebenfalls hoch, es schienen jede Menge männlicher Passanten und Spaziergänger eine Baseballkappe zu tragen. In der Praxis von Doktor Naux hatte Ines die begründete Befürchtung gehabt, die zwei Ps, Piff und Perry, wiederzusehen.

Aber ein unerwartetes Wiedersehen in Saarlouis?!

Nichts und niemand hatte Ines darauf vorbereitet, dass Piff auf dem Bahnhof dort auftauchen könnte. Noch bevor – wie Tante Betty ihr prophezeit hatte – er sie oder sie ihn angerufen hatte.

Ines sah Piff in der Menschenmenge, die auf die Abfahrt des Zuges wartete. Keine paar Meter von ihr entfernt. Er war zu allem Überfluss nicht allein, eine elegante Frau, die Ines bekannt vorkam, sprach mit ihm.

Ihr Herz stolperte.

Was machte Piff hier?

Statt sich unauffällig zu verhalten, konnte sie sich nicht beherrschen und rannte wie bekloppt hinter die Glasvitrine mit den Abfahrtszeiten. Dort kam sie keuchend zum Stehen.

Wie dämlich von ihr, einfach loszusprinten, als hätte sie eine Riesenspinne in der Badewanne entdeckt. Wie schrecklich auffällig. Wenigstens war sie dahinter erst mal in Deckung, konnte sich ihr weiteres Vorgehen überlegen.

Nach dem Stolpern begann ihr Herz wild zu klopfen.

Sie durfte sich nicht so aufregen, nicht dass sie noch in aller Öffentlichkeit eine zweite *Broken-Heart*-Attacke bekam, keine paar Meter von dem Mann entfernt, dem sie die erste zu verdanken hatte.

Ines begann konzentriert ein- und auszuatmen, um ihren Herzschlag wieder zu verlangsamen. Luft holen, Luft loslassen und zur Ruhe kommen. Sie lehnte sich an den kühlen Rand der großen Vitrine, das tat ihr gut. Mit einer Hand fühlte sie ihren Puls, während sie immer weitere tiefe Atemzüge nahm.

Höchste Zeit, über die jetzige Situation nachzudenken.

Als sich die erste Panik legte, wusste sie auch wieder, wer die elegante Frau war, die Piff im Schlepptau hatte. Doktor Mira Beil, seine Assistentin. Er musste eine Ausstellung in der Stadt haben oder eine vorbereiten.

Sie erinnerte sich. Er hatte etwas vom Saarland erzählt.

Etwas ruhiger begann sie ihr weiteres Vorgehen zu planen.

Anzunehmen war, dass Piff denselben Zug wie sie nehmen würde. Der Bahnhof war klein, es gab keine andere Möglichkeit. Sonst wäre er nicht auf diesem Bahnsteig.

Die Regionalbahn hatte Großraumwagen, man konnte von einem Ende zum anderen sehen. Ines würde wie auf dem Präsentierteller sitzen. Sicher anzunehmen war auch, dass er nach Köln fuhr und, wie sie selbst, in Koblenz in den IC umsteigen wollte. Wenn Ines nicht jetzt gleich am Bahnsteig oder anschließend im Regionalexpress auf ihn traf, könnte er im IC neben, vor oder hinter ihr reserviert haben.

Ines kramte in der vorderen Tasche ihres Koffers nach der Zugfahrkarte.

Wagen 8, Sitz 34 am Fenster.

Ein nächster klarer Gedanke minimierte Ines' Befürchtungen etwas. Wenn es nicht mit dem Zufallsteufel zuging, würde sie ihn auch im IC nicht zu Gesicht bekommen, er reiste immer erster Klasse.

Aber, ein nächster Panikschub rollte an, wenn sie nun auf die Toilette musste? Im Intercity gab es eine Auswahl, im Regio jedoch pro Waggon nur ein WC. Was also, wenn Ines ein menschliches Bedürfnis verspürte und dann an ihm vorbei musste? Wie aufs Stichwort meldete sich Ines' Blase.

Zu allem Übel wurde ihr nun auch noch heiß, diese Wallung kam zum schlechtesten Zeitpunkt.

Ines schloss die Augen, sandte einen stummen Hilferuf aus. Jetzt brauchte sie ihre Vernünftig-Stimme dringend, brauchte Argumente und einen kühlen Kopf.

Wie das Kaninchen aus dem Hut war die Stimme da.

Ganz einfach, Ines: Wenn du tatsächlich an ihm vorbeikommst und er dich sieht, sagst du Hallo und läufst weiter.

Wenn er mich etwas fragt? Mich mit einem Kuss begrüßen will?

Gibst du Antwort auf seine Frage, erwiderst ein gesellschaftlich distanziertes Küsschen und steuerst die Toilette an. Vergiss nicht, er ist mit seiner Assistentin unterwegs, er kann dich nicht in seine Arme reißen.

Ob er ein Verhältnis …?

Kein Gedanke in diese Richtung, Ines, klar?

Klar. Darf ich weiter überlegen?

Wenn es sein muss.

Wenn er an meinen Platz kommt, weil er mich gesehen hat, und mit mir länger plaudern will?

Entweder du machst Small Talk mit ihm, oder du sagst ihm, dass du deine Ruhe haben willst. Ganz wie du dich fühlst. Du entscheidest.

Warum steht der Kerl auf diesem Bahnsteig?

Die Frage kann ich dir nicht beantworten.

Mist.

Ines' Hitzewelle stieg an, mehr als je zuvor. Ihr Körper, ihr Gesicht, alles stand unter Dampf. Eine überhitzte, hysterische Midlifefrau.

Ines, darf ich noch mal?

Ja, Vernünftig-Stimme, mach nur weiter.

Die Regionalbahn führt nicht nur einen Waggon, und er wird hundertprozentig auch dort in der ersten Klasse sitzen. Die befindet sich vorn im Zug, und du steigst hinten ein.

Okay.

Ein Tipp extra. Je unauffälliger du dich verhältst, desto besser.

Ines machte die Augen wieder auf.

Im Krankenhaus und auch danach hatte Ines alle möglichen Szenarien für ein Wiedersehen durchgespielt, ein zufälliges Zusammentreffen auf dem kleinen Saarlouiser Bahnhof war nicht darunter gewesen.

Gut, dass Tante Betty nicht zur Verabschiedung mitgekommen war. Sie war mit einer Bekannten in einem Altersheim verabredet gewesen. Betty hätte Ines' Aufregung sofort durchschaut und ihr erneut den Kopf gewaschen.

Sie sah auf die Bahnhofsuhr, der Zug musste jede Minute einfahren.

Also, sie würde warten, bis er zum Stehen kam, dann vorsichtig um die Ecke spähen, auf welcher Höhe Piff einstieg. Dann konnte sie lossprinten und hineinspringen.

Ines!

Ihre Vernünftig-Stimme meldete sich noch mal so laut zu Wort, dass Ines zusammenzuckte.

Was noch?

Wie wäre es, wenn du dich ganz normal verhalten würdest?

Normal? Was meinst du damit?

Es gibt keinen Grund, sich wie ein Kind zu benehmen, das die Schule schwänzt und den Klassenlehrer trifft.

Ja, ja und ja.

Sie hatte einfach immer recht, die Vernünftig-Stimme. Absolut.

Ich habe recht, korrigierte Ines sich jetzt. Ich bin ja auch der vernünftige Teil.

Drei lange Atemzüge.

Mit all ihren Stimmen und Persönlichkeitsanteilen atmete Ines die Aufregung weg.

Es gab keinen Grund für ihr bescheuertes Verhalten. Ihr Herz beruhigte sich, die Hitzewallung ebbte ab, ihre Gedanken ordneten sich.

Die Durchsage ertönte, und der Regionalzug fuhr ein, eine Bahn mit zwei Sitzplatzebenen.

Sie wartete, bis der Zug anhielt, und verließ dann ruhig und im normalen Tempo ihre Deckung.

Ines sah sich um, konnte aber weder Piff noch Mira Beil entdecken.

Im Regio setzte sie sich in das tiefer gelegene Abteil auf einen Fensterplatz.

Ein paar Minuten später ging sie auf die Toilette.

Der Waggon war halb voll, Piff war nicht unter den Fahrgästen.

Danach las sie in ihrem Buch, trank aus der Wasserflasche, aß das Brötchen, das ihr Tante Betty geschmiert und eingepackt hatte.

Für ein paar Minuten nickte sie ein.

Es ging Ines gut.

Relativ.

Sie vergaß Piff sogar völlig, als sie am Koblenzer Hauptbahnhof aus- beziehungsweise umstieg und sich orientieren musste.

Vor dem Wagenstandsanzeiger passierte es.

»Ines?«

Ines holte Luft.

»Oh, hallo Piff.«

»Mira hat mich auf dich aufmerksam gemacht. Ich hätte dich glatt übersehen. Was für eine Freude!«

Piff freute sich wirklich, Ines konnte es ihm ansehen.

»Wie geht es dir?«

»Gut. Und dir?«

»Ja, auch gut.«

Pause.

Ines drehte sich zur Wagenstandsanzeige zurück. Sie hatte vergessen, in welchem Abteil sie reserviert hatte.

Das Schweigen zwischen ihnen zog sich.

Er stand immer noch neben ihr.

»Fährst du mit dem IC jetzt nach Köln, Ines? Dann könnten wir im Speisewagen etwas trinken und plaudern.«

Piff kam einen Schritt näher, sie bewegte sich nicht. »Ich habe dich vermisst, liebste Ines. Du mich auch?«

Sie fasste einen Entschluss.

»Weißt du«, sagte sie, ohne sich ihm erneut zuzuwenden, ohne auf seinen Kommentar einzugehen. Ihre Stimme klang fest und klar. »Ich habe meine Fahrkarte für den Zug eine halbe Stunde später ausstellen lassen, deshalb muss ich noch warten.«

Notlügen brauchte der Mensch von Zeit zu Zeit.

Die Enttäuschung war Piff anzusehen. »Schade. Meldest du dich mal? Ich habe immer noch dieselbe Handynummer.«

Jetzt drehte sie sich um, sah ihm in die Augen. In ihr war es ganz still, alle ihre Ines-Stimmen schwiegen.

»Mal sehen. Ich habe mich auch gefreut, dich zu sehen.«

Seine Assistentin schloss zu ihnen auf. Sie schüttelte Ines die Hand.

Die drei begannen eine kurze Konversation. Über die Pünktlichkeit der Züge, über das schwüle Wetter und dass der Sommer dieses Jahr schwierig für Menschen mit Kreislaufproblemen war.

Der IC fuhr ein.

Sie verabschiedete sich und fuhr mit der Rolltreppe nach unten. Da sie nun ungeplant erst den nächsten Zug nahm, hatte sie noch etwas Zeit. In einem Laden kaufte sie sich ein Halstuch mit lila- und orangefarbenen Streifen.

39

Im selben Moment, als Ines auf die Nummer von Angelika scrollte, um sie anzurufen, erschien das Foto der Freundin auf dem Display, und das Handy spielte seine neue *Happy*-Melodie.

»Angie?«

»Ines?«

»Ich habe eben deine Nummer gewählt.«

»Und ich deine. Telepathie.«

»Hey.« Ines ging in der Wartehalle des Koblenzer Hauptbahnhofs in eine Ecke, um ungestörter reden zu können. »Jetzt können wir uns etwas wünschen.«

»Ach, ja? Noch nie davon gehört. Ich kenne nur die Variante, wenn man gleichzeitig dasselbe sagt.«

»Warum nicht auch, wenn man sich zur selben Zeit anruft?«

»Gut, gilt. Ich bin einverstanden. Darfst du deinen Wunsch kundtun, oder ist er dann ungültig?«

»Egal.« Ines ließ einen Seufzer aus ihrer Brust entweichen. »Mein Wunsch kann sich so oder so nicht erfüllen. Ich wünschte, ich hätte Saarlouis und Tante Betty erst morgen verlassen.«

»Seltsamer Wunsch.«

»Hör zu, dann verstehst du es: Ich habe Piff dort am Bahnhof gesehen, er war im selben Zug wie ich. Bis Koblenz konnte ich ihm aus dem Weg gehen, aber hier in der Bahnhofshalle hat er mich erwischt. Deshalb nehme ich jetzt einen späteren Zug, und ich hatte das Bedürfnis, mit jemandem darüber zu sprechen. Nämlich mit dir.«

»Sehr gut. Du darfst nie mehr etwas Wichtiges in dich hineinfressen. Dann lieber die olle Angie anrufen. Tag und Nacht. Leg los!«

Das Wiedersehen und Ines' Chaosgedanken waren schnell erzählt. Angelika gluckste am anderen Ende.

»Wie du wie eine Wahnsinnige hinter die Anzeigetafeln gesprungen bist, das hätte ich gerne beobachtet.«

»Spotte du nur. Ich lauere ab sofort, bis dir das nächste Mal etwas Peinliches passiert.«

»Du vermisst diesen Piff immer noch gewaltig, was, Ines?«

Bevor Ines verneinen konnte, spürte sie es in ihrem Bauch rumoren. In ihrem Herzen brennen. Angie hatte den Nagel auf den Kopf getroffen.

»Schlicht und einfach: ja. Ich bin froh, dass ich dich anrufen konnte.«

»Mach das. Immer. Ich will nicht noch mal so einen Schreck mit deinem *Broken Heart* erleben. Wir alle nicht.«

Ines sah die Gesichter vor sich. Angelika, Hanna, Maxima, alle bleicher als sonst.

Durch die Bahnhofshalle dröhnte eine laute Durchsage.

»Hallo, Ines?« Angies Stimme klang immer besorgter. »Nimm was von den Bachblüten, die ich dir empfohlen habe. Hast du die Tropfen griffbereit?«

»Ja, Mutter Angie.«

»Mach dich nicht lustig über mich, nimm sie. Sie helfen, du wirst sehen.«

»Versprochen.«

Irgendwo in Ines' Handtasche musste das Fläschchen sein. Später im Zug hatte sie Zeit, danach zu kramen. Eine Dosis

Beruhigung würde ihr auf jeden Fall nach der Begegnung mit Piff guttun.

Aber was sie wirklich brauchte, war ein sauberer Abschluss.

Das zufällige Zusammentreffen mit Piff hatte diese Idee noch mal um einiges verstärkt. Wie könnte ein gutes Ende nach einem schlechten Finale aussehen? Der Abspann lief doch schon die ganze Zeit. Ines hatte in einer Filmkritik einmal gelesen, dass die kurzen Szenen, die manchmal noch nach dem Filmende während des Abspanns gezeigt wurden, *Credit Cookies* hießen. So einen Extrakeks brauchte sie. Genau das war ihr Wunsch.

»Hallo, hallo? Bist du noch dran, Ines?«

»Lassen wir das P-Thema bitte jetzt fallen, ja? Was wolltest du denn eigentlich von mir, Angie? Bist du im Café?«

Diesmal machte Angelika eine Sprechpause »Wie soll ich bloß meinen Grund formulieren, ohne dass du dich erschreckst?«

Ines bekam sofort eine Gänsehaut. »Was ist passiert?«

»Kurz gesagt, ich bin mit dem Fahrrad gestürzt und liege mit gebrochenem Knöchel und Mittelfußknochen im Sankt-Elisabeth-Krankenhaus.«

»O Gott!«

»Bitte reg dich nicht auf.«

»Ich muss mich aber aufregen. Warum hast du nichts gesagt und mich einfach quatschen lassen? Wann und wo und wie ist das passiert?«

»Vor drei Stunden. Ich dumme Nuss habe wieder zu viel eingekauft, und mein Rad hat Schlagseite bekommen. Ich bin umgekippt, und der Korb ist mit seinem ganzen Gewicht auf meinem zarten Fuß gelandet. Noch dazu war ich gerade dabei, an einem hohen Bürgersteig zu halten, und mein Knöchel ist quasi eingequetscht worden.«

»Ist Hannes schon bei dir?«

»Deswegen rufe ich an. Mein wunderbarer Ehemann hat eine Tagung an der Uni in Aachen. Ich will nicht, dass er alles stehen und liegen lässt und mit überhöhter Geschwindigkeit zu mir rast. Deshalb habe ich bis jetzt nicht ihn, sondern Cordula im Café informiert, damit jemand die Stellung hält. Mike hat Käthe übernommen. Deine Hilfe brauche ich ebenfalls.«

»Was soll ich tun?«

»Wenn du zurück in Köln bist, kannst du dann direkt hierher in die Klinik kommen?«

»Auf jeden Fall.«

»Zimmer dreihundertvierunddreißig.«

Obwohl es ein anderes Krankenhaus war, wurde Ines sofort an ihren Zusammenbruch erinnert. Allein der Geruch reichte aus, dass ihr die Knie weich wurden. Am liebsten hätte sie kehrtgemacht, aber es ging um ihre beste Freundin, kneifen galt nicht.

Angelika war, wie Ines damals, nicht die einzige Patientin im Raum. Im Nebenbett lag eine Frau mit eingegipster Schulter samt Oberarm.

Angie winkte Ines zu sich. »Bist du geflogen, dass du so schnell hier bist?«

»Du rufst, ich eile. Der Zug war pünktlich, und ich habe mir vom Bahnhof ein Taxi geleistet.«

Angelika wirkte erstaunlich munter. Ihr Fuß war hochgelagert und sah unter den Schienen aus wie ein dicker Wurm.

»Ich bin ausgeknockt.« Angie zeigte mit dem Finger auf das Bein. »Der Arzt hat ihn stabilisiert. Die Schwellung muss zurückgehen, dann wird noch mal geröntgt. Wahrscheinlich bleibt mir eine OP erspart, es hätte also noch schlimmer kommen können.«

»Ich finde, es ist schlimm genug, Angelika.«

»Mit ein wenig Glück kann ich in ein paar Tagen zurück ins Café.«

»Red keinen Unsinn, nie und nimmer.«

Wie aufs Stichwort begann Angelika zu schluchzen.

»Ich kann doch die *Grasgrüne Liebe* nicht im Stich lassen! Selbst wenn ich mich im Krankenbett fahren lasse, ich muss dahin.«

»Red keinen Unsinn. Gustav ist doch immer noch im Café. Und Cordula. Dazu diese Minijobberin Chantal.«

»Cordula hat doch Käthe. Gustav schafft es nicht allein. Und diese Chantal ist einfach nicht mehr erschienen. Nur ich bin den ganzen Tag dort. Ich halte alles zusammen.«

»Dein Einsatz in allen Ehren, aber unser Kramperl ist topfit. Cordi bekommt von Mike Unterstützung mit Käthe. Meine Wenigkeit ist auf jeden Fall auch noch da.«

»Ines, vor mir war der Laden eine Schnarchbude. Jetzt wird er mehr und mehr ein Renner. Er ist wie mein Baby, verstehst du? Ich habe vorhin am Telefon zu Cordula gesagt, dass sie das Café für den Rest der Woche zumachen soll. Sie hängt ein Schild draußen auf, dass es kurzfristig eine dreitägige Schließung gibt. Ohne Angabe von Gründen. Mit Glück kann ich am Montag hinhumpeln und mich zumindest hinter den Tresen stellen.«

Die Frau im Nebenbett setzte sich auf. »Entschuldigen Sie, dass ich mich einmische. Aber meine Schulterverletzung ist nicht mein erster Bruch, müssen Sie wissen. Ich hatte vor ein paar Monaten auch einen Trümmerbruch am Knöchel wie Sie. Am Montag liegen Sie sicher noch hier neben mir. Allein bis die Schwellung abklingt, dauert es.«

»O Gott, Sie machen mich fertig, gute Frau.« Angelika stöhnte.

»Das liegt nicht in meiner Absicht, aber ich weiß, wie es läuft. Ich bin allerdings eine Art Pechvogel.«

Ines musste an Hugo denken. Ob ihm Eliza Glück bringen würde?

Für Angelikas Problem konnte sie zumindest eine kleine Zwischenlösung anbieten.

»Pass auf, Angie. Ich übernehme das.«

»Du übernimmst was?«

»Ich springe ab Montag ein. Die paar Tassen Kaffee auf die Tische stellen, das schaffe ich mit links. Meine Designs für die neue Frauenzeitschrift haben noch etwas Zeit. Die kleineren Sachen arbeite ich nebenbei ab, abends oder frühmorgens. Die Organisation für die nächsten Auftritte und die Liste für die Geschichtennachmittage mache ich direkt im Café. Das geht. Ich habe bis in den Herbst alles schon vorbereitet.«

So schnell, wie das Schluchzen gekommen war, hellte sich Angelikas Miene nun auf.

»Du bist die Beste.«

»Und du beginnst von hier aus nach einem Ersatz für diese Chantal zu suchen. Oder noch besser, du stellst baldmöglichst eine Vollzeitkraft ein.«

»Wie bitte? Das kostet Geld, Ines. Die *Grasgrüne Liebe* ist gut besucht, aber noch bin ich nicht in den schwarzen Zahlen bei den Einnahmen. Wir sind noch viel zu kurz im Geschäft. Außerdem will ich nicht, dass eine andere alles an sich reißt.« Jetzt kam ein trotziger Ausdruck dazu. »Es ist mein Café.«

»Es ist auch noch das Café von unserem Gustav Kramperl. Du bist nur Teilhaberin. Ohne ihn würdest du immer noch bei der Stadt Köln um alle Genehmigungen betteln und hättest nicht mal eröffnet.«

Angelika rümpfte die Nase.

Ines ließ nicht locker. »Ich sag dir noch was. Du brauchst sowieso eine feste Bedienung. Auch wenn du wieder fit bist mit deinem Fuß. Wenn du noch Monate so weitermachst wie bisher, jeden Tag im Café verbringst und die Nächte mit Kalkulationen und Planungen, steuerst du auf einen *Burnout* zu. Dann hast du dir deinen Traum selbst kaputt gemacht.«

Die Frau von nebenan drehte sich langsam und vorsichtig wieder in Ines' und Angelikas Richtung.

»Verzeihen Sie, dass ich mich schon wieder einbringe. Ich muss Ihrer Freundin zustimmen, auch wenn ich nicht genau weiß, worum es geht. Ich kämpfe mit derselben Problematik, dem Nichtloslassenkönnen. Allgemein verbreitet, würde ich sagen. Vor allem bei uns Frauen. Mein Pech kommt jedenfalls daher, dass ich immer mit dem Kopf durch die Wand will. Wortwörtlich. Eine Gehirnerschütterung hatte ich übrigens auch schon.«

Ines beugte sich ganz nah an Angies Ohr. Sie flüsterte. »Wenn du nicht so werden willst wie die Frau da drüben, dann hör auf mich.«

40

»Könnte ich endlich bestellen?«

Ines wirbelte herum.

An einem der hinteren Tische winkte eine Frau, vorn an der Theke hatte ein Mann seinen Zeigefinger gehoben. Zugleich hatte sich hinter Ines ein kleines Mädchen aufgebaut, das soeben lautstark einen Kakao bei ihr bestellt hatte.

In ihrem Kopf hörte sie ein leises *Bing!*.

Alles wurde ihr zu viel. Von einer Sekunde auf die andere hatte Ines einen *Blackout*.

Sie hatte die beiden Bestellungen vergessen, die sie sich notieren wollte, als sie von Tisch zwei weggegangen war. Sie wusste keine weiteren Nummerierungen der Plätze mehr. Sie hätte in diesem Moment nicht einmal mehr sagen können, welche Zahl nach der Zwei kam, es könnte die Drei sein oder die Viertausendfünfundsiebzig.

Cordula eilte mit einem Tablett Richtung Küche, auf dem sich leere Teller und Tassen stapelten. Sie hatte das Abräumen der Tische zusätzlich übernommen, obwohl sie sich heute bereits um die Essenszubereitung kümmerte. Sie fabrizierte Sandwiches und schlug Bioeier im Akkord auf.

»Hallo«, zischte Ines der Freundin von Mike zu. »Ich kann nicht mehr. Ich habe meinen Namen vergessen und den Namen der Stadt, in der wir uns befinden, und nebenbei auch alle Bestellungen.«

»Ist doch alles nicht schwer, oder?«, erwiderte Cordula spitz und lief ungerührt weiter.

Das hatte Ines nun von ihrer Arroganz. Bevor sie heute Morgen die Tür zum Café geöffnet hatte, hatte sie Cordi auf die Schulter geklopft und gemeint, dass früher Gustav Kramperl den Laden schließlich ganz allein gewuppt habe, also könne das Bedienen keine Schwerstarbeit sein.

So hatte sich Ines den Tag niemals vorgestellt.

Obwohl sie den anderen oft zugesehen hatte, waren ihr das Aufnehmen von Bestellungen und das Bedienen immer einfach erschienen.

Eigentlich mochte sie es, Gäste einzuladen. Immerhin waren schon einmal achtzehn Besucher zu einem Essen in ihrer Zweizimmerwohnung gewesen, und sie hatte alle mit Leichtigkeit verköstigt. Sie war kommunikativ und offen im Umgang mit ihren Mitmenschen. In einem Fragebogen mit der Rubrik: Welche beruflichen Stärken besitzen Sie neben Ihrem grafischen Talent?, hätte Ines ohne zu zögern »Gästebetreuung« angegeben.

Als sie Angie das Angebot gemacht hatte, in diesen Tagen einzuspringen, hatte sie sich durch das Café schweben sehen mit einem leichten Lächeln auf den Lippen und Spaß an der Arbeit.

Jetzt sah die Sache komplett anders aus.

Dabei stand sie gerade erst am Anfang ihrer Karriere als Aushilfsbedienung in der *Grasgrünen Liebe*, und schon ging fast nichts mehr. Es war Montag, sollten nicht all diese Frühstücksgäste bei der Arbeit sein und nicht hier im Café herumsitzen? Waren denn alle Freiberufler, oder hatte jeder ein Vermögen geerbt und musste keinem geregelten Job nachgehen? Jetzt hätte Ines lieber ein Dutzend Logos oder Flyer entworfen, hätte gleich drei komplette Zeitschriften grafisch gestaltet, als noch eine weitere Bestellung aufzunehmen, noch eine Rechnung abzukassieren oder das nächste Tablett mit vollen Kaffeetassen zu jonglieren.

Einer der Herren am Alteingesessenen-Stammtisch zupfte Ines auch noch am Blusenärmel.

»Entschuldigen Sie, junge Frau. Ich warte immer noch auf mein Rührei. Kein Omelett, ja? Hoffentlich kommt es, bevor mein Kaffee kalt wird.«

»Ich bin nicht mehr jung, und ich warte auch.« Ines hatte genug. »Schnurz-furz-Rührei-oder-Omelett-egal. So ist eben das Leben. Warten und hoffen. Finden Sie sich endlich damit ab.«

Sie ging weiter Richtung Theke, ließ den Gast mit offenem Mund zurück. Dahinter stand Gustav Kramperl und sah sie an.

»Ines, was machst du denn?«

»Gustav, es tut mir leid. Dafür bin ich nicht geschaffen.«

Er zog die Stirn kraus, was seine Hautfalten dort vertiefte und ihn wie einen in die Jahre gekommenen Faltenhund aussehen ließ. Die Kaffeemaschine zischte, er machte eben einen weiteren Latte macchiato fertig.

»Pass auf, wir stellen um. Ines, geh du in die Küche, bereit die Frühstücksteller zu und mach die Eiergerichte fertig. Das läuft wie zu Hause beim Brunchvorbereiten. Cordula übernimmt alle Bestellungen.«

Ines seufzte, sie merkte, wie der Kopfschmerz vom Nacken aus hochzog.

»Nein, das kannst du genauso vergessen, Gustav. Ich weiß nicht einmal, wie die verschiedenen Gerichte auf der Karte zusammengestellt sind. Ich kenne mich in der Küche überhaupt nicht aus. Dort richte ich noch mehr Schaden an.«

Kramperl unterbrach seine Arbeit. »Oje. Dann müssen wir uns was Besseres einfallen lassen. Überleg schnell, los. Aufgeben kommt nicht infrage.«

»Ich gebe aber auf. Und ich gehe gleich nach Hause. Ihr schafft alles leichter ohne mich, ich bin euch nur ein Klotz am Bein.«

»Red keinen Blödsinn, Spatzerl. Wir machen's ganz anders. Wenn ich mit dem nächsten Latte fertig bin, wechseln wir die Seiten, und du kommst hinter die Theke, okay?«

Ines riss die Augen auf.

»Auch wenn du mich Spatzerl nennst, Gustav, die Idee funktioniert erst recht nicht. Ich weiß über dieses Riesenkaffeeding nicht Bescheid. Totaler Mist. Es tut mir unendlich leid. Ich hätte mir alles vorher erklären lassen sollen. Jetzt ruiniere ich Angies Tagesgeschäft.«

Sie fuhr sich durch die Haare, drehte sich zum voll besetzten Raum und sah inzwischen schon vier erhobene Hände. Das Mädchen, das den Kakao wollte, stand immer noch im Mittelgang. Gleich würde hier das Chaos ausbrechen.

»Bleib ruhig, Ines. Denk bitte an dein Herz. Reg dich nicht auf. Ich hab eine neue Eingebung.«

Er löffelte Milchschaum aus einer Kanne. Cordula kam aus der Küche, Ines sah die Schweißperlen auf ihrer Stirn.

Sie hielt kurz neben ihr inne.

»Ich entschuldige mich bei dir, aber vorhin war ich echt genervt. Weil wir die drei Tage geschlossen hatten, rennen die Leute uns heute die Bude ein. Es wäre großartig, wenn wir eine dritte Kraft hätten, die bedienen kann. Nichts gegen dich, Ines.«

»Nein, was du sagst, trifft den Nagel auf den Kopf. Ich leiste Abbitte. Trotzdem geht bei mir nichts im Moment.«

»Ich übernehme gleich auch die Bestellungen.« Cordi bewegte sich auf die erhobenen Hände zu.

»Wenn Angie wiederkommt, schlage ich Cordula für einen dicken Bonus vor.«

Gustav Kramperl stellte den nächsten Latte macchiato auf den Tresen.

»So, jetzt komm nach hinten. Her zu mir, Ines.«

Ines schüttelte vehement den Kopf.

»Komm, Spatzerl, keine Angst, ich mach eine Kurzeinweisung. Wenn sich ein Wurzelzwerg wie ich mit der Maschine auskennen kann, dann eine junge Frau wie du erst recht.«

Immerhin brachte Kramperl Ines zum Lächeln. Sie atmete durch und umrundete die Theke, stellte sich neben den alten Mann.

Die Eingangstür ging auf, drei neue Besucher kamen ins Café.

Ines' Kopfschmerzen schwollen an, jetzt waren tatsächlich alle Tische besetzt. Wenn sich draußen, wie angesagt, bald die Sonne zeigte, würde sich der Gastgarten ebenfalls füllen. Unmöglich für sie, den Tag durchzustehen.

Bevor Kramperl anfing, Ines die große Kaffeemaschine zu erklären, räusperte er sich, hob ein Wasserglas und schlug mit einem kleinen Löffel dagegen.

Ines machte erschrocken einen Schritt zur Seite, was hatte Gustav vor?

»Meine Damen und Herren, werte Herrschaften. Aufgrund einer kleinen Störung dauern die nächsten bestellten Heißgetränke etwa zehn Minuten länger.«

»Ich warte schon zwanzig Minuten auf meine Bestellung!«, rief die Frau am hinteren Tisch.

Gustav Kramperl klimperte wieder mit dem Löffel gegen das Glas.

»Ich will ehrlich zu Ihnen sein, liebe Gäste. Unsere Angelika Fitz, die die *Grasgrüne Liebe* so wunderbar neu gestaltet hat, hat sich den Knöchel gebrochen und kann erst in ein paar Tagen wieder hier sein. Ich bin ein alter Knacker, der schon viel hinter sich hat, obwohl ich gerne sage, dass meine besten Jahre noch vor mir liegen. Das meine ich aber mehr in Richtung Damenwelt, weil sich die Herrenanzahl ja bekanntlich ausdünnt, und weniger im Hinblick auf eine Karriere als Barista.«

Ein paar Leute lachten, die Stammis, die sich bereits alle an ihrem langen Tisch links eingefunden hatten, applaudierten.

Kramperl rieb sich die Hände, er schien in Fahrt zu kommen.

»Die hübsche Blondine, die Sie gleich mit vollem Einsatz weiter bedienen wird, heißt übrigens Cordula. Sie ist nicht nur fesch, wie man bei uns in Wien sagt, sondern auch klug, sie wird diesen Herbst ein Jurastudium beginnen. Ganz nebenbei ist sie auch noch Mama der entzückenden Käthe, die heute im Kindergarten ist. Sie macht ihre Sache hier toll, finde ich.«

Ines hörte von Cordis Plänen zum ersten Mal. Ob Cordula und Mike Angelika schon davon erzählt hatten? Wieder Applaus von den Stammis, und diesmal schlossen sich auch mehrere andere Gäste an.

»In ein paar Minuten für Sie an der Kaffeemaschine: unsere Ines. Klug und fesch is' sie auch, und wann immer es geht, charmier ich mit ihr. Das bedeutet, ich alter Sack grab das fesche Spatzerl ohne Aussicht auf Erfolg an.«

Ein Lachen ging durchs ganze Café, und Ines bemerkte, dass die meisten Gäste zu Gustav Kramperl hinsahen, während Cordula jetzt in Ruhe durch die Reihen gehen und leise die Bestellungen aufnehmen konnte.

Es war faszinierend.

»Also, zehn Minuten, dann geht's zu Ihrer Zufriedenheit weiter. Und für Ihre Geduld und die Warterei geht jedes nächste Heißgetränk aufs Haus. Habe die Ehre, meine Herrschaften. Küss die Hand, die Damen, und servus die Buam.«

Alle klatschten jetzt. Kramperl verbeugte sich leicht. Die Mienen der Gäste waren durch die Bank freundlich geworden. Das Stimmengemurmel setzte erneut ein.

»So, Ines«, Gustav hatte die Lautstärke seiner Stimme wieder gesenkt, »ich hab uns etwas Zeit verschafft. Jetzt erklär ich dir schnell die Funktionen, dann mach ich in der Küche weiter. Ich glaub, diese Arbeitsteilung zwischen uns dreien ist die beste. Du wirst sehen, morgen läuft's bei dir.«

Morgen.

Ines graute es, sie hatte Angelika für die gesamte Woche zugesagt. Sie würde heute Abend noch nach einer Servierkraft im Internet suchen, die Aushilfe zur Not selbst bezahlen.

Gustav begann mit seinen Erklärungen, und sie versuchte, sich zu konzentrieren und nicht die Hoffnung aufzugeben.

Kramperl sollte recht behalten. Der Rest vom Montag raste ohne weitere Komplikationen an Ines vorbei.

Nach der Einführung an der Kaffeemaschine war er in der kleinen Küche verschwunden, und Cordula hatte Ines die ersten Bestellzettel auf den Tresen gelegt: dreimal Milchkaffee, ein Latte macchiato, ein Espresso.

Augen zu und durch, hatte Ines gedacht, jetzt oder nie, Geronimo!

Sie würde Cordi und Gustav kein zweites Mal im Stich lassen. Mit hochrotem Kopf war Ines völlig in ihre Arbeit versunken, und als sie den ersten Milchkaffee fertig auf den Tresen stellte, wünschte sie sich am liebsten noch mal Applaus und ein *Heureka!*.

Bereits am Nachmittag begann Ines die Arbeit Freude zu machen.

Die Funktionen der großen Kaffeemaschine waren denen ihrer eigenen zu Hause ähnlich, und diese zehn Minuten hatten tatsächlich gereicht, damit Ines das Prinzip verstehen konnte.

Wenn es Zeit war, Wasser oder frische Bohnen nachzufüllen, gab die Maschine ein Piepen von sich. Die Knöpfe waren verständlich angeordnet, leicht zu bedienen, wenn man sie mit klarem Kopf jenseits der Panik betrachtete. Der Milchschaum war mit der Düse schnell und leicht gemacht. Sogar das kleine Mädchen hatte noch seinen Kakao serviert bekommen.

Hinter der Theke gab es eine Ordnung, die Ines gefiel.

Die verschiedenen Getränke waren übersichtlich angeordnet. Im Kühlfach unter der Theke lagerten die Milchflaschen mit den verschiedenen Varianten. Laktosefrei, fettarm und Vollmilch waren ebenso vorhanden wie Soja- und Haferdrink. Seitlich warteten in großen Tüten die Kaffeebohnen für die Nachfüllung. Die leeren Tassen und Gläser, die Cordula bei ihr abstellte, kamen in einen Geschirrspüler, der ohne Unterlass lief, sein Geräusch erinnerte Ines an einen beruhigenden Zimmerbrunnen.

Gegen Abend leerte sich das Café, und schließlich schloss sich die Tür zur *Grasgrünen Liebe*.

Ines fühlte sich erschöpft, aber glücklich.

»Ich danke euch.« Sie drückte das letzte Mal an diesem Tag den Knopf am Geschirrspüler und wischte über die Theke. »Es war berauschend.«

Kramperl kam aus der Küche. Seine Wangen waren gerötet, er sah ebenfalls müde aus, lächelte aber.

»Es kommt eben immer nur auf die richtige Einteilung an.«

»Ich bin dann weg.« Cordula schnappte sich ihre Tasche und winkte Ines und Gustav zu. »Mike und Käthe warten auf mich. Es ist das erste Mal, dass ich den ganzen Tag hier war. Die Woche wird noch lang.«

»Ja, das stimmt.« Der alte Mann setzte sich stöhnend an den langen Tisch, wo seine Freunde heute Morgen gefrühstückt hatten. »Ich hab schon fast vergessen, wie es ist, den ganzen Tag durchzuarbeiten. Meine alten Knochen ächzen. Freude macht es mir trotz allem.«

»Morgen ist der Geschichtennachmittag, also auch da gibt es *full house.*« Mit diesen Worten machte sich Cordula auf den Weg.

Kramperl streckte sich. »Stimmt. Die Dienstage und die Donnerstage sind beliebt. Die Leute genießen die kleinen Auftritte von ihresgleichen.«

»Wieder so viele Gäste wie heute mag ich mir nicht vorstellen. Was für ein Start in die Woche. Ich bin nur froh, dass Angie noch keinen dritten Erzählnachmittag eingeführt hat, wie ich es eigentlich vorgeschlagen habe.«

Ines setzte sich zu Gustav. Auch ihr Rücken war steif, und ihre Fußsohlen brannten, aber das euphorische, befriedigende Gefühl hielt an.

»Ich werde bei Angelika als Erstes auf einer weiteren Servierkraft bestehen. Sie wollte doch ohnehin eine Aufgabe, da kann sie sich im Krankenhaus gleich im Internet auf die Suche machen. Für die nächsten Tage schaffen wir drei es. Danke, Gustav.«

»Es hat dir gefallen, oder?«

»Ja, das hat es.« Ines klopfte auf die Tischplatte. »Wer hätte gedacht, dass die *Grasgrüne Liebe* überhaupt so wunderbar läuft.«

»Na, ich.« Kramperl legte die Hand auf seine Brust. »Ich hab die Hoffnung nie aufgegeben. Als ich deine Freundin getroffen habe, war ich aber fast am Ende. Ich hab allein keine Kraft, keinen Elan mehr gehabt, hier was zu ändern. Du erinnerst dich?«

Ines sah sich um. Nichts mehr war vom früheren Café Kramperl übrig geblieben. Nur sein Besitzer.

Sie nickte.

»Dann ist die Angelika hier hereingeschneit«, fuhr Gustav fort, redete mehr zu sich selbst als zu Ines. »Da hab ich es im Bauch gespürt, jetzt kommt die Richtige. Es war ein bisserl so, wie wenn man sich verliebt. Verstehst du?«

»Über diese Phase bin ich hinaus.«

»Niemals, Spatzerl. Kommt alles wieder.«

Gustav stand auf und gab Ines einen Kuss auf die Stirn.

»Hol mich der Teufel, ich muss heim, sonst schlaf ich hier noch ein.«

»Hoffentlich holt uns alle nie der Teufel, Gustav.«

Ines erhob sich ebenfalls.

Kramperl hob jetzt den Daumen. »Wenn er doch kommen sollte, laden wir ihn hierher ein.«

Bevor Ines in ihre Wohnung zurückkehrte nach diesem langen Tag in der *Grasgrünen Liebe*, überquerte sie die Straße und setzte sich auf eine Bank im Stadtwald. Immer noch waren viele Leute unterwegs, Kinder tobten lachend herum, und Hunde rannten an ihr vorbei.

Das abnehmende Licht ließ die Bäume aufleuchten, alles um Ines herum schien einen weichen Schimmer zu bekommen.

Sie nahm ihr Handy.

Ein Abschluss. Er war nötig.

Selbst in all der Hektik heute hatte sie ihn nicht ganz aus den Gedanken verloren.

Sie tippte.

Hallo, Piff. Habe eben an unsere zufällige Begegnung am Bahnhof gedacht. Ja, wir sollten uns treffen. Melde dich. Für heute noch eine gute Nacht. Ines

Bevor sie auf Senden drückte, sah sie sich noch einmal um.

Das Leuchten war stärker geworden.

IV Wie das Leben so spielt

41

Ines trug das türkis-weiße Kleid, das sie sich vor einer gefühlten Ewigkeit für die Ausstellungseröffnung in Frankfurt gekauft hatte.

Sie war aufgeregt, doch in einer anderen Art als bei den früheren Treffen. Dieses Mal überschwemmten keine Teenageremotionen ihr gesamtes System, das erwartete Wiedersehen mit Piff löste in ihr eher eine Art Kribbeln aus, wie bei einem spannenden Krimi kurz vor der Enthüllung des Motivs samt Täter.

Sie ging in die Küche und goss sich ein Glas Wasser ein. In zehn Minuten würde es an ihrer Tür klingeln, und er würde noch einmal ihr Zuhause betreten.

Nach ihrer SMS war keine Stunde vergangen, bis Piff sich zurückgemeldet hatte. Erfreut über ihre Nachricht, ein klein wenig verführerisch mit einem zärtlichen Hallo. Seinen Vorschlag, sich zum Essen oder wieder zu einem romantischen Spaziergang zu treffen, hatte Ines abgelehnt. Sie hatte ihn zu sich nach Hause eingeladen. Einfach und direkt.

»Ja, wie schön, da komme ich gern«, hatte er geantwortet.

So hatte Ines es gewollt und wollte es immer noch.

Aus dem Schlafzimmer erklang das Zwitschern von Hugo und Eliza. Wie sich die beiden verstanden, war allerliebst anzusehen. Hugo war aufgeblüht, aber Eliza hatte definitiv das Sagen. Mit ihren gelben und orangefarbenen Federkleidern ergänzten sich die beiden wie auf einer Farbpalette.

Ines schälte einen Apfel und brachte jedem ein kleines Stück. Hugo stürzte sich zuerst darauf, ließ sich dann aber mit dem Picken Zeit. Eliza hielt das Teilchen mit den Beinen fest und beobachtete ihren Kanarienfreund. Ihre Knopfaugen gingen auf und zu.

»Deine hübsche Freundin blinzelt dir zu, Süßer. Guck doch!«

Hugo machte ungerührt und genüsslich weiter.

Es klingelte. Piff war da.

Ines atmete einmal durch, ihr Herz schlug ruhig. Kein Stolpern, kein Rasen, nicht die kleinste Störung. Sie war vorbereitet.

Als er die Treppe hochkam, konnte sie sehen, dass Piff, im Gegensatz zu ihr, ein wenig zugelegt hatte. Das Poloshirt unter dem offenen Leinensakko spannte um seinen Bauch, und er atmete schwer, als er an der obersten Stufe ankam. Statt seiner Baseballkappe trug er einen Sommerhut aus hell beigefarbenem Stoff mit einem schwarzen Hutband. Mit dieser Kopfbedeckung erinnerte er Ines an Peter Ustinov als Hercule Poirot in den Agatha-Christie-Verfilmungen *Tod auf dem Nil* und *Das Böse unter der Sonne*. Sie lächelte.

Nun stand er also wieder vor ihr. Statt einer direkten Begrüßung sahen sie sich eine Weile an.

Piff war es schließlich, der das Schweigen brach. »Ines, du siehst einfach großartig aus.«

»Und du hast zu viele Nudelvariationen gegessen.«

Ihr Lächeln wurde breiter, sie hätte nicht gedacht, mit ihm von Anfang an so locker umgehen zu können.

»Komm rein, du Mann mit Hut.«

Sie ging vor, und Piff folgte ihr.

»Den Hut hat mir meine Tochter Leonie aus London mitgebracht.«

Es tat ihr nicht weh, von seiner Familie zu hören.

»Setz dich bitte, möchtest du ein Glas Wasser?«

»Hast du was Alkoholisches, ein Bier oder ein Glas Prosecco? Zur Beruhigung. Ich war schon auf dem ganzen Weg zu dir nervös. Es ist wie ein kleines Wunder, dich wiederzusehen.«

Ihr fielen die zwei Flaschen Kölsch ein, die Lasse mitgebracht hatte. Sie holte eine davon aus dem Kühlschrank und brachte sie Piff.

Dann nahm sie neben ihm Platz. Er sah sie immer weiter bewundernd an.

»Dein Haar, dein Outfit, ich bin verzaubert. Du willst nichts trinken?«

»Piff, ich war etwas krank in den letzten Wochen und nehme noch Medikamente. Deshalb kein Alkohol.«

Seine Augen wurden größer. »Krank? Du siehst so blendend aus. Schon in Koblenz am Bahnhof war ich hingerissen. Ich wäre nie auf die Idee gekommen. Warum hast du dich nicht gemeldet? Was war los?«

Noch im Krankenhaus hatte sie die Szene durchgespielt, in der sie alles vor ihm ausbreitete, ihm von ihrem gebrochenen Herzen erzählte. Sie hatte sogar die Idee gehabt, Piff in die *Grasgrüne Liebe* zu bestellen an einem der Geschichtennachmittage, sich zu überwinden und auf die Bühne zu gehen. Dort ihre Liebesromanze mit schlimmem Ausgang vor allen Zuhörern und ihm auszubreiten. Die in die Jahre gekommene Meerjungfrau und ihr Prinz mit Baseballkappe, so hätte der Titel lauten können.

Doch heute war er der Mann mit Hut, und Ines war weder auf eine Abrechnung oder Schuldzuweisung noch auf ein

Wiederaufflammen ihrer Leidenschaft aus. Ihr ging es um einen guten Abschluss, auch wenn sie noch nicht wusste, wie alles ablaufen sollte.

Auf keinen Fall hatte sie vor, ihr *Broken-Heart-Syndrom* anzusprechen.

»Der Stress war zu viel. Das Café und die Grafikprojekte. Es war eine Art Schwächeanfall, aber jetzt ist alles wieder gut. Ich bin eben zarter besaitet, als ich es selbst vermutet hätte.«

Er sah sie an, als ob er ihr nicht recht glauben wollte. Aber er fragte nicht nach.

»Ich wäre zu dir gekommen und hätte geholfen, Ines.«

»Ach, Piff.« Mehr fiel ihr dazu nicht ein.

Realistisch gesehen, hätte Piff auch in dieser Phase nie für sie da sein können. Im Moment glaubte er daran, aber mit dem Weitblick einer Eintagsfliege. Seine vielen Beteuerungen, seine Versprechen, die sich immer wieder ins Gegenteil verkehrt hatten, hallten nach.

Sie nahm ihm den Hut ab. Er trug sein Haar wieder länger, vorn an der kahlen Stirn war die Haut rötlich von der Sonne. Sie sah seine Lippen, die ihr Lächeln erwiderten.

Sie hätte ihn küssen können, stattdessen strich sie ihm über den Kopf.

»Ach, Piff, das Allerneueste: Ich werde Oma. Hanna ist schwanger.«

Sein linkes Auge zuckte leicht. »Das ist ja toll. Ich gratuliere.«

»Mit Zwillingen.«

»Ich gratuliere doppelt.«

»Aber jetzt erzähl du. Wie geht es deinem Sohn? Deinem Hund? Dir selbst?«

»Henry hatte am Ende keinen Bruch, sondern es war eine schwere Prellung im Arm- und Rückenbereich. Ihm wurde eine Woche Ruhe verordnet. Diese Tage fand er langweilig ohne

Ende. Mein Perry ist wie immer, ungestüm und bereit, einen Vogel zu fressen. Bei mir ist alles beim Alten.«

Er nahm einen Schluck von seinem Kölsch. Zwischen ihnen lag eine Mischung aus der Vertrautheit des alten Miteinanders und etwas Neuem durch Ines' absolute Gelassenheit.

Sie irritierte Piff und genoss diese Tatsache.

»Was macht deine Malerei? Ich habe gelesen, dass du an mehreren Orten deine Bilder ausgestellt hast.«

Seine Augen begannen zu leuchten, er wurde wieder selbstsicherer. Endlich waren sie bei seinem Lieblingsthema.

»Es ist der Wahnsinn. Im Moment habe ich drei Ausstellungen zur selben Zeit. Die in Frankfurt wurde verlängert, eine in Zürich neu eröffnet, und eine läuft im Saarland. Ich war auf der Rückreise, als wir uns getroffen haben. Noch dazu bin ich dabei, eine neue Bilderreihe zu kreieren, ausgehend von einer einzelnen Farbe in unterschiedlichen Schattierungen. Ein Zyklus. Wenn du das nächste Mal nach Frechen kommst, zeige ich dir die ersten Vorarbeiten, liebste Ines.«

Seine Stimme hatte wieder den zärtlichen Ton angenommen.

Ines konnte sich selbst sehen beim Brunch mit ihm und beim Konzert am Tanzbrunnen. Sie erinnerte sich, wie sie all seinen Beteuerungen mit Haut und Haar geglaubt hatte. Sein Charme, seine Begeisterung hatten sie mitgerissen. Jetzt wusste sie, was gleich kommen würde. Auf jeden Fall sah sie die Richtung, in die sich Piff bewegte.

Er fasste nach ihrer Hand.

»Ines, liebste Ines. Du weißt nicht, wie oft ich in den letzten Wochen an dich denken musste. Du hast mir so sehr gefehlt. Es war der größte Fehler, dir diese dumme Nachricht zu schreiben. Deshalb bin ich nervös wie ein kleiner Bub vor der Bescherung. Ines, ich liebe dich immer noch. Es soll kein Ende zwischen uns geben.«

Er flötete das bekannte Lied. Doch nach dem Ende der Musik würden die Töne sich in Luft auflösen.

Er küsste ihren Handrücken.

Jetzt oder nie, dachte Ines.

»Möchtest du mit mir schlafen? Jetzt?«

»Bitte, was?«

Piff erblasste unter seiner leichten Bräune.

Ines blieb gelassen.

»Du sagst, dass du mich liebst. Dass es kein Ende geben soll. Dann fangen wir damit an. Wir beginnen dort, wo wir aufgehört haben. Wir haben Sex miteinander. Wir vergnügen uns.«

»Aber das zwischen uns ist viel mehr als eine schlichte körperliche Vereinigung.«

»Dann sollten wir uns überlegen, wie es weitergeht.«

»Wie was weitergeht? Ich bin verheiratet.«

»Deine Ehe läuft gut?«

Er schluckte, zögerte. »Na ja, natürlich mögen wir uns. Eine normale Ehe nach Jahrzehnten. Wie es eben so ist. Das weißt du doch alles. Wir sind vor allem wegen Henry noch zusammen.«

»Henry wäre nicht das erste Scheidungskind, Piff. Deine Frau und du nicht die Ersten, die auseinandergehen. Du willst mit mir zusammen sein, offiziell und unbedingt. Was hindert dich?«

Der Schock über diesen unerwarteten Verlauf des Gesprächs war ihm deutlich anzumerken. Ein wenig tat er ihr leid, nur ein klitzekleines bisschen.

»Soll ich meinen Sohn nur mehr am Wochenende sehen?« Piff rückte einen halben Meter von Ines ab. »Um Perry streiten? Die Hälfte meiner Einnahmen an meine Frau abgeben? Das kannst du nicht von mir verlangen, Ines.«

»Aber du möchtest von mir, dass ich immer für dich da bin, keine Forderungen stelle. Ich warte reglos, bis du mich aus dem Schrank holst.«

»Natürlich nicht. So verstehe ich unsere Liebe nicht. Ich will …«

Er stockte. Sie konnte seine Verwirrung spüren. Seine Enttäuschung, weil ihr Wiedersehen anders verlief als geplant. Auch seinen Ärger. Aber damit kam sie klar.

»Mein lieber Piff. Darf ich dir sagen, was *ich* will?«

Ines wartete seine mögliche Antwort nicht ab.

»Ich will geliebt werden. Für das, was ich bin, und wie ich bin. Ich will morgens aufstehen und mit dem Mann, mit dem ich lebe, darüber reden, was wir noch einzukaufen haben, oder ob wir uns den neuen James Bond im Kino ansehen. Ich will nicht träumen, ich will nicht warten, und ich will mich nicht sehnen, bis mein Herz bricht.«

Ihr Herz klopfte doch schneller, aber es war in Ordnung.

Piff stand auf. Er stemmte die Hände in die Hüften.

»Du hast einen anderen.«

»Die einzige Erklärung, die dir zu meinem Statement einfällt, ist ein Konkurrent?« Ines musste einfach lachen. »Nein, es gibt keinen anderen Mann. Ich hab dich immer noch sehr lieb, Piff. Diese Tatsache hat verhindert, dass ich mich auf jemand Neuen eingelassen habe.«

Er stieß die Luft aus. »Ich begreife nicht, was du dir vorstellst.«

»Mein Gott, es ist nicht schwer: Ich bin eine fünfzigjährige Singlefrau, die gern wieder eine Partnerschaft hätte. Keine Affäre, sondern eine Beziehung. Zumindest den Versuch eines Miteinanders.«

»So was kann ich dir nicht bieten.«

»Das wäre das Minimum, Piff.«

»Warum hast du mich herbestellt? Um zu gewinnen?«

Sie stand ebenfalls auf, berührte ihn am Oberarm. »Piff, Liebe ist kein Spiel. Für mich war sie es nie.«

»Glaubst du denn, für mich? Ich verstehe dich einfach nicht.« Er klang wie ein kleiner Junge.

»Ich weiß, liebster Piff, ich weiß.«

Ines umarmte und küsste ihn. Sein Zögern dauerte diesmal nur Sekunden. Ein guter Abschluss, so wie sie es wollte und brauchte, einmal ganz egoistisch.

Diesmal war es wie Fahrradfahren mit nachgerüstetem Motor.

Als Piff gegangen war, fühlte sich Ines gleichermaßen traurig, erleichtert und beschwingt.

Sie stellte sich auf den Balkon und sah in den Sternenhimmel. War ihre Liebesgeschichte mit Piff heute endgültig zu Ende gegangen? War es dieses letzte Mal, das sie sich gewünscht hatte?

Auf der Straße lief ein Jogger vorbei, der eine blinkende Weste trug, um in der Dunkelheit gesehen zu werden.

So blinkte es in ihrem Herzen.

42

Hätte es einen Preis in synchronem Hände-über-dem-Kopf-Zusammenschlagen gegeben, dann hätten ihn Ines, Cordula und Gustav gewonnen.

Die drei waren mitten in den Vorbereitungen, in zehn Minuten würde die *Grasgrüne Liebe* öffnen. Mit Schwung wurde die Eingangstür aufgestoßen, und Angelika erschien im Türrahmen, auf zwei Krücken gestützt.

An ihrer Seite ihr Mann Hannes mit finsterer Miene. Man konnte ihm ansehen, dass er ihren Auftritt gern verhindert hätte, aber an ihrem Sturkopf gescheitert war. Angie war heute aus dem Krankenhaus entlassen worden und sollte direkt nach Hause gefahren werden, um in Ruhe ihren Knöchel weiterhin zu schonen.

»Was machst du denn hier? Lass dich von deinem Mann zum Wagen zurücktragen, ab ins Bett mit dir. Hier kannst du nicht bleiben.« Cordi sprach aus, was alle außer Angelika dachten.

Angie klopfte mit einer ihrer Krücken auf den Boden. »Guten Morgen. Starrt mich nicht so an, als wäre ich ein Zombie. Ich musste einfach kommen.«

Nach dem Klopfen schwang sie den Arm samt Krücke in die Höhe.

»Dazu möchte ich euch mitteilen, dass ich …«

Das ungewohnte Teil in ihrer Hand brachte Angelika aus dem Gleichgewicht. Sie war im Begriff, eine Bauchlandung hinzulegen. Ines stürzte nach vorn, als sie sah, dass Hannes nichts davon mitbekam, weil er zu sehr mit seiner grimmigen Miene beschäftigt war. Sie fing ihre Freundin auf, bevor es einen weiteren Unfall mit ungewissem Ausgang gab. Eine der Krücken knallte lautstark auf den Boden, die andere hielt Angelika immer noch fest umklammert.

»Ich kann mit diesen Dingern keinen vernünftigen Schritt machen.« Angie heulte auf. »Sie erfinden alles Mögliche, warum nicht eine leichte Gehhilfe, die mich unterstützt und nicht behindert?«

Jetzt reagierte auch Hannes und hob die Krücke auf. »Könnte mal einer von euch meiner Frau sagen, dass es sowieso kompletter Schwachsinn war, vom Krankenhaus sofort hierherzukommen?«

Angelika schüttelte nur den Kopf. Sie humpelte an den ersten Tisch und setzte sich demonstrativ. Ines zog einen weiteren Stuhl hervor und legte vorsichtig den in einen Gipsersatz gepackten Fuß ihrer Freundin darauf. Angie stöhnte.

»Lasst mich. Ich bin voll fit.«

Diese Aussage ließ die Gruppe in Lachen ausbrechen. Selbst die wild entschlossene Angelika konnte nicht anders und musste zumindest schmunzeln.

Kramperl kam mit einem Geschirrtuch auf der Schulter zu ihnen und beugte sich über den lädierten Fuß in dem voluminösen Spezialschuh.

»Willst du mit deinem Hax'n die Gäste verschrecken? Wir sind hier ein Café und kein Zufluchtsort für überambitionierte Kranke.«

Ines nickte zustimmend »Angie, wir schaukeln den Laden. Du musst uns nicht kontrollieren. Die letzten Tage hat alles wunderbar geklappt.«

»Ja, ich weiß.« Angelika verschränkte die Arme. »Ich habe vollstes Vertrauen. Ich bin dankbar. Ich bin froh. Aber ich will hierbleiben.«

Hannes verdrehte die Augen. »Was hast du davon, wenn du über Stunden hier herumsitzt und einen Tisch blockierst?«

»Was habe ich davon, wenn du mich nach Hause bringst, gleich wieder zur Arbeit musst und für mich nur langweilige Serien im Fernsehen bleiben? Hier ist wenigstens live etwas los.«

Kramperl klatschte in die Hände. »Wir öffnen in fünf Minuten. Entscheidet euch. Entweder wir lassen Angelika hier thronen wie die Sphinx, oder Hannes packt sie und schleppt sie ab wie ein kaputtes Auto.«

»Weißt du was, Schatz? Bleib.« Angies Mann ging neben seiner Frau in die Knie, drückte ihr einen Kuss auf die Wange. »Ich arbeite ein paar Stunden an der Uni, erledige meinen Kram, dann hole ich dich ab und mache mit dir den Nachmittag frei. Wir setzen uns gemeinsam vor die Glotze.«

Ines fand die Szene rührend. Obwohl Angelika oft von ihrer langweiligen Ehe sprach, hatte sie mit Hannes doch jemanden, der liebevoll an ihrer Seite stand.

Angelika sah einen nach dem anderen flehentlich an. »Wenn ihr alle einverstanden seid, würde ich es gerne so machen. Ihr könnt euch nicht vorstellen, wie mir die *Grasgrüne Liebe* gefehlt hat. Das Café ist mein Baby. Nach Käthe wie mein zweites Enkelkind.«

Cordula, die immer noch an der Theke stand, hob lächelnd die Hand.

»Da du ja fast schon meine Schwiegermutter bist und ich mich gut mit dir stellen muss, ziehe ich meinen Protest zurück und stimme mit Ja.«

Kramperl und Ines warfen sich einen Blick zu, gaben dann aber ebenfalls ihr Okay. Hannes holte aus seinem Sakko ein Röhrchen mit Tabletten und stellte es auf den Tisch.

»Für den Fall, dass du zu starke Schmerzen bekommst.«

»Das Zeug schlucke ich nicht«, erwiderte Angelika sofort.

»Ich weiß, du würdest lieber bei deinen Globuli bleiben, aber für den Fall, dass die nicht ausreichen, vertrau bitte der klassischen Medizin und nimm eine davon.«

Er gab ihr noch einen Kuss und machte sich auf den Weg. An der Tür drehte er sich zu Ines um, hob die Hand an den Kopf und hielt Daumen und kleinen Finger an sein Ohr. Ines verstand. Wenn es seiner Frau schlechter gehen sollte, würde sie ihn anrufen.

Kaum war Hannes gegangen, betrat eine Dreiergruppe Frauen das Café. »Dürfen wir schon?«

»Na, klar doch.« Angelika konnte sich an ihrem Tisch keine Sekunde lang zurückhalten. »Immer herein, meine Damen, die *Grasgrüne Liebe* heißt Sie herzlich willkommen.«

Zwei von ihnen setzten sich, und die Dritte ging an die neue Kuchenvitrine. Angelika folgte ihr mit dem Blick.

»Ines, die Vitrine. Habt ihr die gekauft?«

»Ja, wir haben es gewagt und in deiner Abwesenheit eine Neuanschaffung gemacht. Gustav meinte, dass man über die Kuchen nicht nur in der Karte lesen sollte, sondern man muss sie direkt ansehen können.«

»Finde ich gut. Solange keiner außer mir den Kirschkuchen bäckt.«

»Wer würde so etwas wagen? Bis du wieder im Einsatz bist, bleibt der Kirschkuchenplatz frei. Jetzt mal im Ernst: Wir haben dich würdig vertreten. Ich hatte meine minimalen Startschwierigkeiten, aber nun macht mir das Kaffeezubereiten eine Riesenfreude, und ich will meinen Platz hinter der Theke gar nicht mehr räumen.«

Die Eingangstür öffnete sich wieder, ein Pärchen, gefolgt von einem der ersten Stammis, die sich morgens immer einfanden, betrat das Café.

Ines erhob sich, sie tätschelte Angies Wange.

»So, ich muss an meine neue Zweitlieblingsarbeit und zu meiner heißgeliebten dampfenden Maschine. Mit ihr habe ich eine richtig gut funktionierende Beziehung in meinem Leben aufgebaut. Soll ich dir auch einen schaumigen Latte zubereiten, damit du mein neues Talent bewundern und kritisieren kannst?«

Angelika hielt Ines zurück. »Bitte setz dich noch mal kurz.«

»Aber die Gäste …«

»Eine Minute. Ich muss etwas mit dir besprechen.«

»Okay.«

Ines dachte an die neue Kraft, die sie hier unbedingt brauchten. Angelika hatte in der Zeit im Krankenhaus Bewerbungen gesammelt, und zwei waren in die engere Auswahl gekommen. Sie ging davon aus, dass die Entscheidung gefallen war und Angie ihr von der Neuen erzählen würde. Ines' Arbeit hinter der Theke würde damit zu Ende gehen.

Es war höchste Zeit, dass sie sich mit Energie der neuen Frauenzeitschrift widmete. Sie war heute Morgen mit einer famosen neuen Idee für die grafische Innengestaltung aufgewacht und hatte vor Beginn der Arbeit im Café eine Skizze angefertigt. Außerdem hatte sie beschlossen, ihre Therapie bei Liese Kuhn fortzusetzen. Ein Termin pro Woche würde ihr guttun. Dazu hatte sie sich noch um zwei bunte Vögel zu kümmern.

Alles in allem war sie also ausgelastet.

Trotzdem schlich sich schon jetzt ein winziges Bedauern ein. In der kurzen Zeit hatte sie sich an die täglichen Stunden in der *Grasgrünen Liebe* gewöhnt, sie würden ihr fehlen.

Angelika zögerte ein paar Sekunden, bevor sie redete, so als müsste sie sich innerlich selbst noch einmal von ihrem Vorhaben überzeugen.

»Also, Ines, pass auf. Ich hatte im Krankenhaus, trotz des Redeschwalls meiner Zimmernachbarin, viel Zeit zum Nachdenken. Ich habe dir einen Vorschlag zu machen.«

Ines hob die Hand. »Bevor du anfängst, Angie. Ich muss auch was loswerden. Ich habe vor, meinen Fünfzigsten hier im Café zu feiern. Einwände?«

»Ines, das ist perfekt. Ich wusste, dass du eine Party machen wirst. Wenn nicht mit fünfzig, wann dann? Mit Musik, mit Büfett, mit Feuerwerk. Die ganze Palette.«

»Langsam, langsam. Büfett finde ich gut, dein Sohn kann seine Gitarre mitbringen, aber Feuerwerk wäre übertrieben.«

»Tischfeuerwerk!« Angie bettelte. »Ich liebe es, wenn es knallt. Aber zurück zu meiner Sache. Ich hatte also Zeit, um nachzudenken, zu kalkulieren, und mir ist dabei etwas klar geworden.«

»Bitte, Angie, mach das Vorspiel kurz, ich muss wirklich an die Arbeit. Cordula hat die ersten Bestellungen aufgenommen.«

Angelika atmete tief ein. »Ines, ich möchte, dass du weiterhin täglich mit der *Grasgrünen Liebe* zu tun hast.«

Für den Moment vergaß Ines ihre Eile. Damit hatte sie überhaupt nicht gerechnet.

»Was meinst du mit täglich? Willst du mir einen richtigen Job anbieten? Das ist nett gemeint, nebenbei helfe ich immer gern aus, aber ich bin und bleibe Grafikerin.«

»Nein, ich mache dir kein Arbeitsangebot als Kaffeezubereiterin, Blödsinn.« Angie schüttelte vehement den Kopf. »Mit der neuen Vollzeitkraft bin ich bereits einig. Ich möchte, dass du mit einsteigst, Ines. Nicht als Angestellte, sondern als Teilhaberin.«

»Wie bitte?«

»Das heißt dann: Kramperl, du und ich. Wenn wir Gewinn machen, bekommst du quasi als dritter Mann im Boot deinen Anteil.«

Ines stutzte. Von Anfang an war das Café Angelikas Projekt gewesen. Dazu kam, dass sie nicht über die finanziellen Mittel verfügte, um sich einzukaufen. Verlockend war Angelikas Angebot trotzdem.

»Ich würde total gern, aber ich kann nicht. Du weißt doch, dass meine Ersparnisse für schlechte Zeiten und für meine Altersversorgung gedacht sind. Kein Risiko. Das ist mein Credo.«

»Nein, Ines, es geht nicht um eine bestimmte Summe, mit der du dich einkaufst. Wir machen einen Vertrag, der dich beteiligt. Du würdest selbstständig bleiben wie eh und je, aber dazu noch die Dritte im Bunde der *Grasgrünen Liebe* sein.«

»Ich weiß nicht. Lass mich darüber schlafen.«

Angelika ließ nicht locker. »Ich habe dir in den letzten Wochen nichts für deine Organisationsarbeit bezahlt, du hast das Logo gestaltet und bist, als ich in Not war, sofort eingesprungen. Ehrlich gesagt, habe ich von Anfang an daran gedacht, noch jemanden dazuzunehmen, und du wärst das perfekte Drittel von unserem Kuchen. Ich muss es natürlich noch mit Gustav besprechen, aber so wie er von dir und deinem Einsatz immer schwärmt, hat er sicher nichts dagegen. Wie groß dein Anteil sein soll und wie wir die Details regeln, dazu setzen wir uns am besten zusammen, wenn du Ja gesagt hast.«

Cordula kam an den beiden vorbeigelaufen und gab Ines ein Zeichen. Es war höchste Zeit, dass sie an ihren Platz bei der Kaffeemaschine ging. Angelika hielt sie noch zurück.

»Ich will kein Einstiegskapital von dir, Ines. Das ist alles zwischen mir und Kramperl geregelt. Ich will dich als Teilhaberin, auch für eine Situation wie diese hier, wenn ich ausfalle und unser Gustav mal altersbedingt nicht mehr mithalten kann.«

»Was ist mit deinem Mann oder deinem Sohn oder auch Cordula?«

»Hannes liebt seinen Job an der Uni, Mike und Cordula werden sich was Eigenes aufbauen, außerdem ist es für Cordi ein Job und keine Herzenssache. Auf das Käthchen kann ich auch nicht warten. Mit ihr rechne ich erst, wenn sie das Abi hinter sich hat.« Angelika strahlte wie immer, wenn sie von ihrer Enkelin sprach.

»Ich kann nicht.«

»Mach mich nicht unglücklich.«

»Ich habe doch den festen Teilzeitjob beim *Känguru*-Verlag für die gesamte neue Frauenzeitschrift angenommen. Viola Geiger hat mir bereits einen Arbeitsvertrag zugeschickt. Das will und werde ich durchziehen, Angie.«

»Sollst du auch. Auf jeden Fall!«

»Ja, aber es bedeutet, dass ich nicht jeden Tag hier sein könnte.«

»Nicht jeden Tag, das ist gar nicht nötig. Alles lässt sich planen. Zweimal die Woche vielleicht oder nur als Springerin. Die Organisation für die Bühne kannst du weiterhin auch von zu Hause aus machen, daran ändert sich nichts. Die neue Vollzeitkraft übernimmt ab übernächster Woche. Du wirst höchstens in Notzeiten mal einen ganzen Tag gebraucht, du behältst volle Flexibilität.«

»Ich weiß es noch nicht. Bitte gib mir Bedenkzeit.«

Von der Theke her gestikulierte Cordi jetzt mit beiden Händen. Wieder drei neue Gäste.

»Ich werde gebraucht. Hinter meiner Kaffeemaschine.«

»Das Café wäre zu einem Drittel deines, wenn du Ja sagst, Ines.«

Ines sagte nichts, sondern düste ab nach vorn.

43

Bevor Ines überhaupt über Angelikas Angebot nachdenken konnte, kam eine andere Sache unerwartet dazwischen. Als sie die Stufen zu ihrer Wohnung hochstieg, sah sie Hanna auf der obersten Treppenstufe sitzen. Neben ihr stand ein kleiner Koffer.

»O weh, das sieht nicht gut aus, mein Kind.«

»Kann ich bei dir bleiben, Mama?«

Ines umrundete ihre Tochter, schloss auf und hielt ihr die Tür auf.

»Nur wenn du dir von mir gute Ratschläge geben lässt.«

Hanna sagte nichts, sondern huschte hinein. Sie stellte ihren Koffer ab und lief ruhelos einmal durch die Wohnung ihrer Mutter.

»Schön ist es hier, wie immer. Hallo, ihr süßen Vögelchen, die Hanna ist da.«

»Ein Zimmer mehr wäre nicht schlecht, wenn überraschend Besuch kommt.«

»Kann ich alles später erzählen, nach dem Essen, Mama? Ich bin tierisch hungrig. Kochst du mir bitte Nudeln?«

Hanna hatte schon als Kleinkind Nudeln heiß und innig geliebt. Es hatte Monate gegeben, da hatte sich Ines umsonst bemüht, gesunde Ernährung auf den Tisch zu bringen, die kleine Hanna hatte entweder Nudeln oder nichts gegessen. Der beste Kniff war damals immer gewesen, Nudeln und Gemüse in einem Gericht zu verbinden, damit das Kind seine Vitamine bekam.

Hannas Pastaleidenschaft war ihr geblieben, und Ines hatte immer Spaghetti und ein paar Gläser mit verschiedenen Saucen in ihrem Vorratsschrank. Damit konnte sie ihre Tochter schnell und unkompliziert glücklich machen.

Aus einer spontanen Regung heraus beschloss Ines, das unerwartete Zusammensein mit Hanna diesmal anders zu gestalten.

»Ich muss unter die Dusche. Was hältst du davon, Hanna, wenn du unser Essen heute zubereitest? Mein Herd ist kein Zaubergerät. Außerdem wirst du flinker, als es dir lieb ist, deine eigenen kleinen Spatzen füttern müssen. Also kannst du heute bereits üben.«

Hanna zog ihre Mundwinkel nach unten, nickte aber.

Ines stellte ihre Tasche ab und verschwand im Badezimmer. Nach einem Tag im Café war eine ausgiebige Dusche ein entspannendes, ein nahezu göttliches Muss. Sie hörte ihre Tochter in der Küche hantieren, ungewohnter Lärm in ihrer sonst meist stillen Wohnung.

Noch wollte sie sich keine großen Sorgen machen. Es war nicht das erste Mal, dass Hanna nach einem Streit mit Dustin zu ihr kam. Bisher waren solche Besuche immer auf eine Nacht beschränkt geblieben, und Ines' Schwiegersohn hatte am nächsten Tag frühmorgens vor ihrer Tür gestanden, um sich mit seiner Frau zu versöhnen.

Während sie sich abtrocknete, konnte sie zweimal aus der Küche den Klingelton von Hannas Smartphone hören, es spielte *Hallelujah* von Leonard Cohen. Hanna hatte ihren sonst eher rockigen Klingelton also ihrer Stimmung angepasst. Ines war sich sicher, dass Dustin der Anrufer war, bereit, um eine Versöhnung zu bitten. Doch die Melodie spielte jedes Mal bis ans Ende, ohne dass Ines die Stimme ihrer Tochter hörte, was nur bedeuten konnte, dass Hanna sich entschlossen hatte, überhaupt nicht mit ihrem Mann zu reden. Kein gutes Zeichen.

Als Ines frisch und in einem gemütlichen Outfit ins Wohnzimmer kam, hatte ihre Tochter den Tisch gedeckt, Kerzen brannten, und die Gläser waren mit Wasser gefüllt.

»Gut gemacht. Ab jetzt lasse ich mich immer bedienen. Du bleibst bei mir und wirst Dobby, mein Hauself. Ich spiele die Hermine.« Die Erwähnung von Figuren aus den *Harry Potter*-Romanen heiterte Hanna normalerweise auf. Doch nicht so heute Abend.

Sie zuckte mit den Schultern. »Mir ist nicht nach Scherzen, Mama. Nudelkochen ist auch nicht schwer. Ich habe mich für das grüne Pesto dazu entschieden. Nach meiner Gurkenphase könnte ich im Moment Basilikum tonnenweise verdrücken. Guck, ich werde fett.«

Hanna hob ihre Bluse und zeigte ihrer Mutter ein beginnendes Bäuchlein. Ines strich ganz sanft darüber.

»Sag nicht, dass du fett wirst, Schatz. Da drin wachsen Wunder. Spätestens, wenn sie dich zu treten beginnen, wirst du trotz aller Unannehmlichkeiten glücklich sein.«

»Eins hätte mir gereicht. So empfinde ich nach wie vor.«

Ines erwiderte dazu nichts, sondern setzte sich an den Tisch. Hanna servierte, vor dem Essen stießen sie mit den Wassergläsern an.

»Auf Trixi und Donald. Oder ganz modern: Juni und Wolke.«

»Mama, lass bitte alle dummen Witze, die Lage ist ernst.«

Hanna stellte ihr Glas ab, rollte den ersten Bissen Spaghetti auf die Gabel. Ihren Appetit hatte sie wenigstens nicht verloren. Zwischen dem fünften Aufrollen und Kauen machte Hanna eine kurze Pause.

»Außerdem werden sie Luna und Lilli oder Lennart und Laurens heißen. Oder jeweils ein Name davon, wenn es ein Pärchen wird.«

Die Namen hörten sich süß an, obwohl sie Ines auch an einen L-Wurf in der Hundezucht erinnerten. Doch sie verkniff sich eine weitere ironische Bemerkung. Aus der Küche kam erneut das traurige Smartphone-Singen.

Hanna blieb ungerührt sitzen.

Ines konnte nicht länger schweigen. »Bitte, Hanna, red endlich mit mir. Dann können wir nach einer Lösung suchen, und du kannst Dustins Anruf annehmen, bevor ich mir den Song noch öfter anhören muss.«

Nach einer kurzen Pause legte Hanna Löffel und Gabel neben den halb leeren Teller. Sie tätschelte unbewusst ihren Bauch, was Ines rührend fand.

»Ich habe mich mit beiden angelegt. Sie haben sich gegen mich verbündet. Hinter meinem Rücken. Alle zwei.«

Ines wusste nicht, wen Hanna mit »alle zwei« meinte.

»Dustin und wer?«

»Maxima.«

Ihre Schwester Maxi sollte sich mit ihrem Schwiegersohn verbündet haben? Dieses Szenario konnte sich Ines nicht vorstellen.

Dustin war kein großer Fan von Hannas Tante, und umgekehrt hatte Maxima sich schon öfter beklagt, dass Dustin zu wenig beruflichen Ehrgeiz hätte und Hanna immer die Alleinverdienerin in der Beziehung bleiben würde.

»Erzähl mir die Details, sonst kann ich nicht meinen Senf dazu geben.«

»Also«, Hanna trank ihr Wasser in einem Zug leer, als würde sie einen Drink hinunterkippen, »wie du weißt, habe ich alles neu geplant. Es wird komplizierter, aber nicht unmöglich. Ab Oktober beginnt Dustins Semester in Santiago de Chile. Ich würde mit ihm vorerst dorthin fliegen, wie angedacht. Wir richten uns zumindest einmal in dem Land ein. Im siebten Monat komme ich zurück, Dustin folgt, sobald er kann. Ich bekomme hier meine Babys. Die ersten Monate pendelt Dustin, dann kehre ich wieder dorthin zurück. Solange die Kinder klein sind, geht das wunderbar.«

Ines war dermaßen erleichtert, dass Hanna sich nicht entschlossen hatte, ihre Kinder in Chile auf die Welt zu bringen, dass sie keine Widerworte zu dem ihrer Ansicht nach viel zu strapaziösen und kostspieligen Plan ihrer Tochter gab. Es würde noch der richtige Zeitpunkt kommen, um mit Hanna in Ruhe alles noch mal zu überdenken.

»Jetzt wirst du gleich umfallen, Mama.«

»Da ich sitze, kann nichts passieren. Schieß los.«

»Dustin will wegen der Kinder sein derzeitiges Studium mal wieder abbrechen. Er will eine Ausbildung zum Steuerfachangestellten machen und hat sich hinter meinem Rücken an Tante Maxima gewandt. In der Steuerkanzlei suchen sie derzeit eine Halbtagsbürokraft, und er hat sich um den Job beworben, um zugleich Geld zu verdienen und schon mal praktische Erfahrung zu sammeln. Später will er in sechs Semestern seinen Bachelor machen, um Steuerberater zu werden. Er will zwischen Düsseldorf und Köln pendeln, wie jetzt von Münster aus. Maximas Chef wäre einverstanden, ihm die Stelle zu geben, nachdem sich Maxi für ihn eingesetzt hat. Dustin und ein Bürojob, lächerlich!«

Hanna machte eine Pause und schnaubte, als hätte sie eben eine Ungeheuerlichkeit preisgegeben.

»Er meint, wenn er ebenfalls Geld verdient, könnte ich meine Arbeitsstunden reduzieren, und wir hätten beide Zeit für die Babys. Außerdem will er überhaupt nicht ins Ausland. Wollte er angeblich nie. Maxima ist in seine Pläne eingeweiht worden und unterstützt ihn seither. Ich habe es heute zufällig erfahren, weil ich ihn gedrängt habe, seinen Pass zu verlängern. Unfassbar, oder? Sag etwas dazu, Mama. Gib mir allen Senf, den du hast.«

Sie rollte wütend die nächste Portion Nudeln auf die Gabel.

Ines fehlten die Worte. Sie hörte von der Idee ihres Schwiegersohnes zum ersten Mal. Ihr dämmerte auch, warum sich Maxima in der letzten Zeit so gut wie gar nicht bei ihr gemeldet hatte. Es hatte nichts mit ihrem Geständnis zu tun, ihren Mann einst betrogen zu haben, sondern mit den geheimen Plänen, die sie mit Dustin geschmiedet hatte.

Aber etwas stimmte an der Sache nicht. Was war wirklich los? Maxi hatte sich noch nie in das Leben ihrer Nichte eingemischt.

Ines legte ihre Gabel ab und stand auf.

»Was hast du vor, Mama?«

»Iss du nur in Ruhe weiter, hol dir einen Nachschlag, wenn du magst. Du brauchst Kraft für drei. Ich rufe deine Tante an.«

»Danke, Mama. Zeig Maxima, dass sie nicht die Größte ist.«

Mit einem grimmigen Lächeln häufte sich Hanna eine zweite Portion auf den Teller.

»*Buena tarde*. Hier bei Doktor Schimmer privat. Was kann ich für Sie tun?«

Nerea war am Apparat.

Ines war mit dem Telefon ins Schlafzimmer gegangen und hatte die Tür geschlossen. Sie wollte zuerst ungestört mit ihrer

Schwester reden. Je länger sie darüber nachdachte, desto mehr konnte sie den Ärger ihrer Tochter verstehen.

»Hallo, Nerea, hier ist Ines.«

»Inés, wie schön Sie zu hören. Wollen Sie Ihre Schwester sprechen?«

»Wenn sie da ist, bitte sofort.«

Es knackte in der Leitung, und Ines begann an ihrem Daumennagel zu kauen.

»Guten Abend, Ines, alles klar, Schwesterherz?«

»Hör mal, ich komme gleich zur Sache. Hanna ist eben mit einem gepackten Koffer bei mir aufgetaucht. Bleibt auf jeden Fall über Nacht hier. Sie ist stinksauer auf Dustin.«

»Warum das denn?«

»Das fragst du? Du bist doch dabei, diese Ehe zu ruinieren.«

»Was redest du?«

Ines kam in Fahrt. »Hanna hat mir eben alles erzählt. Von Dustin und seinen geheimen Plänen. Wie konntest du ihn nur dabei unterstützen? Was geht es dich an, was die beiden machen? Dein Leben ist übervoll mit allem Möglichen, du solltest gar keine Zeit haben, dich in die Ehe meiner Tochter einzumischen. Ich finde es unerhört. Reicht es nicht, dass du immer versuchst, in *mein* Liebesleben einzugreifen?«

Es war der richtige Zeitpunkt, um auch hier Klarheit zu schaffen. Ines wollte keine Visitenkarten von Unbekannten mehr.

»Kann ich mich verteidigen, oder machst du eine Generalabrechnung mit mir?«

»Also bitte, rede.« In dieser Sekunde änderte Ines ihr Vorhaben, zuerst allein mit Maxi sprechen zu wollen. »Nein, warte kurz. Ich gehe zu Hanna und stelle das Telefon laut. Schließlich soll vor allem sie hören, was du zu sagen hast.«

Von Maximas Seite kam kein Widerspruch. Eine Seltenheit.

»Wir warten. Hanna hört jetzt auch zu.«

Ines kam an den Esstisch zurück. Hanna hatte sich in der Zwischenzeit das Glas mit dem Basilikumpesto geholt und löffelte es aus.

»Ja, los, Tante, verteidige dich«, sagte sie mit vollem Mund.

Maxima ließ am anderen Ende der Leitung einen langen Seufzer los. »Also, zuerst einmal bin ich hier nicht die Böse.«

»Du hast dich mit Dustin gegen mich verschworen.«

Ines signalisierte Hanna, sie solle still sein, es war besser, Maxima erst mal erklären zu lassen.

»Nein, das habe ich nicht, Hanna. Hier gibt es keine Verschwörung. Dustin kam von sich aus zu mir. Seit Beginn deiner Schwangerschaft haben wir alle uns immer nur um dich bemüht, Kindchen. Natürlich, du wirst ja zum ersten Mal Mutter, und das gleich zweifach.«

»Komm auf den Punkt, Maxima.« Ines konnte sich nicht mehr beherrschen. Sie trommelte mit den Fingern auf die Tischplatte.

»Ich muss ausholen, also bitte, Ines, gib mir etwas Zeit.« Maxi hörte sich leicht verzweifelt an, die nächste Novität. »Wir haben uns alle gefragt, wie sich Hanna fühlt, wie es ist, gleich zwei Kinder zu erwarten, wie sie sich die Zukunft vorstellt. Dustin ist einfach so mitgelaufen. Aber er hat sich auch seine Gedanken gemacht, viel mehr sogar, als er es uns gezeigt hat. Als er in meiner Kanzlei überraschend aufgetaucht ist, war er mit den Nerven ziemlich am Ende.«

Hanna sah zu Ines. In den Augen ihrer Tochter war das pure Erstaunen zu lesen. Davon schien sie nichts mitbekommen zu haben.

Maxima redete bereits weiter. »Er will seinen Teil an Verantwortung übernehmen. Darum, denke ich, geht es ihm. Überlegt mal. Er ist zu mir gekommen, obwohl ich in der

Familie nicht gerade seine angeheiratete Lieblingsverwandte bin. Außerdem hatte nur Hanna bisher ein reales Berufsleben.«

»Ich weiß, dass dich der Umstand immer gestört hat, aber das berechtigt dich nicht, Pläne für Hanna und Dustin zu schmieden.«

Ines war immer noch verärgert.

»So etwas habe ich nicht gemacht, Schwesterherz.« Maxis Tonfall klang jetzt gekränkt. »Was ich getan habe, ist, dem Mann meiner Nichte zu einem bezahlten Job bei uns zu verhelfen. Er hatte nämlich Pläne, als Kanalreiniger zu arbeiten.«

Hanna prustete los. »Dustin im Kanal? Er fürchtet sich vor Spinnen, Ratten und allem Getier, das es da unten geben könnte. Ich liebe ihn, aber er ist ein Idiot.«

Anschließend musste sie dreimal heftig niesen.

Wieder knackte es in der Leitung. Ines und Hanna konnten Maxi keuchen hören.

»Was war das? Weint Hanna? Dazu besteht überhaupt kein Grund. Glaubt mir.«

Ines drückte ihrer Tochter eine Serviette in die Hand.

»Hanna schnieft nur, es geht ihr gut. Erzähl weiter, Maxi.«

»Mehr gibt es nicht zu sagen. Er hat mich gebeten, die Sache geheim zu halten, und ich habe zugestimmt. Was vielleicht mein einziger Fehler in der Sache war. Was jetzt?«

»Am wichtigsten ist es, dass Hanna und Dustin schnellstmöglich miteinander reden. Wir beide, Maxi, wir halten uns aus allem, was zwischen den beiden zu klären ist, heraus. Verstanden?«

Eine kurze Pause am anderen Ende der Leitung entstand. Dann konnten sie Maxima erleichtert aufatmen hören.

»Auch wenn ihr es nicht glauben wollt, ich bin froh, dass die Sache aufgeflogen ist. Früher oder später hätte sich Dustins Vorhaben nicht verheimlichen lassen. Glaubt mir, wenn ich sage, dass ich es ihm hier nicht leicht machen werde, nur weil er mit meiner Nichte verheiratet ist. Abgesehen davon, gelobe ich feierlich, mich in kein einziges Liebesleben von niemandem je wieder einzumischen.«

»Wer das glaubt, wird auf jeden Fall selig«, meinte Hanna und schnäuzte sich.

Ines lachte schallend. Selbst Maxima musste hörbar prusten.

44

Fünfzig. Fünfzig, fünfzig!

Aufgewacht und fünfzig.

Seit Ines das erste Mal genau nachgerechnet hatte, wie viel Zeit ihr noch bis zu diesem magischen Datum blieb, war so vieles passiert, als hätte sie ihr Leben mehrfach gelebt.

In ihrer Geburtsurkunde stand, dass sie um vier Uhr achtzehn das Licht der Welt erblickt hatte, ein frühes Morgenbaby war sie gewesen. Ihr Wecker hatte heute um sieben Uhr geklingelt, also war um diese Uhrzeit bereits alles gelaufen.

Man konnte sagen, Ines war mit der magischen Fünf erwacht.

Guten Morgen, Fünf-plus-null-Ines, begrüßte sie sich selbst.

Wie fühlte sie sich?

Um keinen Deut anders als gestern. Weder schwächer noch seniler oder faltiger. Allerdings würde sie sich heute auf keinen Fall nackt vor den Spiegel stellen, man konnte es auch übertreiben.

Hugo und Eliza zwitscherten, was das Zeug hielt.

Ines startete die Morgenfütterung ihrer »Raubvögel«. Sie konnte sich schon jetzt nicht mehr vorstellen, wie es gewesen war, mit nur einem Kanarienvogel zu leben. Oder überhaupt keinen zu haben.

Noch ein Bonus dazu: Wenn sie jemand fragen würde, warum sie sich manchmal merkwürdig benahm, konnte sie mit stolzgeschwellter Brust antworten, dass sie die Frau mit den zwei Vögeln war, also doppelt verrückt.

Klang gut, fast perfekt.

Ines' Stimmung war prächtig.

Sie schwang sich zu einem kleinen Training auf, bevor sie sich ans Frühstück setzte. Das hieß, sie machte zwanzig Sit-ups und schaffte neun und einen halben Liegestütz. Ganz nach dem Motto: Ein wenig Körperertüchtigung ist besser als gar keine. Damit war sie mehr als zufrieden. Eine Karriere als Sportlerin strebte Ines ohnehin nicht mehr an.

Ihr nächster Blick fiel auf ihren Schreibtisch. Dort herrschte das Chaos von gestern Abend. Sie hatte einen wunderbaren kreativen Schub gehabt. Er hatte alles in ihrem Kopf verdrängt, von Angelikas Angebot, ins Café einzusteigen, bis zu Hannas Rückkehr zu Dustin.

Als die beiden nunmehr wiedervereinten Liebenden losgefahren waren, hatte sie sich dem *Abendtäschchen* gewidmet.

Abendtäschchen. Je öfter sie den Namen der Zeitschrift aussprach, desto besser fand sie ihn. Seit gestern Nacht gab es auf ihrem Reißbrett nun das gezeichnete Bild einer schicken Clutch. Zu jedem Thema würde ein anderer Gegenstand, der ebenfalls von wechselnden Frauenhänden herausgenommen wurde, abgebildet werden. Gezeichnet oder abfotografiert, das stand noch nicht fest. Doch die Botschaft war klar. Wie durch Zauberhand schien alles in diesem kleinen Täschchen Platz zu finden, ob es sich um einen Bohrer bei Heimwerkertipps oder einen Föhn bei einem Artikel über Frisurenstyling handelte. Die Magie einer Frauenhandtasche.

Ines glaubte, dass ihr aktueller Entwurf Viola Geiger noch besser gefallen könnte als ihre bereits eingereichten Vorschläge.

Nach dem Künstlerischen hatte sie sich vor dem Einschlafen noch dem Profanen hingegeben und eine weitere To-do-Liste erstellt. Dinge oder besser gesagt: Vorhaben, die sie nach ihrem Geburtstag gern in ihren Tagesablauf einbauen wollte. Wie sonst traditionell zum Jahreswechsel hatte sie eine Reihe an guten Vorsätzen aufgeschrieben. Ines war gespannt, wie gut sich die Punkte umsetzen ließen.

Heute war sie bereits fleißig gewesen.

Mehr Sport. Konnte Ines mit einem Augenzwinkern als erledigt betrachten.

Mehr Gelassenheit. Wenn sie noch entspannter würde als jetzt gerade, konnte sie wieder ins Bett steigen und weiterschlafen. Also erledigt.

Mehr Frohmut und Zufriedenheit. Fühlte Ines bereits.

Alles war wunderbar.

Seit ihrer Herzattacke sah sie die Welt gelassener und war dankbarer geworden. Sie hatte sich weiterentwickelt. Langsam, aber stetig schien sie erwachsen zu werden. Kurze Ausflüge zu ihrem Teenager-Ich würde sie sich allerdings bewahren.

Sie grübelte und suchte nach einem vierten Punkt. Nur drei? Gestern war ihr die Liste länger vorgekommen. Aber ihr fiel partout nichts mehr ein. Mit anderen Worten, ihr Leben schien wieder ziemlich in Ordnung zu sein.

Unter die Minidreierliste malte sie Sterne und Herzen.

Eine Zeile darunter schrieb sie: InP.

Ines nach Piff.

InP – die Abkürzung gefiel ihr besser als alle davor.

Danach setzte sich Ines auf den Balkon. Ein Geburtstagsfrühstück im Freien bei dem guten Wetter musste einfach sein. Ihr erster Kaffee als Fünfzigjährige mit Blick auf den Stadtwald.

Es war etwas kühler als die Tage zuvor, aber laut Wetterbericht sollte die Temperatur im Lauf des Tages bis auf sechsundzwanzig Grad ansteigen. Auf jeden Fall hieß das Sommerkleidwetter, immer noch.

Ines sah gegenüber im Stadtwald die Jogger vorbeiziehen und fügte ein regelmäßiges Lauftraining zum Punkt *Mehr Sport* hinzu.

Einer der Läufer drehte den Kopf und sah sie auf dem Balkon friedlich ihren Kaffee trinken. Er hob seine Hand zum Gruß und Ines ihre Tasse. Eine erste nette Begegnung im neuen Lebensjahr, wie passend.

Sie musste noch eine neue Liste für die Party heute erstellen. Angelika hatte sie darum gebeten.

Die Party.

So viele Menschen hatte sie eingeladen, dass sie die genaue Anzahl nur schätzen konnte. Wenn sie die Gästezahl im Kopf überschlug, müssten es um die dreißig werden. Ein derart großes Fest hatte sie seit Jahren nicht mehr veranstaltet. Nein, seit Jahrzehnten.

Ines wurde leicht schummrig bei dem Gedanken, dass sie immer mehr ihrer Erlebnisse und Begegnungen in Dekaden zurückrechnen musste. Sie fühlte eine Hitzewelle aufsteigen, nahm die Wallung aber gelassen hin, als Geburtstagsgruß ihres Körpers.

Schöne neue Welt der Lebensmitte.

Ines hob wieder ihre Tasse: Dazu ein kräftiges Ja, die Welt war schön. Jahrzehnte voller Erinnerungen und heiße Wellen gehörten eben dazu. Angelika hatte ihr homöopathische Tropfen gegen die Wallungen ans Herz gelegt, wenn der heutige Abend gelaufen war, würde sie den Tipp ihrer Freundin ausprobieren.

Ines trank einen Schluck auf ihr Leben, einen weiteren auf ihre Lieben und einen dritten auf die *Grasgrüne Liebe.*

Das Café schloss heute bereits um zwei, damit alles für den Abend vorbereitet werden konnte. Maxima würde helfen, und Hanna und Dustin unterbrachen ihre Vorbereitungen für ihre Reise.

Ines hatte es geahnt, dass sich Hanna doch ein Stück weit durchsetzen konnte und die beiden zumindest eine gewisse Zeit in Chile verbringen würden. Acht Wochen Auslandsaufenthalt, um ein Stück von der weiten Welt kennenzulernen, bevor sie Eltern wurden. Im Gegenzug hatte Dustin einen Teilsieg errungen. Nach ihrer Rückkehr würde er die Ausbildung samt dem Job in Maximas Steuerkanzlei antreten.

Drin im Wohnzimmer meldete sich Ines' Handy, die ersten Glückwünsche trafen ein. Zugleich klingelte das Telefon am Festnetz, die Gratulanten legten auf allen Leitungen los.

Die morgendliche Idylle auf Balkonien war für Ines beendet, das Geburtstagsgetümmel startete.

Sie entschied sich, als Erstes ans Festnetz zu gehen.

»Ja, hallo, hier spricht das Geburtstagskind.«

»Wenn du die Zahl drehst, bist du erst fünf.« Es war Tante Betty. Sie hatte das Datum nicht vergessen. »Bin ich die Erste?«

»Die mir Glück wünscht, meinst du?«

»Genau. Da ich es nicht zu deiner Feier schaffe, wollte ich wenigstens das Rennen eröffnen. Und?«

Da Ines erst nach diesem Gespräch ihre Mailbox abhören würde, konnte sie ihrer Großtante zu ihrem Sieg gratulieren.

»Ja, du bist die Erste. Ich danke dir.«

»Feier schön und nicht zu wild.«

Dann legte Betty grußlos auf.

In schneller Folge ging es weiter.

Eine WhatsApp von Freunden aus Hamburg. Auch über ein Jahrzehnt her, dass sie diese Menschen zuletzt getroffen hatte. Als Nächstes gratulierte ihr die Bankberaterin, was Ines erheiterte. Ob die Frau Ines' ansteigende finanzielle Kurve dazu motiviert hatte?

Jürgen meldete sich, und diesmal hörte Ines wieder Tilda im Hintergrund, die ihr ein *Happy Birthday* zurief. Vielleicht hatten sich die beiden versöhnt. Sie fragte nicht nach, es ging sie nichts an.

Eine Fülle an E-Mails fand sie in ihrem Posteingang, was sie sehr erfreute.

Darunter war ein Gutschein für eine erste Botoxbehandlung im Rahmen einer Over-Fifty-Kur in einer Schönheitsklinik gleich in ihrer Nähe. Ines hob mit einem Lachen den Mittelfinger, auch wenn diesen Gruß niemand sehen konnte.

Gustav Kramperl hatte ihr eine elektronische Glückwunschkarte übermittelt, der alte Technikfreak.

Zu all den virtuellen Wünschen waren auch zwei Postkarten in ihrem Briefkasten, was Ines besonders schön fand. Ihre Cousine aus München hatte geschrieben. Wenn der Rummel hier vorbei war, würde sie sich bei ihr melden, auch ihr letztes Zusammentreffen war ewig her.

Auf der zweiten Karte waren ein halbes Dutzend Hundewelpen in einem Korb abgebildet.

> *Happy Birthday wünscht das Team Ihrer Kleintierpraxis Dr. Naux auf der Aachener Straße.*

Der Tierarzt. Selbst er hatte an Ines' Geburtstag gedacht. Ob er heute Abend kam?

Ines ließ Hugo und Eliza in der Wohnung frei fliegen, holte ihnen zur Feier des Tages Trauben aus der Küche. Hugo landete sofort auf ihrer Hand und holte sich den Leckerbissen.

»Na, du auch, mein orangefarbenes Fräulein?«

Eliza drehte den Kopf von einer Seite zur anderen. Mit Hugo hatte sie sich rasch angefreundet, bei Ines war sie immer noch skeptisch. Gut Ding wollte Weile haben.

Es klingelte an der Haustür. Draußen stand ein Bote von Fleurop. Er drückte Ines einen Blumenstrauß in die Hand, zwinkerte ihr tatsächlich etwas verschwörerisch dabei zu, bevor er wieder verschwand.

Ihr Tag wurde ja immer besser.

Sollte sie raten, wer ihr die schönen Blumen geschickt hatte?

Der Strauß war in Weiß gehalten, mit einer roten Rose in der Mitte.

Wer könnte denn …, überlegte sie kurz, dann war es ihr klar.

Noch bevor sie das Kärtchen, das zwischen den Blüten steckte, las, wusste sie es. Sie strich mit dem Zeigefinger über das weiße Papier mit der roten Schrift darauf.

Liebste Ines. Eine rote Rose und tausend Küsse.
Piff.

Richtig geraten.

Er hatte also ihren Geburtstag nicht vergessen.

Was machte diese Geste von ihm mit ihr?

Ines horchte in sich hinein, fand ein kurzes Zucken, mehr nicht.

Piff würde heute Abend nicht zur Feier kommen. Das hatte einen einfachen Grund.

Sie hatte ihn nicht eingeladen.

Seit ihrem letzten Zusammensein hatte er sich ein paarmal per SMS gemeldet, eine Mail geschrieben. Ines gab ihm freundlich, aber unverbindlich Antwort.

Es war ihr leichter gefallen als gedacht.

In seinen Nachrichten hatte er nie gefragt, wie es Ines ging, hatte nur von sich berichtet oder wieder versucht, sie zu umgarnen. Er hatte zwei weitere Versuche gestartet, sie wiederzusehen, doch Ines hatte aus Zeitgründen beide abgelehnt. Er sah ihre letzte Begegnung anscheinend nicht als Abschluss, aber für Ines war dieser Weg an seinem Ende angelangt.

Was blieb also?

Momente eines kleinen Glücks, einer Liebelei, die sich größer angefühlt hatte, als sie je gewesen war. Eine Singlefrau am Beginn ihrer Menopause, die in Torschlusspanik gegen den Torpfosten gerannt war. Ines, die Tango tanzen wollte mit einem Mann mit Hund, der von Anfang an eine einfache Polka bevorzugt hatte.

Die Blumen stellte Ines in eine Vase, das Kärtchen legte sie zu den anderen Postkarten.

Wieder klingelte das Telefon, ihre Neffen Golo und Gero sangen lautstark ein *Happy-Birthday*-Ständchen. Sie versprach den Jungs für den Abend Schokoeis, so viel sie wollten, und wurde als coole Tante Ines bejubelt.

Danach gab es etwas Stille, die sie genoss.

Sie schien endlich wirklich in der InP-Zeit angekommen zu sein.

Ines nach Piff.

45

Es lief chaotisch und perfekt zugleich.

Ines hatte sich nicht klargemacht, dass sie weit mehr als dreißig Personen zu ihrer Geburtstagsparty in die *Grasgrüne Liebe* eingeladen hatte. Nachdem sie den Entschluss gefasst hatte zu feiern, hatte sie nicht nur Freunden, Familienangehörigen und Nachbarn Bescheid gegeben, sondern auch noch die neuen Stammkunden des Cafés eingeladen.

Die Folge war, dass sich schon nach einer Stunde Angelikas Planungen als viel zu knapp erwiesen und Dustin und Mike für das Heranschaffen des Getränkenachschubs rekrutiert werden mussten. Angie befürchtete außerdem, dass das Büfett niemals ausreichen würde.

Kramperl, der für das Mitbringen von Brötchen und Brot abkommandiert war, war zusätzlich mit einem riesigen Käsesortiment aufgetaucht. Einerseits perfekt für die hungrige Geburtstagsmeute, andererseits war selbst der große Kühlschrank zu klein, um den Käseberg nebst Bier und Sekt aufzunehmen, woraufhin Angie höchstpersönlich in einen bunten Laden am Beginn der Waterloostraße humpelte und ein Dutzend Kühlboxen mit Sonderrabatt erstand.

Abgesehen von diesen missglückten Kleinigkeiten war die Stimmung großartig.

Ein Duo, bestehend aus einer Sängerin und einem Gitarristen, das Ines bereits in den Anfangszeiten des Cafés einmal engagiert hatte, sorgte für einen umjubelten Liveauftritt. Zu späterer Stunde gab Angies Sohn Mike den DJ, und die Feiernden tanzten zu Hits aus dem letzten Jahrhundert. Hanna meinte schmunzelnd, man merke an den genauen Liedtextkenntnissen der begeisterten Mitsänger, dass viele der Anwesenden ihre Jugend ebenfalls vor dem Millennium erlebt hatten.

Erst gegen zehn saß Ines zum ersten Mal. Mit einem Stöhnen hatte sie sich neben Angelika niedergelassen, die zumindest bei den Discohits mit dem Oberkörper mitwippen konnte.

»Ines, Ines, Ines«, Angie ahmte Maxima nach. »Und du wolltest nicht fünfzig werden. Schon allein die Party ist ein gutes Argument dafür.«

Angie hatte ihren Fuß hochgelagert und tropfte sich gerade eine ihrer homöopathischen Mischungen auf die Zunge.

»Willst du auch? Beruhigt und macht froh gleichermaßen.«

Ines schüttelte den Kopf. Sie fühlte sich auch so froh und glücklich, ja, man konnte sogar sagen: mächtig jung. Aber diesmal statt Schmetterlinge im Bauch mit Hummeln im Hintern. Angelika hatte recht, Ines' ursprüngliche Idee, mit ihren Lieben Pizza essen zu gehen, hätte ihren runden Ehrentag auf ein mattes Gähnen reduziert.

»Vorhin hab ich gehört, wie sich Gustav bei unserem DJ Falco gewünscht hat.«

»Du siehst es an unserem Kramperl, Ines, das Leben wird mit jedem Jahr wilder.«

Sie giggelten wie kleine Mädchen. Dann wurde Angelika ernst.

»Wie sieht es aus mit uns?«

Ines war klar, dass ihre Freundin nicht den heutigen Abend meinte.

»Ich mache es kurz und schmerzlos, Angie.«

»Sag jetzt bloß nicht Nein!«

»Keine Drohungen bitte.« Ines ließ sich mit ihrer Antwort Zeit. Sie hatte sich ein Zitat aus einer Ballade dazu überlegt. »Ich sei, gewährt mir die Bitte, in eurem Bunde die Dritte.«

Angie war die Erleichterung anzusehen. »Du antwortest mir mit Friedrich Schiller?! Dann sage ich: super, mega, geil! Ich wusste es. Morgen spreche ich mit Gustav, und wir besiegeln deine neue Teilhaberschaft vertraglich.«

»Perfekt.«

»Aber, die andere Sache …« Angelika ließ Ines' Hand noch nicht wieder los. »Wie sieht es da aus?«

Ines überlegte, wie sie die letzte Phase beschreiben sollte.

»Zuerst war es so, als hätte ich eine wunderschöne Vase geschenkt bekommen, an der aber der Boden fehlte. Egal, wie viel Wasser ich eingefüllt habe, meine Blumen sind vertrocknet. Jetzt habe ich nachgebessert, das gute Stück vollendet, jetzt dürfen meine Tulpen oder Röschen wieder blühen. Aber ein wenig ist die Vase noch undicht, der eine oder andere Tropfen sickert durch.«

»Sehr blumig umschrieben. Du hast ihn wiedergesehen?«

»Ja.«

»Und?«

»Ich erzähle es dir. Bald. Aber vorbei ist es auf jeden Fall. Auch von meiner Seite, diesmal endgültig. Jetzt ist meine InP-Zeit angelaufen.«

»Deine was?«

»InP. Ines nach Piff. Meine Liebesgeschichte brauchte einen Abschluss. Klingt komisch, ich weiß.«

»Nein, überhaupt nicht. Die Geschichten an unseren Nachmittagen haben auch immer ihr Ende. Du hörst dich weise an, Ines, auch wenn ich keine Details kenne.«

»Haha. Allerdings wünsche ich mir den Körper von vor dreißig Jahren mit dem Wissen von heute in meinem Kopf.«

»Quatsch. Du siehst toll aus.«

»Ja, das sage ich mir auch immer wieder. Nackt vorm Spiegel. Manchmal wirkt es sogar.«

Kramperl kam an ihren Tisch. »Hallo, Geburtstagskind, da sind noch zwei sehr späte Gäste gekommen, die dir gratulieren möchten.«

»Wen habe ich denn noch alles eingeladen?! Ich dachte, wir wären komplett.«

Nur Jürgen und Tilda fehlten, aber Ines glaubte nicht, dass die beiden auf einen Überraschungsbesuch aus Österreich gekommen waren. Sie stand auf und drehte sich um.

Doktor Naux und seine Tochter Franka standen unschlüssig an der Eingangstür.

Er mit einem kleinen Blumentopf, sie mit einem verpackten Geschenk mit einer rosafarbenen Schleife daran.

Ines war baff.

Angelika zupfte an Ines' Ärmel. »Was ist das für ein Pärchen? Die habe ich hier noch nie gesehen.«

»Das ist mein Tierarzt.« Ines schluckte.

»Flotter Kerl. Mit junger Frau.«

Ines konnte Angelika nicht mehr sagen, dass es sich bei Franka Naux um die Tochter handelte, denn die beiden hatten sie entdeckt und kamen zu ihnen an den Tisch.

»Frau Berwalder, da sind wir, die Familie Naux. Viel zu spät, aber wir haben uns noch getraut.« Doktor Naux drückte Ines den Blumentopf in die Hand. »Es kommt leider häufiger vor, als uns lieb ist, dass wir unseren Feierabend weit hinausschieben müssen. Ein Notfall nach dem anderen, als hätten sich die Haustiere gegen uns verschworen.«

Franka Naux umarmte Ines.

»Herzlichen Glückwunsch. Mein Vater wollte gar nicht mehr kommen, aber ich habe ihn überredet.« Sie warf ihm einen schnellen Seitenblick zu. »Außerdem fanden wir es super nett, dass Sie uns überhaupt eingeladen haben.«

»Toll, dass Sie noch erschienen sind. Danke auch für die Karte. Darüber habe ich mich sehr gefreut.«

»Gerne. Papa ist allerdings der, der noch mit der Hand schreibt.«

Franka löste sich von Ines und sah sich um. Auch Doktor Naux ließ seinen Blick schweifen.

»Das ist jetzt also Ihr Café?«

Ines' Freude darüber, dass die beiden noch gekommen waren, war riesig.

»Eigentlich ist es das Café von meiner Freundin Angelika und Herrn Gustav Kramperl. Ich bin der brandneue dritte Partner.«

Die Angesprochenen schüttelten Franka und Doktor Naux die Hand. Ines öffnete in der Zwischenzeit das kleine Päckchen. Darin war eine Kanarienvogelfuttermischung deluxe.

»Ein tierisches Präsent, wie es sich gehört für den Tierarzt Ihrer Wahl.«

»Ich bringe euch sofort etwas zu trinken. Die Spülmaschine müsste gleich die nächsten sauberen Gläser ausspucken. Sekt oder Bier oder auch Limonade?«

»Für mich gerne die Limo.« Er schnappte sich einen Stuhl.

»Für mich ein Kölsch, wenn's geht.« Seine Tochter setzte sich ebenfalls an den Tisch zu Angelika, die den Finger hob.

»Ich brauche bitte noch ein Glas Kindersekt, ich will mit unseren Neuankömmlingen auf dich anstoßen.«

Doktor Naux sprang wieder hoch. »Lassen Sie mich Ihnen helfen.«

Sein Angebot fand Ines richtig nett. »Die besten Gäste sind die Selbstversorger. Kommen Sie mit.«

Er trottete wie ein freundlicher Labrador neben ihr durch das Café nach vorn an die Theke.

»Wunderschön sieht alles hier drin aus. Wundert mich nicht, dass das Café ein Renner ist. Diese Idee, alles mit Grün zu kombinieren, mein Kompliment.«

»Den Innenraum hat meine Freundin Angelika gestaltet. Aber ich habe mit dem Namen und dem Logo meinen Anteil eingebracht. Ich bin übrigens schon ziemlich überrascht, dass Sie gekommen sind, Doktor Naux.«

»Benno bitte, wenn es Ihnen recht ist.«

»Dann bin ich Ines.«

Sie reichte ihm die Hand, und er schüttelte sie kräftig.

Von der Seite schoss wie ein kleiner Springteufel aus seiner Kiste mit einem Mal Maxima heran. Sie musste das Auftauchen der späten Gäste beobachtet haben.

»Willst du mich nicht vorstellen, Ines?«

»Doktor Naux, das ist meine kleine Schwester Maxima. Benno und seine Tochter Franka sind von der Tierarztpraxis, wo Hugo und Eliza betreut werden.«

»Meine große Schwester hat mir gar nichts von ihrem sympathischen Tierarzt und seiner Tochter erzählt.«

Maxima hatte ihren Kuppelton eingestellt, und Ines warf ihr einen warnenden Blick zu. Wenn ihre Schwester sich einzumischen versuchte, würde es Ärger geben. Sie hörte Maxi schon dreimal Ines sagen und nach Doktor Naux' Nummer fragen, ungeachtet dessen, was sie erst kürzlich am Telefon hoch und heilig versprochen hatte.

In die Situation hinein platzte in dem Moment Gustav Kramperl, der ihnen hinterhergelaufen war.

»Lieber Herr Doktor, ich hab seit Wochen ein Stechen im linken Knie, und wenn ich mich bück, dann wird's mir immer schwindelig. Ich weiß, ich überfalle Sie damit, aber wenn man schon mal einen Doktor kennenlernt …«

Ines wäre am liebsten im Boden versunken.

Benno allerdings blieb gelassen. »Ich bin Veterinärmediziner, und meine Patienten haben in der Regel vier Beine oder Flügel. Oder sie kriechen, wenn eine Schlange im Körbchen vorbeigebracht wird.«

Kramperl schien diese Tatsache nicht weiter zu stören.

»Aber lieber Herr Doktor, sind wir uns nicht eh alle ähnlich von der Natur her?«

Es wurde immer peinlicher.

Ines machte einen Schritt nach hinten, damit sie aus Bennos Blickfeld trat, hob ihre Hand und vollführte wilde Gesten, die bedeuteten, dass Gustav und Maxi sofort ihren Mund halten sollten. In der Sekunde drehte sich Benno um. Sie versuchte die Situation zu überspielen und begann sich am Kopf zu kratzen. Gustav und Maxima grinsten.

»Ines, es ist okay. Mich fragen immer Menschen um Rat. Ganz so unrecht hat Herr Krampen nicht.«

»Kramperl, mein Name ist Gustav Kramperl. Ich stamme aus dem schönen Wien, bin aber auch gern im hübschen Köln.«

»Meinen Mann fragen die Leute auch bei jeder Gelegenheit nach seiner fachlichen Meinung.« Maxima musste sich einfach weiter einbringen.

»Ist er Arzt?«

»Zahnarzt. Doktor Werner Schimmer. In Düsseldorf.«

»Oh!« Gustav Kramperls Aufmerksamkeit ging auf Maxi über. »Wenn er heute hier ist, würde ich mich gerne vorstellen. Ich hab auch schon länger ein Pochen im oberen linken Backenzahn.«

Ines' Neffen, Gero und sein Bruder Golo, platzten in das Gespräch. Sie waren längst über ihre Schlafenszeit hinaus und mächtig aufgedreht.

»Mama, Mama, der Dustin und der Papa haben gesagt, es gibt gleich ein Feuerwerk für Tante Ines.«

»Ein Feuerwerk?« Ines war für die Unterbrechung dankbar. »Wow! Das ist doch nicht erlaubt, hier mitten in der Stadt.«

»Tischfeuerwerk«, klärte Maxi sie auf, aber ihre kleinen Söhne waren in ihrer Vorfreude nicht zu bremsen und zogen ihre Mutter Richtung Gastgarten. Gustav lief der Zahnarztgattin hinterher, in der Hoffnung, Maxis Dentistenehemann noch persönlich kennenzulernen.

Ines atmete erleichtert aus und umrundete die Theke. Doktor Naux und seine Tochter hatten immer noch nichts zu trinken bekommen. Benno folgte ihr wieder.

»Entschuldigen Sie, meine Leute sind manchmal etwas chaotisch.«

Doktor Naux zeigte wieder sein freundliches Lächeln. »Ach was. Es ist Ihr Geburtstag, da muss es hoch hergehen. Glauben Sie mir, Ines, in meiner Praxis erlebe ich täglich viel mehr Durcheinander. Ich bin froh, dass Franka mich noch überredet hat. Wie geht es Hugo und seiner neuen Freundin?«

»Besser denn je. Er ist glücklich, dass er eine Partnerin hat, und die kleine Eliza lebt sich ein.«

»Hört sich gut an.«

»Feuerwerk!«, schrien jetzt Gero und Golo, während Dustin und Werner zwei Kisten auf einen der Tische draußen stellten.

»Aber Vorsicht! Ich will keinen Ärger mit den Nachbarn, und das Café soll auch Ines' zu Ehren nicht abgefackelt werden!«, rief Angelika von ihrem Tisch aus und stemmte sich hoch.

Dustin stellte sich auf einen Stuhl.

»Keine Sorge, liebe Angie, alles ist völlig ungefährlich. Wir haben uns etwas Lustiges überlegt: In den Kisten sind Tischfeuerwerke, jeder soll sich jetzt eins nehmen, dann singen wir alle *Happy Birthday*, und am Ende ziehen wir gleichzeitig an den Schnüren. Ines, Geburtstagskind, du kommst in unsere Mitte.«

Die viele Aufmerksamkeit war Ines fast schon unangenehm.

»Gehen Sie. Das ist eine tolle Idee.« Benno hatte sich seine Limonade genommen und eine Flasche Kölsch unter den Arm geklemmt. »Werden Sie auch eine Ansprache halten, Ines?«

»Nie und nimmer. Bevor es so weit kommt, verkrümele ich mich von meiner eigenen Party.«

»Also wenn Sie wirklich fliehen wollen, so wie Aschenputtel um Mitternacht, dann lassen Sie mir bitte einen Schuh zurück, dass ich Sie finden kann.«

Mit diesen Worten ging er zu seiner Tochter zurück.

Draußen winkte Dustin nach Ines und begann von zehn herunterzuzählen. Die ersten Gäste begannen bereits zu singen. Ines setzte sich in Bewegung, ließ sich von den Feiernden in die Mitte nehmen.

Bei null knallten die Tischfeuerwerke.

Ein Konfettiregen samt Luftschlangen flog durch die Luft und machte aus der *Grasgrünen Liebe* einen kunterbunten Ort.

46

Nicht mal eine Woche später stieß Pechvogel Hugo das nächste Unglück zu.

Ines war spät nach Hause gekommen und hatte sich sofort an ihren Computer gesetzt. Es gab nach der Arbeit in der *Grasgrünen Liebe* noch viel zu tun, und sie hatte sich in ihre Gestaltung für das *Abendtäschchen* vertieft. Ihre neue Idee war, wie erwartet, von Viola Geiger und ihrem Team akzeptiert worden. Die erste Ausgabe war für Dezember geplant.

Eliza zwitscherte ohne Unterbrechung.

»Eliza, Kleines, heute gibt es kein Futter mehr.«

Ines stand trotzdem auf, ein paar Schritte durch die Wohnung würden ihr guttun. Die beiden Vögel waren bereits in der Voliere, ihre Schlafenszeit hatte längst begonnen.

Als sie näher herantrat, sah sie, dass etwas nicht stimmte.

Hugo schien sich mit seinem Schnabel im seitlichen Gitter eingeklemmt zu haben. Sein Kopf war verdreht, und er schien nicht in der Lage, sich von allein zu befreien. Als Ines sich vornüberbeugte, um die Situation genauer in Augenschein zu nehmen, flatterte Hugo einmal mit den Flügeln. Er hing fest.

Sie holte zuerst Eliza aus ihrem Käfig, brachte sie ins Wohnzimmer und setzte sie dort auf den Ast. Neben Hugo würde sie nur stören und die Rettungsaktion behindern.

»Wir retten unseren Hugo, Kleines, wieder einmal. Versprochen.«

Dann rannte Ines in die Küche und kramte in einer Schublade nach einer Taschenlampe. Sie musste besser sehen können, wie der Kanarienvogel im Gitter feststeckte, und vor allem, wie sie ihn befreien konnte. Mit der Taschenlampe in der Hand umrundete sie die Voliere. Jetzt erst konnte sie Hugo schwach piepsen hören.

Sie atmete durch und zwang sich, das Malheur genau zu begutachten, um eine Lösung zu finden. Was sie sah, konnte jedoch die ultimative Katastrophe sein, der Hugo trotz seiner bisherigen Pechsträhne immer in letzter Sekunde hatte ausweichen können.

Seine Schnabelspitze steckte zwischen zwei verbundenen Drahtstreben, so als hätte er an der Stelle versucht, seinen Kopf mit dem Schnabel voran nach draußen zu schieben. Mit den Beinen krallte er sich seitlich fest, der Körper war eingedreht. Er glich einem irren Specht, der versucht hatte, in das Drahtgeflecht zu hämmern. Nur Hugo allein konnte wissen, warum und wie er sich in diese Notlage gebracht hatte.

Als Ines vorsichtig mit ihrer Hand in die Voliere griff und ihn sanft am Körper fasste, in der Hoffnung, ihn wegziehen zu können, plusterte Hugo sich auf und schlug wieder mit den Flügeln. Seine Reaktion hatte zur Folge, dass er das Gleichgewicht verlor, seine Füßchen rutschten ab. Der Schnabel war aber immer noch eingeklemmt.

Ines stieß einen leisen Schrei aus und gab ihm mit der offenen Handfläche Halt. Dann schob sie sich die Taschenlampe in den Mund, nahm die zweite Hand zu Hilfe und musste aufpassen, dass sie nicht selbst stecken blieb. Mit den Fingern gelang es ihr mühsam, eine der oberen Sitzstangen zu lösen, sie provisorisch unter Hugo einzusetzen, um ihm darauf wieder Halt zu geben. Kaum fasste Hugo mit seinen Krallen die Stange, erstarrte er und bewegte sich keinen Millimeter mehr.

Sie dachte schaudernd daran, dass bei einer Befreiungsaktion sein Schnabel brechen oder zumindest ein Teil davon absplittern könnte. Wenn es bei einer solchen Verletzung nicht möglich war, ein abgebrochenes Schnabelstück wieder anzukleben oder mit Draht zu befestigen, musste der Vogel eingeschläfert werden, da er keine Nahrung mehr aufnehmen konnte. Besonders bei Kleinvögeln war eine andere Hilfe kaum möglich.

Mit Willenskraft verbannte Ines alle Schreckensvisionen, es kam im Moment auf konkrete Hilfe an. Sie nahm die Taschenlampe aus dem Mund und packte sie mit links. Dann versuchte sie mit dem rechten Arm, außen um das Gitter herumzufassen und mit den Fingern an der Stelle, an der Hugo festhing, dagegen zu drücken, um den Schnabel zu befreien. Dabei fehlte ihr allerdings ein Gegendruck am inneren Gitter, sie hätte eine dritte Hand für diesen Befreiungsversuch gebraucht.

So klappte es nicht.

Wegen ihrer verkrampften Haltung begannen die Hände zu zucken.

Wie konnte es sein, dass sich dieser Vogel schon wieder in Lebensgefahr befand?

Ihr wunderschönes Fest lag gerade mal ein paar Tage zurück, alles war glänzend gelaufen. Das Ende ihrer Beziehung zu Piff begann sie mit immer mehr Gelassenheit hinzunehmen, und erst gestern hatte sie sich der letzten Nachuntersuchung im Herzzentrum unterzogen. Doktor Menzel war zufrieden gewesen mit den Ergebnissen.

Nun dieses Malheur.

Sie konnte wegen eines Vogels nicht die 112 wählen. Nicht den Notruf für Menschen, aber es gab eine Nummer, die sie sofort hätte anrufen sollen.

»Halte durch! War schaffen das«, flüsterte sie Hugo zu und stürzte nach draußen zu ihrem Schreibtisch und ihrem Handy.

Mit zitternden Fingern scrollte sie durch die Namensliste, schaffte es erst beim zweiten Versuch, die Tierarztpraxis anzuwählen. Nach dem ersten Freizeichen ertönte ein Klicken, und dann meldete sich eine angenehme Frauenstimme, die wohl zu Franka gehörte.

»Schönen guten Tag. Sie sind mit der Kleintierpraxis Doktor Naux verbunden. Leider rufen Sie außerhalb unserer Behandlungszeiten an.«

»Nein, verdammter Mist!«

Sie heulte auf. Sie hatte keine private Handynummer von Benno. Wie sollte sie ihn erreichen? Die Stimme nannte die Öffnungszeiten der Praxis. Ines zwang sich zu warten. Benno hatte an ihrem Geburtstag doch von einigen spektakulären Notfällen erzählt. Die Herrchen und Frauchen dieser anderen Unglücksraben mussten ihn ja auch irgendwie kontaktiert haben.

»In dringenden Fällen können Sie uns unter folgender Nummer erreichen …« Ines schnappte sich einen Stift, notierte die Zahlenfolge mit angehaltenem Atem. Ihr nächster Anruf war entscheidend. Es klingelte, und sie war sich plötzlich sicher, dass Benno nicht abnehmen würde.

»Ja, hallo?«

Er war es. Sie erkannte ihn sofort und schickte ein Stoßgebet zum Himmel.

»Benno, hier ist Ines.«

Ihre Stimme klang wesentlich ruhiger, als sie sich in ihrer Panik fühlte.

»Ines? Das ist ja eine nette Überraschung. Wissen Sie, dass Sie die Nummer für dringende Notfälle gewählt haben?«

»Benno, es geht um Hugo. Hugo steckt im Käfig fest, er ist eingeklemmt. Bitte, Sie müssen kommen. Ich kann ihn nicht befreien.«

Jetzt brach sich ihre Verzweiflung Bahn, und Ines begann nach Worten zu suchen, um Benno Hugos Lage genauer zu beschreiben.

Doktor Naux unterbrach sie. »Geben Sie mir Ihre Adresse. Ich bin schnellstmöglich bei Ihnen.«

Ines hielt die Lampe, während Benno mit einer Pinzette am Gitter und an Hugos Schnabel hantierte.

Binnen weniger Minuten war der Vogel frei. Benno hielt ihn in der Kuhle seiner Hand.

»Bitte noch näher mit dem Licht. Ich muss sehen können, ob am Schnabel etwas gebrochen oder abgesplittert ist.«

Wieder zitterte Ines' Hand, sie nahm die zweite zu Hilfe, um den Strahl ruhig zu halten. Benno untersuchte Hugo völlig konzentriert.

»Sie können die Taschenlampe ausmachen, danke. Bringen Sie mir bitte die Transportbox, ein Tuch und ein wenig Wasser. Haben Sie eine Pipette?«

»Transportbox und Tuch kommen gleich. Ich weiß, dass ich irgendwo eine Pipette habe, aber weiß der Teufel, wo genau.«

»Schon okay. Keine Panik. Auf den ersten Blick hat Ihr Pechvogel wieder mal Glück gehabt. Ich will ihm etwas Wasser einflößen und ihn in der Box zur Ruhe kommen lassen. Ein Schock kann bei Tier und Mensch auch später noch zum Tod führen.«

»Nach all dem Schrecken darf er jetzt nicht einfach wegsterben.«

»Das wird nicht passieren, Ines. Sobald er in der Box ist, geht es direkt in meine Praxis. Ich tue mein Möglichstes.«

Benno lächelte sie zuversichtlich an. In dem Moment hätte sie ihn dafür und für seine schnelle Hilfe küssen können.

»Danke, Doktor Naux. Danke!«

»Bleiben wir bei Benno. Gefällt mir besser.«

Als sie mit Hugo – mal wieder *Hugo in the box* – durch das Wohnzimmer Richtung Tür gingen, sahen Benno und Ines, dass Eliza in der Zwischenzeit auf dem Baumstamm eingeschlafen war.

»Sehen Sie, Ines, so gelassen muss man bleiben.«

»Leichter gesagt als getan. Ich bin für heute fertig mit der Welt. Wie geht es weiter?«

»In meiner Praxis sehe ich mir den Vogel zur Sicherheit doch noch genauer an und mache eine Röntgenaufnahme.«

»Und dann?«

»Wenn alles in Ordnung ist, kriegen Sie ihn wieder mit, und ich mache mich auf den Weg in mein Zuhause.«

Als sie Ines' Wohnung verließen, erinnerte sie sich an ihren ersten Weg zur Praxis, nachts, allein. Sie war unendlich froh, diesmal jemand an ihrer Seite zu haben.

»Es tut mir leid, dass ich Sie gestört habe, Benno.«

»Kein Problem, Sie sind nicht die Erste und werden bei Weitem nicht die Letzte sein, die mich auf meinem Notfallhandy anruft. Wir haben gerade zu Abend gegessen, als ihr Anruf hereinkam.«

»Hat Ihre Tochter gekocht?«

Ines bremste sich. Ihre Frage ging viel zu tief ins Private. Trotzdem interessierte es sie.

»Nein. Franka und Dennis wohnen zwar nur ein paar Straßen von mir entfernt, aber ich versuche die beiden nach

Dienstschluss so weit wie möglich ihr eigenes Leben führen zu lassen.«

»Ja, da haben Sie recht.«

Ines bemerkte die leichte Enttäuschung, die sich bei ihr einschlich. Aber Benno war ein klasse Tierarzt, darauf kam es an. Mehr brauchte sie nicht von ihm.

»Jetzt kann ich langsam aufatmen. Wie wunderbar, dass Sie so schnell gekommen sind.«

»War doch selbstverständlich. Auch wenn die Umstände dramatisch waren, hat es mich sehr gefreut, Sie wiederzusehen, Ines. Ich habe nach Ihrer tollen Geburtstagsfeier öfter überlegt, Sie anzurufen. Ehrlich gesagt, war ich zu schüchtern. Sieht man mir nicht an, ist aber so.«

Ines wagte sich nun ein kleines Stück weiter vor. »Sie haben so viel gut bei mir und Hugo. Ich würde Sie gern mal einladen, Benno. Zum Kaffee oder zum Pizzaessen oder was auch immer Sie möchten. Sie können auch gern jemanden mitbringen.«

Benno lächelte wieder.

»Da sag ich nicht Nein. Allerdings werde ich allein kommen. Wir gehen nie gemeinsam aus.«

Jetzt ging es einfach nicht anders, sie musste fragen.

»Wir?«

»Mein Kater und ich. Wir pflegen eine sehr innige Gemeinschaft, wenn ich von der Praxis nach Hause komme und er von seinen Streunerabenteuern heimkehrt. Wir essen oft zusammen zu Abend, wie heute auch, aber zu Einladungen möchte ich Tom nicht offiziell mitnehmen.«

Ines konnte ihre Freude darüber, dass dieses Wir nur einen Kater einschloss, nicht verbergen, doch das spielte keine Rolle.

»Meine Vögel wären sicher entsetzt, wenn sie wüssten, dass Sie einen Kater haben, Benno.«

Er schmunzelte. »Erzählen Sie es ihnen einfach nicht.«

47

»… wir klammerten uns an den Delfin, und er schwamm mit uns ein paar Hundert Meter weiter Richtung Küste. Ich habe Helga zugerufen, dass sie jetzt loslassen kann, und das hat sie auch gemacht. Der Delfin ist getaucht und war verschwunden. Wir beide konnten den Rest der Strecke schwimmen. So wurden wir gerettet. Es war atemberaubend, und noch heute, auch jetzt, wo ich hier sitze und erzähle, bekomme ich eine Gänsehaut. Da soll mir keiner kommen und sagen, dass diese Tiere nicht intelligent und mitfühlend wären. Keiner! Seither spenden wir regelmäßig an den *World Wildlife Fund* und setzen uns für den Delfinschutz ein. Am Tisch rechts, da sitzt meine Helga, die wird jedes Wort bestätigen.«

Der ältere, magere Mann zeigte auf eine ebenso magere Frau am zweiten Tisch, die einen langen grauen Zopf seitlich über die Schulter hängen hatte. Sie stand flink auf, nickte in die Runde der Zuhörer und setzte sich noch rascher wieder hin.

Ihr Mann auf der Bühne wackelte mit dem Kopf und fasste sein Publikum fest ins Auge.

»Ich bin immer wieder froh, wenn ich die Geschichte erzählen kann, und ihr könnt sie gerne weiterverbreiten. Danke fürs Zuhören.«

Er erhob sich vom Bühnensessel und machte eine tiefe Verbeugung wie ein Darsteller, der eben den *Macbeth* gegeben hat. Die Gäste in der voll besetzten *Grasgrünen Liebe*, die extra zum Geschichtennachmittag gekommen waren, applaudierten enthusiastisch. Einige klopften mit den Fingerknöcheln auf die Tische, ein paar trampelten mit den Füßen.

Es war eine gute Story gewesen. Spannend und anrührend zugleich.

Ob sie sich wirklich derart fantastisch zugetragen hatte, konnte keiner der Zuhörer sagen, auch Ines nicht. Aber packend hatte der ältere Herr erzählt, keine Sekunde langweilig.

Ines wählte die Leute an den inzwischen drei Nachmittagen in der Woche nach einer bunten Mischung von Themen wie Liebe, Familie, Abenteuer oder Erlebnissen aus der Vergangenheit aus. Jemand konnte durchaus auch eine Geschichte erzählen, die er von seinen Großeltern erfahren hatte. Sie versuchte, abwechselnd Männer und Frauen erzählen zu lassen, was nicht einfach war, denn es meldeten sich definitiv mehr weibliche Erzählfreudige.

Angelika, die immer mehr in ihre Rolle als Geschäftsfrau hineinwuchs, hatte die Idee eines *Ladys-Afternoon* angesprochen, wo einmal im Monat nur Frauen auf die kleine Bühne sollten und auch das Publikum ausschließlich weiblich wäre. Mit einem Glas Wein samt Knabbereien und sogar mit Eintrittsgeld, ähnlich wie bei den Konzerten und Lesungen im Café.

Gustav Kramperl war dagegen, er fand, dass die Nachmittage deshalb so erfolgreich wären, weil die Gäste den Freiwilligen ohne extra Eintritt zuhören konnten, nicht alles sollte seiner Meinung nach zu einem Event werden.

Ines war unschlüssig, sie hatte für beide Meinungen Verständnis.

Herr Korte, wie der magere Mann hieß, war der letzte Erzähler an diesem Donnerstag gewesen. Frau Korte umarmte Ines fest, eine solche Kraft hätte sie der zarten Person nicht zugetraut. Dann wurde das Ehepaar von seinem Publikum umringt, das noch jede Menge Fragen zu haben schien.

Immer noch humpelnd, jedoch nur mehr mit einer leichten Beinschiene und ohne Krücken, stieg Angelika auf die Bühne. Sie hatte eine kleine Glocke in der Hand und versuchte sich durch mehrfaches Läuten Gehör zu verschaffen.

»Liebes Publikum, der Geschichtennachmittag ist beendet, aber natürlich nur für heute. Ich freue mich, dass es Ihnen gefallen hat, und wenn Sie mögen, steht vorn an der Theke, neben der Kaffeemaschine, ein großes rotes Glücksschwein, in das Sie gern ein paar Cent oder Euro oder auch einen Schein hineinwerfen können. Das Geld wird gesammelt, und am Ende des Jahres richten wir davon unsere Silvesterparty aus.«

Ein paar Leute klatschten.

Zur Abwechslung hatte mal Ines diese Idee ausgebrütet. Wenn das Café bis Ende des Jahres weiter so hervorragend lief, könnte Angelika die sich mehrenden neuen Stammgäste einladen. Ein Silvesterfest in der *Grasgrünen Liebe* zur Kundenpflege.

Das große Porzellanschwein war ein Geburtstagsgeschenk von Ines' Schwiegersohn gewesen. Dustin hatte es ihr als Glücksbringer überreicht. Dieses Glück wollte Ines teilen, und die Gelegenheit, es im Café aufzustellen, hatte sich mit ihrem Silvesterplan ergeben. Zwar war das Schweinchen rot mit weißen Punkten auf seinem dicken Bauch, aber Ines hatte Angelika dazu überreden können, es trotzdem hier stehen zu lassen, als Blickfang in der Dekoration, zwischen all dem Grün und Silber.

Angelika musste noch mal das Glöckchen läuten, um sich über dem Lärmpegel weiter Gehör zu verschaffen.

»Wenn Sie gern unseren Newsletter abonnieren wollen mit der Vorschau für unsere Minibühne hier, dann tragen Sie bitte Ihre Mailadresse in das Buch neben dem Porzellanschwein ein. Noch ein Hinweis, dann bin ich auch schon fertig. Die nächsten Wochen sind bereits mit Geschichten verplant, aber für die Vorweihnachtszeit setzt meine Freundin Ines Berwalder noch Ihren Namen auf die Liste. Wenn Sie also schon immer etwas zu erzählen hatten, das nicht nur für Freunde oder die Familie bestimmt ist, sondern in die Welt hinausposaunt werden soll, trauen Sie sich, wir freuen uns. Frau Berwalder sitzt die nächste halbe Stunde hier rechts am Tisch neben der Bühne und wartet auf Ihre Anmeldungen. Schönen Tag noch. Bleiben Sie uns treu, empfehlen Sie uns weiter. Danke!«

Ines' Planungen waren tatsächlich schon bis Ende November fertiggestellt.

»Also Sie sind Frau Berwalder, ja?«

Vor Ines war eine hübsche Frau aufgetaucht, mit dunklen Locken und strahlend blauen Augen. Sie trug ein Band im Haar und lange Ohrringe. Ihr Lächeln war breit, und ihre Stimme klang fröhlich.

Sie war Ines auf Anhieb sympathisch.

»Ja, ich bin Frau Berwalder, gerne auch Ines. Sie möchten sich für einen Auftritt bei unseren Geschichtennachmittagen anmelden?«

Die Frau holte einen kleinen Block, einen Stift und ihr Portemonnaie aus der Tasche.

»Ich bin heute das erste Mal hier in Ihrem Café, und ich bin begeistert. Und ich möchte gleich alles.«

»Wie … alles?«

»Ich möchte den Newsletter abonnieren, denn das nächste Mal komme ich mit zwei Freundinnen hierher. Ich möchte ein paar Euro für die Party geben, und ich möchte mich für meine ganz persönliche Geschichte anmelden. Die habe ich zwar schon sehr oft erzählt, aber hierher passt sie einfach großartig, finde ich. Ich habe selbst beruflich mit Künstlern zu tun und finde, Sie machen hier einen tollen Job.«

»Oh, vielen Dank.«

»Das ganze Ambiente wirkt schon so anregend, und mein Mann hat mir gesagt, dass die Hauptfarbe hier im Lokal Grasgrün ist.«

»Daher auch der Name des Cafés, Schatz.«

Hinter der Frau stand ein Mann mit Vollbart, der einen Hut mit einer breiten Krempe trug. Auch er wirkte heiter und hatte ein humorvolles Timbre in der Stimme. Ein nettes Paar, dachte Ines, man sieht ihnen an, dass sie zueinander passen. Zumindest auf den ersten Blick.

»Ihren Namen samt E-Mail-Adresse können Sie vorne eintragen. Ich gebe Ihnen einen Fragebogen für ein paar Details im Vorfeld, den Sie dann bitte ausfüllen. Thema, Stichwörter und so weiter. Keine Sorge: Sie müssen keine Pointe verraten oder eine Überraschung am Ende preisgeben, aber die Angaben helfen mir bei der Auswahl. Der Andrang ist auch für uns überraschend.«

Die Frau steckte ihren Block wieder ein, schnappte sich den Fragebogen, den Ines eigens für die Koordination der Anmeldungen entworfen hatte. Links oben prangte das Logo des Cafés.

»Diese Zeichnung sieht wundervoll aus.« Die Frau hielt das Papier nah an ihre Augen. »Die geschwungenen Buchstaben, die zugleich Figuren darstellen. Tolle Kreation. Haben Sie es gestaltet?«

»Ja. Danke.« Ines war so viel Lob immer etwas unangenehm. »Ihre Spende für Silvester kommt in das große Schwein an der Theke. Das können Sie nicht übersehen, es ist im Gegensatz zu allem anderen hier knallrot.«

»Hört sich lustig an. Mein Mann beschreibt mir Rot immer einerseits als erotische Farbe und andererseits als Farbe, die einen zum Lachen bringt. Mein Sohn hingegen meint, dass diese Farbe wie eine gequetschte Tomate aussieht – die aber auch ungequetscht rot ist.« Die Frau lächelte immer noch. »Ich bin nämlich farbenblind. Total.«

»Oh.« Ines wusste nicht recht, wie sie darauf reagieren sollte. »Das tut mir leid.«

Die Frau begann nun zu lachen.

»Nein, nein. Es braucht Ihnen nicht leidzutun. Ich kann Ihnen sagen, dass es mehr Grauschattierungen gibt, als Sie es sich vorstellen können. Für alles Bunte habe ich meine Männer, Lutz und Noah, die beide die besondere Eigenschaft besitzen, mir Farben so erklären zu können, dass ich sie schmecken, spüren, riechen kann.«

Ines stellte sich vor, die Welt ohne Farben sehen zu müssen, und empfand doch ein wenig Mitleid. »Klingt ja wirklich spannend.«

»Ist es auch.« Die Frau schrieb, während sie weiterredete. »Meine Geschichte wird ebenfalls von Farben und Grauzonen handeln. Es ist eine Liebesgeschichte und eine Geschichte über das Leben mit all seinen Zufällen und Unerklärlichkeiten. Sie passt deshalb so perfekt in Ihr Café, weil dieses Grasgrün eine Hauptrolle darin spielt.«

»Klingt geheimnisvoll. Schön. Ich freue mich.«

»Ich mich auch. Ganz besonders sogar. Bitte schön, ein paar Zeilen über den Inhalt habe ich preisgegeben. Wobei ich gestehen muss, sie wurde sogar schon einmal in einer Zeitschrift als Story des Monats gedruckt.«

Die Frau drückte Ines das Formular in die Hand.

Sophie Teerwagen-Dors, stand in der Namenszeile.

Ines las weiter.

Das Thema, die Stichwörter, veröffentlicht in einer Zeitschrift. Die wahre Geschichte von einer grasgrünen Liebe.

Jetzt erst begriff Ines.

Sie sah Sophie an und konnte es einfach nicht fassen. Zugleich fiel ihr Paris ein. Die Wette hatte sie verloren.

48

Ines stand frühmorgens auf ihrem Balkon und pustete ihren Atem in den neuen Tag. Er wurde als Wölkchen sichtbar, ein durchsichtiger erster Vorbote des nahenden Herbstes. Ein kühler Morgen in Köln.

Ein Temperatursturz hatte stattgefunden.

Trotzdem war es wunderschön. Die Sonne schimmerte leicht durch die Wolken, und im Stadtwald färbte sich das Laub der Bäume langsam bunt.

Ines war voller Vorfreude auf die kommende Jahreszeit. Vor allem auf das Orange, diesen Farbton mochte sie besonders. Es passte zu ihr, damit hatte ein bekannter Maler tatsächlich recht gehabt.

Vorhin zum Frühstück hatte sie heute nicht wie gewohnt das *Morgenmagazin* eingeschaltet, sondern in der Mediathek die letzte Folge von *Inspector Barnaby* herausgesucht. Die englische Landschaft und der Humor machten die Serie sehenswert. Ines wunderte sich immer, wie harmonisch die Kombination funktionierte, dass bereits anfangs ein schrecklicher Mord geschah, gefolgt von der heiteren Titelmelodie. Sie mochte es, bei den Fällen mitzuraten, obwohl sie meistens auf den falschen Täter tippte.

Etwas unorthodox, aber so ein Krimi am Morgen hatte Ines Spaß gemacht. Kaffee und ein Kriminalfall – das hatte irgendwie zusammengepasst. Als die Serie im Fernsehen gezeigt wurde, war sie mit Maxima in einem Konzert in der Philharmonie und danach im Brauhaus ein paar Kölsch trinken gewesen, deshalb hatte sie die Folge zur gewohnten Zeit verpasst.

Auch Benno war damit einverstanden gewesen, sein Mördertipp war goldrichtig.

»Es ist wie bei der Suche nach einer passenden Diagnose«, hatte er danach doziert. »Tiere können mir ja nichts erklären, also muss ich nach Spuren Ausschau halten.«

Wieder im Wohnzimmer, holte sich Ines eine Jacke, denn nach dem Ausflug in die kühle Morgenluft hatte sie Gänsehaut auf den Armen.

Benno putzte sich die Zähne im Bad, sie konnte ihn dabei summen hören. Sie begann wieder einmal, unendlich viele Dinge in ihre Handtasche zu packen, und ahnte dabei schon, dass sie wenig davon finden würde.

Benno und sie machten sich fertig für einen neuen Arbeitstag.

Wie immer verspürte Ines Vorfreude auf die Stunden im Café, und sie war gespannt auf die neuen Geschichten, die nachmittags erzählt werden würden.

Zwei Tage die Woche stand Ines auch hinter der Theke, bereitete professionell Kaffee zu. Es klappte hervorragend. Mit Leichtigkeit bediente sie inzwischen die Kaffeemaschine, liebte das Zischen und den Geruch der frisch gemahlenen Bohnen. Die restliche Zeit in ihrer neuen Arbeitseinteilung kümmerte sie sich um die grafische Gestaltung des *Abendtäschchens.* Ein paar weitere Aufträge waren ebenfalls hereingekommen.

Gutes zieht Gutes an, diesen Spruch konnte Ines bestätigen.

Vor der Haustür blieb sie versonnen stehen.

Sie bewunderte noch einmal die Blätter der Bäume im Stadtwald und freute sich schlicht darüber, am Leben zu sein an einem so schönen Tagesbeginn. Auf dem Gehweg sah sie erste Kastanien, die von den Bäumen gefallen waren. Sie wechselte die Straßenseite und hob ein paar davon auf, die noch glänzten. Dekoration für ihren Tisch oder für die Vogelvoliere.

Die Story von *Inspector Barnaby* mit ihrem turbulenten Finale fiel ihr ein. Der Inspector hatte nicht nur den Mörder geschnappt, sondern es wurde auch eine Hochzeit gefeiert. Der unschuldig Verdächtigte hatte nach seinem Freispruch die Liebe seines Lebens geheiratet, die davor vom Constable aus den Klauen eines Wahnsinnigen gerettet worden war. Happy End auf ganzer Linie.

Vielleicht ist es das, was wir bei fiktiven Geschichten, welcher Art auch immer, lieben, überlegte Ines. Dieses glückliche Ende, das wir im wahren Leben selten oder nie uneingeschränkt erleben.

Alles Erfundene war frei vom Morgen danach, während in der Realität der Alltag das Glück wieder in seine unberechenbaren Arme nahm. Letztendlich war das Leben eine unendliche Welle, die sich in den Gezeiten eines Schicksals ein ums andere Mal auf und ab bewegte. Nach oben genauso wie nach unten.

Ich will mich tragen lassen, dachte sie weiter, und Vertrauen haben. Dabei das schöne und heitere Schnurz-furz-egal nicht vergessen. Was für philosophische Gedanken am Morgen, nach einer Krimisendung, beim Anblick von frisch gefallenen Kastanien.

»Da bin ich, es kann losgehen«, sagte Benno hinter Ines, dann drückte er ihr einen dicken Kuss auf die Wange.

Er schob sein Fahrrad, mit dem er gestern angeradelt gekommen war, verschwitzt, mit roten Wangen und in extrem guter Stimmung. Den gemeinsamen Abend hatten sie mit einem Restaurantbesuch ausklingen lassen. Es war erst das vierte Mal, dass er bei ihr übernachtet hatte. Doch seine Besuche fühlten sich bereits an wie ein gemütliches und romantisches Ritual.

»Riech mal!« Ines hielt Benno die glänzende Baumfrucht unter die Nase. »Erdig und frisch zugleich.«

Er beugte sich vor und schnupperte intensiv. Benno erinnerte sie in dem Moment an viele seiner Patienten, und sie musste schmunzeln.

»Heute Morgen war für mich Premiere«, meinte er, ebenfalls grinsend. »Mein erster Frühstücksmord.«

»Und, wie fandest du's?«

»Krimi und Kaffee passten heute irgendwie gut zusammen.«

Das Gleiche hatte Ines vorhin auch gedacht.

Sie gingen los. Benno passte sein Tempo dem ihren an.

»Ich finde, Ines, wir sollten öfter Dinge tun, die wir zuvor noch nicht gemacht haben.«

»Was denn? Wildwasserfahren? Bungee-Springen? Dafür bin ich zu alt, Benno. Ich werde bald Oma, wie du weißt.«

»Nicht was Gefährliches oder Verrücktes. Nein, was Lustiges. Hast du schon mal Eis im Bett gegessen? In einem Baumhaus diniert? Oder in der Sternwarte übernachtet?«

»Nein, nein und nein.«

»Dann haben wir noch viel vor. Der Tierarzt und die hübsche Oma *on tour*. Klingt nach jeder Menge Spaß. Apropos: Wann sehen wir uns wieder?«

Ines überlegte. »Samstag?«

Benno hatte sein iPhone gezückt. »Da habe ich Wochenendnotdienst ab vier, aber bis dahin könnten wir durch die Stadt bummeln. Was meinst du?«

»Hört sich ganz nach einem abenteuerlichen Date an. Wenn in der *Grasgrünen Liebe* niemand nach mir ruft, halte ich den Vormittag für dich frei.«

»Und wenn auch keiner meiner tierischen Patienten auf dumme Ideen kommt, klappt es mit uns und dem Abenteuerstadtbummel.«

Sie klatschten ab und amüsierten sich darüber, wie schwer es sein konnte, zwei berufstätige Menschen mit Familienanhang für Zweisamkeiten zeitlich zusammenzubringen. Aber sie fanden ihre gemeinsamen Auszeiten. Ganz für sich.

»Während des Notdienstes könntest du mich in der Praxis besuchen. Franka freut sich auf jeden Fall. Sie hat mir neulich gestanden, dass sie von Anfang an der Meinung war, wir würden gut zusammenpassen. Sie hat schon früher versucht, mich zu verkuppeln, aber es hat nie funktioniert.«

»Wie meine Schwester Maxi. Ich habe eine Sammlung von Visitenkarten.«

»Die du jetzt im Altpapier entsorgen kannst.«

»Sie sind bereits geschreddert.«

»Dann bin ich zufrieden. Und glücklich. Ein zufriedener, glücklicher Veterinär. Was will man mehr?«

Ines mochte Bennos Humor. Er ähnelte dem ihren.

Sie gingen die Straße hoch. An der Aachener Straße angekommen, begleitete er sie noch zur Haltestelle.

»Schön war es mit dir, Ines. Wie immer.«

»Ja, finde ich auch.«

So einfach lief die Sache zwischen ihnen.

Ines konnte nicht behaupten, dass ihr Herz sich derart überschlug wie bei Piff, aber diese unkomplizierte Zuneigung, die ihr Benno schenkte, genoss sie sehr. Sie redeten, sie lachten, sie waren sich körperlich nahe. Es entwickelte sich. Sie zitterte nicht, wenn Benno sie berührte, sie lauerte nicht auf eine nächste Nachricht von ihm. Benno versprach nichts, was er nicht halten konnte. Das machte ihn wertvoll.

Sie mochte ihn. Punkt.

Über Liebe wollte sie nicht nachdenken, vielleicht war sie bereits auf dem Weg, schlich sich sanft ein.

Gestern Abend waren sie auf dem Nachhauseweg an einer Galerie vorbeigelaufen, und im Schaufenster war eine von Piffs großen Farbschöpfungen ausgestellt gewesen. Angestrahlt und mit dem Hinweis *Neu* versehen. Ines war stehen geblieben und hatte das Bild betrachtet.

Es war in den Farben Lila und Orange gemalt.

War es ihr Bild? Piffs Umsetzung seiner liebsten Ines?

Der Titel lautete nicht *InesPrachtNacht*, sondern *Eine kurze Reise*, und es könnte tatsächlich mit ihr zu tun haben. Zumindest könnte sie ihn dazu inspiriert haben. Vielleicht. Wenn es so war, freute sie sich.

Ihre kurze Reise mit Piff war aufregend gewesen, melancholisch und herrlich zugleich. Jetzt war es wichtig, dass sie wieder in ihrem eigenen Hafen vor Anker gegangen war.

»Schöne Farben«, hatte Benno gestern zu dem Kunstwerk gemeint.

»Grasgrün gefällt mir besser«, war ihre Antwort gewesen.

Dann waren sie weitergegangen.

Benno wusste nichts von Piff.

Sie hatten beide ihre Vergangenheit, manchmal erzählten sie sich Anekdoten, manchmal schwierige Episoden aus ihren gelebten Jahren.

Von Sophie hatte sie Benno bereits erzählt. Von der Geschichte und von der Begegnung mit der realen Frau. Er würde ins Café kommen, wenn sie auftrat. Ines hatte sich fest vorgenommen, Sophie an diesem Tag zu fragen, wie weit die Legende und ihr echtes Leben auseinanderklafften und wo alles vielleicht doch übereinstimmte.

Ihr Handy meldete sich:

Because I'm happy
Clap along if you feel like a room without a roof
Because I'm happy
Clap along if you feel like happiness is the truth

Der Klingelton passte immer noch und brachte Ines wie immer zum Lächeln.

Sie nahm den Anruf an, es war Angelika.

»Hey, Ines. Gustav hat eben festgestellt, dass er für heute Reservierungen an drei Tischen zur selben Zeit angenommen hat. Für jeweils vier Personen. Alle anderen Tische sind bereits gebucht. Was machen wir?«

»Ich bin auf dem Weg. Uns fällt eine Lösung ein, Angie.«

Benno und sie waren an der Haltestelle angekommen, die Sonne brach vollends durch die Wolkendecke.

Er setzte seine Sonnenbrille auf, damit hatte er Ähnlichkeit mit einem bekannten Hollywood-Schauspieler, dessen Name Ines nicht einfallen wollte. Sie begannen männliche Stars zu raten, machten ein Spiel daraus.

Zwischen ihren vielen Albernheiten wuchs die Vertrautheit. In ihrem Bauch flatterten keine Schmetterlinge, und sie benahm sich nicht wie ein verliebter Teenager, trotzdem hatte sie mit Benno jede Menge Spaß.

Wie würde es weitergehen?

Ines wusste es nicht.

Sie wollte es auch gar nicht wissen, nicht einmal erahnen wollte sie es. Wenn Benno an ihrer Seite war, fühlte sie sich wunderbar, wenn nicht, allerdings ebenso.

Das war neu, und es tat ihr richtig gut.

Die *Grasgrüne Liebe*, die Schwangerschaft ihrer Tochter, all das hatte denselben Stellenwert wie ihre Gefühle zu dem neuen Mann in ihrem Leben.

Die Straßenbahn kam.

Benno umarmte Ines, sie gab ihm einen Kuss.

Dann stieg sie ein, und er winkte, bis sie ihn nicht mehr sehen konnte.

Eine kleine Liebe.

Liebe.

Jetzt dachte Ines, dass dieses schöne Wort doch passte. Sie ließ es einfach stehen, ohne es zu vertiefen.

Samstag waren sie wieder verabredet.

Ines freute sich.

Sehr.

Ines' Herz schlug ruhig, regelmäßig, stetig.

Immer weiter.

Ein Happy End?

In greifbarer Nähe.

Epilog

An einem Donnerstagnachmittag in der Geschichtenecke der *Grasgrünen Liebe* war es so weit.

Lasse setzte sich auf den Stuhl, und die Zuhörer im überfüllten Café lauschten.

Die Geschichte vom Besuch bei einer alten Dame

In Lasses Welt gab es alle Farben und jede Menge Weiß, in jeglichen Schattierungen.

Was ihn glücklich machte.

Seit seiner Ausbildung zum Maler und Lackierer schwang er wochentags Farbrolle und Pinsel und holte das Beste aus Innenräumen, Häusern und Fassaden heraus.

Er hatte die Fachrichtung Gestaltung und Instandhaltung gewählt und bereits beim Ausmalen seiner ersten Wände – Champagnerfarben war die Wunschfarbe des Kunden – war ihm klar gewesen, dass dieses Handwerk ihn erfüllen würde.

Lasses Meister hatte ihn damals zum ersten Mal allein arbeiten lassen, und er war in der Aufgabe wie in einer Meditation versunken. Mit jedem Pinselstrich, mit jedem Hinaufrollen der Farbwalze atmete er ein, beim Nachuntenrollen aus. Es hatte etwas Sinnliches und Handfestes zugleich. Lasse mochte jegliche

Arbeit mit den Händen, vom Möbelbau bis Motortuning, aber Malen war ganz klar sein Ding, um es salopp auszudrücken.

Dazu kam das befriedigende Resultat. Eine Wand, eine Zimmerdecke, ein Raum, die vorher vergilbt und unansehnlich gewesen waren, erstrahlten am Ende in einer neuen Pracht. Und Lasse strahlte mit. Sein Chef war hochzufrieden mit dem Gesellen Lasse Walther, und Auftrag um Auftrag ging an den jungen Mann.

Neben all den Weißvarianten liebte Lasse es besonders, wenn eine andere Farbe ins Spiel kam. Wenn es also darum ging, besondere Kundenwünsche zu erfüllen, einen Raum, eine Wand, eine Ecke anders zu gestalten, ging er stets mit einem sympathischen Feuereifer ans Werk.

An einem verregneten Dienstag nun war er zu einer älteren Dame bestellt, sein Chef hatte ihn losgeschickt, um für einen erkrankten Kollegen einzuspringen. Es galt in einer Altbauwohnung in der Roonstraße das sogenannte Klavierzimmer fertig zu streichen. Der Auftrag musste dringend erledigt werden.

Die Kundin konnte man als uralt bezeichnen, und die Wohnung war ein Traum von einem Altbau. Unrenoviert zwar, aber mit dem Charme der Architektur des beginnenden letzten Jahrhunderts. Hohe stuckverzierte Wände, Erker und offene Durchgänge zwischen den Räumen. Man konnte allerdings auch sofort sehen, dass Wohnung und Dame schon seit Jahrzehnten zusammengehörten. Die einzelnen Zimmer waren mit antikem Nippes vollgestopft, auf den schweren Möbeln lag eine Staubschicht, und an den Wänden hingen neben Ölgemälden auch ausgestopfte und präparierte Tierköpfe.

Lasse kam sich vor, als wäre er durch ein Zeitloch gefallen.

In dem Klavierzimmer, das eine Art Durchgangsraum zwischen Wohnzimmer und Gästezimmer darstellte, konnte er trotz dieser Bezeichnung kein Klavier entdecken.

Sein erkrankter Kollege hatte bereits alle Vorarbeiten erledigt.

Tür- und Fensterrahmen waren abgeklebt. Bücher waren in Kisten verstaut, Regale standen in der Mitte des Raums, abgedeckt mit Klarsichtfolie. Die Farbbottiche warteten auf ihn neben einer hohen Leiter, der Stuck würde eine besondere Herausforderung darstellen.

Seine eigenen Vorbereitungen bestanden nur noch darin, eine Fläche abzugrenzen, eine der Wände sollte bis zum Stuck hin zu Lasses Freude einen anderen Farbton als Weiß erhalten. Wenn er zügig vorankam, könnte er an diesem Tag mit der speziellen Wand fertig werden und sich dann am nächsten Morgen dem routinierten Weißeln widmen.

»Gehen Sie ran, junger Mann«, sagte die alte Dame zu ihm.

Ihre Stimme krächzte etwas beim Sprechen, und sie hustete nach jedem dritten Wort, ohne sich die Hand vorzuhalten.

Lasse blätterte durch die Auftragspapiere. »Hier steht, dass Sie eine der Wände in einem hellen Lilaton haben möchten, Frau Orlinski.«

»So ist es, junger Mann. Die linke soll fliederfarben werden. Aber nur bis dahin. Sehen Sie?«

Sie zeigte mit einem krummen Finger samt viel zu langem Fingernagel nach oben.

Lasse nickte. »Ich habe die Maße hier im Auftrag stehen, Frau Orlinski.«

Sie schien ihn nicht zu hören. Ihr Atem rasselte. »Dort irgendwo hat der andere vor Ihnen schon Markierungen gemacht. Hat er zumindest gesagt. Bevor er krank wurde. Keine Widerstandskraft mehr, die jungen Leute, was? Legen Sie los. Ich setze mich ins Nebenzimmer und höre mein Radio. Wenn Sie Fragen haben, rufen Sie, ja?«

Sie war hustend aus dem Zimmer gegangen, und eine Minute später hatte leise Musik eingesetzt, etwas Klassisches. Eine schöne Untermalung für seine Arbeit, wie Lasse fand.

Er hatte losgelegt. Nach zwanzig Minuten war die Fläche für die lila Farbe abgegrenzt, und Lasse begann mit der Grundierung.

Kaum stand er auf der Leiter, ging es los.

»Bist du dran, junger Mann?«, kam es aus dem Nebenzimmer.

Das Krächzen schien sich in der Stimme der alten Dame verstärkt zu haben, und am Ende ihrer Frage hatte wieder das Husten eingesetzt, rauer als zuvor.

»Ja, ich fange eben mit Streichen an, Frau Orlinski.«

»Flieder, Flieder, Flieder.«

»Natürlich, wie abgesprochen.«

Keine zehn Minuten später tönte es erneut: »Bist du dran, junger Mann? Flieder, Flieder, Flieder.«

Er bejahte wieder und machte weiter. Zwar fand er es befremdlich, dass ihn die alte Dame plötzlich duzte, aber es war bereits vorgekommen, dass ältere Kunden jüngeren Handwerkern gegenüber zu einer so jovialen Anrede wechselten. Lasse zuckte mit den Schultern und konzentrierte sich auf seine Aufgabe. Was gar nicht so leicht wurde.

Die gesamte nächste Stunde ging es mit immer der gleichen Frage aus dem Nebenzimmer weiter, und Lasse merkte, wie ihm dieses Nachhaken mehr und mehr zusetzte. Aber er war ein höflicher, gut erzogener junger Mann und antwortete jedes Mal mit stoischer Ruhe.

Als er mit der lilafarbenen Wand fertig war, atmete er durch. Er hatte sich derart beeilt, dass er bereits mit dem Weißeln beginnen konnte.

»Mit dem Flieder bin ich fertig, Frau Orlinski, falls Sie gucken möchten.«

Diesmal keine Rückmeldung, nur die leise Musik dudelte weiter. Vielleicht gab die alte Dame jetzt endlich Ruhe und vertraute seinem Können. Doch in dem Moment, als sich Lasse bückte, um einen der weißen Farbbottiche zu öffnen, kam die nächste Ansage aus dem Nebenzimmer.

»Bist du sexy, ming Jung?«

Lasse stockte mitten in der Bewegung. Er konnte sich wohl nur verhört haben.

»Verzeihung, Frau Orlinski, ich habe nicht verstanden, was Sie gesagt haben.«

»Bist du sexy, ming Jung?« Dann, statt Husten, ein langer Pfiff.

Für ein paar Sekunden stand Lasse wie versteinert da. Er hatte keine Ahnung, wie er darauf reagieren sollte.

»Äh, ich mache jetzt mit der weißen Farbe weiter. Ja?«

»Flieder, Flieder, Flieder.«

»Aber mit der lilafarbenen Wand bin ich bereits fertig, Frau Orlinski, jetzt sind die anderen Wände an der Reihe.«

Er lauschte. Nur leise Radiomusik. Lasse wartete.

Währenddessen überlegte er, ob er ins Nebenzimmer gehen und die Dame direkt auf ihre seltsame Anmache, oder was immer dieser Spruch bedeutete, ansprechen sollte. Aber diese Möglichkeit war ihm zu peinlich. Als keine neue Ansage mehr kam, stieg er mit der Farbwalze in der Hand auf die Leiter. Zu seiner unglaublichen Erleichterung blieb es still.

Nach zwei weiteren Stunden tauchte die alte Dame persönlich neben ihm auf und brachte ihm auf einem Tablett ein Stück Kuchen.

»Fleißig sind Sie, ming Jung, das gefällt mir.«

Sie war wieder zum höflichen Sie übergegangen, und Lasse beschloss, es dabei zu belassen. Der Kuchen schmeckte hervorragend.

Am nächsten Tag hatte er den Vorfall fast schon vergessen. Frau Orlinski war eine wirklich steinalte Dame, und vielleicht war sie im Kopf bereits leicht verwirrt. Lasse hatte selbst eine Oma, die in einem Altersheim lebte und bei den Besuchen ihre Familienangehörigen nicht mehr erkannte.

»Werden Sie heute denn fertig?«, fragte sie ihn mit krächzender Stimme.

»Ich hoffe es, Frau Orlinski.«

»Na, dann halten Sie sich ran, junger Mann. Seien Sie so brav wie gestern.«

Fast wollte Lasse antworten, dass er gern gut und schnell arbeitete, wenn er heute nicht wieder durch ständige Nachfragen gestört würde, und dass er sich überhaupt ein klein wenig belästigt gefühlt hatte. Aber er dachte an seine Omi und schwieg.

Das Ritual vom Vortag wiederholte sich, die alte Frau ließ ihn allein, setzte sich ins Nebenzimmer und die klassische Radiomusik begann erneut.

Immerhin blieb es die gesamte erste Stunde so. Lasse stand auf der obersten Sprosse der Leiter, weißelte achtsam den Stuck an der Decke.

»Bist du sexy, ming Jung?«, erklang es, dem Schrei einer Krähe ähnlich, aus dem Wohnzimmer.

Es folgte ein langes intensives Pfeifen. Lasse verlor fast das Gleichgewicht.

Also nein!, dachte er, bitte nicht schon wieder.

»Frau Orlinski, ich bin am Arbeiten.«

Er horchte. Das Radio spielte. Lasse machte weiter. In seinem Magen begann es zu rumoren, die Geschichte machte ihn heute nervöser als gestern.

Keine fünf Minuten später folgte die nächste Runde.

»Bist du sexy, ming Jung? Bist du sexy, ming Jung? Bist du sexy, ming Jung?«

Dreimal hintereinander, und dann wieder der außerordentlich lange Pfiff.

Lasse musste handeln. Ob es ihm passte oder nicht. Bei allem Verständnis für die Kundin. Er stieg von der Leiter. Die krächzende Stimme meldete sich jetzt ohne Unterbrechung.

»Bist du sexy, ming Jung?« Langer Pfiff. »Bist du sexy, ming Jung?« Langer Pfiff.

Auf der letzten Sprosse verlor Lasse schließlich die Nerven.

»Ich bin nicht sexy, ich bin nicht Ihr Jung, und ich finde, es ist genug, Frau Orlinski.«

Sein Atem ging schneller, das Herz klopfte laut in seiner Brust.

Daraufhin erklang aus dem Nebenzimmer das Husten in neuer Intensität. Im direkten Anschluss dann ein Laut, den Lasse noch nicht gehört hatte. Es klang wie ein heiserer Schrei. Am Ende folgte ein rasselndes Seufzen, das sich anhörte, als würde jemand ersticken.

Um Gottes willen, dachte Lasse, jetzt hab ich die alte Dame aufgeregt, und sie hat einen Anfall oder etwas in der Art.

Seine Fantasie ging mit ihm durch, er sah sie tot am Boden liegen, ihre Augen standen für immer offen, ihr krummer Zeigefinger mit dem extrem langen Nagel war anklagend in Richtung Klavierzimmer erhoben.

Er ließ seine Malerutensilien fallen und rannte los, durchquerte das Zimmer.

»Frau Orlinski, es tut mir leid. Bitte regen Sie sich nicht auf!«

Lasse bog um die Ecke.

In einem breiten Lesesessel voller Kissen saß die alte Dame mit geschlossenen Augen, eine Decke über den Knien, neben einem riesigen altmodischen Radio.

Sie bewegte sich nicht.

Aus dem Radio dudelte die Musik, und die ganze Szenerie wirkte unwirklich, ein wenig gespenstisch.

Du lieber Gott, ich hab sie tatsächlich umgebracht, dachte Lasse wieder und beugte sich über die schmale Gestalt. Sofort konnte er ihren sauren Atem riechen. Tot war sie also nicht. Über ihre Lippen liefen ein Zittern und ein kleines Schnauben, als sie ausatmete.

Die Frau schlief tief und fest. Schnarchte sogar ein wenig dabei.

Lasse beruhigte sich etwas.

Aber wenn sie es nicht gewesen war, die ihm zugerufen hatte, wer dann? Eine Gänsehaut lief Lasse über den Rücken.

Lasse richtete sich auf und sah sich in dem großen Zimmer um. Völlig überladen mit Gemälden, Tierköpfen, Porzellanfiguren und Vasen ohne Blumen war der Raum. Bücher stapelten sich neben bereits überfüllten Regalen. Auf einem runden Esstisch entdeckte er inmitten von weiterem Nippes und einem Stoß Zeitungen eine Teekanne und das Tablett mit einem neuen Kuchen darauf. Daneben stand ein Beistelltisch mit einem halb zugedeckten Käfig darauf.

Lasse ging darauf zu. Umrundete ihn.

Die Käfigtür war offen. Auf einer Stange, die bis an das Sofa dahinter reichte, saß ein mittelgroßer bunter Papagei und drehte seinen Kopf.

»Bist du sexy, ming Jung?«

Ein langes Pfeifen folgte, und der Vogel wanderte ein paar Schritte auf der Stange hin und zurück.

Lasse stutzte.

Er war so erleichtert, dass er sich zuerst nicht einmal darüber amüsieren konnte. Er wischte sich über die Stirn und merkte, dass sie schweißnass war.

»Na, du hast mich vielleicht erschreckt, Papagei.« Lasse formte mit Daumen und Zeigefinger eine Pistole und zielte auf den Vogel. »Ich werde dir gleich sexy geben.«

»Blödmann«, sagte der Papagei diesmal, laut und deutlich, und drehte sich einfach auf der Stange um.

Jetzt endlich konnte Lasse über die ganze Sache lachen.

Er kehrte ins Klavierzimmer zurück, die alte Dame war immer noch nicht aufgewacht, und machte sich wieder ans Streichen.

Den Rest des Tages meldete sich der Vogel kein einziges Mal mehr, als sei er beleidigt.

Nach getaner Arbeit und nachdem Lasse die Wohnung verlassen hatte, fragte er sich, wo der Vogel diese Sätze aufgeschnappt hatte. Denn Papageien sind ja bekanntlich Tiere, die das wiederholen, was ihre Besitzer selbst oft aussprechen.

Bei welcher Gelegenheit hatte wohl die uralte Dame »Bist du sexy, ming Jung?« gefragt und dabei anzüglich gepfiffen?

Im *Café Grasgrüne Liebe* begannen die Zuhörer zu applaudieren.

Man konnte es bis auf Straße hören.

Quellen

Happy aus dem Album *Despicable Me 2: Original Motion Picture Soundtrack*, Pharrell Williams, 2013

Chasing Cars aus dem Album *Eyes Open*, Snow Patrol, 2006

33748892R00263

Printed in Poland
by Amazon Fulfillment
Poland Sp. z o.o., Wrocław